杜鹃握手

张锐强／著

山东人民出版社

国家一级出版社 全国百佳图书出版单位

图书在版编目（CIP）数据

杜鹃握手 / 张锐强著. －－ 济南 ：山东人民出版社,2017.3
ISBN 978-7-209-10648-1

Ⅰ．①杜… Ⅱ．①张… Ⅲ．①长篇小说－中国－当代 Ⅳ．①I247.5

中国版本图书馆CIP数据核字(2017)第077404号

杜鹃握手

张锐强　著

主管部门　山东出版传媒股份有限公司
出版发行　山东人民出版社
社　　址　济南市胜利大街39号
邮　　编　250001
电　　话　总编室（0531）82098914
　　　　　市场部（0531）82098027
网　　址　http://www.sd-book.com.cn
印　　装　山东华立印务有限公司
经　　销　新华书店

规　　格　16开（170mm×240mm）
印　　张　21
字　　数　300千字
版　　次　2017年3月第1版
印　　次　2017年3月第1次
印　　数　1—20000
ISBN　978-7-209-10648-1
定　　价　29.00元

如有印装质量问题，请与出版社总编室联系调换。

目　录

白　板　　/ 1

一　饼　　/ 6

一　万　　/ 27

二　饼　　/ 52

二　万　　/ 70

三　饼　　/ 95

三　万　　/ 106

一　条　　/ 132

四　万　　/ 149

二　条　　/ 162

五　万　　/ 177

三　条　　/ 185

六　万　　/ 203

红　中　　/ 223

四　饼　　/ 244

四　条　　/ 255

七　万　　/ 273

东　风　　/ 283

西　风　　/ 301

北　风　　/ 304

附　录　　/ 313

后　记　　/ 327

白　板

1

　　1938年夏天，日本鬼子轰炸了我的老家，河南信阳县的李家寨。老辈人都说，这事儿怪我六姥娘。他们说，本来鬼子的目标只是十几里外的鸡公山，因为老蒋在上边。眼看鬼子就要打到武汉，身为政府首脑的蒋介石自然要有所作为，于是便召集高级将领上山开会，研究部署防御策略。比起武汉，鸡公山不知道要凉快多少倍。

　　据说小鬼子的飞机本来飞得很高，怪就怪我六姥娘。她千不该万不该，不该在跑反的时候仰起脸。她的脸那么白，一下子就耀了鬼子飞行员的眼。于是飞机开始朝下扎猛子，像要蜇人的蜂子那样疯狂啸叫，屙下一颗又一颗的羊屎蛋。那羊屎蛋见风就长，落地时已变成山羊大小，砰的一声地动山摇，血肉四溅。

　　最早说这话的那个老人，村里人都管他叫老长辈儿。没有人能说清他的确切岁数，他的具体辈分也常让孩子与新妇发晕。于是大家都管他叫老长辈儿，人无论男女，年不分老幼。这人我还有印象，脸颊深陷，须发一派暗白；身薄如纸，似可迎风飘摆。两条腿恰似他手中的拐棍，一把就能攥住。无论严冬酷暑，瓜皮帽从不离头。平常总是闭着眼，仿佛不是倚在室内吱嘎作响的竹椅上，而是懒洋洋地沐浴在阳光中。可眼虽然闭着，却并不耽误他喊出人名。孩子们因而都很惧他。觉得他身上带有鬼神气息。

　　对老长辈儿的印象，始于同时也结束于我的第九岁。放假后，我去姥爷家玩

儿，他领着我给老长辈儿送饭。顺便说一句，老长辈儿由全村轮流照顾，所以他的瓜皮帽不管啥时候都是干净的，并无想象中的油光。林子大了什么鸟儿都有，这么大个村子，也难保没几个不孝之子。但是奇怪，那些人可能对父母不够孝顺，但老长辈儿的衣食，却丝毫不敢耽误。天知道这是怎么回事。

村里有这么个人，我当然知道。但进他的门，那还是头一次。那种黑色的窒息感我永世难忘。我仿佛突然双目失明，眼前飞舞着无数个小黑点，正中间带着白斑。将这归结为刚从室外进入室内的视觉错乱，理由存在，但不够充分。我记忆的底片上清晰地留有某种奇怪的无法准确读出的信息。它伴随着一声苍老的寒暄，令我猝不及防。

"银？是银来了吧？"

"老、老长辈儿，是，是银、银来给你送饭。"姥爷一直口吃，这都是日本鬼子的功劳。

"呵呵，银是来的稀客呢。你也来服侍我？真晓得阳道！"

此前从未交一语，老长辈儿竟也知道我的乳名，神奇。笑容在他脸上绽开，嘴随即变成空空的黑洞，那感觉无法令人愉快。如此黑暗的背景映衬着关于六姥娘白脸的传说，真无法想象是何等的强烈。

夏天的夜晚，天气凉爽下来。大人们搬着凳子，到池塘边的枣树下乘凉。水牛在旁边反刍，间或喷两下鼻子，出口大气；晒了一天的荷叶，将带点儿苦尾儿的暗香散入鼻腔，落下清凉。下湾里零落的灯火，在黑暗中孤独地亮着，遥远而且稀薄。我出神地看着远处，传说中六姥娘那白亮亮的像镜子一般的脸膛，便慢慢穿透童年的无聊夏夜。

山区孩子的漫长童年，也许只是一个人物，一段故事，或者两句话。若无六姥娘传说中的白脸，我简直怀疑记忆的芯片能否储存岁月的单调。而凭借这个传说，我的童年从未凋落。我必须搞清楚，究竟是鬼子的眼睛尖，还是六姥娘的脸蛋白。高中毕业后我之所以考了军校，不能说跟这毫无关系。就是在重庆念书期间，我自以为找到了答案，认定那不过是以讹传讹的夸张。那是在两路口鹅岭公园的望江楼上。我心怀鬼胎地站在一位洛阳女儿身边，打算将她从女同学发展为女朋友。奇怪的是，明明我的主要目标就在身边，心思却依旧不肯老实，飘飘悠悠地回了老家。从楼上鸟瞰，路人的脸蛋说是蚂蚁确实有点儿不负责任，但终归不会比黄豆更大。那种亮度，不可能引起鬼子的注意。除非他真是鬼，而非人。

但最终证明，错的还真是我。所可叹者，等我耗费二十年走到正解门前，发现它其实一直在我隔壁，从未走远。

2

如果说童年像作业本，由无数方格组成，那么所有关于六姥爷的方格都是空白。因他死得很早，在1946年的初夏，日本投降不久，国共尚未大打。具有讽刺意义的是，他这个主力团长在战场上九死一生，不知摸过多少回死神的鼻子，最终却死于一桩和平时期的荒唐案件。这个我从未谋面的长辈，好似恰如其分的背景，也不动声色地衬托着六姥娘传说中的白脸蛋儿。

揆诸情理，比六姥娘的白脸蛋儿和六姥爷的离奇横死更加重要的事情，这世上实在不知有多少。但是此刻，重新回到疑问的门槛之前，我发现事情并不如想象中的那样简单。时间对生命仅有的仁慈，就是在记忆的网眼前留下一两个难忘的人，三五件难忘的事。它们就像心灵的伤口，永远不会消失，只能被偶尔遮蔽。无论何时你随手打开久闭的门，它们便会扑面而来，带着过于陈旧因而显得无比清新的气息。比如当我年过四十，还必须攻读博士学位的时候。

大学毕业后我留校读完硕士，就地当了军法学教员。副教授之前一片坦途，此后便陷入泥淖，职称悬于百尺竿头，无法再进一步。因为没戴过博士帽。就这样，在已有大学同学当上博导的背景下，我不得不选择读博士。而最终导师布置的学位论文很有新意：我们必须找到一起早已判决生效的案例，鸡蛋里面挑骨头，挑毛病找问题，然后以被告律师的身份，重新拟定辩护意见。最终的答辩，相当于法庭辩论。当然，军法案例要么涉及军事机密，要么关系政治隐私，为避免麻烦，大家肯定不会找近期的，时间跨度至少也得二十年。还有人甚至打算直回民国。

我感觉导师这样的布置简直就是为我量身定制。好像他曾一眼看穿我这个年

龄最大的弟子的童年。就此回信阳既能堂而皇之地做官费旅行，又能顺便揭开六姥娘的谜底，填满六姥爷的空格，两全其美。老板，你真伟大。离开之前我这样跟他说道。

以往回信阳不过几天，来去匆匆。这次回去则要小住，至少也得两个月。世上的很多美好都经不起审视，包括乡情。我伤感地发现，二十年后故乡对于我已日渐陌生：亲人老去，膝前无以承欢；故旧星散，记忆何从收拢。对于城市的怀念，起始点和落脚点其实都在于人。跟别的城市一样，信阳的建筑越来越高，马路越来越宽，灯火越来越亮。这些不能说不好，但因为没有熟悉的人物承载，璀璨灯火之后的窗户里并无故旧，一派空洞，干卿何事。在宏伟的浉河桥前，我已非亲切的归人，而是落寞的过客。

尤其不能适应的，还是信阳的赌。当地说法叫来牌。要么纸牌，打黑七；要么雀戏，搓麻将。就这么说吧，在信阳开饭店，可以没有饭桌，但不能没有牌桌。本地饭局一般都是三段论：上半场是赌，下半场还是赌，饭局不过是中场休息。我经历过的一次同学接风更为极端：有人面对满桌子菜竟然不肯坐下，宁肯端着饭碗站着吃。在延续千年的饭桌礼节跟前，他久坐疲劳的腰部的休息，显然要重要得多。

凡此种种，都无法令人如坐春风。于是喝过几顿接风酒之后，我赶紧辞掉应酬展开工作，手持学院政治部的介绍信，到军分区查找相关档案。希望故纸堆能重新封闭生活，将那些令人不快的感觉砌在墙外，以便在有生之年，总能带着亲切回望故乡。

卷卷档案尘封已久。泛黄的纸张，淡化的字迹，传递着时间的沉重压力，足以堵塞肺腔。我站起身来，将档案拿到窗前，打开窗户，使劲儿拍打几下，仔细看看，并无多少浮尘。它们早已固化其上，黏结在边角处。关上窗户的瞬间，玻璃的闪光突然接通内心深处某条记忆的导线。仿佛耀眼的就是六姥娘的白脸。仿佛我兴师动众地回来，不是为了前途大业，只是为了童年怀想。

六姥爷命案的具体细节我并不清楚，只是恍惚听说过。因为所见世的人们都已亡故，所闻世的人也正在老去。我二十多岁便考出故乡，离这件陈年旧案距离自然更加遥远。只是偶尔会觉得冤。怎么说呢，六姥爷出身于大家族，其父李玉亭曾经富甲一方。开过炉房，办过钱庄，出过报纸，当过道尹，黑白通吃。那时在整个豫南，提起李八爷，人人都得敬三分。就连冯玉祥北上、吴佩孚南逃，他也是必不可少的座上宾。可惜生逢战乱，崛起快败落更快，所有的财富都被战火和鸦片烟灯烧光。六姥爷去北平求学时，几乎已经一文不名。但他参加革命后，又迅速成长起来，抗战期间当上团长。遗憾的是，这个既不贪又不腐也不霸的抗日英雄，竟然未得善终。好赌而且善赌又并非死因。

我当然会感觉遗憾。谁不希望祖上阔过？诗仙李白都自命为飞将军李广的后代，诗豪刘禹锡也非要跟中山靖王攀亲，我岂能免俗。无论如何，这份论文，我决心要好好做。

档案虽然陈旧，但又相对完整：有六姥爷的完整陈述，或曰自辩；日本军医老范整风期间的思想汇报材料；六姥爷部下的证词；六姥娘的两本日记；组织调查材料；其余的旁证。

历史突然之间打开沉重的大门，向我露出一丝缝隙。光线穿越尘柱，照亮幽暗。我的思绪随即就着这道微弱的光亮，盲童触摸盲文般徒劳地寻找真相，就像在茫茫人海中寻找失散已久的初恋情人。一切事物都有神圣性，只是因为我们手指的触摸才变得污浊。历史尤其如此。许多闪闪发光的东西，其实只是黑洞。我当然不会这样。我只是还原真相。

然而努力并不总是通向成功。我的论文未能通过。那些专家不肯接受我的无罪辩护。我很沮丧，也很愤怒。客观地说，论文虽然多少有点儿主观因素，有点儿感情成分，但并不过分，完全符合律师的职业道德。我当然不能眼睁睁地看着这二十多万字白费。为了废物利用，我决定将它改成小说。就是即将呈现的这些文字。

请相信，在必需的转述中，我将尽力保持原貌，绝不利用动笔之便夹杂个人色彩，就像成年人绝对不会在油漆未干的墙壁上留下手印。

一　饼

1

刚到北平时，你已非富家公子。你很清楚，以往的生活不能继续。临行的盘缠差不多就是家中最后的积蓄。这些年来兵荒马乱，南来北往的军队无不要求当地协饷。虽然先有炉房后有钱店，信阳小李家实力雄厚，但依旧架不住虎狼之师的血盆大口。尤其是民国十五年（1926）的信阳围城。信阳被包围的四十八天期间，和盛钱店收兑的豫票台票全都沦为废纸。经此浩劫，你们家的败落势不可挡。

所以第一顿北平饭，你想吃得简朴些。从前门火车站出来，肚子早已空空如也。走进路边的饭铺问问，炸酱面最便宜，只要四分钱，你便要了一碗。端上来再看，的确算得上实惠，面有一大碗，美中不足的是作为卤子的酱看起来不够多。黑色的酱团搁在白面之上，就像个点缀。挑一点儿尝尝，味道还不错。既然如此，那就入乡随俗吧。你随即吃将开来。一口面条，就一点儿酱。吃着吃着，忽听伙计扑哧一笑：

"先生，您刚来北平吧？"

"是啊。我要来考学。"

"头一回吃炸酱面？"

"嗯。"

"味道怎么样？"

"酱少了点儿。"

"先生，我告诉您，炸酱面不是这吃法。您啊，把酱拌开，拌匀和再吃！"

你不觉红脸。按照伙计的指示把面拌好再吃，味道果然更有不同。虽然不比信阳老家的咸面条，既软和又有菜，但也别有风味。

2

陆军上将靳云鹗，与你父亲李玉亭有旧。他在鸡公山上的别墅颐庐与李家的房产比邻，二人更是多年的牌友。自从安国军大元帅张作霖被日军炸死于归途，北洋将领都像被残秋揪落的树叶，靳云鹗也不例外。那时他已彻底淡出，借住西山休养肺病，几个儿子也在北平念书。你此番北上，第一站就是要投奔靳家，请他们指点照应。这也是靳云鹗跟你父亲之间的约定。让你来北平念书奔前程，本是靳云鹗的提议。他已经看得明明白白，你们李家气数已尽，必须另谋他途。

你放下饭碗便直奔西山而去。轿车亦即骡拉的篷车坐着更舒服，但需要预订；趟子车只停在城门门脸处，还得等人坐满。你只能雇辆洋车。靳云鹗住在日本陆军士官学校第二期毕业生、银行家冯耿光的别墅里，而冯是有名的梅党，此前老把房子借给梅兰芳消夏，故而周围百姓都不知道冯宅，只知道梅宅。费了不少口舌，你才弄清原委，找到地方。

靳云鹗驻扎信阳时，你还年幼。对于上将靳云鹗你基本没有印象，但对于麻将桌与烟榻上的靳二哥，你倒是记忆深刻。你父亲总是称他二哥。虽然他的确统领过千军万马，但在你眼里这更像个传说。你几乎没见过他的戎装打扮。屈指算来，几乎已经过去十年，此时的二伯已经垂垂老矣，瘦得脱了形，你好险没认出来。

陌生的北平，陌生的别墅，陌生的二伯。你说你感觉空气黏稠，关节僵硬，不能自如，尽管靳云鹗对你这位贤侄并无轻慢。还好，这座别墅内不仅有鱼缸前面行将就木的上将，还有石榴树下刚刚开始的哥们儿。靳家的长子怀刚此前多次上鸡公山避暑，是你曾经的伙伴。虽然也是多年不见，但毕竟有过共同的童年。

激活年轻的记忆，自然要容易许多。

"你想考哪所学校？大老远赶来，想是已有目标？"

"北大或者清华。"

"北大清华的考生太多。你猜猜去年有多少人报考北大？不算外地考生，光北平本地的就有四千！他们录取多少呢？统共两百！我看呀，你别光盯着清华北大，多报几所学校。师大，师范大学也是国立学校，不好吗？"

"本来我也想读师大的。家父的一生遭逢，已让我对做官经商望峰息心。能走的路，要么行医，要么教书。我倒是希望教书，开启民智，但上回报端闹得沸沸扬扬，国府命令师大停止招生，后来还有停办师范大学的议案。报它，能行？"

"校长李蒸据理力争的护校运动，你就没有看到吗？放心吧，仅仅停招一年，随后一切正常。你可以同时报考师大、北大和清华，哪个录取上哪个。"

3

怀刚推荐师大，其实还有更深的原因。国立大学也分三六九等。比如学费，清华北大每学年都需二十元，外加每学期一元的体育费，师大便无此项目。初入师大时缴的二十块钱只是保证金，毕业时全部退还。除非你自己申请退学，或被勒令退学。这点儿钱看似小数目，但靳家很清楚你当时的状况。

你同时报了北大和北师大。两所学校的笔试内容迥异，但面试却有相同的问题：你崇拜谁。这个问题让你颇为困惑。你的本能反应是上帝或者耶稣。虽然受洗时你只是鸡公山里的懵懂少年，不晓世事，但周末的聚会礼拜，就叫主日崇拜。这个字眼在你心目中完全附着在神身上，不适用于人。尽管这些年来你已经很少去教堂。

我们的中学时代都经历过党化教育。国父纪念日、总理纪念周，等等。宣扬开明专制。主张一个国家、一个政党、一个主义、一个领袖。《前途》《中国文化建设》《人民周刊》《社会主义月刊》《中国革命》《新社会》等许多刊物，都抨击英美自由主义、功利主义毒害中国青年，主张模仿德意法西斯，复兴中国民族。但这种灌输在你心中未能扎根。你并不反感孙中山，可也谈不上崇拜。民国十五年信阳围城，岳维峻的老陕死守，吴佩孚麾下的鄂军猛攻，战事整整持续四十八天，信阳一片糜烂。守城的老陕完全不是军纪太差，而是根本没有军纪。他们可全都号称国民军，自命为中山先生的信徒。尽管孙中山早已辞世，国民党刻在信阳城墙上这个最深刻的记号依旧无法抹去。那就是历史的账单。

以上帝或者耶稣为答案，你当然也没有想过。你清楚地知道，这不是考官需要的。你报考的毕竟不是有教会背景的燕京大学或者辅仁大学。怎么回答呢？你一时语塞。

神奇的是，两处考官的提示反问也都一样："怎么可能没有崇拜的人物呢？比如斯大林？希特勒？或者墨索里尼？"

你一个都没选。这三个名字你当然都曾风闻，但也仅此而已。本来不甚了解，不讨厌也谈不上喜欢，但张学良从欧洲回来后也极力鼓吹法西斯，推崇墨索里尼。因此缘故，你心里只有抵制。丢了东北的不抵抗将军，能出什么好主意？

在北大的考官跟前，你的答案是谁都不崇拜。怀刚知道后惊叹不已："这你还不懂？他们预期的答案非孙即蒋，以蒋为佳，你随便说一个不就行了嘛。"你摇摇头道："那怎么能行。你是不知道民国十五年的信阳围城。守城的祸害可都号称国民军呢。"

好在两处考试的时间有间隔。后来到了北师大的考官跟前，你想想怀刚的提醒，又想起一年前的长城烽火，遂有了灵机一动的答案：二十九军。考官闻听愕然，追问缘故，你答道："也不是二十九军，而是他们在长城上挥舞的大刀片儿。"

喜峰口罗文峪的惨烈与光荣，报上曾有连篇累牍的报道。答案出口时，你眼前又泛起了童年的记忆。当年冯玉祥在信阳驻军，留下了许多故事，跟你家也多有交集。你当然清楚，宋哲元和他的二十九军，便是当年冯玉祥十六混成旅的余绪，如今驻扎察哈尔，咫尺之遥。

不知道面试在多大程度上影响了结果。最终你收到的是北师大的录取通知。虽然小有遗憾，但在我看来却是上天的成全，否则我们俩怎么可能相遇？这世上有太多太多原本不相干的人，突然之间就成了左右我们生活的变量。

4

学校在厂甸,紧挨着琉璃厂,再往南一点儿,就是高君宇与石评梅的陶然亭。吃完中饭,你经常出门走走,逛逛琉璃厂。文玩你没兴趣,主要是买书。有个周末,你在书摊上发现了一本《当代世界三大怪杰》,封面上印着三个头像。打开一看,原来他们就是斯大林、希特勒和墨索里尼。想起面试时的提问,你便信手买了一本。

你带着书到饭铺吃饭。一份炒鸡子外加一份紫菜汤,竟然只要一角钱,可真是便宜。在信阳老家也不止这个价吧。你想都没想,便点了一份。菜与汤都有了,饭呢?不需要再点,米饭花卷管够。

等待无聊,正好有新书消遣。可菜一上桌,你的眼珠子好险惊落于地。伙计端上来的,分明是一盘炒鸡蛋。在你们老家信阳,很多东西后面习惯带个“子”字,比如鸡子、鸭子、狗子、竹子、笋子。鸡子是鸡子;鸡蛋是鸡蛋,完全两个概念。

“我要的是炒鸡子,你怎么上了炒鸡蛋?”

“这就是炒鸡子儿呀。炒鸡子儿,还不就是炒鸡蛋?”

有了上回炸酱面的教训,你立即反应过来,没跟伙计叫嚷。怪不得这么便宜呢。你自我解嘲地嘟囔道:“什么规矩嘛。鸡子就是鸡子,鸡蛋就是鸡蛋嘛。”

忽然有人笑出声来。你扭头一看,是两个女学生。一个略显年长,前发齐眉,后发披肩,神情洒脱;另外一个眉眼神态明显稚嫩,像个小妹妹,垂着小辫,清新可喜。

挑灯看剑梦吹角,
帅才无奈做词人。

茫茫宇宙间两粒粉尘一般的微小物体,竟然以这种不可思议的方式相遇,我实在没有合适的词语用来浩叹。我更想不到在你眼中,对我是那样的印象。你说小妹妹还是留了面子的。事后回想,你说你甚至还想起过稼轩词:溪头卧剥莲蓬。谢天谢地,你没有念出前面半句。

当时的我哪里知道这些。我本能地笑道:“又是外地来的。”你略一犹豫:

"外地来的未必没有见识。家父好歹也曾任过信阳道尹。"我闻听立即笑出声来："道尹？好大的官呀。信阳又在哪儿？"

"马老板的《四进士》都没看过？上写田伦顿首拜，拜上了信阳州顾年兄。鄂豫交界，武昌汉口的后花园。道尹的确不算啥大官，可火烧赵家楼，前任信阳道尹的公子，可是曾经躬逢其盛呢。"

"前任道尹的公子？敢问是哪一位？"林颖问道。

"陶希圣。现任北大教授。同为道尹之子，人家能到北大课徒，我就不能来师大念书？"

"谁说你不能了？南方人。"我又笑出声来。

"从南往北，过了武胜关就是中原，你懂吗？他是南方人，我不是。我是中原人。"一张嘴对付两个人，更兼对方是两个丫头，你的忙乱可以想见。而你所有的狼狈，都是我快乐的源泉。

林颖微笑道："南方并不矮人一头。北伐军从最南边的广州兴师，最终定鼎天下。"

"对嘛。到了北平这地界，再往北哪还有地方？不都叫日本鬼子占了吗？北方人怎么样，也守不住自己的家园。"

话里的火药味并没有呛住我们，你一定没想到吧。林颖跟我对对眼神，我们俩的表情全都放松下来。那时的你当然不知道我因何发笑。区区道尹，实在是小菜一碟。我外祖父曾经两度出任北洋政府的国务总理，可我丝毫不想提及他的名字。我希望跟他毫无瓜葛，可惜这并非我能决定的选项。当然，我也是事后才回过神来，你并无拿道尹职位或者家世背景说事儿的意思。无非是担心离家千里受人欺负，情急之下，顺手抄起稻草也要当作武器。

我们知道了你的名字：李世栋。知道你跟我同级但不同系，咱们都比林颖矮一级。林颖扫一眼你新买的书，便断言道："这书不适合你。你应该多读读这个。"随即递去艾思奇的《大众哲学》。

那时你并未注意到我。或者说，对我完全是伶牙俐齿尖酸刻薄的坏印象。而林颖的行为举止自然爽快，好像这并非素不相识的偶然邂逅，而是几十年前的故人重逢，完全是姐姐的语气。所以你对她更有好感，回去仔细读了《大众哲学》。你从书中知道了一个新鲜词汇，唯物主义。

遗憾的是，这本书总体上你并不喜欢。

5

《大众哲学》搁在身边，总像个无声的敦促。还是肯定要还的，否则哪有理由再见我们？可如何归还，也是问题。女生宿舍是禁区，来我们的教室也会承受无数的目光压力。你只能学习宋国的那个农夫，将书带在身边，时时留心处处注意。

终于有一天，我们成了撞树的兔子。

你首先见到的不是林颖，而是我。你嘻嘻一笑："喂，南方人！"我回头看看，兵来将挡："哈哈，鸡子儿呀。"

"我不知道你这么爱报复。"

"你应该夸我的记忆力。"

林颖道："行了行了，别斗嘴了。她就这脾气。说说这书吧，你有什么感想？"

你微微摇头："没啥感想，我不喜欢。"你说你的语气虽然干脆，但话一出口，心内又不觉生出些许歉疚。为那过于爽快的语气。速度即是力量。

"关键是要弄懂其中的道理。真理往往不受人欢迎，但真理就是真理，无论你喜欢与否，它都会起作用。"林颖看着你，眼睛睁得很大。你想物归原主，林颖却不肯接下，"这书是送你的。你可以借给别的同学，谁愿意看给谁。"说完不等回应，便拉着我离去。

守株待兔只有这个结果。我们再度见面，是因为奖券。

那时我们并不清楚国家已经在暗中对日备战。航空公路建设奖券和黄河彩票在街头四处叫卖，但我们从未将之与抗日联系起来。奖金非常高，头奖五十万，二等奖二十万，但售价也很可观，每张十块。这可不是小数目，相当于北大清华一个学期的学费，可以买五袋两百斤面粉。绝大多数同学每月的伙食费都不足十元。即便在街上的饭铺，两毛钱也算是贵族吃法，可以吃到两菜一汤。

要是吃面则更加便宜：三碗面皮只要六分钱，小碗麻酱四厘。无论你有多大的胃口，六分四厘也能吃饱。

可你不仅买了，还中了五十元的奖金。你买的是黄河彩票。河南人嘛。所以这结果令你格外开心，一定要请我们看电影。确切地说，是请林颖，名义是还《大众哲学》的人情。东富西贵，南贱北贫，师大正好在皇城西南。西城的"中天"和"中央"这两家影院离学校近些，票价也便宜，但你宁可舍近求远，要请我们到最好的影院，东安门外大街上的"真光"。那里最为宽敞，可以容纳八百观众，设施也高级。影片分三个档次：专利特轮影片，独家放映国内外的各类获奖电影，票价六角到一块五；多家共同放映的头轮影片，票价五角到一元；即便是档次最低的复映片，也得四角，对于学生而言可谓奢侈。

你要请我们看的当然是专利特轮影片：《倾国倾城》。我闻听眼睛一亮。爱看电影的人，谁不喜欢"真光"？然而林颖看我一眼，满脸惊愕："看电影就看电影，干嘛非要去'真光'？路远，票也贵。"

"没关系，我的黄河彩票中了彩，五十元呢。"

我插嘴道："占国家的便宜。"

"用词不当。这叫支援国家建设。历朝历代，治黄都是急务大事。不要考虑价钱，主要那里放的电影最好看，是《倾国倾城》。"

我期待地看看林颖。林颖道："你最近重读过《大众哲学》没有？有没有新的感受？"

"书已经送给同学，我没法还你，所以才请你们看电影还情，哪有机会重读？"

林颖微微一笑："我们周末已经有约，没有时间。等你重读过《大众哲学》，再来请我们吧，咱们可以顺便交流交流看法。"

那一刻，你满脸的失望几乎将我照亮。它们不似老人脸上的皱纹那样外在，但却像国画的背景，即使在水墨未到处，也有一片氤氲。这让我心里颇为不忍。我甚至很想告诉你原因：那时在林颖眼里，你还是落后分子，带着纨绔子弟的浓烈印痕。我们无法想象，即便在大学校园里，你还赌博打麻将。因我们并未想到，你需要以这种方式来支撑学业。赌场牌桌就是你的主要进项，类似别人家的田产。

请我们看电影遭拒，这事儿不知从哪儿传进了同学汪大维和刘成彩的耳朵。他们把你好一阵奚落。一个说，入学已经一年，你还不知道行情吗？北大老，师大穷，清华燕京可通融；辅仁是座和尚庙，六根不净莫报名。女生找男朋友，都要找清华燕京的，哪还有你的好事儿？一个说女生找男朋友，要篮球队的身量，飞行员的风度，外交家的口才。你瞅瞅你自己，占了哪一头？

北师大的音乐系和体育系，在当时的中国可谓独一无二。这两个系的学生是活跃业余生活的主力，明星无不出自其中，比如音乐系的学生王洛宾。他为徐志摩诗作《云游》所谱的曲子，行云流水而又激情澎湃，正对不知愁滋味的少年胃口，在校园内外传诵一时。所可惜者，这些热闹你都无从参与。唱歌你不擅长，因打小就跟着父亲听评剧①，耳濡目染都是这个，习惯渐成爱好，难以改变。评剧的发声方式跟唱歌也完全不同。至少王洛宾的《云游》，你唱不来。至于运动，对你来说更是强人所难。因你出生时便不足月，有先天不足。虽照父亲的要求练过武术，身材和力量依旧不是强项。说句你不爱听的话，就你那又黑又瘦的外表，想要吸引女生的注意，难度的确不比考学小。你说你并无觊觎林颖之意，请看电影只为还情，或者想找回面子，因为初见时自认落了下风，必须找回来，这种鬼话只会让我生气。因为你侮辱了我的智商。最核心的推动，也许你自己都没有发现吧。

你求爷爷告奶奶，请汪大维和刘成彩去"真光"看了《倾国倾城》，此事方才罢休，没有谬种流传。说起来这两位也并非成心敲诈，其实也是让你还情。他们在牌桌上输给你的，何止两张电影票。

你大概遗传了令尊的竹戏本领吧。我们所谓的恶习，你每每自诩为天分。顺手一捻便知道是什么牌尚在其次，你生有第三只眼，能预见别人等什么牌，手中又有什么牌。同学中打麻将的不多，而你一直是主力。上帝没有给你音乐和运动天赋，赌博才能大概是种补偿。喜欢打牌的那几个都有家世背景，愿赌服输的那种。有他们做后盾，你的读书生涯越来越滋润。你甚至买得起自行车和皮夹克，世家子弟的风度俨然。这两样时髦货，都购自天津中原公司王府井店。中原公司是当时天津最高的建筑，号称"始创不二价，统办全球货"，北平的分店自然也是洋气无比。我

---

① 评剧，即京剧，时称平剧。

不得不承认，人靠衣裳马靠鞍。穿着皮夹克骑在自行车上的你，的确令我眼前一亮。那一刻，这种时髦新奇，完全覆盖了此前又黑又瘦的南方青年形象。

可惜时局不靖，北平已经很难安置安静的书桌和牌桌。九一八之后，从"锦州事件""榆关事件"直到长城抗战，枪炮虽然暂时平息，但暗流从未停歇。1935年，南方红军的长征轰轰烈烈，北方日寇的侵逼甚嚣尘上。5月里，他们策动汉奸在冀东数县暴动，占领香河，成立"县政临时维持会"，随即平津两地都出现了日本人支使的所谓"自治运动"。何应钦被迫接受日本华北驻屯军①司令官梅津美治郎提出的备忘录，即所谓的"觉书"，令中央军、于学忠所部东北军五十一军、蒋孝先的宪兵第三团以及国民党各省市党部，全部退出华北。北平几成空城。结果6月27日夜里，我们便听到了隆隆炮声。

炮声来自于永定门方向。几天后大家才知道，那是吴佩孚的旧部、李大钊的同学、汉奸白坚武的杰作。他纠集三百多个汉奸与日本浪人，胁迫劫持两辆铁甲列车，开到永定门向城内开炮，企图造成混乱，给鬼子制造出兵的机会。所幸他们机关算尽，也没达到目的，很快便被扑灭。

叛乱被迅速平定，当然是好事。但几乎与之同时，7月9日，何应钦便被迫复函日方，接受梅津美治郎的屈辱条件。虽未正式签字，但臭名昭著的《何梅协定》依旧得到了法律上的承认。鬼子的刺刀几乎直逼学校大门，沉重的战靴眼看就要打破学堂的安静。即便在牌桌上，你说你也能感受到隐形对手的存在。仿佛你的敌手不是三个，而有四个。剩下的那个端着刺刀踏着战靴，一袭土黄的军衣，面无表情地站在背后。

6

新学期刚开始时，有人组织同学郊游，到南口的长城览胜，暗含追怀凭吊抗

---

① 华北驻屯军，日方编制序列中的称谓，先后为清国驻屯军和支那驻屯军。因司令部在天津，简称天津军。

战将士之意。具体组织者是谁，我并不是太清楚，按照规矩也没有问。但是可以肯定，林颖在其中。参与者有两个高大健壮的篮球队队员，一个叫王则久，一个叫高德睿。你说你就知道同行者会有林颖和我，但我却没想到，你这个落后分子赌博棍儿，竟然也能位列其中。

集合完毕，大家直奔西直门。城门口站着一排兵，穿着二十九军的灰军装，但背后并没有你崇拜的大刀片儿。也幸亏中央军东北军全部撤离华北，否则宋哲元和二十九军还真是无处容身。此前他们积极守卫察哈尔的疆土，日军屡次摩擦均未得手，便向国府施压，导致宋哲元的省主席官帽落地。就在白坚武叛乱的几小时后，二十九军三十七师便出现在北平西郊。这是再恰当不过的填空。7月17日，报上发表消息，国府授予宋哲元及其麾下的师旅长共计四十九人青天白日勋章。这是最高级别的勋章。此时颁授，既是对他们长城抗战功勋的公开承认，也有坚其心志的推动含义。希望他们再接再厉，别沦为白坚武之流。当年长城抗战的最终结果毕竟是《塘沽协定》，的确也没有授勋的氛围。

出门之后，你下意识地抬头看看，只见城墙不过是一道线，线后偶有人影，模样就像泥人糖人。这被缩小的印象是如此深刻，你说直到七七事变的南苑战役之后，你沿城墙爬上永定门实地再看，方才明白眼见为实其实还是多有局限。

城门之外有条河，就是护城河的上游高粱河，大约四五米宽。水流不甚急，不时能听见青蛙的鸣叫。桥两端都有牌楼，上题匾额"高粱桥"字样。

"高粱河，好奇怪的名字。你知道来历吗，南方人？"

"传说这是工匠高亮赶回来的水形成的河流。说是当年刘伯温建造北京城，碰上龙公作怪，全家化作菜贩子的模样进了城，由龙子龙女分别将甜水和苦水收入两个皮囊，准备带走。一个叫高亮的工匠闻听此事，挺身而出，前去追赶。追到玉泉山下，看见一个老翁推着车子，左右各有一个大皮囊，便急追几步，挺起红缨枪朝皮囊刺去。可惜急中出错，刺破右边的皮囊，苦水立即汹涌而出。高亮回头就跑，跑出十几里，实在太累，停下来一回头，立即被苦水淹没。后人为了纪念他，便将这条河命名为高亮河。时间一长，以讹传讹，就成了高粱河。"

"真有意思，怪不得北京缺水呢。"

"北京城内的水井苦水多，甜水极少。说是甜水都被龙公收进了玉泉山。"

高德睿突然插话道："高粱河还是高亮河并不重要。重要的是，这是著名的古战场。当年宋太宗要收复燕云十六州，在此地跟辽军激战，结果战败，他自己都受了箭伤，好不容易才乘驴车逃掉。"

这段史实你依稀知道，但并不确切。高德睿此言一出，你立即有点儿肃然起敬的意思，内心满怀感慨。那一刻，你似乎不敢挪动脚步，仿佛脚下的每一寸土地都含有典故和古人，不能肆意践踏。

"外患不除，内政难安。今日的情形，跟那时差不多，必须先把倭寇赶出去。"王则久比高德睿瘦，唇上带着暗色，看来胡须已经急不可耐，就像他胸中的激情。他这话中并无夸张，毕竟清华大学已开始在岳麓山下兴建校舍，并将部分贵重仪器和图书南迁。春江水暖鸭先知。清华背景特殊，必有独到的情报来源，不只是嗅觉灵敏。

到南口还有几十里路。市内虽有电车，但站点有限，颇为不便，大家只能一早赶到西直门，然后换乘预订的轿车。若是路程近，比如从和平门到白云观，骑毛驴更方便，而且只要现场付钱便可骑驴走人，主人并不跟随，事毕毛驴自己会回去。但咱们的目的是南口，那就只能预订轿车。你骑着自行车，反正骡子拉的篷车速度并不快，途中还可以跟大家轮换。这本是你的好意，可以节省脚力，但我随身携带的那柄伞，却让你心生愧疚。因为它的商标是"抗日"牌。

这是把新伞，既可遮阳又能防雨，登山爬长城时还能兼拐杖之用。这种牌子的伞别处没有，国货售品所独家经营，也在王府井。那时汉奸殷汝耕的"冀东防共自治政府"虽然尚未粉墨登场，但冀东一带早已被日军控制，走私正大光明，城内日货泛滥。而价低质次的日货，完全是贱货的代名词。比如他们的绸缎，不论尺而论斤，一斤只要一角钱，合一分钱一尺布。这个价格颇有吸引力，然而布匹张拉过度，会产生干缩。就连小孩子的口水沾到衣服前襟，都会收缩甚至拉破，人称"唾沫断（缎）"。这样的货物，更兼没缴关税，当然会冲击国货。

因此情形，抵制日货自然而然地成为社会思潮，无须策动。看见这柄伞，你说你十分后悔，皮夹克自行车这样的大件商品，应该也去国货售品所买，支持国

货。要是也能买件"抗日"牌，不拘什么，该有多好。听了这话，我跟林颖都很高兴。林颖看我一眼，悄声道："看，把鸡子儿叫来，没白叫吧？"我笑着看看你，让你满头雾水，而我们的笑声越发清越。

7

西直门外道南有家老字号的饽饽店，各式各样的满汉饽饽俱全。它有两样特色，一是饽饽薄而且脆，二是缸炉全部破边。不过此地有饽饽店的香，也有牲畜的腥臊。大车店鳞次栉比，院内满是拴马桩和马槽。还有许多老式的客店，白粉墙上描着大字：四合老店、安寓客商。大炕上空空荡荡，没有卧具，客人入住需要自带铺盖。

车轮辚辚，我们很快将饽饽店大车店全都甩在身后。燕山丛中，长城如巨龙俯卧，时隐时现，直到天边，这境界的确是阔大雄浑。黑龙潭急流汹涌，水质清冽，可惜没法带上长城。长城年久失修，更兼山势陡峭，攀登颇不容易，恨不得手脚并用，哪有余力带水。到了上面，只能以一毛钱一小壶的白开水解渴。虽然价格不菲，但此时此刻嗓子冒烟，就像土木之变中的明军士兵，岂有议价能力。好在这是通常价格，并非临时起意的借机盘剥。

刚刚入秋，北京城内还很热，但进入燕山之后，气温逐渐降低。等爬上长城，山风将衣服紧紧摁在身上，就像摊煎饼，几乎要拧出其中的汗。此时还真需要一杯热水。雄伟的山势让大家顿觉胸襟开阔，谈论的都是军国大事，但你却盯着一株紫薇，神游天外。

这是一段野长城。有株紫薇竟然穿透坚硬的城砖，顽强地挺出身子，长成一人高，开出跟别处同样的花。浓密的花瓣白中泛红，红中带紫，就像喧嚣背景中的寂静，或者无边寂静里的小小热闹，充满禅机，令人过目难忘。

林颖唤醒了走神中的你。她的话题，依旧是《大众哲学》与唯物主义。你说："我感觉更喜欢三大怪杰。人家的确让国家迅速兴盛了嘛。我觉得对于当今的中国，这也是个不错的选择。中山先生说得很对，中国人一盘散沙，非有强力领袖凝聚不可。"

"这只是问题的一个方面。你不能忘记五四精神，抛弃五四思想。德先生和赛先生最为重要。你说的那些，恐怕还是君主的延续，与民主精神完全背离。它顶多只能是临时之策，绝非长久之计。而眼下的急务，首推抗日。抗日才能救国。可你看看南京，有一点儿抗战的气氛吗？从《塘沽协定》到《何梅协定》，恨不得在北平城头插上膏药旗。"

关于民主和开明专制，你说你发觉自己总是人群中的少数。但提起抗日，你也的确没话说，成了自己先前的对立面。是啊，日军的刺刀耀眼，大家几乎不能自由呼吸。这已不是卧榻之侧的事情，而是心腹大患。

大家正在热烈讨论，忽见几个人遥遥而来。此地遇见同游者本属幸事，但走近一看，来者不善。从打扮看不像中国人。大家立即警觉起来。卖水的小贩轻声道："又是这几个朝鲜人。他们已经来了好几天，整天在山上写写画画，不知干啥。"林颖道："荒郊野岭，有啥好写写画画的？十有八九是间谍，要收集地形资料。"

比起日本鬼子，那时我们更恨朝鲜人。说起来他们不过是亡国奴，可到了中国竟也狗仗人势，耀武扬威。这三个家伙走路都给人螃蟹的感觉，似乎要在长城上横行。当然，多年之后再回想，那应该还是咱们心情紧张之后的情绪放大。野长城肯定不会很宽敞。朝鲜人经过时，与我们发生了自然而然的摩擦。本来倒也没什么，但有个家伙看来是成心挑刺儿，突破口就是我拿着的那柄伞。因是刚买的，"抗日"牌的商标格外显眼。

走在前面的那个家伙双肩不平，右肩下斜，好像挑着重担。中间的那个朝鲜人最年轻，嘴唇上的须印很淡，年龄估计跟你相差不多，模样也并非凶神恶煞，身上有浓重的狐臭。斜肩已经过去，狐臭却突然发难。看来他是中国通，不仅能说汉语，还认识汉字："'抗日'牌？你们一定是抗日分子共产党，对大日本不友好！"

林颖的语气不卑不亢："你难道没看见图案？'抗日'的意思，是防止日晒。女生爱美，不想晒黑，有错吗？"

本来就是他们多事，更何况又是三张嘴对付将近二十张嘴，越说他们越理屈

词穷，直至恼羞成怒。

什么混账王八蛋大日本，打日本还差不多。从黄海大东沟到威海卫，再到九一八、"一·二八"、长城抗战，只能凭枪炮打出威严。再锋利的语言也无法击沉航空母舰。要是日本人，这恶气咱忍忍倒也罢了，偏偏他们只是朝鲜人。朝鲜本为中国的藩属，被日本吞并没几天，就跟着新主子变脸。这等奴才就像要长新毛的癞皮恶狗，是可忍，孰不可忍。

你在旁边越听越生气，胸中的怒火就像紫薇突破野长城的城砖瞬间爆发："三姓家奴，竟敢在主子门前撒野，滚出中国去！"说着话猛然抬腿，冲那朝鲜人就是一脚。

这一脚立即引发战争。当然，中国完胜。王则久和高德睿一人足以对付一人，剩下这个深陷汪洋大海，除了挨揍，一无所能。

朝鲜人好收拾。一顿拳头，便让他们服了气。当然，鸭子打死嘴还是硬的，最后还要问咱们的来历。王则久首先开口回应："我们是……"高德睿插嘴道："我们就是南方抗日分子。有种你们再去上海，还让你尝尝十九路军和第五军的厉害！"

8

这场突如其来的遭遇战缩短了我们的行期。归途中，你被林颖好一通批评。她责备你不该如此冲动，险些引发严重后果。日本人谁都恨，但这不能成为贸然动手的理由。你肯定想不到，这一脚下去会踢成两面不是人，因而很有些委屈：抗日救国不是最紧迫的急务吗？

别说你心里不服气，我也有点儿。说到底，这事儿的由头在我，在我手中的那柄"抗日"牌雨伞。如果不是你先前在论战中落了下风；如果你表示后悔没去国货售品所买件"抗日"牌商品时，我们没有莫名其妙地相视而笑，我想你未必就会率先踢那一脚。

当然，事情的起因并不重要，重要的是结果。只要赞同抗日，便是我们团结的对象。问题是你的热情就像寒风中的热气，来得快，去得更快。只要上了牌桌，你便会忘怀一切。我留心观察的结果是，各种活动的积极组织者就那么几个人，比例占一成左右；两成左右的同学对他们积极拥护，半数学生的态度是基本赞同；剩下有一成冷漠派，主张努力学习，两耳不闻窗外事；另外一成，则是完全反对。

你是基本赞同派，但你的牌桌同好以冷漠派和反对派为主。只要打上几圈，那种极其熟悉的手感，便会让你忘记时间，也忘记现实。在那个时刻，日军的土黄军装与战靴的形象逐渐淡化，而教书先生的形象逐渐清晰。你感觉当个教书先生就挺好。大富大贵曾经经历过的各种荣耀，骤然败落之后的巨大落差与人生况味，使得你越来越理解还在信阳的小长辈儿。怪不得他一生愿以课徒为生。小长辈儿只会之乎者也四书五经，无法到学校任教，束脩很少很少。你可不一样。等北师大的文凭到手，便可以找个不错的学校，谋份体面的教职，薪水不比县长低。

我们愿意积极争取你，将你变成积极拥护派，至少不要滑入冷漠派。那样的人不是民族的敌人，也是民族的罪人。因为当时的情形的确已经火烧眉毛：11月24日，汉奸殷汝耕在北平的东大门通县挂牌成立伪"冀东防共自治政府"。我们不知道日军向国府以及宋哲元施加了多大的压力，只知道两天后国府决定撤销军事委员会北平分会，派何应钦出任行政院驻北平办事处主任。12月3日何应钦飞抵北平，两天后便有十五架日军飞机在城市上空低飞盘旋，抛洒传单。我捡到过一张，是以汉奸殷汝耕的名义发布的。口吻腔调不说也罢，免得恶心。据说还有日军当着何应钦的面，在他的客厅里小便。他们就是这样无礼，这样嚣张。

民族国家的命运转折，就在一念之间。多年之后我才体味过来，林颖和我，可以说是在用体温温暖你，免得你被冷漠冻伤。因为那年的冬天格外冷，竟然连下三天大雪，学校门外的雪能没过膝盖，直到著名的12月9日。

9

适逢周一，课堂却像久旱之后的高粱地，东缺一棵西缺一棵，空落落的。很

多同学没来上课，上街请愿去了。这几天传言纷纷，说是日军逼迫二十九军军长宋哲元开展华北自治，由宋挂头牌的冀察政务委员会即将成立。这个机构标榜跟中央政府的不同，实质就是个准汉奸组织，随时可能沦为殷汝耕第二。

报上也能读到类似的消息。而说起民意，当然是反对。包括牌桌上的你。你突然想起民国元年，堂兄世业在信阳组织的学生运动。那时知州张书绅要带着赃款离任，被学生们堵在州衙，时间超过十天，直到张书绅交出全部赃款，并将已经汇走的款项开出欠条为止。这事儿可不在武昌起义之后，而在武昌起义之前。你父亲李玉亭是调解的保人。尽管后来阴差阳错，张书绅贪污的欠条让你父亲当了冤大头，但这并不影响大家对李世业高看一眼。

好戏上演时，你可不想当单纯的看客。至少也要成为历史事件的注解或者书签。因而上午课程结束吃完午饭，你也准备上街。刚出校门没多远，便看见前面有两个歇脚的洋车夫。那时老舍先生的《骆驼祥子》尚未问世，但人们也已经略知其苦。人力车夫号称"兵部（冰布）大臣翰林（汗淋）院"：冬天汗水溻透衣服，外面甚至结冰；夏日则又汗如雨淋。还好，此时二位的衣裳尚未成为盔甲，大概是没受多少累，因为有急事耽误了营生。

两人正在闲聊。一个道："老哥儿，别出西直门，又关了。"

"怎么又关了？不年不节的，这算怎么回事？"

"嗨，闹学生呗。"

你立刻明白了事情的原委。三天以前，北平十五所大中学校已经联名发表通电，要求国府讨伐汉奸殷汝耕，并且公开对日的外交政策。一句话，日本咄咄逼人，已经登堂入室，国府对此究竟是何态度，必须给民众一个交代，以正视听，不能老这样暧昧混沌，不明不白。鸦片战争期间，两广总督叶名琛在广州无所作为，坐视英军入侵，城池失守，被讥为"不战不和不守，不死不降不走"。叶名琛虽已被钉上历史的耻辱柱，但毕竟是个人行为。我堂堂中国政府，岂能步其后尘。

游行已经结束。傍晚时分，学生陆续返校。你在人群中看见了很多熟悉的脸庞。比如林颖、王则久和我。事实上上次去南口郊游的那些人多数都在，缺席者不多。高德睿之所以不在现场，是因为他在请愿中受了伤，胳膊被打断，已被送进医院。

林颖满面严肃，是那种紧张尚未完全消除的感觉。我看你一眼，若有若无地笑了笑。在那短暂的笑里，你说你读出了骄傲，也读出了鄙夷。那种眼神令你无地自容。你突然跌入无尽的失落之中。是那种被热闹抛弃，只能寂寞在角落的感觉。独在灯火阑珊处，即便品格孤高横绝，也终究会有丝丝苦涩，更何况还不是。

当晚本有雀战约定，但你临时爽约，要去医院探望高德睿。你用赢来的钱买了两盒点心，出了校门便雇辆洋车，直奔协和医院。本来可以自行车代步，但是白天的雪经过践踏，此时已经结冰，不是坑洼颠簸就是打滑，没法骑。

还没进病房，喧闹便直抵双耳。推门一看，里面满是同学，看来都是慰问者；病床旁边插着蜡梅，据说是护士送的。梅花虽香，对于穷学生而言终究不够实惠，但这没关系，还有各类糕点，甚至还有冰糖葫芦。毫无疑问，来自于女生。

对于里面的笑语喧天而言，刚进门的你就像一贴镇静剂。大家同时噤声，目光都在你身上聚焦。

"鸡子儿！你怎么来了？"

你刚要答复我，林颖又提了个问题。这个问题相对于我的随口一问，温度差别就像室内与室外。"李世栋同学呀！谁叫你来的？"

"没有人叫我来，我是自己来的。我觉得应该来。你们也是，这么大的事情，也不告诉我一声。"你的回答多少有些跌跌撞撞。因心里颇不服气：看望受伤的同学，难道还要哪个批准？

"你想参加爱国运动，这很好呀。回头还有，我喊你！"我读懂了你的弦外之音，因而插了话。

林颖侧脸看看我，我立即缄口不言。林颖微笑道："这是自发的学生运动，你不能等着别人招呼。也没有人招呼过我们。"

本来你还不能理解目光的确会产生压力的理论。但在那个瞬间，你真切地感受到了这一点。所有的目光齐射过来，你这个善意的慰问者仿佛是在过堂，要受末日审判。还好，林颖说完，大家的话题和目光又慢慢转向。时间就像一艘航船，偶然受到你带来的急流冲击，短暂地改变航向，但很快便恢复正常。你不再是中心点，中心点还是高德睿。

"疼吗？伤得重不重？会不会耽误明年的奥运会？"我信手摸摸高德睿受伤的胳膊问道。胳膊上打着石膏，硬邦邦的，可你却说我的语气像潺潺春水一般温柔，而抚摸的动作比这还要温柔。那甚至已经不是抚摸，而是试探或者召唤。真是天可怜见。

沉重的失落牵着你的精神不断下坠。你仿佛又回到了干枯的童年时代。虽然父亲有三妻四妾，但你却很少能感受到母爱。生母身份卑贱，你的母亲不可能是她，只能是别人。而那个人最想做的，就是让你的小命从鸡公山下李家雄伟豪壮的宅院内消失。那种缓慢的疼痛，漫长的恐惧，已经随着岁月消逝大半，你自以为伤口已经痊愈，但此时突然发现，暗伤一直存在，随便被什么东西偶然触碰，都会再度滴血。比如我完全不经意的语气和动作。

10

大家谈得热火朝天，正好拼凑出今日事件的全貌。否则别说置身事外的你，就是躬逢其盛的我，也只能窥一斑，而无法见全豹。

学生不过是要和平请愿，但政府防爱国者如寇仇，下令关闭西直门，阻止清华与燕大的学生进城。城内的学生随即推举代表，前往中南海居仁堂请愿。

居仁堂本是慈禧的老窝，叫仪鸾殿。八国联军进北京时，又成了联军统帅瓦德西的司令部，名妓赛金花因此遗留芳踪。期间德军厨房失火，将殿宇烧毁，连同德军的少将参谋长。慈禧回京后为向列强示好，表达和平诚意，又在原址建起西洋风格的楼宇，命名为海晏堂。袁世凯当国之后改为居仁堂，在里面过了八十三天的皇帝瘾。北洋时期，这里常作为总统的办公楼，如今它的主人则是国府的行政院驻平办事处主任、陆军上将何应钦。四天之前，中南海门前刚刚被人包围过一回，那些人自称北平民众代表请愿团，要求"自治自决"。当然，何应钦没有理睬。

学生代表提出六条要求：反对成立"华北防共自治政府"及其类似组织；反对中日间一切秘密交涉，立即公布应付目前危机的外交政策；保障言论、集会、出版自由；停止内战，团结对外；不得任意捕人；立即释放被捕学生。

然而何应钦不肯出来接见答复。他竟然将我们与汉奸同等对待，全都不理。于是事先商定的请愿，随即改成示威游行。清华和燕大的学生最终攻破了西直门。

西直门，高粱河。这些地名不断在你脑海中闪烁。高亮手持红缨枪，宋太宗乘驴车逃亡，大队学生冲开西直门，高德睿的胳膊被打断，还有我所谓温柔的试探。这些原本互不搭界的事件，结伴朝你脑子里挤，然后不断回旋，越转越快，直到重叠融合。

你终于明白自己错过了一场大戏，《八大锤》那样吃功夫的武生戏。还好，一周之后，又来了机会。

16日也是周一，冀察政务委员会要挂牌成立，学生当然不能没有表示。头天晚上我便通知了你，约定次日全体上街，你闻听立即摩拳擦掌。虽然大战在即，但毕竟在次日。谢安小儿辈遂已破贼的风度，还是不能忘记。故而那天晚上，你们依旧如约雀戏。

你在牌桌上向来赢多输少，但那天晚上似乎情形不对。原来谢安风度并不是那么好学的。你心里不断风起云涌。就像初次上台的角儿，在详细思量次日的亮相。按照林颖的布置，我特意嘱咐你不要随便告诉别人，尤其是那些牌友。你很不解："人多力量大呀。把大家都发动起来不是更好吗？"我微微摇头："人多力量大，那得齐心。万一不齐心呢？这些事情你不必考虑，只管自己参加。你有自行车，就当个交通员吧，来回传递信息。"

你本来是不想说的，但到底还是没能忍住。因你连续打了好几张错牌，直到眼睁睁地点炮。和牌之后的汪大维非常高兴，一高兴就难免口出狂言："平常看你有两下子，今天看来，你最拿手的本事，也还是点炮。好准头！承让，承让！"

你向来自负牌技。也不是自负，你的确算得上精通。闻听此言，你忍不住来了句《武家坡》中的戏词："大维休要发狂言，欺我犹如欺了天。我在想明天的大事，顾不上跟你们钩心斗角。"随即说出原委。汪大维和刘成彩闻听都不同意。后者尤甚。理由非常简单，军国大事学生不懂，还是不要盲目掺和为好，免得被奸党利用。一切事务，政府必有措置。

谁也不能说服对方。你又是少数。说到最后，刘成彩将牌一推："既然如此，我们也不耽误你的大事。今天就到这儿吧。"汪大维很想趁机多捞回来一点儿："别呀，说好打八圈的嘛。"你起身拱手，但并未拿回搁在桌面上的钱："各位，咱们下次再会。"

按照规矩，输家不开口，赢家不能走。虽然你今天进少出多，但上周却几乎将李汪二人剥干洗净。汪大维有资格坚持。故而你很奇怪刘成彩的反应。按照他的性格瘾头，如此成全对手，未免过于新鲜。

一　万

1

　　某虽不才，但爱国向来不肯后人。谁都知道"一二·九运动"，但却未必清楚，民国二十四年（1935）12月9日那天的游行示威规模较小，远不如一周之后的12月16日。"一二·一六运动"声势浩大，我是积极参与者，奉命骑着自行车来回穿梭，在各路游行队伍之间担任交通联络。警察有专门的自行车队，学生也必须有这样的工具，与之对抗。

　　连日大雪，树上挂着晶莹的冰溜子，所幸路面的积雪已基本铲掉化净，不影响骑车。自行车带着我，刀片一般切开寒风。那种锋利，令人何时回忆起来都要本能地哆嗦。跑了一阵，热气散发出来，方才顶出表面的寒意，我的脸开始发红，额角开始渗汗。毫无疑问，西直门又已关闭，清华和燕大的学生要想进城，只能像上次那样自己动手。军警已有上次的教训，学生再想故技重施，恐不那么容易。因而组织者决定里应外合。我的任务，是先行打探西直门方向的情况。

　　赶到西直门，却发现根本无法接近。军警众多，还架着机关枪。随便数数，里三层外三层，少说也有八百人，机关枪二十多挺，都摆在沙袋后面。除了警察和保安队，还有二十九军的士兵，背后都插着传说中的大刀片儿。

　　探明情况，我赶紧跨上车子，回去报告。组织者看来有好几个，但我只认得本校的师姐林颖。他们商量一阵，又让我飞车联络别的学校，通知修改游行线路，避开王府井和东交民巷，改道东行去外交部街。

外交部街过去叫石大人胡同，得名于明朝权臣石亨。土木之变后，石亨辅佐于谦保卫京师，后又参与夺门之变，拥立英宗复辟，造成于谦之死。他虽然因此暴得富贵，但最终还是因为横行不法而死于狱中。

睿亲王多尔衮的府邸也在这条街上。虽然他的名气更大，但我们的目标还是侯爷石亨的旧宅。那里先是清政府的工部宝源局，亦即铸币厂，后来外务部在原址建起迎宾馆，所谓外交大楼。袁世凯当总理时，曾率内阁在此办公，如今则即将成为冀察政务委员会的大本营，延续此前的行政院驻北平政务整理委员会。政务整理委员会前面带有"行政院"字样，是国府的派驻机构，冀察政务委员会则完全不同。

我拼命蹬车，朝王府井飞奔。

对于王府井，我早已轻车熟路。中原公司和国货售品所的北平分店都设在那里。虽然还只是土路一条，店铺也不多，不如前门、东四牌楼和鼓楼大街热闹，但已有后来居上的苗头。不过我熟悉此地并非因为中原公司和国货售品所。我需要购买的货物不多，看电影的次数不少。平安电影院和光陆有声影院都离此不远。这两个影院跟我上次请客的"真光"属于同一档次，在京城颇有影响。尤其是刚刚落成的光陆。这家电影院的股东，有佟麟阁、冯治安、刘汝明等二十九军将领。都知道冯玉祥是基督徒，曾经让一个团的部队在信阳城南的浉河边集体受洗，故而军中的基督徒很多，佟麟阁尤其虔诚。我初入学时，这家影院还在米市大街上，租用着基督教女青年会的大堂，今年夏天刚在东单北大街西总布胡同西口建起自己的影院。新盖的厕所尚且香三天，何况电影院。我一直思谋着想请林颖和齐婉茹来这里看场电影，可惜一直未得机缘。

当然，那时我丝毫顾不上光陆有声影院。促使我一路飞奔的动力，其实也不是王府井大街，而是东交民巷。

大概因为高亮的操作失误吧，北京城内水井超过两千，苦水十有八九。因而这条街上的那口甜水井显得弥足珍贵。明成祖定都北京之后，这一带曾经建起十座王府，因而得名十王府街，清代改名为王府井。这只是国人的称呼，洋人称之为Williamson Street，因为英籍澳人威廉姆逊在这条街上经营有方，影响很大。而他之所以要在这里开店，就是要借东交民巷的光。东交民巷本名东江米巷，元时这里有漕粮进京的水关。明代的礼部、鸿胪寺和会同馆也设立于此。会同馆主要接待安南、蒙古、朝鲜、缅甸等四个藩属国的使节，俗称四夷馆，因此蒙上外交色彩。根据《辛丑条约》，这里已是国中之国，洋人呼为使馆街。四周筑有高约六米的围墙，上置碉堡八座，出入均须通过卫兵把守的铁门。东、西、北三个方向的建筑都被拆除，留有百米左右的开阔地带，平时作为操场，万一再有类似义和团围攻的事件，也清理了射界，便于防卫。一周之前，游行队伍抵达王府井时，几十米外的东交民巷不仅布满中国军警，使馆区的卫兵，尤其是日本使馆里的军队，也已经沿街架好机枪。如此局势，不是一触即发，而是不触也发。最终果然上演流血事件，好在无人丧命，也没有发酵扩大。

林颖他们根据西直门的动向判断，东交民巷和王府井一带必然也有重兵把守。为排除干扰、顺利达到目的，原定经过此地的游行队伍必须迅速调整线路。这就是我的任务。

一路飞奔，只恨脚下踏的不是风火轮。随着汗水的溢出，我的激情也越发高涨。毕竟从未参加过如此规模的运动。从横幅标语上看，出动的不仅仅是大学生，很多中学生也参与进来。那一张张稚嫩的脸庞令我突然有种天降大任的感觉。我就像个称职的传令兵，每经过一支队伍，便下车匆匆通知领队，然后再度双轮疾驰。我骑得既猛且快，大腿根磨得发烫。怪不得投闲置散的刘备要感慨髀肉复生。最终我没有误事，这个方向上的游行线路全部调整，没被东交民巷耽搁。

完全出乎意料，我竟然见到了久违的故人靳怀刚。我很奇怪，他并非中国大学的学生，怎么会出现在这所学校的头排。然而此情此景已无工夫叙旧探究。我略事寒暄，在他肩膀拍一巴掌，便赶回去复命。那时怀刚他们的队伍已经进入王府井大街。他们掉头之后，军警却没有随之撤离。也就是说，他们成功地消解了部分围堵兵力。

2

学生游行，市民围观，队伍越来越长。走到中途，刘成彩赫然入目。我更加意外，随即停车询问缘故，顺便也歇口气。刘成彩笑道："抗日爱国，我也不能落后。你这一路飞奔，必是联络，要找谁呢？""你能这么想，我很高兴。不说了，我得赶紧去找林颖。"

找到自己的队伍，我几乎已经累瘫。这大半天我几乎踏遍半个北平城。然而见到婉茹，我立即又有了精神。她正在散发传单，跟林颖一起。她们的脸蛋全都红扑扑的，额前的发髻带着明显的湿气。我想不起来哪首唐诗宋词汉乐府中，有过这样精神而美丽的少女形象，不觉呆立片刻，险些忘记缴令。

学生现场集会，通过了五项决议：坚决反对日本侵略；反对华北一切傀儡组织；誓死不承认冀察政务委员会，收复东北失地；言论出版集会自由；罢工罢市罢课。这些条款应该是事先拟好的。组织者每念一条，下面立即欢声雷动地挥拳赞同。婉茹她们散发的传单，基本都是这些内容。

我跟在婉茹旁边，继续行进。走着走着，速度不断放慢，直到完全停止。前面传来消息，大批军警拦住去路，间或对空鸣枪，不准通行。这么多人麇集于道，欲进不能，欲退不得，激情与能量逐渐挤压叠加，形成焦躁，几乎在胸中团结成块。游行到现在，很多人未吃中饭，饥饿也试图吞噬他们空荡荡的胃。虽然偶有市民商贩送来热水、油饼和点心，但终究是杯水车薪。

天色向晚，局面渐趋混乱。正在此时，前面的队伍忽又移动起来，内心巨大的压力终于有了些许出口。此时林颖已不见踪影，大概已到前面指挥。我推着自行车，紧紧跟在婉茹旁边。走着走着，我们又陷入包围，大批军警手持军械以及高压水枪，跟同学们互相推搡。

学生们也是有备而来。很多人掏出石灰石块，朝军警扔去。还有人试图争夺水龙头。我和婉茹身不由己，逐渐进入一线，直接跟军警对峙。突然，我感觉好像有碎石砸在脸上，既冷且痛，原来是高压水枪。我和婉茹都被击中。

那可是隆冬时节，树上还挂着晶莹的冰花。婉茹"啊"地惊叫一下，本能地转脸扑向我。我双手一松，自行车立即倒地。顾不上价值几十块大洋的车子，我啥都没想，一把抱住婉茹，互相取暖。

虽然彼此都穿着厚厚的冬衣，虽然周围有要命的喧闹，但我依旧感受到了强烈的女性气息。我看见了婉茹头发潮湿的味道，感觉就像大别山乡间成熟的稻花香气，正在眼前随风摇曳。过去每当那时，父亲都会带着我，跟随佃农看青，根据庄稼的长势决定秋收时是原样收租，还是定量让课。我也嗅到了婉茹丰满有力的乳房，传导着生命的坚强搏动。

那种柔软再度将我击中。我感觉自己已经无力支持，眼看就要倒地。正在此时，水枪又一阵攻击，击中我们的侧面。我们一阵惊叫，本能地分开。

婉茹被人流裹挟渐远，我在后面奋力追赶。那个瞬间，我感觉自己已经长大成人，对婉茹负有责任。此时军警和学生已经完全混合，就像面与水黏搅和在一起，水枪已经失效。我们有几十人都在军警的包围之中。有个老兵一把揪住婉茹，试图要将她抓出来，一个男生抢上前去，劈脸给了他一巴掌：

"有种去打小日本！别对女同胞撒野！"

老兵不觉怒发冲冠。他揪住那个男生，一把将他从人群中提溜出来。不是揠苗助长，而是旱地拔葱："奶奶的，要不是上头有令，我一刀剁了你！父母花钱供养你念书，你却要对抗政府！"

两人还在纠缠怒骂。骂着骂着，老兵突然丢开男生，挥起大刀旋风一般削将下来。冰凉的刀锋闪过北平幽暗的夜晚，男生尚未来得及反应，右耳已经落地。我感觉如同过了半个世纪，鲜血才从男生的脸颊淌下。他本能地抬手捂住，哭喊道："娘啊！"

这个如同半世纪的瞬间，在我脑海中像弹簧那样可以无限拉伸，也能无限压缩。拉伸是为了确认同伴的伤痛，压缩是想要忘记自己的耻辱。我突然想起疏远已久的《圣经》上的话语。我确定无疑地感觉到自己跟大家的确是同一个肢体。刀砍掉不知名的男生的耳朵，我本能地感觉到了痛，更感受到了耻辱。为入学面试时，自己关于崇拜的答案，也为童年时分，李家对冯玉祥所部的招待。宋哲元可是吃过我们李家的三八席面的：八凉八热八火钵。这是信阳招待贵客的最高标准。而这一切，难道都是为了今天的羞辱？两年之后，抗战的枪声全面打响，那

首著名的《大刀进行曲》响起时，我依旧难脱羞辱之感。难道我们不是赤诚爱国的莘莘学子，而是汉奸鬼子卖国贼，该用大刀片儿伺候？

我高声骂道："什么抗日英雄，二十九军都是汉奸！"我几乎使出全身的力气，但这话依然被黏结在喉咙周围，根本传不出去，就像从糖稀中舀出一勺糖那么费劲。我还要再喊，旁边却传来了抗议：

"别一竹竿打翻满船的人！我们是三十七师学兵队的，可始终跟你们站在一起！"

三十七师学兵队竟然都有人参加游行，我简直不敢相信。待要确认，那人已经带着身边的几个同伴，匆匆离去。

3

那片落地的耳朵就像一枚消声器，只是效果很短暂，喧闹很快便再度回潮。警棍、枪托和刀背，不断落向学生。我有心上前掩护婉茹，可是哪里还靠得上去。这时两个兵将我拿住，其中一个喊道："乖乖跟我们走吧。上头有命令，不会难为你们的。要不哪还有你们的小命！"

多数同学已经被驱散，我和反抗最为激烈的几个一同进了最近的阁子，也就是警察局。不过当时的正规称呼还叫公安局，改称警察局尚需时日。婉茹也在，还有那个被刀片削去耳朵的同学，后来知道他叫陈宝玺。没过多久，怀刚也被推了进来。

难怪北平人管警察局叫阁子，它的确有点儿像阁楼。空地上用木板搭成房子，外面刷着猪肝色。墙板上钉着一排钉子，户籍簿就那么悬在上面。时值隆冬，虽然生着煤炉，但依旧严寒逼人，感受不到多少热气。婉茹额角边的头发上还结着冰。昏暗的灯光下，冰凌和她的脸庞交相辉映，一片淡淡的莹白。那片莹白让我意识到自我。信手摸摸，外衣几乎已成盔甲。"兵部大臣"的感觉，原来就是这等样子。

既然抓进来，当然得审问一番。我第一个受审。无非是姓名籍贯学校，等等。主持审问的那个看来是个头目，肩章上有四颗星，四十多岁，模样虽然还算周正，但却是个罗圈腿，走路时左摇右摆，像个鸭子。我见了不觉心里暗笑，便用京白念道：

"小生李世栋，河南信阳州人士，国立北平师范大学学生，只因时局不宁，强敌入寇……"

罗圈腿飞快地笑笑，然后收敛神色，不急不躁地打断我："您肚子里可真宽阔！您知道这是什么地方吗？"

"您说这是啥地方？中华民国的公安局，还是大日本帝国的警察局？"

那人声调不高，也没拍桌子瞪眼，但言语中却有一种不怒自威的煞气。我虽然还在坚持，但内心已经松动。我仿佛听到了初春时节冰层化冻的碎裂声。

罗圈腿朝后背上一靠，然后又坐直身子："你想尝尝阁子里的滋味？我可以保证，肯定比学堂新鲜。"

"我跟你说不着。你叫宋哲元来。"我使劲儿挺直脖子，不再跟他废话，免得吃眼前亏。

"你这个狂生，还真想找打呀。宋委员长是你说见就能见的吗？"

"不见别人他也得见我。他欠我们小李家那么多钱粮，屁股一拍走了人不说，还这样对待债主？"

罗圈腿仔细问问，知道李家和冯玉祥有点儿交情，但一时间又无法证实，不能继续，只得转而审问怀刚。怀刚先拍拍我的肩膀："到底是李家的公子。有种！"然而又冲罗圈腿微微一笑，"你还是别难为我们了吧。实话跟你说，前任北平市长袁良，是我伯父的秘书；现任北平市公安局长余晋和，又是家父的结拜兄弟，两个月前家父新丧，他还曾亲往西山致祭。你惹不起。"

"你姓甚名谁？你伯父和父亲，尊姓大名？"

"伯父姓靳讳云鹏，曾任中华民国国务总理；家父讳云鄂，陆军上将。在下行不更名，坐不改姓，靳怀刚。"

罗圈腿满脸晦气的表情。他看看怀刚和我，又看看旁边的学生："这些都是你的同学？你能保证他们都是好学生，不是乱党？"

怀刚其实只认得我。但他看都不看，便坚定地点头："那看你怎么说。如果主张抗日救国无罪，那我们都是清白学生；如果主张抗日救国有罪，那我们就全

是乱党。"

罗圈腿道："天色已晚，路上也不安全。先委屈你们一夜，等我查实情况再说。"随即起身离去。没过多久，两个警士提着箩筐进来，上面蒙着棉布，一揭开，热气香气同时溢出。是肉包子、咸菜和小米粥。

这股气息令人柔软。我感觉外衣上的冰凌几乎要化冻。饥饿感又强烈起来，潮水冲击沙滩一般。婉茹气狠狠地骂道："卖国贼！廉者不受嗟来之食，我不吃他们的东西！"说完就要信手扔掉。我赶紧伸手阻挡："别介！你这是干嘛？我跟你说，他们欠我们家的粮饷，至少够咱们全校吃一年的包子！你就当是我们李家请的。再说这是他们自家的吗？这是中国的物产！吃吧吃吧，吃饱了才有劲头跟他们折腾。"

怀刚闻听不由得笑出声来："要论起来，我们家只怕多少也有点儿欠账吧。"我说："咱们不一样，咱们是朋友，不像他们，非得当对头。"说完便恶狠狠地啃将起来。

我一边啃包子一边琢磨，如果当初没在冯玉祥的十六混成旅身上抛洒那么多银钱，小李家的日子是不是比今天好过。想来想去，答案是未必如此。兵荒马乱的，那些钱省不下来。没有冯玉祥，后面不还有吴佩孚的败兵，以及民国十五年的信阳围城吗？

4

罗圈腿的确言而有信，次日一早，我们便安然归去。回去之后才知道，绝大多数学生都被当场驱散，像我们这样临时扣押的不多，有包子吃的更少。进了公安局的，一时都出不来，经校长出面作保，方才重回课堂。起初我很担心林颖，但是回到学校，却发现她和那几个组织者全都安然无恙。

12月16日。在我的人生日历中，这一页一直舍不得撕去，一直保留着。那种难得的经历是如此之宝贵，我无法想象还能重演。对婉茹身体的感觉，就像一枚楔子，牢牢地楔在记忆之中。那一天，仿佛是我的成人礼。我似乎突然明白了许多事情。安定之后，我试探着给婉茹写了封信，邀请她到光陆有声影院看新上线的好莱坞电影《一夜风流》。这是当年第七届奥斯卡奖的最佳影片。电影的内容我当然不清楚，但从片名和海报判断，应当适合我们两人一同观看。

我立即对纸挥毫，将信草就：

婉茹学妹妆次：

　　家门不幸，孤身北上求学；师门有缘，北平与君结识。初承不弃，多有指教，感佩莫名，五内难忘。本欲当即与君结交，无奈自惭形秽，顾影自怜，未敢造次。前日游行，君之风度和爱国热情，多有木兰气势，更令我等男儿羞愧。运动虽已结束，君之身影风采，犹萦绕于目，但觉相见恨晚。下周末光陆有声影院上演新电影《一夜风流》，该片刚刚获得美国第七届奥斯卡奖之最佳影片奖，想来精彩可观，特邀君一同观影，以便增进交流，慰我幽怀。

　　务请拨冗光临，幸勿推辞为盼。

不才李世栋顿首

如何才能让这封信悄悄飞抵婉茹手中，而不惊动其他？想来想去，只能用最笨的办法，托付邮局。寄递当日，天有小雪。我走出邮局，张开手掌，只见片片雪花飞入掌心，很快就化为无形。我暗自祈祷，让信来去有踪，不像雪那样在我热情的手掌里无声地融化。我的祈祷一定已被上帝听到，婉茹来了回信。可惜的是，不是我想听到的答案：

世栋学兄案前：

　　接君大札，无任惊讶。君过誉太多，愧不敢当。抗日救国，本为我辈责任，虽为女子，岂敢后人。今强敌压境，时局不宁，游行请愿，耗时甚多，此时正当努力学业，以备考试。观影之请，碍难赴约，特致歉意。想君通情达理，必能恕罪。

小女子齐婉茹敛衽再拜

　　我无可救药地患了相思病。所可恨者，不是婉茹拒绝我，而是她经常与高德睿一起。开春之后，尤其如此。某日我鼓起诸多勇气，决定找她面谈，但远远看见她的身影，那些勇气便像掌心的雪般迅速化掉，只得转身躲避。等她走过去，再远远地吊在后面。婉茹径直来到图书馆外的荷花池边，坐下，打开书，却没有专心看，不时左顾右盼，若有所待。这是他们经常见面之处，看来是在等待高德睿。他胳膊上的伤虽已养好，但还是没能参加奥运会。

　　北师大的篮球队，基本就是中国国家篮球队。里面的成员几乎都是国手。上一届奥运会，伪满洲国意欲派短跑名将刘长春参赛，未获国际奥委会批准，刘长春本人也拒绝这个汉奸名义。国府顺势责成有关机构急电通融，最终由张学良资助，刘长春代表中国成行。可惜一路海浪颠簸，他体力消耗太大，未能晋级。本届奥运会，中国终于组成正式的代表团，参加篮球、足球、田径、举重、游泳等项目，刘长春梅开二度，再度参赛。篮球以北师大的球队为核心。本来有高德睿的名字，可惜他因伤不能成行。这次比赛在德国柏林举行，中国代表团依旧要为旅费发愁，不得已派足球队先行访问南洋，以比赛门票收入填补。但到了德国，据说希特勒承担了全部费用。中德关系早有渊源，1917年孙中山开展护法运动时，就接受过德国政府200万美元的财政援助。他们希望孙中山颠覆亲日敌德的段祺瑞政府。北伐成功之后，国军又大量使用德军顾问和装备。否则我肯定不会喜欢所谓的三大怪杰。

　　中国篮球队的奥运成绩固然不佳，但毕竟战胜了法国队。高德睿未能躬逢其盛，颇为可惜。我尤其希望他的胳膊没有受伤。如此就不会有婉茹温柔的抚摸，也不会有他如今的搅局。然而那天的情形很奇怪，高德睿一直不见踪影。婉茹等了很久，只得惆怅满怀地离去。

　　我与婉茹始终未交一语。因她根本没有发现我。所谓惆怅满怀，完全是我的主观感受。多年之后，这个印象依旧顽固地存在着，不肯淡去。我感觉自己真切地体味到了婉茹的寂寞。不仅如此，在我的记忆中，最寂寞的还不是婉茹，而是她身下的石凳，以及旁边刚刚绽露的荷花。她起身离开之后，同时带走全部的温热，石凳不凉吗？荷花一簇开无主，再也无人相伴，岂能没有怅恨？

　　寂寞，婉茹的寂寞，石凳与荷花的寂寞，这阴惨惨的感觉深深地嵌满我记忆的所有空隙，最终也许可以幻化为蚌体内的珍珠，但那过程只能是漫长的煎熬。

5

我的世界慢慢裂变成两个部分。一部分是有婉茹的，一部分是没有她的。有婉茹的部分风和日丽，面积极小；没有婉茹的部分暗无天日，空间很大。我恨不得像吃馍那样，一口咬掉没有婉茹的部分，但这如何可能。

北师大有两个校区。意识到高德睿是竞争对手之前，我感觉校园很广阔，学生也很多；发现他们俩交往频繁之后，空间似乎突然缩小，人员也相应减少，二人因此显得越发突出。他们一定有个神秘的圈子，其中包括林颖，也包括好几个我不熟悉的人。上次游行应该被捕但没有被捕的人。

我很想走近婉茹。很想知道他们都在谈些什么，以便加入。但是很遗憾，迟迟没有机会。那时各个大学结社成风，北师大也不例外，各种各样的学社与读书会活动频繁，经常邀请鲁迅先生这样的名家前来演讲。但我认定，林颖他们的组织没这么简单，不是单纯的学社或者读书会。很有可能是共产党。这个字眼李家并不陌生。我的堂兄世业，就是武昌起义之前在信阳闹学、围堵知州张书绅的那个，便同时加入过国共两党。

共产党本来就很活跃。《何梅协定》之后，国民党势力被迫退出，共产党的空间自然更加广阔。无论谁与之有染，我都不会特别惊讶。总体而言，学生可能会畏惧与共产党接近的政治风险，但从感情上却始终无法讨厌人家。无论如何，主张抗日救国有错吗？主张民主自由有错吗？主张均贫富有错吗？

转过年来的春天，有个周末，我再度找到婉茹，请她看评剧，梅兰芳梅老板的新戏。过去两次请她看电影都未成行，也许她不喜欢电影？既然这样，梅郎的时装新戏，足够新潮了吧。

聋子也能听懂我的画外音，唯独婉茹不能。她说："很抱歉，周末我有事不能去，你约别人吧。"

"敢情你不喜欢梅郎的时装新戏？要不去肉市广和楼看富连成，或者到鲜鱼口华乐戏院？杨小楼杨老板的永胜社老在那儿演。"那时高庆奎的嗓子已经坏掉，淡出一线。老生我最喜欢杨小楼，花脸我最喜欢金少山。可惜金少山耽于谈

戏，懒于演戏。杨老板虽已上了岁数很少登台，但其外孙刘宗杨已得杨派神韵，足以让我极视听之娱。而说到大名鼎鼎的富连成科班，场面更令人难忘：四科学生总有三四百人，全部留平头，戏后列队下馆子。夏天一色竹布大褂，冬天则全都是棉袄棉裤。戏台下气势惊人，戏台上音韵清新。

毫无疑问，推荐给婉茹的都是我真心喜欢的，但结果依旧是不售。

"真是没空。抱歉。"

"周末还能有啥事？"

"我已跟林颖约好，要出前门。"

前门也就是正阳门，九门中的正门，专供皇帝车驾出入。门外店铺林立，市井素来繁华。明代不准在城内开戏院，戏园子都集中在前门外，包括广和楼和华乐戏院。要看戏，都得出前三门。正阳门老百姓不能走，只能绕道崇文门与宣武门。清代以降，天桥的平民市场也逐渐繁荣，出前门遂成逛街的代名词。

"不可能吧？你们也喜欢逛街？"

"瞧你说的。哪有女孩子不喜欢逛街的？"

婉茹这么说时，眉头微微一皱，眼睛微微向上，长长的睫毛像蝴蝶翅膀一般飞速扇动。看到这一切，我简直目瞪口呆。似乎婉茹那长长的睫毛，是突然绽放的花苞，在某个春日沾满露水的清晨横空出世，直接抵达面前。那个瞬间，我几乎失去语言能力，突然惊慌失措，张口结舌。

虽被拒绝，但我并未垂头丧气，内心反倒暗自庆幸。我好像更喜欢这个过程。宁愿停留在暧昧的美丽岸边。换句话说，希望胜于结果。似乎只有这样，才能忘记童年的惊惧。

就此放弃自不可能。我不相信婉茹的言辞，只相信自己的眼睛。我决定跟踪。那天夜里，我又做了个噩梦，三娘拿着药汤，非要灌我。我知道药汤里有毒，但浑身都不听使唤，无力挣扎，无法躲避，也不能出声。正在此时，娘从门前闪过，但对房内的情形浑然不觉；又一阵脚步传来，有人掀开门帘朝里看了看。我记得清清楚楚，房间如地狱一般幽暗，掀开门帘泄露进来的阳光，清楚地照出来人的脸庞。是婉茹。她长长的睫毛依旧像春日的蝴蝶那样不断忽闪。我使劲儿喊她的名字，但所有的音符都只在胸腔内跳动，无法传递出去。烧有缠枝莲花的药碗越来越近，我清晰地闻到了毒药的气息。三娘的神情无比妖冶，堪比八大胡同或者百花深处的妓女，乳峰高耸，微微颤动。想挪开脑袋躲避，但却没有力气。我随即大叫一声，下身一湿，同时从梦中醒来。

良久之后，心绪方才平静。擦擦额头的微汗，也坚定了天明之后行动的信心。吃完早饭，便推出自行车，早早埋伏起来，监视她们的行动。果不其然，高德睿出去后不久，林颖和婉茹也跟着出了校门。在那个瞬间，原本晴朗明亮的天空突然晦暗下来。我感觉两边商店的布招与酒旗，都变得无比虚幻。与这些正在经历的熟悉景物相比，仿佛昨天夜里所做的噩梦，印象更加鲜明。虽在意料之中，但我依旧感觉心里一沉。我甚至能感觉到吊石头的绳子，在心脏上勒出印痕。

林颖和婉茹叫了黄包车。我打起精神跨上车子，不远不近地跟在后边。这辆车子也是劫后余生，游行那天被挤丢，本以为只能自认倒霉，但后来想想车钱不是小数目，便抱着试试看的心理，在报上登了则遗失启事，结果还真叫人给送了回来。那人是饭店里跑堂的，嘴巴无比利落：

"瞧您说的，您游行是为啥，还不是推动抗日救国？您爱国，咱也爱国呀。中国人都得爱国。您老收好，别忘了改天去照顾我们的生意呢。回见了您嘞。"

6

她们俩果真直奔前门而去。彼时北平的街道，多为黄土和沙铺成，无风三尺土，有雨一脚泥。有人曾在报上撰文讽刺，说晴天像香炉，雨天是荷花缸。我骑车跟在后边，对此深有体会。婉茹她们并未直接出前门，走着走着，突然拐进一家书店。我见此情形，也赶紧扎下车子。

街上人流熙熙攘攘。提着红桶子的小贩迎面而来，熟肉的香气扑鼻；熟悉的吆喝敲打着脊背："甜酸嘞，豆汁儿噢！"随即一个小贩的挑子经过，前头挑着煤炉与豆汁锅，后头带张小方桌，还有一条小板凳。我灵机一动，立即喊他停下。

小贩年龄不大，打扮得干干净净，眉毛极浓。他叫声"好嘞"，随即放下挑

子，三下五除二搭成一方世界，笑问道："这位爷，您老要甜的，甜酸的，还是酸的？"

当天的豆汁儿甜，放到次日便是甜中带酸，第三天则会变成酸味儿。其实每种口味都带着馊味儿，但依旧有人喜欢。老北平人生就一张能吃豆汁儿的嘴，但外地人要习惯它，还得时间操练。我整整耗时两年。起初别说喝，闻起来都感觉像潲水。如今虽然可以接受，但刚刚吃过早饭，胃里并无空间，也无实际兴趣。

"酸的吧。"我侧脸对着书店，一边回应，一边偷眼观察。

豆汁儿很快熬好。小贩端来跟前，又拿来焦圈和咸菜丝。那咸菜丝切得极细，刀法极为规整，虽然不值几个钱儿。我不由得看了小贩一眼。小贩略微躬身，似乎是要打千，微笑着退后两步："您老慢用。"

我哪有心思喝豆汁儿，只是拖延时间打掩护而已。小贩蹲在一旁，从腰里摸出鼻烟壶，深深地吸了两口。看来这一早上，他也没少走路。没过多久，林颖和婉茹从书店出来，左看看右看看，方才继续向前。她们俩一出来，我赶紧背过脸去，喝了几口豆汁儿。约莫她们走远，便摸出一枚大子儿放下，不等小贩找零便上车离去。小贩揣起鼻烟壶喊道："这位爷，找您钱！"我头也没回："不用，你留着吧。"小贩立即拉长声音喊道："谢您老赏啊！"

二人后来进了一个茶馆。我正要跟进去向堂倌探问座次，忽见一张熟悉的脸。是刘成彩。在那个瞬间，他也看见了我，两人都有些尴尬。我问道："彩头，你来干嘛？"刘成彩的脸色恢复正常，冲我抱抱拳："英雄爱美人，我们彼此彼此。老李，记住替我保密，回头我到丰泽园请你。你放心，咱们不是情敌。"

刘成彩扔下这段话，便逃一般离去。我感觉很是突然。这家伙的确早已春心萌动，前段时间一直在对班上的一个东北女生用功。那人温柔小巧，酷似江南女子，实际却是正宗的东北人，举家流亡至此。其母生怕女儿被穷鬼占了便宜，所托非人，加之流亡期间无甚正事，因而经常来学校视察，同学们都认识她。她又黑又胖，体形硕大，人称"航空母舰"。

母亲虽然不堪，但女儿质地清秀，足以打动刘成彩。他曾经为之写过一首打油情诗：

　　　　隔河只见牡丹开，鲜花朵朵不过来。

　　　　但愿前夜来急雨，风浪送花过河来。

　　诗虽不通，情却真挚。刘成彩的确是动了心思，为了排除班内的潜在情敌，还请同学到东来顺涮过羊肉，我也赫然在座。吃人家的嘴短。大家本来就无此打算，更兼有看笑话的心理，因而酒酣耳热之际，高呼口号，以示真诚：

　　"坚决支持彩头追花头！坚决支持彩头追花头！"

　　花头是那女生的代号。这样称呼，一方面是因为她漂亮，有班花风度，另一方面也是为了给彩头对应。酒肉穿肠过，有些东西还是能够留下的。排除掉潜在的干扰，刘成彩便不断对花头发功用劲儿，比如请她补课，等等。花头不堪其扰，将文学院男生写来的求爱信夹在课本之中，故意让他看见。彩头大怒，便抓条壁虎放进花头的课本。后来的情形尽可想象，花头花容失色，尖叫奔逃，全班男生则到处追逐壁虎。女生都跑掉后，刘成彩四处作揖打躬：

　　"列位同学，千万别说是我放的！改天我请大家去全聚德！"

　　这才多久，刘成彩就改了心思？我来不及琢磨这些，进去打探好雅间的位置，便蹑手蹑脚地来到邻间，打算偷听。但刚刚坐定，便感觉门帘晃动，随即高德睿、王则久和林颖、婉茹等人鱼贯而入。高德睿更是锋芒直射地紧逼过来，那样子简直就是三堂会审。虽然不是在篮球场上，但我隔着衣服，仿佛还能看见他浑身的肌肉，能让屠夫眼睛一亮的结实肌肉。那肌肉是如此的雄浑打眼，甚至给人这样的印象：肌肉是先于他而存在的。上帝之所以要创造这个人，主要目的就是为了衬托这身漂亮的肌肉。

　　"你为什么要跟踪我们？谁派你来的？"

　　"谁也没派，我是自己来的。我想参加你们的活动。你们是共产党吧？"

　　大家闻听脸色一沉。高德睿回头看了看林颖。林颖分开众人，走到跟前笑道："李同学，我很佩服你的想象力。就我们这样的，能有共产党的本事？"

　　林颖对他们挥挥手，他们立即退出。坐定之后林颖问道："你怎么会觉得我们是共产党？"

　　"你们主张抗日救国。"

林颖笑道:"上次游行,你不也参加了吗?你也主张抗日救国,难道你也是共产党?"

"别蒙我。我又不是孩子。我有个堂兄就是老共产党员。"

林颖细问缘故,依旧矢口否认:"我不是共产党。我还没那个本事,人家也不会要咱。谁都知道,共产党有铁的纪律。"

"要是能让我参加,跟她一块儿开会,别说铁的纪律,我就是死也愿意。"

"这个理由,估计他们可以考虑。她?她是谁?齐婉茹吧?"

情急之下,言多必失。我不觉红脸。林颖微笑道:"我们不是共产党。我们也不想参与政治。我们只是中国民族解放先锋队。你要是愿意,欢迎你参加。你们家有点儿上层关系,希望你能好好运用,推进抗日救国。有句话得跟你说清楚,我们虽然不是共产党,但也有铁的纪律。这不是好玩的事情。你得做好为国家为民族牺牲自己的准备。"

我眼前立即有寒光一闪,随即出现陈宝玺那只带血的耳朵形象。我眉峰紧蹙,连连点头。

7

中国民族解放先锋队,简称"民先队",成立于石驸马大街斗公府的北师大文学院。石驸马乃明宣宗顺德公主的驸马石璟,斗公则是清代八大铁帽子王之一克勤郡王岳讬的玄孙、辅国公斗宝。此地原为女子师范大学,其中最著名的学生当属刘和珍、杨德群与许广平。她们都与鲁迅先生有关。民国十五年(1926)3月18日,前面两位被机关枪射杀于铁狮子胡同的执政府前。因为鲁迅先生的文章,她们的壮烈广为人知,但其实一同牺牲的还有北师大的学生范士荣。我入学之前,女师大已与北师大合并。林颖他们加入"民先队",正得地利之便。

当时社会上一直存在师范大学与普通大学无异、专设多此一举浪费资源的论点。胡适主办的《独立评论》便经常发表这类文章。陈独秀也主张高等师范"宜归大学、不另设立"。民国二十一年(1932),教育部长朱家骅命令北师大停止招生时，这便是理由之一。而除此之外的重要原因，则是"风潮迭起、内容复杂"。从五四到"三一八""一二·九"，的确哪次学潮北师大都是重要力量。可这能怪我们吗？

民国二十五年（1936）真可谓多事之秋：意大利攻入阿比西尼亚首都，西班牙保守军官在希特勒的支持下发动叛乱。中国与日本这一对敌人，也都没有消停。2月26日，日本首都东京爆发兵变，皇道派的青年军官以官员腐败外交无力百姓贫困为由发动兵变，目标直指统制派。可惜未能成功。否则中日之间或许不会爆发那场旷日持久的战争。因为统制派主张全面侵华，完全控制中国，这样才能遏制苏联。而皇道派则坚决反对此举。他们认为满洲彻底工业化后便能提供足够的资源，成为遏制苏联的坚强堡垒。石原莞尔即是著名的皇道派。他曾经说过："只要我活着，就别想有一兵进入中国。"兵变分子都是北一辉的追随者。北一辉既是狂热的国粹主义者，又有革命思想。时至今日还有人相信，这场兵变与日本共产党有关。可惜它未得善终。"下克上"一直是日军的传统，策划炸死张作霖以及发动九一八事变的那些擅作主张的下级军官，过去基本都没受惩罚，但这次不同。十一人被杀，包括北一辉。苏联间谍佐尔格据此判断，中日之战已经不可避免。

日本暗潮涌动，中国风起云涌。红军先是东征山西，随后又西征新疆，试图与苏联取得联系。李宗仁与陈济棠联合发动"两广事变"，南北战争一触即发。在北平，我又参加了两次大规模的学生游行，一次在3月31日，一次在6月13日。后面这次主要反对日军向华北增兵，过程尤其精彩。民先队的组织十分严密，事先约好几个集结地，队伍被冲散七次，又聚集七次。大家齐声高呼：

"坚决拥护二十九军抗日救国！"

"坚决拥护宋哲元将军抗日救国！"

我的自行车又立下"汗车功劳"。虽然要面对警棍和大刀片儿，虽然陈宝玺的那只耳朵历历在目，但它似乎不是危险，而是刺激，给了我从未有过的安全感。那种在人群之中被需要的感觉，足以让我忘记童年时期的所有阴影。就像水滴回到大海，便永远不必担心蒸发。

游行终归不是家常便饭。更加日常的生活，还是念书。课堂上的我，心里眼

前有两根刺。一根很近，是高德睿；另外一根比较远，是刘成彩。当然，这是我内心深处的秘密。我实在没脸告诉外人，他们在我心目中的威胁比日本鬼子还要大。我无法理解，高德睿怎么就不出国开开洋荤，参加柏林的奥运会。他跟婉茹挨得越近越多，在我眼中就越像一根刺。我有将它拔出来的强烈冲动。跟高德睿相比，刘成彩的威胁小一些，也远一些，但依旧不可漠视。我清晰地感觉到，彩头对婉茹和林颖的动向非常关心。这种关心不太正常，我无法放下。

加入民先队后，本打算逐渐疏远牌友，但林颖却不同意这个类似孟母三迁的宏伟计划："多接触些同学，对我们开展活动总是好的。你这个观察角度，也很难得。"

这话让我大为放松。因我对牌桌上的收入颇为依赖。若断此财路，求学生活虽不至于受到直接威胁，但要保存李家公子的体面，绝无可能。林颖能体谅我的难处，又给我留了面子，正所谓心细如发。

但是很快，我就明白是自己会错了意。因为林颖后面还有话说：

"绝大多数同学都是爱国的，但不是全部。汉奸卖国贼还是有的，你要注意他们的动向。"

六月份的那次游行，事先走漏了风声，军警早有防备。为堵住清华和燕大的学生，不仅西直门，德胜门也关了。北大设在沙滩的一院、马神庙的二院、北河沿的三院，全部被包围。沙滩的一院有标志性的红楼，是五四运动的发祥地，号称拉丁区，自然更是军警的重点，学生出不了门。虽有人翻墙而过，但终究是少数。北平大学法商学院、中国大学也是如此。学联和民先队很清楚，学生内部有人通风报信。不把他们清理掉，很难保证下次运动的成功。

林颖的话锋直指刘成彩。

原来彩头的动向，早已引起林颖的警觉。她觉得彩头像个党棍，甚或蓝衣社。闻听此言，我非但没有风险的惊惧，反倒有安心的感觉。只要目标不是针对婉茹就好。我立即建议捉弄一下内鬼。具体办法，就是制订一份假的游行计划，试探一下他们的反应。如果军警的确有所准备，那么大家心里也就有了个八九不离十。

几天之后，林颖传回话来，说是民先队同意此举。主要在师大内部展开。其余学校也会配合策应，但散布面相对较小。因为六月份的那场游行，其余学校多被提前封死，师大和东北大学是绝对主力，已经牢牢吸引住当局的目光。

次日便是周末，我跟彩头再度相逢于牌桌。过去大家对他的印象都是不学无术夸夸其谈，但此时再看，总觉得他的一言一行都是意味深长。第一局他上牌很快，不久便听了牌，随即将牌放倒，只等最后一张。那等待可以想见不会短暂，他因而有精力活动心思："老李，你最近手气不行，该情场得意了吧？怎么样，青天白日拿下没有？"

两年下来，婉茹仿佛变了个人儿。过去脸庞略显富态，现在已经完全长开，简直是增一分嫌胖减一分嫌瘦，恰到好处。白白的肤色如玉，被阴丹士林罩衫衬托得花好月圆，因而得了"青天白日"的雅号。当然，这是别人的称呼，并非我的。因我对这个字眼过敏。每次听到这四个字，我总有声音哽咽双眼湿润的感觉。只是那时我想到的既非婉茹，又非国旗，而是父亲当年教唱的这首歌曲：

中国国民志气宏，戴月披星去务农。

犁尽世间不平地，协作共享稻粮丰。

地权平等，革命成功，人群进化，世界大同。

青天，白日，满地红！

那时父亲的道尹职位已被剥夺，暂时担任小学校长维持生计。他没受过新式教育，自然进不了好学校，报酬也不高。薪水甚至还不够他抽鸦片的。但尽管如此，他依旧佝偻着身子，尽力供职，包括教会学生和儿子这首新歌，每逢升旗降旗，便领着大家唱。那时我尚在懵懂岁月，歌词展望的美好前景，常常能冲破生活的暗云，闪亮脑海。但是有一天，我正在哼哼，忽然接到堂兄世业的噩耗。

迄今为止，在这个世界上我最亲的人是生母，但她早已化成此生无法忘怀之痛；其次就是世业。他意味着我童年的欢乐，以及少年时代对外界的所有向往。至于父亲，我对他既爱且恨。爱不必细说，至于恨，是因为生母一生的不幸，以及家道中落的所有羞辱，都得记到他的账上。

共产党的部队叫红军，东五县共产党频频起事叫"闹红"；政府呢，也要满地红。既然如此，双方为何还有如此的血海深仇？我不懂，也懒得费脑子试图弄

懂，只是从此而对这个画面和字眼过敏。

"别跟我打马虎眼。你自己的心事，可别朝我身上抹。怎么样，你追到手没有？"我清清嗓子反驳道。

"胡说！我对青天白日没兴趣。你别乱吃我的醋。"

"那你就是迷上了林颖。"

"鬼扯！"

"谁不知道你老是跟踪他们？我又不是没长眼睛。"

彩头立即语塞。他捏着一张牌，却不翻看牌面，只是不断地捻，一边捻一边检视桌上已经打出去的牌，最后决定换牌，将这张牌放下，打出一张七条，结果正好点了我的炮。

彩头骂骂咧咧地翻开自己的牌，再推倒我的："他妈的，我早就听了，你都是什么牌？单吊七条？他妈的！"

"谢谢彩头的彩蛋。牌场失意，情场得意。你不妨多关注关注她们两个。看在你这颗准确的彩蛋份上，我给你透露个秘密。她们正在策划游行，抗议九一八事变小日本的侵略。时间定在九月十九日。十八日当局肯定有准备。你离她们近点儿，一定能讨得欢心。"

刘成彩立即停下手里的动作："真的？"

"牌桌无戏言！"我用京白对道。

"鬼扯！我才不关心她们两个呢。这种事情不是闹着玩的，我可不想蹲班房！"彩头摇摇头，哗哗啦啦地洗起牌来。

8

当年的9月18日恰逢周五，又是九一八事变的五周年。东北籍的学生本来计划晚上组织小范围的纪念活动，但谁也想不到，日军竟然还有挑衅。

当天上午九点十八分，新华门前突然出现了大队日军。有坦克，也有火炮，气势汹汹地从东长安街开到西长安街。长安街和新华门对于中国的意义不言自明。这条路代表着政府脸面，已经铺上柏油，远比王府井大街气派。日军的坦克履带，在柏油路面上留下了深深的车辙。不，那不是车辙，而是全体中国人心脏上的创口。

九月十八日，九点十八分。这两组数字，像耳光一样打在国人脸上，我感觉一片火辣。当时我们还在课堂上，并不知情。中午听说之后，立即骑车赶了过去。此时市面上当然已无日军踪影，但那深深的车辙，却是铁证如山。

破衣烂衫的报童还在叫卖："瞧报来，瞧报！日军坦克开进北平！"

使馆区内一直存在外国武装，故而日军坦克从使馆开到长安街，原本算不得新闻。但时间点的选择，却是再清楚不过的挑衅。我立即停下车子，买了份《时言报》的号外，字体很大，内容单薄，说来说去，也说不出个所以然。所有打快勺子的，等不及次日出报，都只能这样应付，先赚点儿铜板再说。标题之外的唯一有效信息只是当天日军的挑衅不止于此。在城外的丰台也有内容。他们派出的演习部队要通过二十九军某部的防区，双方互不相让，最终枪响。虽然事态并未扩大，但他们立即派兵进驻丰台，并提出在丰台到卢沟桥的中间地带修筑营房与机场。当然，宋哲元没有点头。

我上了车子漫无目的地骑行，骑着骑着发现已到王府井大街。那家著名的天不亮糕干面儿店门还开着，但已无顾客，因为早晨的糕干面儿已经卖完。长安街上日军坦克的车辙，不禁让我想起这家没有招牌的店铺里的碾子，沉重的碾子，轰隆的碾子。正在此时，卖鼠药的叫卖又声声入耳：

耗子赛钢枪，隔着皮箱咬衣裳。

打了灯台砸了锅，哪个不值三吊多？

摔了盆子砸了碗儿，哪件不值仨俩板儿？

板儿就是铜板儿。这卖耗子药的也真会唱，正好唱到我的痛处。问题是日军哪里还是老鼠，早已是饿狮猛虎，威胁在侧，而我们手中竟然连老鼠药都没有。那一刻，我感觉万分愧疚。局势危急到这种程度，我心里竟然还将同胞视为眼中钉，这是何等的本末倒置。

赶回学校，我便将情况报告给了林颖。等到次日再看，街上的军警果然明显

增多。两件事情一叠加，令人对刘成彩的来历更加怀疑。难不成，他跟日本人还有勾结？林颖嘱咐我勿动声色，继续跟他打牌，慢慢观察。

民众抗日的情绪像笋子拔节一般生长，日军的蚕食也一天天地严重。他们在天津增修基地并大量增兵，同时策动蒙古德王闹独立，图谋吞并绥远。坦克开上北平街头，只是耀武扬威的开始。那段时间，他们老在平津一带组织演习。深秋时节，某日林颖找到我，说要派我到二十九军，说动他们跟日军对抗，以军演对军演。

因时局逼迫，我对学习考试的兴趣一天淡似一天。心里那枚焦虑的种子，正在不断疯长。就像在天桥听相声，该抖的包袱一直没抖。谁都知道会有个大包袱，但谁也不知道何时才能抖出来。这两个说相声的，一个是日军，负责逗哏；另一个是宋哲元，负责捧哏。这种事情我本来很愿意参与，就像看戏：即便不上官座楼，至少也得是楼下舞台正面的八仙桌官座，以便离前台更近，将演员的动作表情看得更清。但初听此言，我的本能反应却是赶紧喝点儿凉豆汁儿。据说这玩意儿能败火。

说宋哲元欠我粮饷，彼此有旧，虽然不是单纯的吹牛，但终究有夸张的成分。那时十六混成旅的头目毕竟是冯玉祥，宋哲元只是区区一个团长，无须对此负责。不仅如此，这类事情在西北军身上不知道经历过多少回。他们即便言而有信，愿意认账，也未必能记得住。就此贸然找上门去，那不是找不自在嘛。

我支吾着不肯正面表态。最终触动我接下令箭的，是林颖的这句话："民先队的社会关系当然不止于你。主张抗日救国的还是占大多数。婉茹也要去。"

原来婉茹的外祖父是贾德耀，曾任段祺瑞临时政府的国务总理兼陆军总长，是冯玉祥的老朋友。很巧，她——确切地说是其母亲——也是庶出。

既然如此，那就不妨走一遭。沐浴净身，是为诚意正心。我决定先去洗澡理发，好好亮个相。澡堂子理发店到处都有，但多数都不够讲究不够干净。刚来北平时，我曾就近洗过一回，印象深刻。那家澡堂子不过三五间灰棚屋子，油纸窗户，点着油灯。砖砌的水池在房屋中间，后面靠墙的地方有衣箱，前置木凳，供客人脱穿衣服。采光昏暗更兼通风不畅，里面气味难闻。可即便如此，伙计还要不断提醒催促，让澡客快点儿走人，腾出地方接纳新客：

洗的洗，晾的晾，

不洗不晾穿衣裳。

洗澡别打盹儿，摔了腰和腿儿。

买张膏药贴，洗澡不够本儿！

　　想想里面的气味儿，再想想伙计的催促，这些跟即将到来的美好，实在是两个世界。自从父亲开始，我们李家就这习惯，要么不弄，要么就弄最好的。因而我决定去王府井。在八面槽的清华园洗澡，然后到美白理发馆理发。

　　好货从来不便宜。到美白理发，便是如此。男子理发，一般都是六分到一角，但到了美白，最便宜的也要四角。我这次花了五枚大子儿，能当两天的饭钱。但我感觉这钱花得值。丝毫不冤。要在婉茹跟前亮相，这扮相当然得讲究。观众评价评剧演员，或者老板核定演员的包银票价，总是说您看看人家的玩意儿！您看看人家的扮相！您看看人家的行头！玩意儿虽然第一重要，但扮相和行头也不能忽视。就拿在富连成坐科六年刚刚唱红的谭富英来说吧，声势猛票价高，每张一元，但他的戏迷并不觉得贵。我就亲耳听见有人这么说过：还贵？谭富英一亮相，就值八毛！

　　从美白出来，我又进了国货售品所，打算给婉茹买点儿礼物。否则何必大老远跑来王府井。礼物不能太贵，那样对方会有心理压力；也不能太贱，毕竟那是婉茹。既要合用，也得有情调。我选择的是十二条丝绸手绢。每条手绢上都印有时令鲜花，精巧而且别致。我逐条打量，左看看右看看，越看心里越得意，随即让店员包好，带回了学校。

　　人算不如天算。我无论如何也算计不到，同行者不止婉茹，还有高德睿和靳怀刚。另外一个不认识，看来是即将毕业的学生，年龄比较大，举手投足有板有眼。虽然谁都没有交代，那人自己也没说什么，但他一来便自然而然地成了领头的，一切都由他接洽。

　　自从加入民先队，我就接受了一条规矩，凡事只听不问。只要别人不说，自己便一概不打听。当然，我也根本不挂心那人的来历，手头上的礼物已经占据我全部的心思。既然不是单独行动，也就无法送出，只能带在身边。

宋哲元有三个司令部。冀察政务委员会在外交大楼，冀察绥靖公署在中南海，二十九军军部在南苑。因他常驻城内，又在铁狮子胡同、过去段祺瑞的执政府设立了军部办事处，名曰进德社。看来事先已有打探，我们去的是铁狮子胡同的进德社。领头的在门口跟卫兵接洽，报了各自的家世名号，说要求见宋军长——不是宋委员长，陈情国事。此时我才知道，那人名叫余子明。等不多时，里面传出话来放行。进去之后略坐片刻，便有副官引进来一位将军。此人大家都不认识，但我看见他领章上只有一颗将星，便知道不是宋哲元。这位少将胸前戴着二十九军的符号，瘦长脸，短头发，目光看似柔和，但忽然间会有力量射出，然后再恢复正常。他的两撇眉毛中间都有明显的转折，就像书法名家故意的顿笔转向，大有锋芒。

副官介绍道："这是本军张副参谋长。"将军随即冲大家一抱拳："鄙人张克侠。宋委员长尚有军务，无暇分身，特派我接待。诸位先生有何指教，尽可对我明言，我一定转达。"

余子明道："北平各大学的学生公推我等为代表，请贵军立即组织演习，应付日军挑衅。"说着话便将早已准备好的请愿书呈上。张克侠接过请愿书，微微点头，安静地听大家你一言我一语地慷慨陈情，不时皱皱眉头，让那两条眉毛更像虎跃龙腾。最后他一拳砸在沙发上：

"诸位爱国热忱，兄弟不胜感佩。请你们相信，二十九军全军上下都是爱国的，宋委员长和兄弟我也是爱国的。身为军人，守土有责，我们绝对不会忘记。日军名为演习，实为示威，我们当然很清楚。但事关军国大政，究竟如何措置，还要细细商量。请放心，我一定将诸位的意见转达给宋委员长。我想，他应该也是会支持的。"

我们称呼宋哲元为军长，但张克侠一直不动声色地强调他是委员长。这就是差别。

话说到这里，意思就是送客。张克侠问问大家的身份，态度格外客气，要派自己的汽车送我们回学校。四个人坐不开，正巧余子明不同校，我就跟婉茹、高德睿一起，借了将军的方便。

真是开洋荤。那还是我头一次坐小汽车，又行驶在北平的大街上。美中不足的是，还有第三者。一进车里我就嗅出一股熟悉的味道。这种味道在父亲身上阴魂不散几十年，否则李家也不至于如此迅速地败落。

张克侠。我对这位将军印象不错，决定若有机会再见，一定提醒他换个司机。因此人有嗜好，抽鸦片，有损将军声威。我这么瞎琢磨时，并未预料到自己的血会跟张克侠的血流在一起。而那都是为抗日而流的血。在同学们中间，这是毫无疑问的第一滴血。

二　饼

1

　　小汽车主要是送咱们俩的。因张克侠是冯玉祥的连襟。尽管十六混成旅民国九年驻扎信阳时，张克侠尚未从军追随冯玉祥，但这个账他还是愿意认。故而上车时，咱们两个坐进后排，而高德睿被让进前排。要是根据古礼，显然前排更为尊贵，至少慈禧太后是这种观念，因而受不了各式汽车火车。但在1936年，已经不是这种讲究。汽车终究是洋玩意儿。

　　可你依旧有跟包的感觉。尽管高德睿未在球场驰骋，依旧高你一头，依旧显得比你英武。你自觉跟他一比简直就是不合格产品。你说你时时刻刻都感觉如鲠在喉。

　　我哪里知道你还带着特殊的礼物。你很想清清嗓子，大大方方地送给我，但鼓了半天，勇气却总是被从车窗缝隙里透进来的秋风吹掉大半。眼看就要到学校，你方才打定主意，下车时跟我示意一下，然后将礼物直接搁我身上便起身走开，只看我如何反应。

　　主意打定，你不觉浑身出汗，一会儿热一会儿冷，甚至牙齿都在发抖。你清楚地看见自己正满载着感情，重荷把船只的吃水线压在冬日大海死亡的黑暗之中，而港口迟迟不见，你丝毫没有把握能否渡过风波，平安抵达。

　　车子停稳时，你将礼物朝我腿上一搁，轻轻摁一下，盯着我的眼睛看了看——多年以后再回味，我总是执着于你当时看我的时间长短。佛经上说，一日夜三十须臾，一万两千弹指，二十四万瞬间，四百八十万刹那。你看了我究竟多久？这问题我脑海中一直未消。仿佛这比礼物本身更加重要。是的，它比具象的礼物不知道重要多少倍。我很清楚，那段时间不可测度。既像是漫长的一生，又像零点零一八秒的刹那。

你当然看不透我比幽暗更加幽暗的少女情怀，简直像扔掉炸弹一般起身逃离。你走得匆匆忙忙，恨不得像《封神演义》中的土行孙，就此土遁，以免听到我的拒绝。你心里不停地感谢上帝，因为此事终于未曾发生，你只是被车门碰了脑袋。

不几日，报上登出消息，二十九军决定在紧邻北平南部的河北固安县举行军事演习。消息传出，同学们都有出了口恶气的感觉。中国军队终于有了态度。林颖他们的成就感更强。你尤其如此。你进而向林颖建议，组织学生前往固安，慰问演习部队。

林颖略一思忖："这主意不错。既然他们买你的账，只怕还得偏劳你。"

"婉茹的面子比我还大。小轿车主要为她派的，我是跟着沾光。"

林颖盯你一眼，没有说话。

不几天，慰问演习的决议已定。因路途较远，不宜兴师动众，决定只派三个代表：余子明领队，咱们俩参加。慰问品颇费思量，穷学生穷学生，谁都知道学生没钱。你提议只送一面锦旗，体现千里鹅毛之谊。林颖看看余子明，微微点头："那就委托你去办吧。"

锦旗上款是"二十九军固安演习纪念"。中间是四个大字：国之干城。典出《诗经·周南》中的句子，"赳赳武夫，公侯干城"。下款是"北平学生救国联合会"。

抽个周末，咱们带着锦旗一路南下。

这段时间你一直没敢联系我。恰巧民先队也没组织活动，咱们也就无从见面。如今即将长途同行，你感觉心里扑扑狂跳。仿佛站在扳开枪击的实弹枪支跟前，等待着不可避免的击发。然而我初来时，冲你微微一笑，如同什么都未曾发生。这表情先让你放松，但很快便有失望溢满心房。你很委屈。你身上的无穷压力，我怎么能完全不当回事？

这种被漠视的想象逐渐将你激怒。你说你在心里不断贬低我，以便找回心理平衡。你板着脸不说话，完全沉浸在醋海之中，这种酸性的醋意甚至烧断了你的听觉神经。直到我伸手推你："嘿，鸡子儿，醒醒！问你话呢。"

你如梦初醒。这个称呼将以往的亲切记忆瞬间激活。你沮丧地发现，刚才在内心对我所做的恶毒贬低，突然全部失效。就像弹簧在瞬间复位。你感觉更加恼怒，便恶狠狠地答道："什么爱国将军，军阀而已。绝不能对他抱以幻想。他在中南海大摆宴席招待日军将领，请梅兰芳、尚小云唱《四郎探母》。指望他打日本？"说到这里，你哼了一声，连连摇头。

"请注意，大轴是《四郎探母》。这出戏的含义，你难道不懂？"我这话颇为醒目，你说你突然对我有了刮目相看的感觉。

"他跟南京不大一心，这是肯定的。但维持华北的半独立状态，对他最为有利。所以他轻易也不会当汉奸。我们就要利用他的这个心态，竭力向前推动他。"余子明面色黝黑，像是农村来的。我没有问他的背景，但感觉这不像个真名。

"想得好，谁知道能不能行。只怕是白费脚力。"你心服然而口不服。

"这叫啥话？不是你主张来的吗？现在倒要打退堂鼓。"我脸色一寒。

你一时语塞。看看我的脸色，内心的怨恨已经转化成忧虑。你赶紧眉头一扬，辩解道："我不是打退堂鼓，只是想提醒你们不要期望过高。赳赳武夫未必就是国家干城，也可能是石敬瑭。他们可不像我们这般纯洁。"

余子明正色道："这些学联已有考虑，你们不必争吵。"

我盯着你看了几秒，但目光却不与你的目光相接，而是略微抬高，跟你的目光擦肩而过。你颇为不安，以为自己头发乱了，或者沾了什么东西，下意识地抬手摸摸，却一无所获；再看我时，我已收回目光，但满脸含羞，面色微红。

你更加不安。你始终不明白，那一刻发生了什么。

2

远道奔波而来，能否见到宋哲元本人，还是未知数。尽管二十九军已经开展演习，但上次没能亲见宋哲元，终究是个缺憾。故而这次临行之前，三人均临时印了名片。余子明的头衔是北平学生救国联合会慰问团团长，咱们俩的头衔除了代表，还有"冯副委员长故交之后"字样。那架势，只要能请出真神，拉大旗作虎皮也在所不惜。

然而通报放行之后，先出来接待的依旧是副参谋长张克侠。见他出来，你不觉一阵沮丧。想想我刚才莫名其妙的表情，你朗声道："张将军，我们此番南来，受广大学生委托，一定要见到宋军长本人。一来面陈对贵军长城抗战的景仰，二来也好当面慰劳，敦促他抗日保国。"

按照道理，这话应该由余子明说，你这是抢跑。张克侠微微一笑："好的，你们一路鞍马劳顿，请先歇息片刻，我立即禀报委员长。"

次日早饭后，宋哲元现身。他面色和善，身材较胖，脸显得更圆，胡须黑而且密。眉毛很浓，但只集中在前半段，结尾突然而且仓促。还是你先开的口："宋军长，您比在信阳驻军时略有发福，也建了不世功勋。麾下雄师十万，名将如云。家父特意嘱咐学生，要我当面致贺。"

冯玉祥驻扎信阳时，虽然对李家叨扰甚多，但当时你年岁尚小，本来无甚印象。只是家道中落后，这些如烟往事都成了你父亲维系精神的救命稻草，整天挂在口边，你因而被灌了满满一脑子。

宋哲元笑道："多谢多谢。怎么样，令尊还好吧？信阳州的李八爷，哈哈。信阳菜，世间美味呀。"

"多承记挂，家父尚且安好。如今强敌入寇，等军长再打一个喜峰口罗文峪那样的漂亮仗，我组织信阳百姓前来劳军，再给您、给二十九军的弟兄们好好做顿信阳菜。"

宋哲元的脸色立即严肃下来："身为军人，守土有责。诸位的来意，宋某当然明白。请你们放心，二十九军的大刀片儿，不是吃素的！"

你立即想起陈宝玺的那只耳朵，不觉语塞。这样的话，此时当然不能出口。略一愣怔，余子明已经接过话头："日军步步紧逼，先是增兵天津，后要图谋绥远。狼子野心，路人皆知。如今华北安危大局，系于军长一身。千古一瞬，希望宋将军善谋明断，高举义旗，不辜负全国父老的殷殷重托，将来也好史册流芳。"

"日军步步紧逼，谁不愤恨？只是敌强我弱啊。诸位都知道长城抗战，我二十九军的大刀队杀出军威，但你们却不知道双方的伤亡比例。是役除了二十九军，我方还出动了中央军、东北军和晋军，总兵力三十万，日军不过五万。参战各军，二十九军不说，中央军十七军装备最好，晋军的三十五军军长傅宜生更是守涿州之赫赫名将。各军拼尽气力，最终依旧未能守住长城防线，我军的伤亡几乎是日军的十倍，实际是局部小胜而全局大败。当然，这话只是我对诸位交底，请勿对外宣扬，以免影响人心士气。所以我们只能应战，不能求战。"

"局部小胜，就有非凡意义！谁说日军不可战胜？贵军的大刀片儿挥舞起来，他们不也鬼哭狼嚎吗？现在最重要的，是全国上下都要树立这样的信心，否则只能被日军步步蚕食，沦为亡国奴。"

"当年贵军驻扎信阳，很多百姓过年不贴门画，只写'冯军万岁'四字。长城抗战以来，贵军声望日隆，将军声名鹊起，百姓视为国之长城。宋军长若能率领全军挡住日军铁蹄，将来必定也有百姓门上写'二十九军万岁'字样，当作年画。"

我掏出一份旧报纸，上面印有长城抗战之后，宋哲元的手迹：宁为战死鬼，不做亡国奴。我将旧报展示给宋哲元："将军此言，振聋发聩。此句此志，始终激励着莘莘学子。"

"不说硬话，不做软事，这是我们在华北立身的基础。诸位放心，宋某不是糊涂人。无数弟兄喋血长城，他们的血不能白流！"

跟宋哲元简短会面过后，还有个同样简短然而不失隆重的慰问献旗仪式。当日的演习开始之前，全体在操场列队。将士们队荷枪实弹，排列整齐，行持枪礼，我们三人依次通过方阵，将慰问锦旗献上。宋哲元接过锦旗，转身交给张克侠，随即回赠我们每人一柄短剑，然后开始给部队训话。中心意思，还是苦练技能，保家卫国。言语里句句不带脏字，但句句都在骂人；绝口不提日本威胁，但字字都是日本威胁。我们听了很是提神。

当时二十九军已有四个步兵师、一个骑兵师以及一个特务旅，另外还有几个保安旅，总兵力不下十万。这五个师中，赵登禹的一三二师师部在河间，张自忠的三十八师主力在天津周围，郑大章的骑兵第九师有一团驻扎固安。来此参加演习的部队，大概以这两个步兵师和骑兵为主。因到场的高级将领，除了军长宋哲元，只有这三位师长。三十七师师长兼河北省主席冯治安、一四三师师长兼察哈尔省主席刘汝明未见踪影。

跟宋哲元相比，喜峰口的英雄赵登禹略矮，又瘦了半个身子，脸颊下方甚至有塌陷之处，明显衬托出颧骨的海拔。他也留着黑色的胡须。张自忠虽然戴着军帽，但能看出理了光头。胡须也彻底刮过，只留下一片铁青。眉毛中间向后的转折明显，如同危急时刻的力挽狂澜。眼睛很大，右脸颊下有颗黑痣，生出一根长长的黑毛，嘴唇紧紧地抿成直线，刺刀一般。骑兵师长郑大章五官端正，脸上总有淡淡的微笑，嘴唇仿佛合不拢，因而那颗金牙十分突出。后来才知道，中原大战时他率领骑兵突袭归德（今河南商丘）机场，烧毁飞机十余架，险些生擒蒋介石。期间他跑得太猛，以至于落马而摔掉门牙。冯玉祥感其勇猛，出钱给他镶了这颗大金牙，也随之给他镶出了响亮的外号。

三位师长分列在宋哲元左右。尽管你在他们跟前站立的时间很短，但很快就嗅出了空气中的异味儿。这种气味你父亲身上一直带着，张克侠的司机身上也有。那一刻，你确信抗日英雄赵登禹也有嗜好，也抽鸦片。

献旗仪式很快结束。张克侠代表宋哲元为咱们送行，你直言不讳地谈到了此事。张克侠眼睛猛地一睁，好像根本没想到你竟能提出这样的问题，随即沉吟片刻，徐徐道："真是惭愧，让你们见笑。司机的问题我回头处理，但赵师长是高级将领，恐怕不好直说。长城抗战，他在喜峰口受了战伤，起初是为止痛，时间一长就成了嗜好。我寻机劝谏吧。"

3

回去的路上，你心里一直不安稳，似乎有危险潜伏在周围。自打童年的那个夜晚以来，这种感觉始终如影随形，困扰你多年。到北平后远离了故乡，一度有所改善，但今天不知何故，又沉渣泛起。

心里不安的你格外敏感。仿佛背后还生有一只眼睛。你隐隐察觉到似乎有人盯梢。自从出了驻军大营，你便有这直觉。等上了汽车，终于得到确认。

然而你没敢轻易告诉同伴。过去这种杯弓蛇影的教训太多。你竭力说服自己那不过是又一次的神经过敏。三娘早已离开破落的李家，多半已不在人世，此生

不会再有人威胁你的性命。这样一朝被蛇咬，十年怕井绳，万一被我知道，堂堂男儿，岂不跌份儿？

你竭力调整情绪，试图调动我作为防御武器。到目前为止，你还不知道我对那些手绢的态度；来时我那令人困惑的惊鸿一瞥，以及随后的满脸羞涩，究竟是何缘故，你并不清楚。你提醒自己，当务之急不是所谓的探子，而是坐在身边的我。

余子明跟咱们不在一排，中间隔着过道。你悄悄问道："手绢，你喜欢吗？"

我没有转脸看你，低声对道："好像有人盯梢，你发现没有？"

咱们的怀疑指向相同，都是坐在最后的那个家伙。他身穿黑色的棉袄，肩上挂着褡裢，双手拢在一起，像个做点儿小买卖的贩子。这个发现突然拉近了咱们的距离。它不时发出强烈的提示：我们在一个阵营，小贩在另外一个阵营，中间的界限还是他笼在袖子里的那双手划出来的。

一路无语，但你总感觉脊背隐隐作痛。到涞水换乘火车，轰轰隆隆地开到北平。出了前门车站，咱们要回厂甸的学校本部，遂与余子明分手。上了黄包车，你不断催促车夫，好容易甩掉尾巴，却未能庆幸许久。很快就从林颖那边传来消息，尾巴一直尾随着余子明。她说那人八成是汉奸。如今市面上的汉奸特务非常多，已经渗透到各个阶层。军政两界，更是他们使劲儿的主要方向。尤其是二十九军的高层。

脊背隐隐作痛的感觉，甚至次日都未能完全消除。你无比痛恨那个汉奸，因为他的搅扰，丧失了向我求证的机会。那是多么难得的机遇，咱们俩并排坐在一起几个小时。手绢我喜欢吗？十二种当令花卉，论理必有一种适合我；我突然盯你一眼，然后脸色羞红，所为何故？是不是你悄然之间再度丢分？如果是，丢在哪里，又如何补救？

高德睿依旧是你的心病。他那份英俊潇洒风度，完完全全就是女生的坟墓，你自觉不能比。要我不掉进那个陷阱，只能祈求上帝帮助。从固安回来后，你变得分外积极，全身心地投入民先队的各种活动。只有在那样的活动中，你跟我的会面才是自然而然的。只要能见到我，你的冬天也就有了些许温暖。

那年冬天，绥远抗战的枪声响起。主角儿是也曾参加长城抗战的三十五军军长傅作义，当年守涿州一战成名的那位。消息传出，举国关注。梅贻琦、朱自清率领清华大学和燕京大学的学生到前线慰问劳军。北平学生致电国府，为傅作义请功。你向林颖建议，号召北师大的全体学生节食一日，省下钱来支援绥远，林颖点头答道："还要停暖气一周。"

没有暖气的宿舍，被子如铁一般坚硬。北平本地的学生坚持不回家，要跟同学们同甘共苦。为了挨过漫漫长夜，有人按照老北京的风俗，填画"九九消寒图"。或划分九格，每格九圈；或画梅花一株，带九九八十一萼；或双钩"庭前垂柳珍重待春风"九字，繁体字正好每字九画。每天填一圈一花或者一笔，从冬至直到立春。立春，多好的字眼！真正的春天里，就没有横行的日本鬼儿了吧。大家满怀期望。然而头一天还行，次日晚上进入宿舍，便发现墨水都结了冰，只得作罢。

不能作画也无法读书，正好谈论时局。这个话题具有无穷的能量，一谈起来就能让宿舍升温。不知道是否因为日本之"日"，有太阳的含义在内。学联决定在学生中组成抗战义勇队，直接开赴绥远前线，以东北籍学生为主。自然，此事东北大学是主力，但各个学校都有东北籍的学生，包括北师大。组织义勇队，一切行头都得自备，那就只好上街募捐。咱们带着他们来到天桥，排成一队，高唱新歌《松花江上》：

> 我的家在东北松花江上，那里有森林煤矿，还有那满山遍野的大豆高粱。
>
> 我的家在东北松花江上，那里有我的同胞，还有那衰老的爹娘。
>
> 九一八，九一八，从那个悲惨的时候！
>
> 九一八，九一八！从那个悲惨的时候，
>
> 脱离了我的家乡，抛弃那无尽的宝藏。
>
> 流浪！流浪！
>
> 整日价在关内，流浪！
>
> 哪年，哪月，才能够回到我那可爱的故乡？
>
> 哪年，哪月，才能够收回那无尽的宝藏？
>
> 爹娘啊，爹娘啊，什么时候，才能欢聚一堂？

张寒晖创作的这首歌曲刚刚面世，便从他供职的西安传遍大江南北。曲子是他老家河北定县农村里妇女哭丈夫、哭孩子的哭腔，因而格外动人。唱着唱着，学生们个个声音哽咽，你也感觉两眼湿润。想想衰老的父亲亡故的生母，眼泪不觉抛珠滚玉。你侧脸看看我，我正与高德睿交谈商议。你很想知道我们说些什么，公事还是私事，但却听不见。你感觉一阵紧张，脊背发凉，仿佛又回到了童年的那个夜晚，三娘带着药碗步步紧逼。你悲从中来，立时泣不成声；东北籍的学生仿佛受此催化，更加动情。

哭泣让你获得了安全感。仿佛那些眼泪已经汇聚成海，海水将座座孤岛连成岛屿，你不再是孤立的个体。群体之中的每一个个体都不再存在，或者说，每一个个体都是我。你不再是那个童年夜晚里孤独无助的孩子。那份需要独自面对的恐惧，已经被众人分担。这种感觉让你放松，你因而更加富有激情。

商贩驻足，市民围观。当此情形，四周一片唏嘘。其中甚至包括天桥八大怪之一的大兵黄。他宽脸盘，黑胡须，身材壮硕，身穿罕达罕斜襟大马褂，头顶小帽，整天摆着摊儿骂军阀，动不动就是"吴佩孚这个王八小子，我肏他奶奶！"然后讲时事新闻天南海北。吸引到足够多的看客，随即兜售药糖。我们刚过去时，他正好在说西北军，说得头头是道。学生们闹上这么一出，他的观众全部被夺走，包括他自己。他骂军阀讲时事，远没到生公说法顽石点头的地步，但学生们的歌曲却让他双眼含泪。这可都是刀枪不入滚刀肉一般的老江湖，心如死水的。

突然，泪眼蒙眬的你感觉被什么东西砸了一下，随即便被不断击中。各种各样的糖果点心，跟随着大兵黄的药糖，雨点一般朝你们飞去。我自然而然地上前掏出手绢，给你擦了擦眼泪。

手绢你当然认得，是礼物中的一条，上面印着十二月的花魁蜡梅。玉骨那愁瘴雾、冰姿自有仙风的那种。我仿佛根本没意识到自己在做什么，这又是什么场合。我给你擦擦眼泪，然后自己也擦擦眼，离开队伍，回到先前的位置。

手绢已去，香气犹存。仿佛那株蜡梅活色生香。那一刻，你心里终于有了谱儿，眼泪因而更如泉涌。

4

民众捐助的物资和款项源源不断地汇向绥远，报上每天都有消息。你感觉学堂越来越小，如同小鱼已经化龙，但池子还是先前的池子。你迫切希望呼吸室外的空气。正在此时，学联和民先队决定12月9日再组织一场游行，以纪念去年的"一二·九运动"，推动全面抗日热潮的形成。

你立即摩拳擦掌，按照部署串联发动。然而没过几天，报上发表消息，段祺瑞的灵柩将运回北平安葬，按照国葬的礼遇。12月7日，前门车站、正阳门、天安门等处，素妆牌楼已经开始扎塔。推测时间上很可能正好在12月9日。这意味着当天街上将会有大批军警维持秩序。

当年10月19日，鲁迅先生病逝于上海；11月2日，段祺瑞也亡故于沪。想来《纪念刘和珍君》一文行世之初，恩怨双方谁也不会预料到有这种巧合。说起来你跟段祺瑞也有点儿渊源。当年他以陆军总长的身份到信阳指挥围剿白朗，借了俄国的飞机侦察作战。这是信阳见到的第一架飞机。飞机掠过李家寨上空时，你还在娘胎之中。你母亲受到惊吓而早产，造成你自幼便先天不足。

这点儿小小的机缘，不足为外人道。段祺瑞毕竟有再造共和的名声，更兼前两年力拒日本诱惑，坚决不当汉奸，为他举行国葬可谓恰如其分。在此期间游行，不仅对死者不恭，更有可能与军警冲突。你立即找到林颖，建议改期。很快信息便反馈回来：学联和民先队内部也有类似意见，已经决定拖延三日，12月12日举行。

人算不如天算。段祺瑞的灵柩11日上午方从天津运抵北平。街上戒备森严，可谓备极哀荣，各个中小学都要派人公祭。好在当晚灵柩便已运至西直门外的广通寺，次日早晨将移驻卧佛寺，城内一切恢复正常，正好方便学生游行。

这次游行主要有三个口号：庆祝绥远抗战胜利；支持青岛工人抗日大罢工；要求释放全国救国会领导人沈钧儒等七君子。各路游行大军在东皇城根会师，随即发表演说，散发传单，然后朝铁狮子胡同进发，目标是二十九军军部办事处进德社，是宋哲元。可巧，队伍刚刚走到东华门大街，正好迎面碰到一辆小轿车。坐过二十九军小轿车的你立即警觉起来，意识到里面坐的必定是大人物，弄不好

就是宋哲元，便赶紧朝前挤。

过去一问，的确是宋哲元的坐骑，他本人就在其中。你立即振臂高呼：

"坚决拥护宋哲元将军抗日！"

"坚决拥护二十九军保卫冀察！"

口号响遏行云。你挤到轿车旁边，要求宋哲元下车讲话。宋哲元摇下玻璃，一抱拳道："感谢诸位先生抬爱！兄弟现有紧急公务在身，下午请到景山公园说话。"

宋哲元的车队慢慢驶出人流。他的话究竟可信不可信？大家莫衷一是。你坚持主张不管他是否守信，都要去景山公园赴约，以免落下话柄。统一思想后，队伍按照原计划游行完毕，最后全部开到景山公园。

人群之外，遥遥看去，旁边古树名木不少，有棵大槐树特别打眼，树身上缠有一条粗壮的铁锁链，令人望之心寒。明代曾在此地堆放煤炭，故称煤山。后来将开挖护城河的淤泥堆积于此，形成高丘，被视为大内的镇山，也叫万岁山。然而万岁山无法保证江山万岁。亡国之君崇祯皇帝便死于此地。确切地说，就是那棵古槐树上。李自成攻破北京时，崇祯杀掉妻女逃来此地，在槐树上自缢。他唯一的追随者、大太监王承恩也随之自尽。清军入关后为拉拢前朝官员，便给崇祯治丧，追究这棵古槐树吊死君王之罪，将其披枷带锁。可叹亦可笑。

走了半天，你又冷又饿，想起这些死生之事，心里多有不安。激情过去，全身都被空洞陷没。而左等右等，一直没见宋哲元的影子。傍晚时分，突然有士兵簇拥要员进来，不是宋哲元，而是二十九军副军长兼北平特别市市长秦德纯。

秦德纯身着便服，站在高处，冲学生们一抱拳：

"各位同学，宋委员长有紧急公务，不能前来，特派德纯为代表，给大家说点儿知心话。"

"堂堂上将，说话就要算数。他有什么紧急公务，不能履约？"

"委员长确有紧急公务。现在还不能公布。不过我想，过不了两天，你们便会知道是何等急务。说吧，诸位有何见教，德纯洗耳恭听。"

"绥远已经打响，二十九军要态度鲜明地抗日！我们要求释放先前逮捕的爱国学生，要求政府释放七君子！"

"诸位的拳拳赤心，爱国热情，德纯感佩不已。请你们相信，国府正在积极筹划抗日，二十九军也有相应布置。长城抗战的鲜血未干，我们绝对不会跟鬼子穿一条裤子！七君子的问题，我们管不到，但是释放学生，我明天就办！"

目的已经达到，游行宣告结束，各自回校。学生出门时，排在两侧的二十九军士兵，齐刷刷地行持枪礼。你顿时感觉脊梁骨硬了许多。

当天晚上，还没走到学校，大家便知道了宋哲元忙活的公务内容。12月12日，亦即本日凌晨，西北两个城市突发事变：张学良联合杨虎城在西安拘禁了蒋委员长；去年刚刚调离河北的东北军五十一军军长兼甘肃省主席于学忠，解除了兰州绥靖公署以及当地中央军的武装。交火之中，双方都不乏伤亡，其中包括日军明确要求调离华北的宪兵第三团团长蒋孝先少将。他被俘之后，被张学良的卫队二营营长孙铭久杀死。

5

事情虽然发生在遥远的西北，但你依旧感觉眼花缭乱。半年之前两广事变，广东的陈济棠和广西的李宗仁联名通电全国，要求北上抗日，险些引起南北战争。两广毕竟遥远，不着腹心，而如今国家元首已经沦为张杨的阶下囚。国府随即宣布剿抚并用，委何应钦为讨逆军总司令。这边厢有外敌威胁，那边厢自家人又要火拼，这可如何是好。

每逢大事，自然要听林颖的主张。然而这一次，她也没了说辞。你问道："你的上级怎么看？"

"上级？我在学联和民先队的上级也都是学生。"

"你知道我在说什么。"

"先不说这个。有更重要的事情，得你去办。日军最近要趁乱组织一批浪人特务，冒充学生发起所谓的反日暴动，他们好以保护侨民为由，乘乱出兵，最终推动华北自治。得赶紧通知二十九军。"

这类闹剧，日军在香河弄过，在天津也弄过。香河算是侥幸得手，但在天津却碰得头破血流。如今西安发生巨变，举国上下人心惶惶，他们此时打北平

的主意，再合理不过。故而林颖要派你去通知张克侠，让二十九军赶紧采取防范措施。

"从哪儿得到的消息？准确吗？"看见林颖扬扬眉毛，你立即意识到失言，赶紧接着说，"他们要是问起消息来源，我该怎么说？"林颖道："你就告诉他这是学联和民先队获得的消息。他不会追问的。"

日本人要策动暴乱的消息，让你增加了对二十九军的信任。看来这帮人的确没有忘记自己的国籍。鬼子无法撼动，才会出此下策。你点点头，骑上自行车便出了校门。

宋哲元一般不在军部，而在铁狮子胡同的军部办事处进德社。身为副参谋长的张克侠，自然也经常在城内活动。你向他通报这一情况时，他果然没有追问消息来源，略一思忖道："谢谢你们的提醒。我们也从其他渠道获得过类似情报，会采取应对措施。很有可能，到时要借重你们一下。北平学校多，学生也多，警察认不过来。我考虑，请各个学校都派几名熟悉情况的代表，配合警察行动，看看究竟学生中间有无内应。"

这类活动自然不适合女生。你和高德睿、王则久等几个人奉派前去配合警察。二十九军的大刀队也有准备。真是无巧不成书，你正巧分到罗圈腿的手下，要听他的指挥。原来此人姓段，河北高阳人，是个分局长，在警界的级别不能算低。本来也是二十九军的人，喜峰口受过战伤，不适合继续带兵，便先转入保安队，又转成了警察。

发动反日暴乱，自然要在心脏部位。引起的震动越大，日本人出兵的理由就越充分。估计行动的地点肯定会在内城，离东交民巷的使馆区不会太远。这样他们从使馆区出兵距离近速度快，更容易得手。

果然，闹剧最终在新华门附近上演。早有准备的军警和宪兵立即包抄过去，迅速将他们扑灭。人数不多，总共不过三百人，跟爱国学生游行的气势，完全不能比。说到底，终究是做贼心虚。

这中间真正的日本人不多，依旧以朝鲜人为主，杂以汉奸。还有一些连汉奸都算不上，因他们并无政治观点，只是拿了人家一点儿钱，就跟着瞎起哄，所谓为了一块牛排而出卖巴黎的那类人。

三百多人只能分开审问。你跟着罗圈腿去了他的分局，就是上次咱们蹲过半天的班房。你在人群中扫一眼，不觉浑身一震。有个熟悉的身影，激活了你内心的记忆。毕竟已经过去两年，而且那时和现在的装束也不一样，你不敢确认，便停下脚步等他过来，好抵近观察。

那人还没走到，狐臭味道已经破空而来。此时此刻，你闭着眼睛也能确定，他的确就是上回那个欠揍的朝鲜人。

你悄悄告诉了段局长。段局长一记冷笑微微点头，决定先拿他开刀。

朝鲜人显然没能认出你。他坚称自己是吉林人，北师大的学生，一边说一边晃动胸前的校徽。校徽是编钟图案，上面印着白色的隶书体"师大"二字。看来他们的确做过一些准备，可谓处心积虑。段局长道："你对你的回答要负责。我提醒你，煽动暴乱，推翻本国政府，历朝历代都是杀头大罪。当然，你要是外国人，情况自然不同。"

朝鲜人依然不肯改口。他大概也清楚，如果承认是朝裔日本人，这种行为就是间谍，而非战俘，不受《日内瓦公约》的保护。换言之，随时可以枪毙。

"我们要求抗日，难道还有罪？"

"抗日？当然有罪。中日一衣带水，是友好邻邦。"段局长的口气不急不躁，满脸严肃。

"你是汉奸！"

段局长笑着回头跟你交换一下眼神，好像要你最后确认一下，此人不是咱们的同学。那一刻，你心里简直有点儿迷惑。迷惑于段局长的态度。你微微摇头。段局长道："我是不是汉奸不重要，你是不是吉林人很重要。"

那人一副半斤鸭子四两嘴的架势："我就是吉林人！"

段局长道："那好，我的审问已经结束。签字画押吧。"朝鲜人道："结束？你还没问我为什么主张推翻现政府呢！"段局长微微一笑，像鸭子一般向他走几步，走到跟前又像鸭子一样转回来，摇摇头道："这个不必啰唆。"见他已经画供，随即以令人意外的神速动作，从枪套里掏出手枪，砰的一枪将他击毙。

朝鲜人像根失去重心的棒子那样摊在椅子上，血溅了满墙。你感觉枪声一直在耳边回旋，仿佛声音不是短促的一击，而像波涛那样绵延不绝。你有点儿恶心，还有点儿吃惊。让你吃惊的好像还不是这个突然的、难以预料的结果，而是朝鲜人死后狐臭味似乎更加浓不可化。

段局长微微笑着，盯住你的眼神。此刻的他，就像个高明的话剧导演，或者电影演员，用蓄谋已久的手段惊吓或者逗笑观众之后，坐在人群中不动声色地收割那种预料之中的幸福。你说："你，你怎么？"还没说完，已被段局长打断。他收敛笑容，满脸冰霜地说："不准对学生开枪，那我只好拿这些朝鲜人开刀。不承认是日本人最好，都可以就地活埋。"

你突然感觉后怕。你仿佛此时才意识到，上次的班房之夜其实充满凶险。

6

你低着头从警察局出来，还没拐上大街，便听见一阵低沉舒缓的驼铃，有个老头儿牵着一群骆驼迎面而来。驼背上的口袋黑黢黢的，都是从门头沟运来的煤，经煤门阜成门进来的。煤口袋上有绳子，连着后面那头骆驼的鼻孔，驼铃则拴在排尾骆驼的脖子上。拉骆驼的只管牵住头驼，不必回头，听见驼铃就知道骆驼没有掉队。

你停下来看着拉骆驼的带着驼队缓缓向前，突然感觉这就是中国的缩影。国人就像骆驼，不问方向，只要跟着。历朝历代，无不如此。只是希望那个拉骆驼的明白事理，懂得方向，不是晋惠帝也不是周幽王。所以孙中山说中国人是一盘散沙，需要强有力的领导者将他们凝聚成团。所以政治课上会鼓吹开明专制。所以《当代世界三大怪杰》这样的书能够流行。

蒋介石是这样的领导者吗？他虽然这样自诩，但你无法相信他愿意抗日敢于抗日。南下请愿的学生，不是挨打了吗？冯玉祥在察哈尔组织抗日同盟军收复多伦沽源，最终不也是他派兵硬生生给搅黄的吗？日军侵略到了家门口他满怀菩萨心肠，对待抗日同盟军他倒是不缺乏雷霆手段。

可是话说回来，如今张学良捉蒋之后又请共产党的代表前去协商，万一他们把蒋介石杀掉，谁又有能力威望出来收拾残局？拉骆驼看似简单，可把这个活儿交给你，你就不敢接。治理国家，更是如此。万一蒋介石出现意外，十有八九，还得军阀混战吧。那不是正好被日本人各个击破吗？

你的这些担忧，林颖倒是赞同。她气狠狠地说："照他那个反动劲儿，杀一百次头，也不冤枉！但是大敌当前，我们恐怕也只能照顾大局，避免内战。"

日军策动的暴动平息之后，高德睿这个女生的坟墓突然彻底消失，不知所终。他跟你不同，不到半年就能拿到文凭毕业，这算怎么回事？你问林颖，林颖也说不知道。

你隐隐约约明白了高德睿的底细。毫无疑问，他一定是共产党，是职业学生，负有秘密责任，因而毫不顾惜那张即将到手的文凭。无论他去了哪里，只要他不在我旁边，那便是你的福音。你趁机发出邀约，圣诞之夜请我到光陆有声影院看电影。你说虽然远点儿，但那里有二十九军将领的股份，应该照顾照顾他们的生意。北平乃至整个华北，只能依靠他们手中的大刀片儿。退一步说，他们即便不爱国，也应该爱自己的股份。这当然是个可笑的理由。我知道真正的理由你不便出口——光陆离学校远，撞见同学的可能性小。

咱们俩的座位自然挨在一起。你甚至感觉座椅中间的扶手都是那么的多余。你悄悄问道："那些手绢，你最喜欢哪一条？""都很喜欢。尤其是本月的蜡梅。"你眼前立即浮现起那种如烟似雾般的缥缈美妙。素面常嫌粉涴，洗妆不褪唇红。你自己也没发觉，竟然握住了我的手。那只柔软的手比较凉，但很快就被你暖热。

你右边是空位，再过去是个男人，年龄看起来比咱们大不了几岁，戴着眼镜。刚开始你只顾得跟我说悄悄话，恨不得满世界只有咱们俩，当然不会注意别人。电影开演后，我的视线总被前边的人遮挡，你赶紧挪到空位上去，想让我换过来，结果被那个男人阻止："对不起，这是我们的座位。我已经买过票了。"

"可是并没有人啊。"

"当然有人。这是我未婚妻的座位。"

东北口音。再一问，那人的未婚妻九一八期间在沈阳举家死于国难，今天是圣诞日，竟也是她的生日。

"她，她是怎么死的？"我问道。

"不说了吧。你不会喜欢听的。奉劝你们一句，如果相爱，那就尽快成亲。"

你浑身一凛，立即回到原来的座位。你明显感觉到，我使劲儿握了握你的手。

那天的电影对于我们意义重大。不仅仅因为见证了别人对爱情的坚贞，更因为我们首次有了肌肤之亲，电影再好也只能被忽略。当然，记不清电影内容还有另外的原因，那就是没看安生。演到中间，外面忽然不时传来响声，起初大家以为是枪炮，颇有些惊异，那个东北人更是本能地一跃而起。但是很快，大家便意识到那并非枪炮，而是炮仗。

兴奋的你拖着我也冲出了电影院。出门一看，爆竹此起彼伏，热闹近乎年节。不劳动问，报童叫卖号外的声音，已经告知答案：

"瞧报来，瞧报！西安事变和平解决，张副总司令护送蒋委员长平安抵京！"

雷鸣电闪照亮了那个东北口音的男人。他身材高挑，是那么的英俊。原来他也是大学生，东北大学的。他满含泪水，泣不成声："张汉卿啊……少帅，你总算干了件漂亮事儿！打回去吧，打回去吧！"

那人顾不上看电影，疯疯癫癫地要去买烟花。此时此刻，电影哪还有吸引力。你赶紧叫来黄包车，咱们一前一后朝学校驰去。刚刚进得校门，就见操场上也有人放烟花。绚烂的光彩照清面目，刘成彩可谓兴高采烈，热情简直能让几十米外的校舍着火。他嚷道："放吧放吧，我请客！领袖平安回京，大喜！中华民国万岁！中华民国万岁！"

彩头旁边还堆着不少烟花。夜空中不时亮起的璀璨，深深地将你感染。那一刻，梦想冲破时空的堤坝，溢满了现实世界。你顾不得我，蹲下就要寻火燃放。

兴奋中的你丝毫没感觉到我情绪的停顿。你没有意识到，咱们俩似乎依旧坐在两辆车上，心情根本没有同步。我试图阻止你："你凑什么热闹？蒋介石只会打内战，媚日卖国，放了他，谁能保证就是好事？"

你说你感觉内心咔嗒一下，快乐像关节扭伤那样戛然而止。"放了他，不就可以举国一致团结抗日了吗？报上说过，就连共产党也都主张和平解决呀。"

彩头在侧，你说你其实没说心里话。那天夜里，你兴奋的主要成分其实并非蒋介石平安脱身，而是我在电影院牵了你的手。时局的重大变化仅为诱因，并非基础。就这么说吧，咱们的牵手是烟花，西安事变的和平解决只是引火。

然而我没有蹲下跟你一起奔赴热闹。我大喊几声："中华民族万岁！中华民族万岁！"虽在喧闹之中，这喊声还是几乎引起众怒。不仅彩头，好几个人提出质疑：

"此时此刻，你还强调民族不提国家，什么意思？反对国家反对政府吗？"

"共产党宣传！汉奸腔调！你是不是想国家分裂天下大乱？"

势单力孤，我转身离开了现场。这并非逃跑，我也并不害怕。我很清楚，他们再愤怒，也不会对女生动粗。击倒我的实际上是失望，被你的软弱，你的糊涂，你的迟钝。

如果没有包括彩头在内的那些同学的目光监视，你说你一定会跟着我离开。你绝对不能坐视我沉着脸离去。然而问题在于，耳朵就在眼前，并无隔墙掩护。你只能眼睁睁地看着我消失在夜色中。

你点燃了几个烟花，但已意兴阑珊。绚烂依旧绚烂，但绚烂平铺在空中成为背景，越发清晰地映衬出这样的句子：

众里寻他千百度，那人却在，灯火阑珊处。

你说我离去时的脸色，像秤砣一样压在你的心头，无法化解。化学课上讲得很清楚，铁不溶于水，也不溶于血。我很遗憾。然而后来的事实证明，警觉还是必要的。西安事变和平解决之后，国共双方谈判改编事宜期间，青海的马家骑兵依旧不停地向红军西路军挥舞马刀，最终几乎将其全部屠杀。

二 万

1

因为放烟花的事情，林颖也对我很不满意。我们甚至不大不小地吵了一架。林颖认为我还是受了《当代世界三大怪杰》的蛊惑，中了它们的毒。她坚决主张民主，反对任何形式的专制，包括所谓的开明专制。我当然不服气："放烟花就是放烟花，哪儿来的那么多讲究？我高兴的是，中国没有重新陷入内战，可以举国抗日，这难道不好吗？"

"和平解决固然是好事，但并不意味着就要去放烟花。你怎么能随便参与那样的活动呢？刘成彩什么来历，我不是提醒过你吗？你有点儿敏感性好不好？"

提到彩头，我立即语塞。片刻之后嘟囔道："中统军统蓝衣社，那天夜里整个北平城，不知道多少人放炮仗，难道都是中统军统蓝衣社？《何梅协定》之后，党部全部撤走，哪儿还有这么多的特务？"林颖盯着我，半天没吭气。她不开口反驳，我反倒感觉心虚。林颖道："张学良送蒋介石回去，你看看吧，他肯定不会有好下场。蒋介石的话，你也能信？南下请愿的学生，不是他下令，谁敢打的打捕的捕？"

我们没再继续争论。但我清楚地看见，巨大的分歧只不过是被妥协暂时盖住，就像用纱布遮盖住深深的伤口。我相信烟花的绚烂照亮了彩头的内心。至少说明他不是汉奸。因为日本人朝鲜人听到这个消息，只会恨得牙根儿痒。不过彩头是不是汉奸与我关系不大，婉茹的态度则会决定我的心情。事后在牌桌上相遇，彩头听说我不再怀疑他跟鬼子有勾结，顿时哈哈大笑："我，是汉奸？老李呀老李，我看你也就是在牌桌上的这点儿小精明。你的眼神可真是不中用！"

我尴尬地笑笑，却也无言以对。从第三者的角度看，我完全不必尴尬，而应该额手称庆，如果矛盾不是发生在我跟婉茹之间的话——比起清华大学发生的学生群殴场面，它实在不值一提。当时有人声称在救国会的办公处发现了张杨二将提供的四百元津贴的收据。如果坐实，有人难逃牢狱之灾，掉脑袋的风险也不能完全排除。故而虽都是清华同学，也难免棍棒伺候。

清华大学干卿何事，我心里只是为婉茹焦灼。对彩头的怀疑和彩头的释疑，都是转移注意的努力，可惜都不成功。前天我已经给婉茹发去一函，但迄今为止尚未接到回复。这两天半夜的时间几乎要抻断神经，而此时看来至少还要再抻半夜。牌友们的笑脸在眼前盘旋虚化，就像不断旋转的骰子。转到最后骰子停下，在一个数字上定格，那个数字，便是婉茹阴沉着的脸。

那一刻我心想，管他国民党还是共产党，只要婉茹高兴就行。我疑惑着打出一张六万，正好点了彩头的炮。牌桌上立即热闹起来："老李，你眼神还真是不行。我们都没打万，彩头就吃这个，你连这都看不出来？"

那天晚上我输了不少。数目至少可当一月的伙食。我这样的赌客当然不会在意一日输赢，奈何情绪本来便是连阴天。还好，次日接到婉茹的回信，内容是我想要的，随即扫净阴云，心情大好。

你不生气，便是阳光。我心里说。

婉茹在回信中说，民先队决定组织学生参加二十九军的军训团。训练结束后充任下级军官。随即林颖传来正式通知，派我出面联络张克侠，商讨具体事宜。

张克侠胸中看来已有预案。闻听我的建议，他立即点头叫好："学生从军，好！当年冯先生就很欢迎。学生有文化，有助于提高战斗力。我已经给宋先生提过建议，也正在推行，但目前招收的多是中学生，数量也不够。你们愿意屈就，我们热烈欢迎。"

谈完公事，张克侠要回寓所，决定顺便送我回学校。出了铁狮子胡同，汽车一路向西。司机还是那个人，鸦片的味道还在。我本想旧事重提，但想想交浅言深已犯人生戒条，便没再开口，一路上聊的还是军国大事，还是日本的威胁。

不知怎么回事，一上了车，我便感觉有些心神不定。起初以为是开洋荤的新奇反应，但很快就确认不是。我隐隐感觉到了莫名的风险。当然，此时此刻，这话根本无从出口。为将这种不安压住，我只得不断地说话，言语越来越激烈。

汽车慢慢进入南池子大街。明清两代的皇家档案馆皇史宬，明代的太子居所、清代摄政王多尔衮的府邸、后来改成喇嘛庙的普渡寺，都在这条街上。它本是皇城内的街道，民初南端的皇城城墙开了三孔券门，遂与东长安街连通。

汽车拐进南池子之后，速度明显加快，我的心跳也随之加速。张克侠似乎毫无反应，终究有将军之尊。正狐疑不定，车子突然越发风驰电掣。我们还没反应过来，轰隆一声，我们全部侧翻在地。

我碰得头破血流。眼前似乎隔着一层纱布，啥都看不清楚。脑海里仿佛有故乡鸡公山中的云海漂浮不定。爬出来一看，周围挤满看热闹的百姓，叽叽喳喳地议论，但说些什么却听不明白。我仿佛已经不懂母语。再一看，车子前面躺着一名警察，脑浆和血流满一地；张克侠和他的副官也都受了伤，不知伤势如何。

几个警察过来处理现场。抬走死者，拘捕司机，同时将伤者就近送往协和医院，接受治疗。

2

协和医院位于帅府园。这所谓的"帅"，据说是指唐代名将罗艺。石油大王洛克菲勒名下的这所医院本由教会投建，清廷亦有资助。洛克菲勒买下之后，建了中西合璧的大楼，屋顶类似宫殿，而此前的两百多年来，这里生活的都是豫亲王多铎的后裔。

协和医院的病床分为特等、一等、二等和三等。三等病床多数免费，救治重症以及无望治愈的病人。入院之初，家属要签字同意，许可遗体用于医学解剖。如今跟着张克侠而来，当然不必这样。我住进二等病床，张克侠自然是特等。

这里的护士不许结婚，除非辞职，类似修女。她们的举止也的确有修女风度：小心翼翼，轻手轻脚。无论开门关窗，还是挪动椅子，都不会发出很大的声响。夜晚走路更是踮着脚。这种环境，让我自然而然地回到了童年，尤其是夜深人静之时。童年那场奇怪的大病，很久之后才知道源于三娘的投毒。如果不是信阳当地教会办的信义医院，北师大的学生名单上绝对不会有我的名字。

信义医院跟协和医院一样，医生护士全部身穿白大褂，而白色在中国向为死亡的颜色，是孝服。故而那次治疗只是李家走投无路后的被动选择。事实上彼时根本无人相信西医。在人们眼中，教士都是洋鬼子，能暗中窃人魂魄。美籍挪威人李立生事先将过家父一军："如果我们治好了令郎，能否让他受洗入教？"家父犹豫片刻，咬咬牙狠狠心，决定跟上帝赌一局："光医好不行，还得保证一年之后无恙。那样才能昭示众人，你们不是迷人魂魄的邪术。你们敢吗？"李立生摇头笑笑，按照中国规矩，跟家父击掌为誓。

痊愈一年之后，我在小南门外的信义会礼拜堂受了洗。民国十五年信阳围城，李立生在讲坛上布道时被流弹击中身亡，父亲也于今年春上亡故。如今对于故乡，我只有伤痛的记忆。眼前协和医院的白色，就像鱼的鳞片，每一处反光，都会将那种记忆照亮。

医生护士治伤，二十九军照顾生活，我有大片大片的时间思念婉茹。白色的墙壁，白色的床单，白色的工作服，都像书写涂抹思念的白纸。我突然意识到，让自己柔软下来的并非童年记忆，而是前不久刚刚上演过的一幕，发生在婉茹和受伤的高德睿之间。感谢上帝，如今我终于有了这样的机会。

我盼望自己也能享受一下高德睿的待遇。但是很遗憾，婉茹过来时不是独自一人，还有林颖等几个。林颖在最前面，婉茹反倒隐没在人群中，像个怯生生的小媳妇。我跟林颖说着话，但眼睛一直在婉茹身上。林颖笑笑，将婉茹推到病床之前："你还是靠近点儿吧，免得鸡子儿变成斗鸡眼！"

众人满脸坏笑，婉茹满脸窘迫。这情景让我见之开怀。我很庆幸捱了这一跟头。付出虽大，但收获颇丰：这说明，众人已经默认我跟婉茹的关系。

医生检查后得出结论，我们的伤并无大碍，没伤着骨头，都是皮肉伤。当然，手术缝合与卧床休养必不可少。看来我跟协和医院的缘分还得延续几天。这也挺好，下次婉茹自己过来，我们肯定会有独处的时间，可以安置很多事情。

然而第三天晚上，张克侠突然派人来叫我。过去一看，病房里只有他自己，副官将我领进来后，也转身带上门离去。张克侠满脸严肃地说："你准备一下，咱们马上转到卫戍医院去。这里可能不安全。"

原来那个抽鸦片的司机张林阁，已被日本人收买，沦为汉奸。这并非简单的交通事故，而是蓄意制造的实弹警告。面对这种卧榻之侧的威胁，当然不能掉以轻心。

我连声惊呼不可思议。张克侠道："说实话，我也很伤心。这个司机跟我多年，知根知底，本以为足可信任，谁知道也被日本人控制。这就是抽鸦片的结果呀。"

张克侠还说，他是二十九军的主战派，早已被日本人打入黑名单。日本人的渗透无孔不入，不仅公开向二十九军和冀察政务委员会派顾问，暗地里的收买分化也是一刻未停。二十九军高级将领的态度他们都很清楚。赵登禹这样长城抗战的英雄不说，他张克侠，三十七师师长冯治安，甚至宋哲元，都在黑名单上，随时可能遭暗杀。这次所谓的车祸，只是个开头。

张克侠道："你也要小心。张林阁之所以现在动手，很可能跟学生从军有关。你要通知你的同学们。"

我随即跟随张克侠转入卫戍医院，位于东四牌楼六条胡同。平津卫戍司令是宋哲元进入北平时的第一个头衔。虽然早已改名，但卫戍医院这个称呼一直没变。这里的医术和条件肯定不如协和医院，但有二十九军负责警卫，安全肯定没有问题。

3

那年寒假，我打算不回信阳。车祸受的伤还是小事，最主要的原因是父亲已于春上辞世。家乡对于我而言，已彻底沦为故乡。回去不会有别的，只有伤心与落寞。然而大过年的学校不开伙，街上的饭铺不破五不开门，初六才营业。虽然正月初一就要开厂甸，庙会上各色各样的吃食都有，但终究有点儿路程，不好顿顿都指望它。怎么办呢？这难不倒我，因为有怀刚。其父靳荐青上将已于前年秋末去世，我们正好可以上天入地。

我在西山的靳家过了大年，初五那天回学校。刚到西直门，远远就看见了冰排。跟趟子车一样，冰排也停靠在城门门脸处，得等人坐满。如今适逢年节，乘客多，因而不必等待很久。我立即决定换乘冰排，沿着西护城河一路向南。风驰电掣的感觉谁不喜欢。虽然"兵部大臣翰林院"已很神速，但比起冰排，那还是要差点儿。从西直门到西便门，西护城河河道很狭窄，到西便门拐进前三门的护城河，河道宽敞，但水质也差。冰排正在飞驰，我突然看见前面有只猫，侧身躺着，表面裹着一层厚冰。没办法，沿途百姓的各种生活污水，死猫烂狗，都随手朝里倾倒。好在如今是隆冬，冰封住水面，也封住了臭味。

在前门下了冰排，进城换上黄包车。入城之后，立时有生气扑面而来。店铺虽然多未开门，但已有游商小贩经营。孩子们三三两两地聚在一起放炮仗，寒风吹来，纸片飞舞，彩色的碎纸屑是炮仗的遗骸，方方正正的则是拜年片儿。有业务往来的商家店铺，大年初二照例要拜年，但彼时各家各户都关着门，只能派学徒将事先印好的拜年片儿塞进人家的门缝，以示来过。有些店铺生意好往来多，上门缝下门槛都已塞满，只好扔在台阶上。寒风一吹，便四散飞起。

一张拜年片儿飞进黄包车，落到我身上。抄起来看看，上面印的是蜡梅。这熟悉的花卉突然在我眼前幻化成婉茹的脸庞。开学还有十几天，这漫长的空白，可如何填补？

在学校门口下了车，差不多也到了饭点儿。晚上吃点儿什么好呢？正琢磨着呢，忽然遥遥听得一阵吆喝：烂熟蚕豆！五香蚕豆！烂熟蚕豆味道很香，随口嚼嚼即成豆泥，随便吃点儿当顿晚饭，倒也不错。年节期间油水大，肠胃正好借机稍事休息。我付了脚力，随口喊一声，等待那人过来。

是个年老的回民，头顶白帽。见我先拜年问候，然后掀开白色的厚布，露出椭圆形的扁木槽子。木槽两边都镶有铜片，分别刻着"清真古教"和"西域回香"字样，中间盛着烂熟蚕豆。

白布一掀起来，那种熟悉的香味立即抢了清冽空气的头彩。我买了半斤，便进入学校，直奔宿舍。宿舍已非初来时的平房，而是新建的大楼，所谓"丁字楼"。楼高三层，西洋宫殿式的屋顶，内设暖气和浴室，颇为洋气。这些年来，

学校不断建设，图书馆藏书已超过十万册，新建了化学实验室和物理系的电瓶实验室，配置了无线电设备，生物实验室也正在建设之中。可以想见，国府并没有闲着。但比起日本的威胁，总显得缓不济急，令人心焦。

初六店铺纷纷开业，街上的人气益发旺盛。我闲得无聊，决定去逛厂甸。从初一到十五，厂甸天天都有庙会，热闹非凡。海王村公园里面尤其如此。东边的吕祖祠香火旺盛，总是挤满善男信女，而火神庙中则云集着珠宝商贩。这些地方我浅尝辄止，在文昌阁和土地祠却是流连忘返，因为这两处地方卖书的最多。我逛了大半天，淘到几本书，渐渐感觉手中有货但腹内空空。早上只吃了一根油炸鬼，难挡这一上午的转悠。这个好办。朝路边随便一坐，就着面茶吃了点儿小螺丝转火烧，午饭已经解决。

吃完饭就准备回学校。但走着走着，忽觉眼前一亮。前面出现了几个熟悉的身影。除了朝思暮想的婉茹，竟然还有林颖，以及失踪许久的高德睿。

他们一共五个人。另外两个不认识。我很想冲上去，向他们拜年，问候，或者质问，但想了想，还是没有。我很清楚，这种见面方式已经不合时宜，不会受到欢迎。嫉妒与怀疑随即像老鼠一样啃咬着我的神经。我无时无刻不盼望天使降临，但没想到降临方式是这样的。我的想象还是不够丰富。我呆立在原地，看着他们消失于人群中，突然转身朝学校奔去。

我没有回宿舍，而是直奔女生宿舍。女生宿舍闲人免进，而男生都是闲人。按照规矩，有事须请工友代为传达，如今工友尚未上班，里面还锁着门。没有别的办法，我只能守株待兔，齐门立雪。

等她们回来，我几乎已经冻僵。此处空旷，无法类比厂甸的火热。还好，初见时的表情，足以温暖我冰凉的心：婉茹突然瞪大眼睛，那种光亮简直就像暗夜里进入宿舍，随手打开电灯。

"是你！我们正要找你！"

四目相对，有多少言语喷薄欲出，可惜还有第三者。林颖冲我微笑点头，没有说话。等我们俩说了几句不咸不淡不着调的话，方才告诉我，晚上要组织开会。

其实我很感谢林颖的打断。那种尴尬令人难以忍受。想要亲近但又不能，放弃亲近又觉不忍，远近的分寸实难拿捏。

林颖话音刚落，我便反问道："什么会？是过去高德睿才能参加的那种会吗？"

林颖跟婉茹对对眼，然后点点头。我脱口而出道："那我准定参加。派我干啥就干啥。"

4

议题还是二十九军的军事训练团。年前训练团已经开始运作，招收了一千多名学生。这种规模，很快引起日方的警觉和干涉。迫于压力，宋哲元不得不下令改掉一字，改成军士训练团。军事与军士虽然读音相同，但内涵终究有别。

已有一批学联和民先队成员奉派进入。鉴于形势日趋紧张，学联和民先队感觉那点儿力量还不够，决定再派入部分骨干。他们已经跟二十九军高层联络好，尽管那边已经开班训练月余，但依旧可以接纳。问题在于人选。

民先队计划要在训练团建立组织。因此人选格外重要。进去的每一个人都必须像粒种子，能够生根发芽开花结果。而具体到个人，更非轻易的选择，从文还是从军将由此分野。从民国二十二年（1933）起，政府便组织大中学生的暑期军训，实际训练内容军事为辅，政治灌输为主，还是开明专制那一套，一个国家一个领袖，很讨人烦。华北的军训民国二十四年（1935）中止，大约是《何梅协定》的唯一益处。这种短期的军训大家都不情愿，何况终身的抉择。主张抗日爱国是一回事，真正提枪上战场又是一回事。因而大家都没有开口，都在思索斟酌。

缺了一只耳朵的陈宝玺，也在其中。林颖先点他的将："你有组织才能，怎么样，愿意去吗？"陈宝玺嘟囔道："去别的部队，我没有话说。但去二十九军，我不愿意。他们还欠我一只耳朵呢。"林颖道："眼前是国恨，你那是私仇呀。人人都盼望中国二三十年内迅速崛起为世界强国。要达到目的，必须人人都努力。包括你我。"婉茹道："我要是男生，我第一个报名！你们看看李世栋同学！那次在南口，他第一个动手打朝鲜人。现在中国人就缺这种气势。包括二十九军，总是态度暧昧，犹豫不定！"

话题突然转向，我立即感觉到压力如潮涌来。我仿佛又回到了南池子的车祸现场。在此之前，人人都主张抗日，我也不例外。但那只是嘴上说说，大家并未因此受到威胁。二十九军的大刀队，不过是严厉塾师的教鞭。但车祸不同。它就是一粒子弹，让我直接联想到了死亡。而且迄今为止，我的愿望还是教书育人，并无投笔从戎之志。

林颖转脸看着我道："这话我赞成。李世栋肯定不是问题。"

前面的道路空无一人，危险都在云雾之后，而后面的道路，则被鲜花与美人封锁。无奈之下，我只得硬着头皮调侃："可惜了我的二十块钱保证金。"此时进入二十九军训练团，那就只能自请退学，照师大的规矩，入学时的保证金覆水难收。

这个艰难的调侃，并未起到预料中的幽默效果。大家的注意力很快便又转回陈宝玺身上。陈宝玺道："好吧，我去。等打完日本，我马上离职。"林颖道："那是肯定的呀。战事结束，国家安定，生民都可以安居乐业。"

怀揣着师大的校徽，我告别校园，弃文从戎。

5

训练团设在南苑，所谓南海子。元明清三代，此地都是皇家苑囿，四周有围墙，内建衙署，设以海户，养育禽兽，种植果蔬，供皇帝打猎享乐。清代在此操兵演武，驻扎着神机营。规模最大时，整个南苑周长一百二十里，并建有行宫四座，以南边的团河行宫最为著名。

铁打的营盘流水的兵。民国以降，南苑先后驻扎过段祺瑞的参战军，张勋的辫子军，以及冯玉祥的西北军。一道东西向的墙，将营区劈成南北两半。营房共有十八所，每所六到十排，每排十余间，每间可驻兵一班。二十九军军部设在其中的第九营房。当年冯玉祥任陆军检阅使，在南苑练兵时，这里便是他的衙署所在。

训练团团长是宋哲元，由副军长佟麟阁中将权代，教育长是张寿龄少将。

大约是考虑到工作的便利，训练团总部也设在第九营房，就在军部的东边，是当年冯玉祥的学兵团所在。我们考进训练团后，驻在第七营房。二十九军的参谋训练班也在第七营房，跟我们比邻。训练班由教育长张克侠主持，我几乎每天都能见到他。虽然他替我们说了话，但我们同样经过了考试，考题类似过去科考的策论，只需写一篇文章《兵贵精不贵多论》。当然，这难不倒我们。

军训团下辖三个大队，每个大队又分四个中队，总共有一千七百多人。第一、二大队学习步兵科，第三大队学习骑、炮、工以及防化等科。训练团之所以愿意中途接受我们，主要因为我们文化程度高，学习技术兵种正好。

那年月蒋介石提倡新生活，但他发起的新生活运动，经常被人戏称为"新夫人运动"。宋哲元、韩复榘这样的地方实力派，直接主张尊孔读经。一进训练团，首先领到的除了军装，就是四书五经的白话袖珍读本，要求装在上衣口袋中随时翻阅。大操场主席台的中央，悬有三张巨幅画像，中间是孔子，右边是孙中山，左边是蒋介石。孔子像上题"大成至圣先师"，两边有对联"孝悌忠信，礼义廉耻"；孙中山像上题"革命导师孙总理"，对联是"忠孝仁爱，信义和平"；蒋介石像上题"革命领袖蒋委员长"，对联是"实行新生活，恢复旧道德"。三幅像旁边，还有宋哲元亲自拟定的"永久信仰及决心"等八条。这些内容不仅仅存在于大操场的主席台上，各所营房正面的影壁上都有。

我们晚来两个月，虽然耽误了一些训练，但也省去了劳作之苦。因为营房历年已久，必须彻底整修。土炕都是重新用砖打的，包括课桌板凳。砖从哪儿来呢？上面有严令，不许惊扰百姓，只能到野地里四处找。房舍、操场、道路，也刚刚整修过。绝无杂工仆役代劳，所有这些都是官长领着学员，一砖一瓦地干出来的。正常入团的学员，谁都别想偷懒。我们坐享其成，纯属侥幸。

训练分为学、术两部分，学科主要学习典、范、令：步兵操典，射击教范，野外勤务令，以及二十九军军史；术科主要是各种战术动作，包括单杠的屈身上、回转和倒立。二十九军源出冯玉祥的西北军，向无雄厚的财力后盾，买不起好装备，只能苦练单兵技能，因而训练无比艰苦，尤其是最初的队列动作，不止艰苦，简直残酷。

既然艰苦，那就肯定紧张：每顿饭只有五分钟时间；上厕所途经单杠，也必

须拉三个引体向上；大便得采用骑马蹲裆式，让外面的哨兵看得见你。一旦你脑袋消失，哨兵立即喝道：骑马蹲裆式！

然而大家的精神状态都很好，歌声不断。刚入训练团时，跟四书五经白话袖珍本一同下发的，就有一套歌本：《战斗动作歌》、《射击军纪歌》、《利用地形地物歌》、《行军歌》、《站哨歌》、大小《八德》歌、《国耻歌》，等等等等。

起床唱《起床歌》：

> 精神休养好，国耻莫忘了。将来练得学术高，复兴民族显英豪！

饭前唱《吃饭歌》：

> 这些饮食，人民供给，我们当为人民努力；
> 帝国主义，国民之敌，救国救民，吾辈天职。

睡前唱《睡觉歌》：

> 外患方多，卧薪枕戈。人人振作奋勉，努力工作，不可懒惰，救我中华民国。

一切都有歌，包括犯了错误，也要唱《悔改歌》。

第三大队的大队长冯洪国上校，乃冯玉祥的长子。当年他跟蒋经国、廖承志一同在莫斯科中山大学学习，"三公子在苏俄"被报刊辟为专栏，传为美谈；跟我同一个分队的段昌仁，则是段祺瑞的孙子。他们连同那些歌声，几乎令我乐不思蜀。我突然想起《圣经》上的话，感觉这里的人真是彼此血肉相连的完整肢体。这个肢体宏大而且有力，矗立在山峰上。跟它相比，日本的威胁虽然还在，但却隔了一层云雾，似乎不再那么直接。或者说，那种威胁与现实生活之间，隔着一层纸。要么我的生活在纸上，要么就是日本的威胁在纸上。尽管南苑里面就有日军的机库，以及小队驻兵。

当年吴佩孚南来北往时经过信阳好几次，留有很多故事。有些故事直接导致了我们李家的破产，但也支撑着家父落寞的晚年。那时我尚处冲龄，吴大帅完全是个美丽的传说，跟天桥八大怪之一大兵黄的怒骂完全不同。南苑受训期间，我终于得以亲见。他受邀前来给学员们讲《春秋正义》。昔日《时代周刊》的封面人物，而今一袭长衫，面容衰老，毫无想象中的神勇。宋哲元也曾亲来授课，讲述《大学》和《中庸》，说这是蒋委员长的要求，学好四书五经，就是力行新生活。这话令人莫名其妙。相形之下，我还是更喜欢梁启超，更相信科学。日军强大，就强大在科学上。中国要想在二三十年内跻身世界一流强国，必须首先打败日本，而要打败日本，四书五经显然指望不上。这些话我当然不敢直接跟官长说，但私下议论时，同学们却几乎全部赞同。

后来才知道，宋哲元从军以前教过私塾。

每年五月，二十九军都要阅兵。因日本向袁世凯提出《二十一条》的国耻日，是民国三年（1914）的5月9日，而民国二十二年（1933）的5月31日又被迫签订屈辱的《塘沽协定》，在壮烈的长城抗战之后。民国二十六年（1937）5月，尽管张自忠代表冀察当局还在日本访问，北平的局势依旧是箭在弦上。敌我双方均不断演习：日军演习的次日，二十九军必定在原地演习，以示回敬。在这种背景下，南苑再度举行阅兵仪式。军士训练团与驻扎南苑的部队，一同受阅。

阅兵在飞机场举行。社会各界代表，部分驻华使领馆武官，冀察政务委员会以及二十九军的日本顾问，全部受邀参加。阅兵方阵过后，战士们又表演了拳术、刀法和射击。现场气氛雄壮昂扬，简直令人毛发竖张，但这还只是面子上的事情。等以休息为名打发走武官顾问之后，宋哲元单独给官兵训话，方才吐露心声。

宋哲元笔直地竖立在主席台上，先讲评阅兵情况，再重申强调二十九军"诚真正平"信条，最后问道："我们的敌人是谁？"

官兵们齐声高呼："日本帝国主义！"

宋哲元立即点头摆手："啊，不要明说，咱们心里有数！养兵千日，用兵一时。如今大敌当前，你们都要刻苦训练，练好战术，做好准备，到了最后关头，不惜生命，保家卫国！"

浪潮般的喊声响起来时，我双眼湿润。事后班长说，去年宋哲元也是这样的

态度，只是那时日本顾问在侧，他无法明言，便高呼三声，号召全军"一头碰在南墙上不回头"，暗示要跟侵略者周旋到底，绝不屈服。

我突然格外想念婉茹。晚上立刻给她写信，说过去对二十九军态度暧昧、不抗日的指责有失公平。因为自从西北军以来，抗日一直是部队的思想基调。射击靶子是日军图案，过年杀猪时猪身上披着膏药旗，等等等等。但婉茹回信说，相信二十九军中下层官兵的抗日热情与爱国心，但高级将领囿于利益权位，难免会有摇摆，关键时刻，未必一定会将国家和民族利益放在首位。宋哲元阅兵之前，刚刚接受日方宴请，各家报纸都有披露。局势如何演变，颇难逆料。她提醒我不要因为穿了二十九军的军装，就被他们同化，想问题下结论完全从他们的角度出发。要牢记自己的身份首先是民先队员，负有改造净化这支军队的责任，要保证它始终站在人民的一边。

仿佛印证了婉茹的提醒，阅兵之后，宋哲元便回了山东乐陵老家，说是要养病。我当然不可能知道，他此举是想避开纠缠，拖延时间。日本在经济政治两方面步步紧逼不断施压，逼迫宋哲元逐步脱离中央而向殷汝耕等汉奸靠拢。所有的宴席都是鸿门宴。而当初蒋介石曾有密令，要宋哲元忍辱负重，委曲求全，只要不丧国权不失领土，一切都可虚与委蛇，以争取时间。被日本鬼子没完没了地骚扰两年，宋哲元实在是焦头烂额穷于应付，只能暂时避开。

6

在训练团里能碰到故人高德睿，是我无论如何也想象不到的。

训练间歇时，我们见过几面，但高德睿从来不说他这段时间的经历，我当然也不会主动问。我只是越发坚信自己的判断：这个高德睿有背景，恐怕跟延安有点儿关系。

那时高德睿已经当了副班长。一般而言，这是不可能的，二十九军不会提拔没经过战阵、没真正当过兵的人。高德睿之所以能获得提拔，是因为单杠。二十九军格外重视这一项，屈伸上、回转和倒立，是必考科目。不会这三样，士兵甭想当班长。而这些东西对于高德睿而言不过是小儿科。他在单杠上的本事实在是厉害，很快就能当教练，因而从军不久便获得提拔。

副班长高德睿对于我而言，依旧是种压迫。这种感觉直到大刀上手，才算略有消解。

原来二十九军的大刀片儿起初并非人手一口，只装备手枪队。手枪队里每人两把驳壳枪，背后一口大刀。驳壳枪是二十响的，可以打连发，火力很猛，类似小型机枪，但每人的携弹量有限，因而要用大刀补充，以便贴身肉搏。后来大刀片儿之所以推广到了全军，是因为缺乏相关技术，枪刺上的血槽开不好，刺刀不如大刀好使。二十九军用大刀片儿，东陵大盗孙殿英跟西北军也有点儿缘分，他的部队甚至还装备方天画戟，作为近战武器。

这大刀也叫劈刀，形状类似古代的鬼头刀，三尺长，七斤重，人手一口，伙夫亦有。刀法主要是宋哲元的乐陵老乡尚云祥传授的"五行刀"。尚云祥自幼师从河北形意拳大师李存义，先后行走十三省切磋武功，生擒过通州大盗康八爷康天熙，人称"铁佛脚"。二十九军上下都很重视大刀，而刀剑之术我早有基础。因我不足月出生，先天禀赋不足，家父便让我习武，希望后天弥补。入学之前，我便曾跟随武师练习拳脚刀剑。虽没练出名堂，但对于眼下耍二十九军的大刀片儿，还是大有帮助。尽管未到能当副班长的程度，在高德睿跟前也算多了根主心骨。

南苑在北平城外，距离不远也不近，往来并不方便。然而对于相爱的人来说，这点儿距离丝毫不成问题。我和婉茹之间的联系从未中断，一直鱼雁频频。她还常来看望。当然，她不是简单的看望。从某种意义上说，我是风筝，而婉茹则是那根线。虽然有看不见的手牵引，就像拉骆驼的，但我对此并无不满。事实上，我内心很需要那种有所归依的感觉。只是有时婉茹的要求令我皱眉。比如让我给佟麟阁传信，建议佟麟阁减少四书五经的内容，增加抗日思想和时事教育的时间。

在此之前，我在二十九军上上下下跟前都感觉中气十足。毕竟西北军确实欠过李家的粮饷，而那正是李家败落的肇始。然而进了训练团见了段昌仁，我的自信立即消失大半。三造共和的段祺瑞的孙子，都在老老实实地踢正步耍大刀，我还有什么好说的？不仅如此，说起父亲冯玉祥，冯洪国竟然嗤之以鼻："他进步？哼，也是军阀而已。这样的事情他可能干得比别人少，但也少不到哪儿去。"

"这封信，叫高德睿传递不行吗？他好歹的还是个副班长，我可只是个大头兵。"

"在中将眼里，副班长和大头兵能有多大的区别？叫你传递，当然是有考虑的，你自己不也反对这一点嘛。请你相信我，从公私两方面都要相信我。军训团里的同学，我没有提到谁，你也千万不要提及。"婉茹先是扑哧一笑，后来又微微撇嘴。那是她不高兴的表情。

见婉茹撇嘴，我反倒有点儿云开雾散之感。除了从命，夫复何言。

那时佟麟阁还叫佟凌阁。事实上那个奇怪的名字将军生前从未用过。国府文官处转抄其牺牲经过时，误写为"麟阁"，经报刊宣传后影响巨大，无法更改，不得不将错就错。虽然名字被误改，但其事迹确实不比凌烟阁二十四功臣逊色多少。他面容清瘦，脸上肉少，颧骨突出。那种硬挺挺的感觉，总会让人心生警惕与抗拒。然而乍一见面，他便叫出了我的名字，我不觉大为放松。不知道曾在诗文中读过多少将军的幕府。所谓柳营春试马，虎帐夜谈兵，总体印象都是威严，如同危崖峭立。但亲眼所见的第一座将军幕府，竟然是如此的简朴，乃至寒酸。办公桌上放着一本《圣经》，身后的作战地图旁边还钉着一个十字架，左边墙上挂着望远镜一只，德国莱卡相机一部。他看完信，又听了我的陈述，微微点头："你们说得很有道理。前两天副参谋长也跟我说过。我很赞同。四书五经是根本，并非急务。眼下鬼子的刺刀已经挺到胸前，火烧眉毛，得先顾眼前。"

这话拉近了我跟佟麟阁的距离。我不觉又提及了民国九年冬天的信阳与李家，以及教士李立生。那时冯玉祥曾经让一团人马，在信阳城南的浉河边上集体受洗。佟麟阁定睛看我片刻，徐徐道："信阳是个好地方。那时候部队很苦，局面远不如现在，但全军上下的抗日气氛已很浓厚。冯先生总是说，早晨为朝气，中午为惰气，晚上为暮气。那时的营长连长，就像今天的你们。爱国心切，热情如火，如今都已是高级将领。怎样保持朝气而不被惰气、暮气侵蚀，保守保持抗日热情，是个问题。"

"二十九军是英雄部队抗日部队，高级将领中难道还有汉奸？"

"未必就是甘当汉奸，只是有些人囿于地位利益，说话行事不够硬气。我们这些人，都应该向你们学习，时刻受你们的感染，以便摒弃惰气、暮气，保持朝气。"

"副军长戎马倥偬军情紧急，还能坚持研读《圣经》，相比之下，学生真是惭愧。我疏远主已经太久。"后来回想，我也不知道这番话是怎么样脱口而出的。我不敢确定，会不会因此而受到婉茹她们的批评。

"亲近神乃是正道。这是每日的必修课。我为你祷告，让主带领你时刻走在正道上。你也要为我祷告，求主为我加添力量，让我能把你们全都练成抗日精兵，将来出去都能带好部队，驱逐强敌。"

这番话一出口，我恍惚感觉眼前的那个老人已非陆军中将，而是个慈祥的教师乃至教士。我立即又问了一个不该问的问题："副军长，日军来势汹汹，武器也好，而我们迄今为止还没有发枪，整天挥舞木棍操练。三十八师学兵大队有枪，但也不让射击，节约子弹。你觉得真要打起来，我们能打赢吗？中国能在二三十年，顶多五十年内，成为世界强国吗？"

"你们的枪下周就发。当然，是旧枪，也不能随便射击。咱们国家穷，没有办法。但是我坚信，中日若有一战，最终必然是中国赢。正义的事业，肯定会蒙神的护佑，得到民众的支持。我们绝对会赢。"

事后不久，燕京大学教授张友渔，来给军训团上了几节课，题目叫《日本问题》。这门课很受欢迎。

7

天气一天比一天热。而时局的紧张，仿佛也被气温同步放大。北平已成火药桶。二十九军跟日军之间的摩擦冲突不断，擦枪走火时有发生。

7月7日没有任何特别之处，像往常一样闷热，甚至天空都要流汗，晨起时露水很重。头天夜里突然响起来的稀疏枪声，自然无法传到南苑，即便传到，大家也不会在意。次日凌晨，炮声遥遥从宛平方向荡漾而来，惊破残梦，我们

依旧没当回事。这半年来冲突格外频繁，虽然开炮的次数不多，但估计最终还是得靠外交解决吧。大不了有关师旅再度调整防区，或者换上保安队的服装，与我们无关。

后来我才意识到，这种想法是典型的赖床思维。天气炎热，难以入眠，凌晨四五点钟正在美梦时分。当此时刻，天大的危险也会被赖床思维淡化乃至美化。然而那种虚拟的美妙总是无比短暂，总要图穷匕见。

军号吹响，起床，唱过《起床歌》，全体出操。一千多人的队伍在大操场跑步，教育长张寿龄也跟着。跑着跑着，突然有个军官分开人群，来到张寿龄跟前耳语几句，张寿龄随即转身离去。

如果再无下文，这个曲折在历史的波涛中恐怕连浪花都算不上，顶多是个泡沫。将军的动向跟我们的生活实在是搭不上边。跑完操，照旧回去整理内务。到了唱《吃饭歌》准备开饭的当口，宛平方向忽然再度传来浓密的炮声。虽不能震耳，但颇为绵密，可见战况激烈。

"全体集合！全体集合！"值星官的呼喊深沉，哨声尖厉。

出来一看，站在高台上的不止佟麟阁和张寿龄，还有战术教官孙麟少将，可见事情非同小可。果然，佟麟阁宣布，两军已经于昨夜在卢沟桥打响，龙王庙和铁路桥失守。军部命令卢沟桥守军、三十七师何基沣旅的吉星文团的第三营，防区即死所，守土有责，坚决不许后退。

我的身体站得如同针一样笔直。全身的所有感官都在瞬间打开。在那个时刻，我感觉自己无所不能，简直可以撬动地球。真来了吗？上帝保佑，我们干吧！

"我命令：军训团全体进入作战状态！各部划分防区，向外派出警戒，发放子弹。从现在开始，执行战场纪律。作战不力者，杀！违抗命令者，杀！投敌叛国者，杀！"

子弹和针线包配发到手，连同一段布，让每人自制一个干粮袋。请来磨刀师傅，给大刀片儿开刃儿。磨刀霍霍，直到此时，我才体味到这个词语的真正含义。我突然想起童年时期，在信阳过年的情景。下人们涌进猪圈抓住肥猪，将它搁上案板，然后一刀放血，刮毛吹气。那种场景是何等的热闹，何等的感人。可惜它只是童年专享，而如今时光早已老去，我无法再回到信阳的历史中重温此情此景，就像夏天的腊肉无法重现冬日的新鲜。

想不到世上还有一样事物，能够打开时光的闸门，放出美好的记忆。这就是眼前的战争威胁。我用手指试试刀刃儿，不觉激情澎湃，充满孩童一般的快乐。我背着大刀，就像醉醺醺的屠夫背着家伙事儿，连同刚刚到手的报酬和下货，心满意足地回家，而想想家里倚门待归的妻子，心里越发畅快。小鬼子气焰再嚣张，也不就是个猪嘛。且待我也杀上一头，略试身手。

军部离得近，消息慢慢传到我们耳边。日军挑衅的借口再可笑不过：他们夜间演习时，宛平方向传来射击声，随即发现二等兵志村菊治郎失踪，便要求进入宛平城寻找。守军拒绝，双方交火。两小时之后，志村菊治郎又神奇露面，事情本来可以平息，但他们的大队长一木清直非但不肯罢休，甚至还要继续扩大事态。

从7月8日直到10日，宛平卢沟桥一带炮声未断。军训团里，班长副班长仔细检查每一个学员的装备。干粮袋结实不结实，都在检查之列。每个人都在等待，但结果却迟迟不来。

南苑就是个大营房，没有合适的地形作为依托，构筑坚固的防御工事，只能在围墙之外开挖战壕。当时南苑驻军不少，除了军士训练团，还有二十九军军部，连同特务旅孙玉田部；三十八师师部，以及特务团安克敏部、骑兵营与学兵大队，董升堂旅的杨干三团，刘振三旅的张文海团；骑兵第九师师部与一个骑兵团；军官教育团，参谋训练班，等等。兵力不算少，但建制复杂，很难指挥。

军士训练团的防区就近划分在南边，防守东南围墙。时值盛夏，未过秋收，整个南苑都被茂密的农作物包围着。防线不远处便是连片的青纱帐，视界和射界都面临障碍，阵地前面的开阔地只有两百到四百米。有人建议坚壁清野，将视界射界内的庄稼全部砍掉，当年于谦保卫京师，就是这么干的，但佟麟阁不同意。他说："此事我早有考虑。以南苑的地形，无法长时间坚守，部队最终必定要向南撤离。只为几天的战事，便毁掉百姓一年的吃食，于心何忍。即便能给人家点儿补偿，终究还是得不偿失。算了吧。"

当然，将军也不会让士卒白白送命。粮食与生命的对比，佟麟阁还是清楚的。他有补救办法，那就是在阵地前面埋设地雷。

8

两天之后枪声渐歇，和平气息随即抬头。市面上出现不少传言，说三十八师师长张自忠要当汉奸。说是面对鬼子的侵略，三十七师打，三十八师看。但是也有人说，这个顺口溜是日本人分化二十九军两大主力师的毒计，是他们炮制的。所以他们口口声声只打冯治安，不打张自忠。

营房里悬挂旅长以上将领的照片是二十九军的传统。各位师长旅长的模样，我们都认得很清楚。我相信直觉，从照片上看，张自忠就没有汉奸相。然而这话不能当作凭据。我无法辨别真伪，只是感觉失望。就像年关即将过去，孩子发现积攒起来的糖果已经所剩无几，而剩下的那些也在慢慢融化，糖纸已很难剥掉。这个发现令人失望，也令人恐慌。我无法想象，没有暗藏的糖果支撑的漫长一年，如何度过。我立即组织同学，请缨出征。

先是教育长张寿龄接见安抚。我们不满意，又请求佟麟阁接见。佟麟阁道："你们爱国心切，热情可嘉，我坚决支持。但身为军人，服从命令是天职。和战大局，上级和中央自有决策，我们只能严格执行。我向你们保证，一旦中央下令抗日，麟阁若不身先士卒，诸君可执我到天安门前，挖我双眼，割我两耳！现在请你们立即回去，保持戒备，严格操练。也许明天一早，就会有命令下来，让你们上阵冲锋。"

然而次日早晨抵达的命令不是上阵杀敌，而是撤销战备。军部不仅命令枪弹入库，还要求清除地雷。所幸这道命令没来得及执行。

那段时间，北平各界人士踊跃劳军。捐款捐物，慰问演出，接连不断。当然，民先队也不会闲着。婉茹不止一次出现在南苑。目的只有一个，就是反对媚日投敌，推动积极抗战。因为宋哲元从乐陵抵达天津会见了新任华北驻屯军司令香月清司后，报上随即出现鼓吹和平的论调。而等他抵达北平，更是下令将社会各界的捐款退还，说是不会发生战事，不必捐款。北平城内本来已经修好巷战工事，堆了沙包，也被他下令拆除。

在此之前，北平已经陷入日伪包围。南面，北宁路沿线西起丰台东至山海关，均有日本驻军，这是《辛丑条约》埋下的祸根；东边，是殷汝耕的汉奸组织；北边，热河沦陷已久，西北方向更有日军走狗王英和李守信所部。只有西南方向还在二十九军手中，可以掩护经门头沟南撤的道路。而此时报上不断鼓吹和平，日军却在持续增兵，包围圈越来越紧。这种形势下的所谓和平即便到来，也必然要付出高昂的成本，因而人人反对。包括我，甚至也包括佟麟阁。

宋哲元回北平之后依旧住在城内，军部继续孤悬南苑，毫无备战姿态，令人着急。说来也是奇怪，二十九军军长宋哲元远在乐陵，三十八师师长张自忠及其主力远在天津，但指挥机关却都在南苑。我们都想不通此为何故。后来打听明白人，才搞清原委。原来中原大战后冯玉祥全面溃败，未投蒋的余部好容易才获得浴火重生的建军机会，得以接受张学良的改编。那时张自忠所部最为完整，因而达成这样的默契：拥戴宋哲元为军长，张自忠为"二头儿"。故而军部与其师部放在一起，该师参谋长张克侠同时兼任军副参谋长，以便掌握部队。可惜的是，宋哲元避居乐陵期间，张自忠出访日本，冯治安奉命代理军长职责，但他的三十七师司令部又远在西苑，他本人更是常驻保定，因还有河北省主席的职掌。

7月25日凌晨五点，南苑终于盼来了主人。宋哲元全副戎装，带领高级将领，检阅部队，视察各处营房与防御工事，两小时后回到城内。我们依旧孤悬于外，不知是战是和。又过了两天，军部和特务旅以及三十八师师部奉命开进北平。机关非战斗人员太多，毫无疑问，此举意味着备战。

军部、特务旅以及三十八师师部机关，都是夜晚进的城。摸黑行动主要是防止鬼子空袭，保密倒在其次。谁让咱们没有空军呢。虽是夜晚，虽然转移非常安静，但留下的人依旧能感觉得到。经过严格的夜战训练，大家已经掌握通过星星和声音辨别方位的能力。黑暗中我们的视力仿佛全部转化成了听力。大部队的脚步，我们听得清清楚楚，如同每一脚都踏在自己心上。而每踏一脚，大家的主心骨便短去一分。大战之前，生力军忽被抽走，当然不会是愉快的感觉。我说："特务旅人手两把驳壳枪，可以打连发，战斗力最强。他们调进城内，南苑还怎么打？"段昌仁道："特务旅主要保障首脑机关。军部要进城，他们当然得跟着。你放心，南苑要么全部撤兵，要么会派来援兵。"

次日上午，南苑果真来了援兵，是赫赫有名的长城英雄、一三二师师长赵登禹。与此同时，大家发现特务旅主力未动，只有第一营护送第一团团部随同军部机关进了北平。消息传开，大家立即情绪高涨，恨不得鬼子此刻前来送命，好让我们建功立业，流芳百世。我热切盼望婉茹能在身边，亲眼做个见证，而上帝果真成全了我。当天婉茹便出现在南苑。按照道理，各个学校已经放假，她应该回家了的，但却没有。原因么，可想而知。她有任务。

婉茹找到南苑时，我正在外边站哨。那时多数人还在院内的营房中，院外的防线零星布置着守卫，大家轮流放哨。哨位和阵地当然不许闲人进入。而那种场合也的确不适合传达通知。因而婉茹要求我请会儿短假，单独会面。

所谓要求，也可以说是命令。而这份命令甚合我意。我当然愿意跟她单独待一会儿，于是便向班长告假。半年来，班长的家书均由我代笔，我这个新兵的刀法也令他放心，因而他愿意给我这个面子。

"那女学生是谁？你们什么关系？"

"我们是同学，很好很好的同学。"

"很好很好，到底有多好？你跟我说句实在的。要是说好的媳妇，可以破例。一般朋友概不应允。现在是啥时候，你也清楚。"

"不是说好的媳妇，但也差不多。"

"看不出来，你小子还挺花的嘛。"

"不是那意思！订婚得经过双方父母同意，她还没来得及请示父母，我父母均已辞世。"

"那就去吧。老弟，战事一起，子弹炮弹可不认人。有今天，可未必有明天呢。"班长摇头叹气，终于高抬贵手。

9

到处人多眼杂，只能寻求树林和青纱帐掩护。雷区当然不会妨害我们，我知道如何避开。

婉茹带来了不少消息，最重要的是这个通知：如果战争爆发，二十九军最终必定要撤退，那时我得做好脱离部队的准备。民先队给我的任务，是继续在北平念书。具体进哪所学校，到时候听通知。换句话说，我也要准备当职业学生。

职业学生只是个掩护，地下抗日才是真正的职业。那时要面临各种各样的任务，比如刺杀。日军针对二十九军高级将领的刺杀黑名单，民先队已经掌握。张克侠在南池子的所谓车祸不必再说，19日宋哲元从天津返回北平途中，也曾遭遇类似威胁。日军在丰台与杨村间埋了炸弹，所幸起爆时间不对，宋哲元的坐车经过一站之后，炸弹才响。否则丰台又成皇姑屯，宋哲元已步张作霖的后尘。对于不肯合作又不接受收买的人，日军向来不会手软。

他们会刺杀，咱们当然也会。《史记》中不就有专门的《刺客列传》嘛。民先队的目标不仅仅是鬼子的高级将领，还有汉奸卖国贼。能再干掉一个类似白川义则那样的大鬼子当然好，实在不行，殷汝耕那样的，他们也不嫌弃。就像军统在六国饭店刺杀张敬尧。

刺客，好刺激的字眼。我顿时感觉警报四起，不觉抬眼扫视周围，寻找那并不存在的目标。我说："抗日当然没有问题，但刺杀我未必合适。我的枪法一般，刀法更是不精。"婉茹微微一笑，意味深长地说："你放心，民先队早有考虑。肯定会有精于刀枪的人配合。"

我突然眼睛一亮，随即闪出高德睿的形象。当然，我什么话都没说。

天气虽热，但有树荫与微风的成全。我们俩坐得很近。那种满含青春期芳香的女孩儿的气息，令我迷醉。感谢上帝让婉茹在战争爆发之前来到我身边，感谢上帝成全了我的初吻。婉茹口唇的气息，是春天的槐花香，带点儿蜜的味道。

我们的身体都在哆嗦，都在痉挛。我感觉很饿很饿，仿佛有熊熊大火，耗尽了所有的能量。正在此时，婉茹突然推开我站起身来："你背过去。我不叫你，你不准转过来。"

我是按照婉茹的吩咐转过来的。但转过来后，那一幕就像风暴，刮去了我对世界的所有认识。

婉茹闭着眼睛，赤身站在跟前。

世界在那一刻崩溃碎裂，时间在那一刻融化成水，无法收拾。我看见了太多太多，信息过载压塌了我所有的神经。她柔软的乳房在游行时曾经提醒过我，是我成长的催化剂，但那种美好来得如此突然，如此出其不意，让我想起的不是美好，而是邪恶。

婉茹的身子比脸蛋还要温润洁白。因有那一丛黑森林的遥远衬托。

亚当被蛇引诱，吃过智慧果之后，看见的夏娃的身体，就是这样的吗？从此人类就有了罪和死；半夜给我喂药的三娘，风姿绰约，可谓美人儿，但却是青楼出身。她第一次诱惑家父时，就是这样的吗？从此我可怜的生母即被冷落。

我张口结舌，也一定面红耳赤，就像突然被冷冻。更为要命的还是我那沉重的肉身的反应。我并紧腿夹住裆间那个可耻的物件，一阵痉挛，随即有冰凉的液体喷射出来。

我撇下婉茹，逃跑一样沿着青纱帐，直奔阵地而去。

10

我销假重回哨位，失魂落魄。还好，天气炎热，汗湿军装是常事，而我的裤子很快便已风干，带着白斑。班长狐疑地看着我道："怎么回事？还不到时间嘛。"我支支吾吾地对道："兵荒马乱的，人家还要回北平。"

大约过了二十分钟，婉茹的身影在青纱帐中或隐或现，一路向北。她像高粱那样低着头，仿佛背着沉甸甸的心事，那情形令我分外不忍。走着走着，一队鬼子的骑兵突然从南方出现。他们踏过农田和青纱帐，正对我们而来，一副闲庭信步的傲慢架势，仿佛此地根本未曾设防。这态度激怒了所有的人。除我之外。我依旧沉浸在先前的意外、惊异、愤恨乃至自我鄙夷之中。

很显然，鬼子也发现了婉茹。最前面的那个骑兵突然抽出马刀加快速度，摆出千里奔袭斩将擎旗的姿态。那雪亮的马刀闪闪发光，突然耀了我的眼。我仿佛刚刚想起来，自己已经是二十九军的学兵，有守土抗战之责。我端起手中的枪想要瞄准，但心跳急剧加速，仿佛面临危险的不是婉茹，而是自己。我手指哆嗦着，完全忘记《射击军纪歌》中讲述的动作要领。巨大的恐惧瞬间将我攫取。我突然回到了民国十五年的信阳。那所被团团包围的城市尸横遍野，血流成的河封冻在地面上，也封冻在我的记忆之中。

哨位上的我甚至忘记了惊叫。事后再想，鬼子跟我和婉茹呈三角形，尚未进入步枪射程，即便开枪也不顶事，最多也就起个警告作用，掩护一下婉茹。可是，我难道就这样眼睁睁地看着恋人丧命于鬼子之手吗？

正在此时，我突然看见一个熟悉的身影，是高德睿。他跳出战壕，以百米冲刺的速度跑了大约五十米，然后单膝跪地，举枪，瞄准。啪，一声枪响，鬼子的马猛一昂头；啪，第二声枪响，鬼子旋即落马。

战马继续朝婉茹奔去。空荡荡的马鞍，就像空洞的精神，给人彻底孤独的感觉。最终它越过婉茹，进入我军防区，成了战利品。而婉茹加紧脚步，终于被远方的青纱帐屏蔽。

谁也想象不到，南苑保卫战的第一枪，会由高德睿打响。这个尖兵被击毙之后，鬼子并未前来支援，甚至也没有试图抢夺尸体。他们一枪未放，转身便消失于马蹄溅起的尘土之中。这在大家看来，是不折不扣的逃跑。这种场景就像烈酒，迷醉了所有人的神经。不是都说鬼子厉害吗？伸手试试，也不过尔尔！面对一群学生，竟然不战而败！

群声欢呼，也不能打破笼罩着我的孤独与落寞。我像傻子一般呆立在原地，眼睁睁地看着大家围上去看热闹，搜索鬼子的尸体。除了日产手表一只、硬币几枚，他们只在鬼子的裤带上找到一个约二寸长、一寸五宽的黄布包。打开一看，有好几层，印的都是观音菩萨和其他佛像，以及咒语七字真言，等等。原来是他的护身佛。他们的称呼，叫千人缝。带着一千人的祈福，可保平安。

值星官报告进去，再传下佟麟阁的命令：马匹枪支归公，尸体就地掩埋。其余物品登记之后，由高德睿自行处理，作为奖励。

兴高采烈的高德睿自然而然地成为明星，被一群秀才兵众星捧月。那一刻我不再嫉妒他，我甚至希望他的形象更为高大，以便吸引更多的目光，以便彻底掩埋我的耻辱，在不被人注意的角落。然而谁都能瞒得过，唯独不能瞒过班长。他沉着脸走到跟前，二话不说就踢了我一脚：

　　"混账东西，真给我们二十九军丢脸！口口声声说好的媳妇，就算不是说好的媳妇，她终归也是中国人，你就能眼睁睁地看着不管？你手里拿的是烧火棍？给二十九军丢脸，那是军长的事，你他妈的也给我们班丢脸！等打起来，看我不第一个派你拼刺刀！"

三　饼

1

你羞辱了我。那一刻，我对你的恨超过日本鬼子。我一度盼望你已经死在抗日战场上，以烈士的姿态，以便雪藏我受到的羞辱。

2

你不知道1937年的7月，对我而言意味着什么。你更不会知道，我旁观过何等的人生悲欢。

暑假之前，北平已是火烧眉毛。因宋哲元不在，三十七师师长冯治安代理二十九军军务。他审时度势，与北平教育当局商定，组织大学二年级以上的男生举办暑期军训，应对危局。当然，这种军训跟已经中断两年的那种军训完全不同，着眼点完全在于军事，在于抗日。冯治安担任军训总队的总队长，实际由副总队长、一一〇旅旅长何基沣少将主持。军训为期四十五天，地点在西苑，三十七师师部、一一〇旅的旅部都在那里。这本来是再正常不过的一件事儿，北平城内的老百姓都没有注意到，却引起了日军的警觉。训练开始没多久，他们便派出三个特务，以新闻记者的名义，试图进去打探情况，施行阻挠。当然，没有得逞。三十七师向来不怕这个。

学生军训，学联和民先队自然也要组织慰问。考虑到马上就要放假，很多同学还要毕业，这一去或为永别，从此天南海北，故而那次慰问规模比较大，去的人比较多。余子明、林颖和我都在其中。我们还准备了演出。

我们抵达西苑营房时，起初并未发觉身后有尾巴。那几个人试图冒充慰问团的成员，想混进营房，最终还是现了行。因为其中有个人的体态特征格外明显，两条肩膀不一般平，是个斜肩。你一定能想起来吧，就是我们在南口曾经碰到过的那个朝鲜人。

朝鲜人是我发现的。当时林颖已经进入营房，我立即告诉值星军官，那个少尉。少尉领着我来到跟前，跟他们核对身份。当年在南口挨揍，我毕竟不是主力，因而朝鲜人并未认出我来，还想冒认学生身份。少尉看着他胡子拉碴的老脸、满脸嘲讽的笑，但就是不说话，以便让他继续现眼。我说："先生，三年前的南口之行，你没有忘记吧？那时你的身份，好像不是东北大学的学生吧？"

斜肩扭头看看，脸色通红："你？你是共产党，你们都是抗日分子！我要抗议！你们这是破坏日中友好！"

"要抗议，你得通过外交途径找我们军长或者秦市长，跟我说不着。请吧？"

"你让我上哪儿去？"

"要通过外交途径抗议，你得去外交大楼或者进德社，中南海也行。这里是西苑军营。"

"我不去抗议，我要进军营采访。"

"采访？东北大学的学生，进西苑军营，采访什么？"

"我不是东北大学的学生。我是大日本帝国《朝日新闻》的记者。我要进军营采访。"

"记者？日本记者，为何要冒充中国学生？你是间谍吧？告诉你，间谍可不受《日内瓦公约》保护，随时发现，随时可以枪毙！你赶紧走吧！从哪儿来，回哪儿去！"

"我要见你们长官！"

"长官是你想见就能见的吗？军营是随随便便就能进的吗？日本是这样的规矩吗？你不用找长官，我这个排长就能答复你。不行！"

我不由得对那个少尉刮目相看。伶牙俐齿，不像个大头兵，好像读过不少书。再一问，果然如此。他笑着悄悄问我道："你们都是学生，参加过'一二·一六'游行吧？实话跟你说，我也参加过。那时我还是三十七师学兵队的队员，也是学生。"

看来抗日杀敌，还真是人心所向。

在受训的学生中间，我发现了一张熟悉的脸。你还记得我们在光陆有声影院看电影的那天晚上，那个为亡故的未婚妻留座位的青年人吧？原来他叫周承伦。他告诉了我她未婚妻的遭遇。

那时他们还是中学生，但已相恋经年。鬼子占领沈阳后，某日两人相会，女生突然问他是否下定决心，此生不离不弃。周承伦的答案，当然是毫不犹豫的肯定。女生随即要求托付终身，成就美事。因其父祖两代，曾经历过俄国老毛子的占领，其祖母与姑姑都被轮奸。其姑那时正值花季，本已许配人家，但此后对方悔婚，她遂满含屈辱地悬梁自尽。其祖母虽然苟活许久，但终身都没走出那种屈辱痛悔与恐惧的阴影。

周承伦当然知道恋人的话意味着什么。他读过丁玲的《莎菲女士的日记》，也读过郁达夫的《沉沦》，还有诸多画本小说。他好险未能把握住自己。那种考验，不是谁都可以通过的。然而他说他有两个疑虑。一是责任，接受人家终身的托付，这可不是儿戏，包含着沉甸甸的责任，这份责任对于他年轻的肩膀而言，还是重了点儿，东北爷们儿得说到做到；其次则是时机，他不希望像郁达夫那样轻率地葬送童贞，希望第一次可供回忆终身，是红绡帐底，有高烛美酒。

第一个理由，周承伦当然没有说出口。但第二个理由，却感动了那位女生。然而谁都想象不到，没过两天，家族遗传般的厄运，便浇灭了他们侥幸的美梦。

女孩儿自杀之前，周承伦见过她一面。那时她双眼满是仇恨。恨鬼子，也恨男友。她对周承伦说："我这辈子不会原谅小日本，但也不会原谅你。你走吧，别再来见我。"

3

逃到北平之后，周承伦方才明白女生对自己所谓的恨。因她被强暴时，他在眼前，并无坐视或者抛弃行为。而我一听，立即心有灵犀。所有的恨都是爱。她如同献祭一般，想把最美好的自己献给最爱的人，但却没有做到。这是何等的遗憾。她没法不恨。

周承伦在北平上了一年东北中学，完成中学学业，然后又考入东北大学。他曾经报名参加二十九军的军训团，但未被录取，因为眼睛近视。谁也没想到，他的故事比我们的慰问演出更能打动士气。西苑慰问之后第三天，卢沟桥打响。西苑的大学生军训，十日之内便草草宣告结束。因负责训练的中小队长以及班长班副，事变之后均已先后归队，准备作战。离开之前，火炮也相继拉出库房，看来大战已是箭在弦上。

民先队当即决定，随时准备发动群众，协助二十九军巷战。同时组织大量的学生慰问救护伤兵。在这个背景下，我在协和医院认识了守卫卢沟桥的英雄，中校营长金振中。战事突起伤员太多，东四牌楼六条胡同中的卫戍医院床位远远不够，各大医院都收治有伤兵，协和医院自然也不例外。

卢沟桥和宛平是一一〇旅二一九团三营的防区，由中校副团长兼第三营营长金振中具体负责。这个营在龙王庙和铁路桥跟日军反复拼杀，作为营长的金振中都负了重伤，战况之惨烈可以想象。在协和医院的病床上，我得知他是固始人，心内不觉一动。固始县在信阳东部，紧邻安徽，你们二人几乎就是乡亲。

金振中的胡子恰似野草，住院期间尤其茂密。其实不仅他这个营长，他的团长、民族英雄吉鸿昌的侄子、师长冯治安的内弟吉星文也受了战伤，左臂被日军砍出三根指头都填不满的伤口，又在宛平被重炮炸伤。团长的事情不必金振中操心，这个大胡子格外挂念营里的弟兄，可惜无法行动。作为英雄的代表，那段时间他是明星，百姓慰问、记者采访不断。我更是天天都会去探望。他对我说："齐小姐，我从军多年，且已成人，为国牺牲不算亏本。你们有时间，多去看望我的弟兄们，他们好多人说起来还是孩子，比你们还小，却已经重伤乃至牺牲。"

根据金振中的提醒，我找到了他的警卫班长薛嵩。他是河南嵩阳人，也是学生出身，刚从三十七师学兵队毕业，"一二·九运动"期间，也曾上街游行。金振中说原打算就报请团长给他下排长的委任，可惜在卢沟桥负了重伤，伤势比金振中还要重，性命只在旦夕之间。我找到他时，他已在弥留状态，协和医院的护士陪护在侧。

那个护士真是天使。薛嵩有时哭闹，有时挣扎，但护士始终面带微笑，像母亲安抚调皮的婴儿。到底只是回光返照，薛嵩很快便耗尽力气，安静下来。那个时刻，我清晰地看见了死神的脚印。仿佛是个幽深的隧道，巨大的洞口像猛兽之口，亮光犹存，而越往里走越黑。最里面的黑暗，几乎凝结成为固体。我先是感觉恐惧，对生命消逝的恐惧，仿佛看到了自己的未来；其次是同情，对鲜花凋落青春逝去的同情，也是对自己的预警式自怜；最后是羞愧。我清楚地知道，我所有的问题再坏，都是活着的问题，而他所有的问题再好，却都要集中于一点：他即将死去。

死亡是什么？我们应该如何面对，又能如何面对？

我能看见薛嵩生命的挣扎。他只剩下最后一口气，但那口气就是不肯散去。那个瞬间，我对他突然满怀愤恨，为他的这种坚持。因这种坚持，放大了我的羞愧。它清楚地照亮了我的生命。国难当头，我毫无办法，只能这样眼睁睁地活着。我的生命，是无奈的生命，羞愧的生命。战士纷纷死去，我又凭什么应该活着。

后来才知道那是个有专门经验的护士。她的工作就是临终关怀，让所有的人，包括那些贫贱得不能带着人的尊严活着的人，最后也能带着人的尊严死去。可尽管她经验丰富，依旧敌不过薛嵩生命的坚持。护士问了他许多话，遗言性质的，薛嵩只是微笑摇头。后来护士突然将声音提高一度，简直像质问一般：

"我的弟兄，你为什么不走？"

护士的音调并不高，也丝毫谈不上严厉，但在这家医院已经算作另类。至少它吓住了我。我立即明白了她的意思。当此时刻，纠缠我们的已经不是生命，而是迟迟不肯退去的死神。它邪恶的能力，超出了护士的职业素养。

"我还没有成亲。我还没有儿子，我还没有见过女人。娘啊……"

护士突然抓起薛嵩的手，轻轻放在自己丰满的胸前，同时轻声哼唱《平安夜歌》，像母亲为婴儿唱摇篮曲那样：

> 平安夜，圣善夜，万暗中，光华射。
>
> 照着圣母也照着圣婴，多少慈祥又多少天真。
>
> 静享天赐安眠，静享天赐安眠……

薛嵩脸上的表情，慢慢变得恬静，微笑渐成面具。我看见洁白的床单上，不时被泪珠滴出一个个的黑点儿，然后慢慢淡去。

护士最后给薛嵩合上眼睛时，在他头顶画了个十字。她没有擦去自己的眼泪，安静地说道："我们临去之时会满怀平安喜乐。因为我们确信这不是死亡，而是救赎重生，耶稣会来接我们。可你们呢？主啊，求你饶恕这些可怜的罪人。求你赦免他们的一切罪过。他们没有认你，但他们是为国而死。"

在那天的协和医院，我感觉亲见了天使，甚至圣母。

4

林颖告诉我，在卢沟桥的铁路桥打响第一枪的排长冉仲明是共产党员，已经牺牲。这也是我后来多次去南苑的动因。我们得加紧部署，全面渗透。

最后一次去南苑，源于我的主动争取。本来是打算派余子明去的。形势如此紧张，男生行路当然比女生方便。但我主动请缨，最终成行，不料却是羞辱。休言万事转头空，未转头时皆梦啊。

我恨了你很久很久。只因我爱你更久。你一定不知道我是何时爱上你的吧。这不是轻易的事情。我花了很长时间，才与你的心思合拍。起初在饭铺看见你，我对你的第一印象是滑稽，拘谨，还有点儿自负。那时我之所以还跟你接触，完全是为了发展你。我们希望更多的青年加入进步团体，为民族复兴积聚点滴的力量，否则我们不可能在二三十年内迅速崛起为世界强国。那一打手绢，其实我并未接受，但你没有给我考虑和拒绝的时间，不是吗？

你第一次打动我，在为绥远募捐的街头。你的泪水打动了我。男儿有泪不轻弹，一个为国事而落泪的男人，值得女人托付终身。

然而那只是打动。真正对你动情的原因，连我自己都不敢相信，是如此的细微，如此的琐碎，如此的不值一提。去固安劳军的路上，咱们并排坐在车上。那是我们第一次如此近距离、如此长时间地独处。我好像在突然之间发现，你的睫毛是如此的粗壮，简直根根都如同枪刺，充满雄性的气息。

你的睫毛让我真真切切地意识到自己的性别。我是女性，与你相对、坐在你对面的性别。上帝造人的时候，造了你，又用你的肋骨造了我。一定是这样的。

将我对你的恨意完全消除的，是报上的照片以及报道。报上你的照片跟佟麟阁将军的照片并排，英勇殉国的将军和奋勇杀敌的无名士兵交相辉映。将军是戎装标准头像，而你则是全身像。照片上的你手持血迹斑斑的大刀片儿，虽然报上看不出红色，但新闻中说那是进犯南苑的鬼子的血。《申报》《竞报》《大公报》《中央日报》《世界日报》报道的内容不尽相同，但你的照片却是大同小异。几天之后，你竟然还成了美国《时代周刊》的封面人物。

见到你的照片，我泪如雨下。佟麟阁和赵登禹那样的高级将领尚且阵亡于南苑，普通士兵的伤亡该有多大？然而你没死，你这该死的，竟然没死！我那么高兴，高兴得泪流不止。我一边流泪一边咬不知味道的焦圈。我得用个我能找到的办法，证明自己的幸福。我是那么的高兴，高兴你还活着，但高兴很快就又变成愁苦：你还活着，这很好，但此刻你在哪儿呢？宋哲元、秦德纯、冯治安全部撤往保定，北平城内只有汉奸张扒皮，你可怎么办呢？你还活着，那就说明你很有可能要受苦，而我却丝毫都不能帮你。

刊登你照片后的第三天，北平本地报纸全部改变口吻。由抗日变成中立，直到完全换成日本认可的立场。这种报纸我当然不会再看。我只能捧着那张旧报，接续你的呓语梦话，勾勒你当日的行踪。我需要排解只有自己才知道的不安与焦虑。

5

二十九军军部、三十八师师部撤入北平的同时，赵登禹奉命担任南苑地区的总指挥官，从河间、任丘一带北上增援。匆促之间主力无法完成集结，他身边只带着师部直属的特务团。南苑西南十二里的小镇团河，原本由三十八师的直属骑兵营驻守，那时已被鬼子攻陷。残余守军退入南苑，而在那里养伤的长城抗战的弟兄们，多数沦陷。一三二师后续部队两个团，在团河以西遭遇阻击。

虽然团河战况激烈，但南苑除了你亲耳听见的高德睿放的那两枪，可谓一片宁静，只有鬼子的飞机不时飞过。团河与丰台的枪炮，顶多是过门的伴奏。你们无论如何也不知道，自己的命运已经在这宁静中被偶然所决定。因为佟麟阁、赵登禹和郑大章这三位高级将领的意见不一。

鉴于南苑无险可守，佟麟阁和赵登禹主张派兵增援团河，接应一三二师后续部队，战线南移，拉开防御纵深；郑大章认为南苑本身的力量已很薄弱，自顾不暇，只能就地自保。具体到南苑的防守，佟麟阁认为形势危急，构筑工事已经来不及，只能依托营地展开；赵登禹判断，鬼子最早明天晚上才能完成集结，而此时一三二师的主力尚未开到，主张等全师抵达之后，再变更部署。

南人计议未定，北人兵已过河。唉，历史再度不动声色地重演。

当天深夜，睡梦中的你们接到紧急集合的命令。当然，不能再唱《起床歌》，大家只能无声地收拾行装，然后迅速出营门进入阵地。后来才知道并无警报，只是佟麟阁安排的战前训练。迄今为止，你们这批学员只有高德睿开过两枪，其余人连靶都没有打过。就此投入战斗显然不行。因而将军搞了个紧急拉动，好歹也是临阵磨枪。赵登禹当夜率部去团河接应主力，未能成功，佟麟阁感觉肩头的压力更重。

黎明时分，天降暴雨，佟麟阁带着张寿龄依次检查阵地，然后将指挥部从第九营房搬进围墙外的一列旧火车。正在此时，两架飞机飞临南苑上空，盘旋几圈后离去。佟麟阁立即下令，滞留营区的所有人员，全部进入阵地掩蔽部。

大约过了两个小时，四架敌机在南苑上空反复盘旋投弹。随即围墙垮塌，阵地摧毁，不断有身体和枪械飞上半空。炸弹过后是炮弹，最后是机枪扫射。枪炮虽然浓烈，但你依旧能听到同学们清脆的惊叫。仿佛这也是夜战训练的结果。你还能看到那一个个惊叫的口型，被炸弹掀起的泥土淹没。

鬼子的步兵越过青纱帐，从南面而来。预先埋好的地雷此时发挥了作用，只恨不能将他们全部炸死。费了半天劲，他们终于越过雷区，进入你们步枪的射程。也不知道谁下的命令，谁打的第一枪，你们全都噼里啪啦地开了火，将鬼子的第一次冲锋击退。

第二次冲锋必然要比第一次猛烈。这是可以想象的。这次他们还出动了伞兵，直接降落在南苑。眼看局势已经不可逆转，上头传下向北平撤退的命令。一大队负责殿后，等全团撤退完毕，相机突围。

你随着部队起身跳进土墙，一路向北。一千多名学生散布在广阔的南苑，本来就不起眼，此时再看，更是稀稀疏疏。你老是感觉鬼子就在屁股后面，因而边跑边回头，可每次回头，后面只有枪炮声，并无人影。看来你们接到命令的时间最晚。跑着跑着，前面出现了一队人，是佟麟阁和他的副官以及卫士。佟麟阁骑着自己的坐骑，那匹红黑相间的战马，副官脖子上挂着望远镜，斜挎着莱卡相机，手里拿着墨镜，都是将军的物品。佟麟阁问道："都撤出来了吗？后面还有没有？"你摇摇头："报告副军长，八成是没了。我这一路再没看见。"佟麟阁眉头一皱："将近两千人的队伍，就跑出来这么一点儿？"副官道："一大队不是还在打阻击嘛。副军长，赶快移动吧，再晚就来不及了。"

佟麟阁看看你，就像慈父看见浪荡已久刚刚金盆洗手痛改前非的游子归来。他说："你不也是基督徒吗？我们同心合力地祷告吧。"说完跳下战马，扑通一声双膝跪地。他的副官和卫士有几个也跟着跪下。你赶紧跪下闭上眼睛，倾听佟麟阁的祷告：

"恩慈良善的主，你在战斗中的孩子，渴望安宁和平。求你给他们加添力量与信心，让他们有足够智慧和勇气，以牙还牙，以血还血，打退魔鬼撒旦——日本侵略者。求你看顾那些毅然加入伟大壮丽事业的孩子，赐予他们幸福、平安和安宁的生活，让子弹炮弹避开他们。以上祈求，皆奉我主耶稣的圣名。阿门！"

大家起身向北撤退，计划沿着公路，直奔永定门入城。走着说着，你方才从

卫士口中的抱怨得知，打到中间，佟麟阁给赵登禹和郑大章打电话都打不通，感觉情形不对，便派人过去打探，结果赵登禹那边已经空无一人。佟麟阁随即带着卫士直奔东北，寻找郑大章。但过去一看，也是人去楼空，只在防空洞找到一个士兵，他说骑九师在黎明时分已经北撤。佟麟阁摇摇头道："奶奶的，四条腿跑得真快！想不到彩亭做事这么绝！"正在这时，一个士兵匆匆跑来，传来总指挥赵登禹转达的军部命令：所有部队立即向城内撤退集中。传令兵告诉佟麟阁，通信线路被鬼子炸断，命令无法迅速下达，只有这样派人跑腿。一路奔跑已经耽误许多时间，请副军长赶紧移动。

佟麟阁和张寿龄决定兵分两路。出了南苑，越往北道路两边的尸体越多。有人有马，还有熊熊燃烧的汽车。突然，你看见了一张熟悉的脸。准确地说，脸庞已不算熟悉，发青发乌，但只有一只耳朵这个特征，足以让他突出于万人之外。

说来也是巧，别的尸体上都有伤，甚至缺胳膊少腿，五脏暴露，但陈宝玺浑身上下半点儿血迹都没沾，军装几乎是一尘不染，只是脸色发青，口鼻微微带血。他静静地躺在那里，仿佛是睡觉。你蹲下来试图扶起他："宝玺，宝玺！快起来！老陈……"

陈宝玺一动不动，鲜血突然从他口鼻中大量涌出，你惊得顺手放开了他。佟麟阁道："算了吧，他已经被重炮震死。重炮的杀伤半径有五六十米。他们外表没有损伤，但内脏已经破裂。赶紧走吧。"

十米开外，果然有个巨大的弹坑。

走到大红门附近，路边倒毙的战马逐渐增多。看来大金牙在这儿也吃了不少亏，先撤退未必就能保命。佟麟阁暂时停下脚步，派人在东侧的土山上设置观察哨，命令所有的军官立即站出来，就地收容部队统一编组，然后分头指挥撤退。

公路上乱兵如潮，正在演绎着这句俗语，兵败如山倒。好在佟麟阁还在身边。将军在，一切都在。你有意识地跟在将军身边，仿佛那样就会有额外的安全。都说官儿大的福气也大，你希望那种福气能够溢出几寸，恩泽及你。

休息没多久，又有敌机飞来，炸弹爆炸，机枪扫射。大家赶紧钻进青纱帐，借着茂密枝叶的掩护，深一脚浅一脚地朝北跑。枝叶像刀片一样划过手和脸，但你们已经浑然不觉。正在这时，一阵机枪子弹呼啸着射来，你感觉眼前一阵红光，随即听见一阵惊叫："副军长！副军长！"

那时你已经本能地卧倒。所幸机枪的扫射很快远去，像退去的冰雹。起身再看，佟麟阁已经栽下战马，倒在血泊之中，腹部和大腿都有伤口。鲜血如同小溪，不停地流。副官和卫士围在一旁，有的流泪，有的叹气，有的说情势危急，只能先把将军放在这儿，回头再找车收尸，莫衷一是。你说："不能把副军长留在这里。得背进城，交给家属啊。局势这么乱，这一进北平城，只怕一时半会儿解不了围。天又这么热……"有人呵斥道："你一个学生，才吃几天粮，有你说话的地方吗？"领头的副官冲那人摆摆手，吩咐卫士背起佟麟阁。刚走没两步，又一阵排炮射来，大家随即一哄而散。

你钻出青纱帐，继续撤退。刚上公路，就看见大队长冯洪国上校躺在地上，满身是血。你蹲下推推他："大队长！大队长！"但对方毫无反应。此时鬼子的步兵遥遥出现在公路两边。你赶紧抽出背后的大刀片儿，跟随弟兄们迎上前去。枪林弹雨之中，你用鬼子肮脏的血，祭了你英勇的大刀，也洗刷了自己的耻辱。

三　万

1

因为赵登禹在，那时我们谁也不相信南苑已经命悬一线。

1937年7月25日凌晨，宋哲元来南苑阅兵。当天夜里，日军向驻扎廊坊的三十八师刘振三旅发起挑衅，遭遇还击，次日战事炽烈，北平广安门也同时爆发激战。日军随即向宋哲元下最后通牒，限三十七师所部28日午前退至永定河西岸，否则将自由行动。宋哲元拒绝接受，下令全军备战，计划8月1日全面反击。根据部署，赵登禹率一三二师火速北上，接管南苑防务。该师在北平城内的独立二十七旅，与三十八师在南苑的部队换防。这样一三二师守南苑，三十八师所部也可会同该师的独立三十九旅守卫北平，方便统一指挥。

因本师主力未到，赵登禹不肯放三十八师的作战部队离开。该师旅长董升堂因而留下，协助没有作战经验的副师长王锡町指挥。董升堂之弟董振堂于民国二十年参加宁都起义，半年前在西路军中跟马家骑兵作战时阵亡。董家兄弟俱是战将，幸亏董升堂没有离开。如果没有他指挥三十八师的杨干三、张文海两个团，以及骑兵营和学兵大队，我们的命运必将更为悲惨。不说别的，这两个团装备有将近六十挺捷克式机关枪，仅这些就够鬼子喝一壶的。

那时通州已经沦陷，守军三十八师独立三十九旅的傅鸿恩营也退入南苑。赵登禹判断南营区将是日寇的主攻方向，决定将主力布置那里。除骑兵第九师所部、三十八师骑兵营、独立三十九旅的傅鸿恩营，其余部队全部放在南营区。董升堂率杨干三、张文海两个团守南围墙西段以及突出的靶场，我们与三十八师学兵大队守南围墙东段，军官教育团和一三二师特务团守东围墙，特务旅守西围墙。

2

　　紧急集合的命令下达时，我刚刚迷糊过去，并未真正入睡。脑子里翻江倒海的事情太多，神经片刻也得不到安宁。听到那种号音，我突然有阵没来由的开心。先前所有的思考悔恨与烦恼，都在黑暗之中，只能独自承受，无人可以分担。如今既要紧急集合，大家都得起床。这意味着我不再是独自一人。尽管他们未必懂得我的心事。

　　进入阵地后，很多人要么趴在沙袋上打盹，要么靠着坑道，用军帽遮住眼睛假寐。我睁大眼睛，试图从黑暗中寻找些许慰藉。我希望能发生点儿什么，哪怕是鬼子的侵略。我无法承受一个人独自面对煎熬。

　　正在此时，空中忽有电闪雷鸣，很快便是瓢泼大雨。大家纷纷朝掩蔽部挤，里面很快就变得热烘烘的，污浊不堪。我无法忍受，便走出掩蔽部，主动来到哨位，要求替哨兵站岗。

　　大雨劈头盖脸地朝下泼，但我毫不躲避，甚至盼望雨能下得大点儿，以便洗刷掉所有的耻辱。暴雨多不能持久。黎明时分，雨过天晴，大家骂骂咧咧地走出掩蔽部，在泥泞中回到各自的位置。等待。一个多小时后，三架敌机从头顶飞过。它们在南苑上空反复盘旋，看来是在侦察。随即大家又接到佟麟阁的命令：各部留守人员立即撤出营房，全部进入围墙外的阵地，随时准备还击。

　　中将的命令没有人敢不执行，但很多人不以为然。大雨过后道路泥泞，行动不便，他们认为这是小题大做大惊小怪。此时大家才知道，昨夜团河已经沦陷，守军三十八师骑兵营残部悉数退入南苑，但喜峰口罗文峪抗战的伤残士兵多数未能撤出。赵登禹的反击未能奏效，一三二师的后续部队两个团十有八九已被包了饺子。大家闻听都感觉不可思议。就白天鬼子骑兵那样的胆气，可能吗？这些兵，不是当年跟随赵登禹上长城的那些吧。

听着这些议论，我一言不发。事实上我几乎充耳不闻。无边的耻辱和羞愧依旧紧紧包围着我。我以为大家都起床活动之后，能连接成为一个完整的肢体，可以分担我的思虑，但结果完全相反。睁开眼睛来到室外，光线再度照亮原本被黑暗隐藏的耻辱。我极力调动情绪与之对抗。脑海里一遍遍地过白天的电影，所有的镜头都是自己出来，跑步、急停、单腿跪下、瞄准、击发、一枪毙命，而高德睿在旁边目瞪口呆。

炸弹炸飞了这些弥补性的想象。

九架敌机飞临南苑，炸弹接连丢下，然后不断扩大再扩大，最后轰隆一声地动山摇，火光四起。那种剧烈的呼啸和爆炸，我们见所未见闻所未闻，格外震人心魄。我紧紧趴在阵地上，双手使劲儿朝泥土里扎，恨不得像老鼠那样打个洞钻进去。

军官、班长和部分老兵经历过长城抗战，领教过鬼子的飞机。他们不怕，开始组织对空射击。我们阵地后面的葡萄架下，布置有一挺高射机枪。机枪手打着打着，忽然大骂一声，扔掉机枪，捡起步枪朝天射击。因那机枪过于陈旧，口径大于子弹，射出去既无力量，又无准头。

在班长的招呼下，我们纷纷抬头，朝天开枪。然而营房燃烧之后黑烟隆隆，哪里还能捕捉到飞机的踪影。

意志被炸弹全部摧毁殆尽时，鬼子在南边露了头。以步兵为主，间以坦克和骑兵。这是从朝鲜调来的川岸文三郎的第二十师团，鬼子的老牌部队。雷区只能短暂迟滞攻势，不可能完全挡住铁蹄。准星中的人影越来越大，越来越明显。中队长一声令下："打！"大家随即扣动扳机。

鬼子的火力很猛。重机枪射程远，火炮更加厉害。我的位置正好在班长旁边。我学着他的样子，瞄准完毕正要击发，眼睛余光中突然发现他歪倒在步枪之上，一声都没来得及吭。我惊叫一声，伸手试图扶起他，却见他眉心中有个红色的洞口。

我惊叫一声，班长的尸体随即再度倒地。副班长立即喊道："班长殉国，全班听我指挥！不要惊慌，鬼子过不来！按照射击动作要领，瞄准击发！打！"

我机械地瞄准，然后开枪。往常教育要节约子弹，不能随便开枪，此时我哪里还记得这些。或者说，手已经不受控制。我飞快地拉枪栓，上膛击发，好像动作越快就越安全。但是我很清楚，尽管我的枪管已经打热，但一个鬼子都没击中。射界和视界受青纱帐的影响还是次要的，更主要的原因是，我根本没有瞄准。我瞄不准。我来不及瞄准。

好歹总算打退了第一波攻击。枪声停息，阵地上一片死寂。那些叫嚷鬼子不过如此的，叫嚷指挥官小题大做的，全都没了声音。或许连命都已经没了。小队长吆喝道："检查枪支子弹！注意射击要领！各班统计人数！"我脑子里一片晕眩，完全忘记了高德睿，忘记了要从他那里讨回颜面。

3

鬼子的第二次冲锋，突破了我们的第一道防线，阵地眼看就要崩溃。正在此时，特务旅的驳壳枪跟三十八师的捷克式机枪发挥了作用。在他们的协助下，我们终于恢复了阵地。战至中午，上头传令后撤。我赶紧跟着段昌仁越过已经大片倒塌的围墙，通过营地向北跑去。

后来才知道，整个南营区最先被击溃的就是军士训练团。说到底大家还是训练不足，战斗能力和意志都不够强。因为我们的阵地率先被突破，指挥部受到威胁，赵登禹决定移驻北营市街，由董升堂负责南营区指挥，但佟麟阁对我们这帮学生放心不下，又回到南营区坐镇。战至中午，北边枪炮逐渐沉寂，派人联系才发现郑大章和赵登禹已经先后撤退。佟麟阁随即下令董升堂和孙玉田两位旅长率军向南突围，经固安到保定集中；自己率领军士训练团和军官教育团，向北平撤退。因高级将领要在城内集议兵机。

我们很快就离开了南苑。但董升堂却不肯马上后撤。他认为白天行动，必定会成为日军飞机的靶子，因而坚持抵抗直到黄昏。我们负责阻击的一大队，最终跟随他们到了保定。

谁说三十七师打，三十八师看呢？董升堂就是三十八师的干将啊。

那时我们哪里还顾得上这些细节，拔腿便跑。刚刚平整过的营地，此时已经

变得坑坑洼洼，到处都是炮弹坑。营房被炸得七零八落，有些地方火苗还没有熄灭，我们住的那一间火势尤其旺盛，烈火将屋顶和门窗烧得毕毕剥剥的，仿佛它咀嚼吞噬我们的这段历史时特别津津有味。跑着跑着，前面出现一队人马，是佟麟阁和他的副官以及卫队。

佟麟阁在战马上喊道："是李世栋吧？后面还有人吗？"

"报告副军长，我也不知道。我们班是没有了。"

本班同学除了我和段昌仁，大概已经全部阵亡。

佟麟阁叹道："主啊，他们都是学生啊。"副官道："请副军长赶紧移动。您应该居中指挥，不能落在后面啊。"佟麟阁俯身拍拍我的肩膀："任遭何事不要惧怕，天父必看顾你我。走吧。"

虽有战马，但佟麟阁并未挥鞭疾驰。不知道是因为他有大将风度，内心有所依凭，还是担心副官卫士跟不上。我们都不再狼狈奔逃，说是安步当车也不算多么夸张。他那一巴掌，通过肩膀给我传输了无穷的力量，就像电流之于电灯。灯光驱散黑暗，我内心的惊惧消散大半。我和段昌仁紧紧跟在佟麟阁身后，就像羊羔跟随头羊，既不超越，也不脱离。

来到大红门，只见沿途的人马尸体越来越多。看来大金牙的骑九师跑得虽然比我们快，但依旧快不过死神。佟麟阁停下脚步，现场发布两条命令：全部军官无论系统，立即出来掌握部队；稍事休息集结队伍，兵分两路北撤，他和张寿龄各带一路，分头行动。

佟麟阁问道："鹤舫，你带哪一路？"

张寿龄把手掌托在耳朵后边，高声问道："副军长，你说啥？"

佟麟阁摇摇头，大声喊道："咱们分头行动！我带一路沿大路向北，你带一路抄小路奔东北方向！"说着话又用手指示方向。张寿龄点点头指指自己的耳朵："好！我这耳朵，重炮！唉！"

乱兵们略一整理，便继续撤退。段昌仁问道："咱们跟哪一路？"我说："当然要跟着副军长。他受耶稣祝福，福气必然会罩住我们。"段昌仁道："别跟我提洋教。爷爷笃信佛教，我也一样。"我说："无论哪路神，只要能保佑我们平安撤进北平就好。"

　　跟着佟麟阁走了没多远，突然又有敌机飞来，俯冲轰炸扫射。大家立即离开公路，逃进旁边的青纱帐。佟麟阁也下了马。仿佛那些青翠的枝叶能挡住枪弹。惊叫与惨叫不绝于耳。子弹嗖嗖地打在高粱叶子上，那声音远比射进土里的清脆。每逢这种声音响起，便有折断的枝叶落下，带着新鲜的汁液，不时划过我的脸庞。它们提醒着死神的脚步，加剧着我们的惊恐。

　　我和段昌仁提着大刀片儿，始终跟着佟麟阁。突然，一阵急促的枪弹像早晨的急雨那样泼下，随即两条血雾从眼前喷过，段昌仁首先栽倒在地。他全身好像被人缝了一排红色的纽扣，只不过针脚很粗，又错误地缝在了背后。这时前边有人惊叫："副军长！副军长！"我上前推推段昌仁，他没有反应；扳过身子，他的眼睛还睁着，甚至眼神里的惶恐都还完好如初。

　　我越过段昌仁，上前去看佟麟阁。他满身是血，身上有两个伤口。一个在腿上，一个胸部。副官叫道："副军长，坚持一下，马上就要进城！"佟麟阁眉头紧皱，好像很生气的样子，一句话都说不出来。

　　被副官架着走出十几步后，佟麟阁的脑袋耷拉下来，副官们随即将他放下。正在此时，空袭再度开始，机枪扫射中，大家像惊鸟一般飞散开来。

　　从佟麟阁身边经过时，我看了看他的脸。他的眼睛已经闭上，神色安详，但我的嘴巴却迟迟无法合拢。我是如此的吃惊，也不敢相信。堂堂中将副军长，刚刚和我一同祈祷过的，蒙主恩被主拣选的人，在正义的事业刚刚开始时，怎么就这样突然撇下我们不管不顾呢？我们还是学生啊，我们还是羔羊啊，需要他这样一个牧人。

　　那一刻，吃惊完全将恐慌惧怕覆盖。我提着大刀片儿，没命地奔逃。由此向北是通向永定门的公路，直线距离最近，但也是鬼子封锁的重点。我决定绕向东北，经左安门入城。

　　刚出青纱帐上了公路，我便看见大队长冯洪国躺在地上，浑身是血。我越过他的身体，下了公路跳进路东的水渠。水渠足有六七米深，好在不宽。我浮水越过再爬上去，便折向西北，直奔左安门而去。

4

这一路果然要安静许多。都是田间小路，鬼子的机械化设备无法开行。我一口气跑到左安门，老远就看见城门紧闭。门口不远处，稀稀疏疏，躺着十几具尸体，敌我皆有，军民齐备。我大声呼喊，报出番号，要求开门，卫兵回道："鬼子刚刚来过，没有命令，上头不让开门。你还是去永定门瞧瞧吧。南苑撤退，规定都走永定门！"

只好再去永定门。可惜既无冰排，又无黄包车。我无比怀念我的自行车。此刻要是能骑在上边，该有多好。参军之前，我已经将它送给彩头。说起来，也可以算是物归原主。如今它和他，都在哪儿呢？

永定门也已经关闭。我紧急叫门，上边还是不肯开，说是担心鬼子乘虚而入。我大声报出番号，舞动手中血迹斑斑的大刀片儿："我是军士训练团三大队三中队二小队的李世栋！这带血的大刀片儿，还能有假吗？我亲眼看见副军长殉国，详情得马上禀告上级长官！"

城门还是不肯打开，但上头放下来一个箩筐。小时候听评书，经常听到槌城上下的传奇。如今我竟然得以在古城北平亲身体会，谁能想象得到？

箩筐升到半空，我的视界随之开阔，立即发现了远处的鬼子。一队骑兵正由东边而来。我心急如焚，生怕当时尿了裤子。此时此刻，可无法保密。谢天谢地，鬼子抵达之前，我终于登上了城楼。

置身其上，才知道北平的城楼有多么宽阔，可以并排跑马。再看鬼子，身影要缩小很多，大小像个洋火盒。比例想来就是地图上的中国对日本。要不说怎么是小日本呢。可就是这个小日本，竟把我们追得团团转。这等耻辱，夫复何言。

三十七师驻扎西苑，戍守北平。担任城防的，本来是该师的二二一、二二二两团。长城抗战、喜峰口大捷，功劳主要在这两个团。他们因此也是鬼子的眼中钉肉中刺。事变之后，为了分化二十九军，鬼子要求将这两个团调离北平四十里，以一三二师担任城防。宋哲元一面下令将一三二师的独立二十七旅调来北平，由旅长石振刚担任北平警备司令；同时又令那两个团换上保安队的服装，临时配属独立二十七旅，负责阜成门、西直门、德胜门一线的防卫。调出北平的保安队，则佩戴二十九军的符号，着二十九军的军装。

将我吊上永定门的，就是独立二十七旅所部。上去之后，连长并未询问我副军长殉国的详细情形。因为这个消息军部已经掌握。不仅如此，他们的师长赵登禹，也在中途遭遇日军埋伏，被机枪射杀。

失败如同霉菌一般腐蚀着空气。士兵们个个无精打采，有劲儿没处使的样子。班长班副均已阵亡，军官也死的死散的散，无人招呼。我就像个没娘的孩子，只身走下城墙，自己寻找收容。但下去之后，发觉街道上的气息大不相同。很多店铺门前都摆着桌子，上面各种茶点俱全。没走几步，前面忽然出现几位记者，其中还有个金发碧眼的外国人。他们指着我叫道："看！大刀片儿上都是鬼子的血！"随即给我拍照。

镁光灯接二连三地炸响。虽然声音不大，但依旧令我心惊。仿佛旧伤又被撕裂。有个女记者拍照之后又上前采访，询问南苑战事的经过。我满怀羞愧。我确切地知道，虽然打了很多发子弹，但未能击毙一个鬼子；大刀片儿上的血不是肮脏的，而是纯洁的。它们并非来自于鬼子，而来自于真正的英雄，佟麟阁与段昌仁，是溅上去的。然而这样的话，我怎么能说得出口呢？

女记者很年轻，想来也刚出校门不久。她善意地引导我，对我所有的回答，都做出善意的解读。那份善意益发令我羞愧。我逃跑一般钻出他们的包围。此时我听见那外国人这么说道："如果中国的将军都像这个士兵，他们必将世界无敌。"他的汉语本来就怪头怪脑的，此时更是令我如坐针毡，恨不得挥刀自宫，但大刀片儿哪里是自宫的合适工具。

5

一路向北，前面就是天桥。城外炮火连天，城内叫卖依然。他们大概不信鬼子真能成气候。嚷嚷的次数太多，狼大概不会来了吧。

叫卖声很多，但有些很突出：

火绒子，火石片，火镰！
一打就冒烟，两打不要钱！

我的火气已经够盛，哪里还需要再点。还好，此时又传来一阵叫卖：

您要喝，我就盛，解暑代凉的冰镇凌！

虽然没有喝的欲望，但这阵叫卖却能入心。正在此时，一个卖豆汁儿的大娘将我拦住，执意要我吃一碗。早饭和中饭都没吃过，但此刻胃里丝毫感觉不到饿。仿佛已经被乱草充满，那乱草中有悔恨，有羞愧，有惊惧，更有遗憾。

我实在吃不下。然而我看得出来，不吃一口肯定过不去。大娘的封锁比鬼子的还严。那情形不再是饥饿的士兵向百姓求饮食，而是大娘向我恳求某种无法言说的恩惠。我不吃这一口，她可能此生良心不安。

只得遵命坐下，一边吃一边落泪。眼珠子不时滴到碗中，或许能改变豆汁儿的咸淡？我说不清。大娘用毛巾给我擦汗，也擦眼泪："唉，什么兵，都是一帮孩子啊。天可怜见的。"一边给我擦，一边兀自落泪。这附近有一百四十多间房子，都是宋哲元年初用给母亲祝寿的三万块钱买地建成的，以市政府的名义廉价租给贫苦人居住。大娘便在其中。

放下碗，当然不能提钱的事儿。此刻那是一种污辱。我道过谢起身要走，又被"兵部大臣翰林院"拦住。他非要让我坐车。我说："大哥，旅部在天坛，我去那儿报到，就几步路，不值当耽误您买卖。""那可不成！今儿个我全天免费，送抗战将士。就算只有两步路，也得请您老赏脸！"

驻扎天坛的只是独立二十七旅的旅部，并非我的部队。那在南边，而我得向北，去中南海报到。车夫不由分说将我请上车，便开始飞奔。沿途不时看到劳军慰问的横幅条幅，以及摆得满满的茶点桌。我把大刀搁在腿上，眼泪不住地朝刀上滴。车夫一边跑一边询问情况，我一边回答一边落泪。后来我声音哽咽，无法作答，他突然猛地停下；我身子一冲，险些没飞出去。

车夫训斥我道："哭什么哭！眼泪能挡住鬼子吗？好歹也是个爷们儿，你就不能爷们儿点儿？"

我哽咽道："副军长阵亡了。我们全班同学大概都阵亡了。包括冯玉祥的长子冯洪国，段祺瑞的孙子段昌仁……"

刚刚以国丧礼出殡的段祺瑞号称三造共和，冯玉祥也曾赶出废帝溥仪、拘禁大总统曹锟。不知道他们俩，还能在北平城内拉活儿？车夫连连摇头叹气。大概眼泪已经洗净脸庞，他看出了我的年纪，叹道："说来说去，原来还是学生。走吧走吧。你既然披上战袍，就不要哭。军兵落泪，我们百姓可怎么办呢？这偌大的四九城，都指望你们守啊。段昌仁，断肠人。段家怎么能起这么个名字呢？多不吉利呀。"

车夫一边走一边叹息，直到把我送到中南海。军训团归军部直属，我们得到那里集合。进了中南海，里面几乎乱成一锅粥，找谁都找不到，只能听天由命地坐等。原本幽静的湖边，挤满了军部直属队，以及穿着白衣服的政府职员。我坐在地上，看着人来人往的忙乱，在溽热的北平感到浑身发凉。听口音，身边那个军官应该是豫南人，离信阳不远。一问果然如此。他是罗山人，军部通讯营的排长，负责南苑通讯。如今各支部队匆促之间麇集北平，建制混乱，他们也没了事由。据他说，八成不会大打。因为二十九军内部汉奸很多，张自忠就是代表。卢沟桥事变后，前线指挥官何基沣曾经计划集结五个团兵力，外加两辆钢甲列车，主动攻击消灭丰台之敌，彻底扭转前线态势，命令已经下到各团，预定7月10日夜间实施。当时宋哲元不在军中，9日晚上七点多，张自忠打电话询问前线情况，得知这个计划，便表示反对："你们要大打，是愚蠢的。真要打起来，两方面高兴。一是共产党，符合他们的抗日主张；一是国民党，可以借抗战消灭我们。带兵不怕没仗打，但不能为了个人而打仗。"何基沣说："枪炮一响血流成河，我怎么敢为了个人目的而妄开战端？现在的情况，不是我们要打日本人，而是日本人要打我们。老这样作茧自缚，不是等死吗？"

何基沣不是三十八师的人。他可以顶回张自忠的意见，但却无力违抗军部的正式命令：只许抵抗，不许出击。当然，这份命令是张自忠授意推动的结果，二头儿嘛。

老乡还说："攻击南苑的鬼子从哪儿来的？都是从天津调来的。沿线都是三十八师的防区，鬼子大摇大摆地北上攻击我们，他们就跟没看见一样。炸我们的飞机从哪儿来的？都是张扒皮批准日本在天津成立的惠通公司的各处机场。等着吧，他已经到了北平，后面还有好戏唱。什么张自忠，就是张邦昌！"

张自忠的像当初南苑的营房内也挂着。受训这几个月，我知道西北军将领大多有外号。比如大金牙之于郑大章，张扒皮之于张自忠。人家在军部，又是军官，自然消息灵通。咱一个败兵，还能说啥呢？

太息长太息。

枯坐到夜里十点多钟，那些身着白衣的政府职员依旧在黯淡凄冷的月色下来回穿梭，几如幽灵。正在此时，通知下达：尉级以上军官，立刻到怀仁堂集合。老乡对我说道："等着吧，肯定不会是好消息。"我也跟着起身，活动活动酸麻的腿，随着人流进了怀仁堂，想看看热闹。反正情形混乱，无人阻止。

怀仁堂里面灯火通明，我的眼睛好半天才适应过来。定睛再看，已经挤得满满当当。不一会儿，里面出来一位穿着白绸长衫的长官，站到前面的方桌上给大家讲话。原来是张克侠。他向来主战，此刻要发布的一定是战斗命令，是如何拱卫北平的吧？

结果完全相反：

"诸位，宋委员长已经撤往保定。他留下手令，命我代为宣布。宋委员长认为孤军无援，无法再打下去，为保护古都北平免受战火，他已接受日方条件，明晨一时起全军退出北平，城内不留一兵一卒。北平治安由代市长张自忠负责。现在离限定时间还有一个来钟头，不愿意跟着部队走的，发给路费各奔前程；愿意跟随部队，出西直门经廊坊到保定集中。各部队立即行动！"

怀仁堂跟居仁堂都建在先前仪鸾殿的旧址上。也就是慈禧处理朝政的地方。看来此地只适合宣布失败撤退的消息。当初我们请愿想进居仁堂而不得，如今怎么也想不到会以这种方式无限接近。

6

走不走呢？我要服从二十九军的命令，也得接受民先队的指挥。想想婉茹的话，我得留在北平，准备当职业学生，于是决定不走。

很多人选择脱离部队。我跟在后面领路费，老半天才排上号。路费不多，普通士兵十块，我们二十，军官五十。刚刚领到钱，忽听居仁堂方向人声喧闹。那里就是"一二·九运动"时学生代表的目标。跑过去一看，是抢劫。有特务旅的，他们挎着两把驳壳枪，不用看符号就能认出来。也有军训团的。

十块二十块的路费，远远达不到他们的预期。这我可以理解。毕竟他们刚刚经历过枪林弹雨，从死人堆里爬了一回。但是抢劫，我不能理解。我傻傻地站在旁边，看他们抢夺行辕里的东西。古玩字画甚至家具桌椅，以及皮靴、望远镜和照相机。我想，八国联军进北京时，也是这样抢劫的吗？比如烧毁了仪鸾殿的瓦德西？这不是别人，是二十九军呀。

一个熟悉面孔从旁边经过。是本小队另外一个班的班副，我们多少有点儿私交，因而我敢顺道废话质询两句。那人把嘴一撇："真是学生出身，书呆子！你懂啥呀，北平都不要了，汉奸都出来了，咱们不抢，留给他们吗？赶紧的吧，再晚你连汤都没得喝了！"

"汉奸？谁是汉奸？"

"除了张扒皮，还有谁？你可真够笨的！"

又一个老兵从旁边经过。他喊道："对，赶紧抢，半点儿东西都不能给鬼子汉奸留！这也是抗战！"

我没有抢劫。别说抢劫，那些东西即便给我我也不会要。大敌当前，性命都未必能保住，东西再好也如同粪土。平常或许还能变卖，如今这时候，大概是难。盛世收藏，乱世饥荒，老古话不能忘。

我揣着二十块钱，漫无目的地在北平街头游荡。去哪儿呢？以天下之大，竟无我立足之处。想来想去，只有先挨过这一夜，明天设法联系组织，也就是民先队的上级。我就近找个旅馆，老板明白原委，痛快地同意免费提供食宿。

次日早起，大雨如注。吃过早饭，回房间等候半天，雨方才停歇。我赶紧出门去找组织。

不时可以看见有人拆除沙包拒马等简易巷战工事。看来倒在卢沟桥南苑的弟兄们，热血还真是又要白流。越是这样，我越要尽快找到组织，看看民先队是什么态度。但以往都是婉茹联系我，如今突发变故，我要回头找她，难度很大。

学校早已放假，人去楼空。以往开会活动的几个地方，阒无一人。校工面对即将落成的生物实验室，满怀痛惜与遗憾。教授研究室，动物饲养室，植物温室，费了国府不知道多少大洋、校长李蒸不知道多少气力，眼看即将投入使用，却突然间来了鬼子。就像酒席刚摆好强盗忽然破门而入，座上客顿成阶下囚，天底下还有更加尴尬恶心的局面吗？

经历过生死考验的人，很难再被物质触动。实验室再好再金贵，也比不上佟麟阁、赵登禹和陈宝玺的性命。我敷衍校工几句，回头继续寻找。可忙活一天，还是一无所获，只能按图索骥，去找牌友汪大维。再想到旅店获得免费食宿，已经不大可能。城门关闭三天，米菜价格飞涨。即便人家愿意，咱也不好意思。

汪大维家住在雍和宫附近。还没到他家的胡同，老远就看见一群人正在忙活，挪沙包搬拒马，干得还挺起劲儿。黄包车即将擦肩而过时，我突然看见了汪大维，于是赶紧叫停。

这些巷战工事原本就是临时设置的，此时已经拆得差不多。看见我，汪大维满脸惊奇。得知我打了败仗，他更是不住摇头，满怀叹息同情与不忍，甚至还有些许不以为然，或曰不屑。他放下那些活计，拍拍手带我回家。路上他满脸庆幸，可谓表情放松神态愉悦，跟以前的不问世事相比有天壤之别。我大为惊异，忍不住询问原因，获得的答案是："张自忠主持北平大局，已跟日军谈妥，他们答应不投弹不进城。上头传来命令，各处巷战工事立即彻底清除，以免日军误解，影响和平。"

"张扒皮果真当了汉奸！"不知怎么回事，我突然发觉嘲笑怒骂汉奸能减轻内心的耻辱感。尤其是在昔日的同学跟前。

"主和就是汉奸？报上说七七事变当天下午，秦德纯邀请文化界名流座谈时局，胡适之先生的态度就是强烈主和。这是他的一贯态度。我看也没人骂他是汉奸。中国实力弱，打不过人家，暂时忍气吞声，不是没有办法的办法吗？"

想想南苑到北平这一路的死尸，我没再纠缠和战之争："我奇怪的是你啊。你不一直主张两耳不闻窗外事，一心只读圣贤书吗？怎么会来拆除工事？"

"能避开战火，谁不高兴？北平城内居民密集，历朝历代文物众多。战端一开，能有个好儿吗？有人号召要像保卫马德里那样保卫北平，简直是昏话！那不是保卫北平，那是戕害北平！"

"多数人还是痛恨日本主张抗日的。昨天从南苑撤回来，沿途百姓都主动提供茶点劳军。这是我的亲身经历。"

"我也恨日本！我也主张抗日！只是不是这样的抗法！不管怎么说，北平是古城，不能成为战场！"

我突然发觉自己很愚蠢，竟然会跟汪大维争论时局。我们的友谊只限于牌桌，只限于麻将。既然话不投机，那就不能再说。默默跟随他进了家门，穿过天棚鱼缸和石榴树，在里面借宿一夜，省了一宿房费两餐饭，次日上午我再度去找组织，办法还是仿效宋国的农夫。

我无比想念婉茹，想念民先队，想念林颖。这是我跟世界的唯一联络。失去她们，我便是断线的风筝。我甚至有点儿后悔，不该贸然离队。也许应该跟随部队南撤。漫无目的的寻找中，突然有人拍拍我的肩膀：

"嘿！大英雄！"

声音非常熟悉。转脸一看，却是刘成彩。我无精打采地说："你他妈的彩头，我打败仗不是因为我不够勇敢，是因为咱武器不如人！别光他妈的讽刺人。"

"老李同学，你别误会。你没看报纸吗？报纸上登了你的照片，你当真成了抗日英雄！我佩服你还来不及，讽刺个啥？"

仔细问问，原来好几份报纸果真都登了我的照片。我支吾道："什么英雄不英雄，不过是中国人的本分。"

"老李呀，我得承认，过去你们闹学潮，我一直以为你不过是个嘴把式。想不到你还真能打鬼子。这说明咱们国家还真有救。就冲这个，你也当得起英雄二字。"

"别提英雄。秦琼不照样还得卖马！现如今我就是走投无路。你打算怎么办？"

"走投无路？你们共产党会走投无路？"彩头笑着斜视我，满脸友好的鄙夷。

"再说一遍，我不是共产党！天地良心！"

"好好好，你不是共产党！那我跟抗日英雄交个底，我是国民党。反正已经进入全面抗战时代，肯定要国共合作。等打完鬼子，估计也就是国家统一两党统一。好歹同学一场，看在自行车的份上，看在城外鬼子的份上，我也对你说句实话。"

"你打算怎么办？"

"投考军需学校。全面抗战，人人都要尽力。你能从军，我就不能从军？不过我不想当步兵，冲锋陷阵。那不是咱们该干的事情。当军需同样报国，既尽忠又尽孝。"

"怎么讲？"

"别跟我装孙子！你当真不明白，军需油水大？"

"他妈的，你还想发国难财！"

"不是那意思。反正行规就是那样。我不干，别人也得干，那些钱左右省不下。我去干还好些，我多少有些讲究，懂得爱国。自行车还你吧，你大概用得上。我明天就走。咱们将军不下马，各自奔前程吧。"

7

大约是青年人屈死太多，老天有感，因而流泪不止。第三天北平依旧有雨。随着雨滴落下的，还有两场英勇的战事：头一天，三十八师副师长李文田率领所部通电抗日，主动向天津之敌发起猛攻；驻通州的冀东保安队两千余人，在张庆余、张砚田的带领下通电反正，消灭当地日军大部，并将汉奸殷汝耕拿获。此二人本来都是东北军于学忠部五十一军的团长，于学忠调入甘肃时，他们已经改编为警察，不便同行。结果他们没有参加兰州事变，却导演了更加轰轰烈烈的通州事件。再朝前推，他们敢于起义，是因为独立三十九旅的傅鸿恩营激战不支撤向南苑，萱岛高的第二联队追击过去，通州城防空虚。

我跟婉茹的约会都是有规律的。夏天不在什刹海，就在二闸。因为在那里消夏的人多，便于隐蔽。二闸是运河上的一道闸口，虽无荷花之韵，却有古柳之荫，更兼水势生猛，因而游人众多。只是它在东便门外，如今肯定出不去。那就只能去什刹海。

什刹海有夹堤杨柳，盈水荷花。南堤广场上的冰窖，过去是清政府夏天给文武大臣颁冰的渊薮。窖内极寒，砭人肌骨。如今我心里已经足够冷，不必再进去降温。这里之所以能成为消夏胜地，主要靠那两溜夹堤而列的茶棚。茶棚伸入海塘，下铺木板，茶客进去，如坐水上。清风拂来，凉气扑面，兼有荷香，沁人心脾。茶棚建在靠北的一段堤上，东西相列。东边靠着左海，塘内荷花茂盛，香远益清，茶资高些。右海无荷，输却一香，茶资略低。我约婉茹时，一般都在东边。这个夏天我一直在南苑，未知那些荷花，是否安好？

战乱已起，不免人心惶惶。可尽管如此，卖货的依旧不少。"看西湖景"的，拉洋片的，变戏法的，耍狗熊的，唱莲花落的，练武术的，说相声的，演滑稽二黄的，应有尽有。只是多少都有些有气无力。会贤堂那边悄无声息。过去杨小楼、梅兰芳、程砚秋、谭小培、筱翠花等名角儿经常在那里唱堂会，如今想来他们多数已经逃难去了吧？面人汤的二爷汤子博安静地做着手艺，马蔺刘大概编累了吧，停下歇手，口唱劝善道歌。用马蔺叶子编的鹤燕龙凤，整整齐齐地码在旁边，挨着那个卖秋虫的摊子。再过去则是卖蜻蜓网的。我安静地穿过他们，进入茶棚坐下，等待。

一般茶馆里小贩川流不息。要不叫卖瓜子咸花生，要么叫卖烧饼油炸鬼。而茶棚里没有这些喧闹。只有那个穿蓝布衫的老人，青鞋白袜，笑容可掬地兜售冰糖子儿。他提着那个锃光瓦亮的硬木浅篮，里面的货物分三等：绿色的小黄瓜，白色的藕枝，红色的樱桃，黄色的杏子，这些冰糖精制的小巧什锦每匣二角；梅花形、银锭形、八宝形、双鱼形的酸梅膏，每匣一角；蜜浸杏干可以零售，多少不拘。他总是笑嘻嘻的，从无摊贩的急不可耐，令人愉快。我买了点儿小巧什锦。我想，婉茹一定会来的。她喜欢这个。

一般人消夏，下午一两点钟才去点上一壶茶。而我却等了几乎整整一天。中午没正经吃东西，刚开始只喝了一碗羊肉豆腐脑。这玩意儿不顶饿，后来又要了点儿硬面奶油镯子。傍晚时分，我几乎要绝望时，终于看见她缥缈而来。

我是怀着满腹的悔恨和热情来等婉茹的。历经生死让我突然意识到了美丽的错过与误解。我希望找到从前的感觉，握手时便会有血脉贯通。然而眼前的婉茹，已不是昔日的婉茹。她的表情我无法形容，更无法忘记。就像初春时节刚刚吐露的嫩芽遭遇倒春寒，我立即识趣地关闭心门。巨创之下，只有这样才能自保。

"婉茹，对不起……"

"你如果没做愧对民先队的事，比如投敌当汉奸之类，就不必跟我说对不起。说不着。"

"二十九军已经南撤，我下一步的工作安排……"

"我也得马上离开北平，离开学界。将来会有人跟你联系。局势变化太快，对你的具体安排还没确定。你等着就好。"

婉茹总是不让我说完。她好像格外害怕我话语的结尾藏有荆轲的匕首。我不再主动开口，希望用沉默调适气氛。确认表情在此期间未曾失分，随即努力调动恶毒的情绪，重新构筑信心的堤坝，以便能够挺直身子。

婉茹脸上露出嘲讽的淡笑。这种表情激起的愤恨恼怒，都是切合彼时环境的情绪。我悄悄藏起小巧什锦，并将表情整平拉直，涂抹均匀。一边这样做，一边暗骂自己的无耻，在发生那么多事情之后，还能这样像没事人似的坦然面对人家。我庆幸雨中的幽暗，它就像一重盔甲，我可以小心翼翼地躲在后面。

责任心还是战胜了自我。婉茹的音调和表情逐渐恢复到同志的水平。她说："一千七百人的训练团，据说突围回到北平的不到三百。很多我们的人阵亡或者失踪。你能活着回来，嗯，很好。"

"段祺瑞的孙子段昌仁，冯玉祥的长子冯洪国，也一同阵亡。"

"洪国阵亡了？你能确定？"

"我亲眼所见呀。"

"唉！他是地下党员。抗日的力量损失太大！"

"冯玉祥的长子，也是共产党？"

"先不说这个。二十九军内部不仅有抗日力量，有民先队和地下党，也有汉奸。赵登禹阵亡，完全是汉奸泄密的结果。这个汉奸，就是给二十九军的日本顾问樱井德太郎当翻译的周思靖。"

原来周思靖跟冯洪国是日本陆军士官学校的同学，奉派给樱井充当翻译。赵登禹撤退之前，跟冯洪国握手告别，嘱咐他立即通报佟麟阁，组织学兵撤退。此时周思靖就在旁边，知道赵登禹的撤退路线。赵登禹一走，他立即回到房间，电话通知了日军。从通州追击傅鸿恩直到南苑的华北驻屯军第二联队长萱岛高，掌握了赵登禹的车队将沿着天罗庄方向出南苑北撤的准确时间，随即在中途安排伏兵，以重机枪将长城英雄赵将军狙杀。

赵将军跟岳飞和郑成功一样，牺牲时年仅三十九岁。佟麟阁同样也死于萱岛高之手。

多年之后我才知道，婉茹之所以能掌握这些内情，是因为二十九军的情报处长靖任秋也是地下党员。其实日军即将进攻南苑的消息，宋哲元是知道的。他的小同乡潘毓桂是大汉奸。他将这个消息通报给宋哲元，一是买好，二是施压。而宋哲元的反击计划，他也原封不动地转告了日本鬼子。那时我们都很高兴能找到这些合适的话题。它们就像各自的盔甲，可以遮蔽彼此内心的耻辱与不快。我也很高兴婉茹没提我在报纸上的照片。想来她尚未看到。

谈了不到一小时，婉茹便起身离去。她走出几步之后，我叫了声："婉茹……"她回过头来，但没有再度走近我。默立片刻，她用手指点点我，也还了我两个字：

"混蛋！"

我好像听见身体某处有咔吧一声。不是骨骼，就是神经的断裂吧。

第二天如约再去，见到的是余子明。他告诉我不能留在北平。大家都看到了那些报纸，以及我的照片。我的身份已经暴露，不适合留在北平开展活动。但具体该怎么安排，目前尚未确定。得过几天再说。他说："想不到你仓促从军，还真能成气候。说心里话，真把大刀片儿给我，叫我无论去砍谁，鬼子还是汉奸，我还真未必敢动手。我很佩服你。过去叫你去运动二十九军高层，只是因为你

们的家世背景，跟他们有旧，能说上话。想不到会有今天。你是民先队的重要力量，民先队很重视对你的使用。他们正在研究，有一批骨干需要统一安排，过两天就会有结果。"

我羞得几乎要钻进地缝。在那个瞬间，我突然决定，从此脱离民先队，就此遁地隐形。

"你身上还有钱吗？如果没有，民先队可以资助一些。"

"有钱。军训团月月关饷，走前还给我发了二十块钱的路费。"

"那就先这样吧。且看看张自忠究竟怎么表演。他在天津，三十八师一直按兵不动；他一离开，那里就开始反击。如今他在北平当政，十有八九没好事儿。"

8

宋哲元撤往保定之前，给张自忠留下了两旅人马。一个是石振刚的独立二十七旅，属于一三二师；一个是阮玄武的独立三十九旅，张自忠的老部队。独立二十七旅就是把我提上永定门的部队。他们曾经在广安门跟鬼子大战，那天战况激烈，樱井德太郎都落入粪坑，险些淹死。张自忠当政后，该旅奉命改编为保安队，但不甘心为敌所用，8月1日夜突围出城，投奔察哈尔省主席、一四三师师长刘汝明。独立三十九旅有六千精兵，装备两百挺机枪、八门火炮，实力远远超过独立二十七旅，却就地投降，最终被遣散。

张自忠离开天津，三十八师立即在天津打响；张自忠来到北平，独立三十九旅转眼投降。这能说明什么？他主政之后重组冀察政务委员会，将秦德纯、门致中、石友三等八位委员开缺，新补的不是汉奸就是亲日派，这又说明什么？

我立即想起当初他访问日本时，报上发表的照片。那上面的他身着西服，剃了光头，留着仁丹胡，完全就是汉奸的打扮。报上说日本人还送了他一个小老婆。他回国时在青岛下船，身旁就有一个身穿和服的年轻女子。那时我并不知道这是他的女儿张廉云，并非鬼子赠送的小老婆，所以我像北平市面上的任何一位市民、学校中的随便哪一个学生那样，坚信这位张师长，是确定无疑的张邦昌。

其实不必如此废话。冯玉祥不可能承认《何梅协定》，冯治安也不可能留在北平。人选最能说明问题。想到这里，我内心的仇恨终于压倒了羞辱。我终于可以稍微喘口气。我决定寻机刺杀张自忠。反正以前民先队也有让我行刺的计划。我不能就此脱离民先队，那样我会一辈子都被钉在耻辱柱上。

我得承认，那时我对张自忠的仇恨远远超过鬼子。我刺杀他的冲动，也远远强于抗日。之所以如此，当然首推民族大义的因素，但还有两个更深层次的原因，我那时尚未发现，也来不及发现。因为我急于从羞辱的泥潭中站起身来，而不想陷得更深。即便约略知道，也宁可装糊涂。

等了两天，一直没等到余子明的消息。期间张自忠宣布脱离军籍，辞去三十八师师长职务。将军最看重的就是兵权。核心部队他都舍得放弃，看来的确是铁杆儿汉奸。我心里很着急，想尽快见到余子明，报告刺杀张自忠的想法，便主动联络他，以寻求支持。

这多少有点儿违规。按照约定我只能等待。毕竟此时的情形不同。宋哲元主政时，对学生运动总是关键时刻高抬贵手，枪口抬高一寸，以驱散为主。如今世易时移，民先队当然要小心应对。

然而我实在是等不及。

八月的北平无比闷热。气候如同时局，令人无法透气。上了街，我便觉得情形有些不对，夏季警察本来应该穿黄色警服，如今突然换成了黑色。而且人数明显增加，不知原因。走到和平门附近，忽然看见一个熟悉的身影，那人像鸭子那样左右摇摆。原来是段局长。我立即上前打探消息。

认出是我，段局长似乎很紧张，下意识地抬头看了看左右："我的老天，大英雄，你怎么还没走？"

"北平人这么不厚道，还朝外轰人？"

"火烧眉毛，你还有心思开玩笑！我告诉你，鬼子明天就要进城，我们已经接到通知，马上着手清除抗日分子！像你这样的，肯定是头一份儿！"

"像我这样的？我是什么样的？"

"别以为我不知道，你不是共产党，至少也在民先队！反正都是鬼子要对付

的！看在你砍过鬼子的份儿上，我给你交个实底。你赶紧走！再晚就来不及了！我们刚刚按照周思靖和潘毓桂提供的详细地址，抄了二十九军高级将领的家。宋哲元住在武衣库，秦德纯住在航空署，佟麟阁住在东四十条，张克侠住在东四七条，一个都没落下，包括少将教官孙麟在白米斜街的私宅！"

"佟麟阁的家你们也抄？"

"兄弟，当这份差使，有啥办法呢？你放心，能提前通知的我都提前通知过，然后再去走的过场。你赶紧走！"

段局长告诉我，为了让警察效忠新政权，张自忠已经决定拨款两万，新任警察局长、汉奸潘毓桂个人出资一万，用于奖励慰劳长警。这不是没有代价的。等拿到钱，下一步肯定还有脏活累活要干。清除抗日分子，恐怕就在其列。

"你怎么不走？你情愿给鬼子扛活儿？"

我小心翼翼地避开了汉奸这个字眼，但段局长毫不避讳："谁愿意当汉奸？我段某人手下也有鬼子的命。警察和保安队，都活埋过不少日本浪人间谍，你哪里知道内情！过去警察除了编制有自行车队，还有汽车队跟机关枪队，你想那是干嘛的？可我不像你，拍拍屁股就能走。我有一大家子人要养活，拖家带口，我朝哪儿走？甭废话，你赶紧走人！要是明天再见，你可别怪我翻脸不认人。"

"我总得跟朋友告个别，去旅馆收拾行李呀。"

"行李？行李值多少钱？舍命不舍财？你现在哪儿都甭去，直接奔前门车站，买票去天津坐船走。平汉线已经不通车，再晚两天只怕船也不通了。明天鬼子一进城，盘查肯定更严。就你这样上过报纸的，肯定早已挂了号儿，到时候只怕你飞都飞不走！"

逃亡跟打麻将是一个道理。牌好对手也弱，你不妨做大牌；牌好对手强，就不能贪大；牌差对手也弱，那得见好就收；万一不幸，没有好牌只有强劲的对手，则只能尽力避开点炮，想办法输得小点儿。

当时堵在我眼前的局面，就是如此。

9

段局长出的主意大体不错，但说得太快，亦有口误。到了前门车站，才发现从这儿走不成，必须去丰台。闲话不说，赶紧经东外城来到丰台，准备搭北宁路的火车。丰台一直是京师清军驻扎的大营，但被鬼子盘踞已久，正好卡在卢沟桥与北平之间。何基沣曾经计划反攻，但因为张自忠的阻挠而未能实施。7月28日大战起来，我军一度将丰台收复，可惜未能守住战果。否则大约也不至于有今日。

毕竟枪炮已经停歇数日，虽然警察很多，局面总还算平静。出了城，不时可以看见大大小小的弹坑和残存的血迹，好在人马尸体基本没有。天气太热，为避免疫病，这几天慈善会一直在组织掩埋尸体，看来比较成功，有助于侵略者消灭罪证。

慢慢进入伤心之旅。有段路是7月28日曾经走过的。我呆呆地看着两边的青纱帐，似乎期待佟麟阁和赵登禹从里面出来，浑身披挂，不怒自威。果能如此，我完全可以忽略赵登禹有嗜好的毛病，像热爱父亲那样热爱他。我也会心甘情愿地跟随佟麟阁跪地祷告，尽管我那时已经不再相信上帝。

然而我并没有看到他们从青纱帐中出来。没有他们，也没有冯洪国、段昌仁，以及陈宝玺。有的是两具遥远的尸体，已被苍蝇掩埋成黑色的坟墓。奇怪的是，我丝毫没闻到臭味儿。似乎那不是两具死尸，只是巨大的蜂房。

我一遍遍地在心中射击刺杀，刺杀射击。可惜，所有的努力都只是幻觉，都是耻辱的再现。我闭着眼睛，使劲儿攥着黄包车，一个劲儿地催促车夫加速。进了丰台，鬼子越来越多，车站一带简直是入目皆鬼。我立即感觉腿肚子开始打哆嗦。仿佛背后还插着那把带血的大刀片儿，无论如何也取不下来。还好，鬼子虽多，但并未刁难。我顺利上了火车。

到了天津，警察也已经换上黑色制服。这就是沦陷的颜色。所谓黑云压城。好不容易买张到青岛的船票，准备从那里换乘胶济路的火车到济南，沿津浦线南下。到青岛时，上海已经打响。"一·二八"期间，张治中已经指挥第五军配合十九路军在上海跟鬼子干过一仗，这次可谓梅开二度。所不同者，上回只是被动

应战，这次则是主动攻击。

下船，离开码头，进入市区。一路上标语不断，还有演说和宣传，抗战的气氛可谓浓厚。然而难民就是难民。再从青岛上了火车，挤得水泄不通，天气闷热，又没有水，车上充满各种各样的狼狈。兵荒马乱，原来竟是这等滋味。有位带着几个孩子的母亲，从天津就与我同路。此时她怀抱的那个婴儿，屁股溃烂不堪，她自己的手也已烂出白骨，令人触目惊心，但又毫无办法。到济南下了车，脚踏实地之后迎面又看见山东省主席韩复榘发布的告示，那感觉几如重生——逃亡学生每周给予两块五角钱的津贴。韩复榘也出自冯玉祥麾下，此时此刻有此惠政，我简直以为就是特意为我而设的。虽已加入二十九军，但师大的校徽我一直保留着。无论如何，我想自己算不得冒籍。即便算，也无伤大雅。好歹我也曾经历烽火。

幸亏有这点儿津贴，我才挨过等车的半月。等待如此之久，却还是敞篷车，没有座位，大家都像沙丁鱼罐头那样前胸贴后背。快出山东时，火车突然停下，不知何故。未知原因的停顿，极大地强化了不适、闷热与焦虑。大家纷纷骂娘。骂着骂着，鬼子的飞机遥遥飞来。

骂娘声立即停下。仿佛谁都担心触怒鬼子，引来杀身之祸。有人警告大家都不要说话，免得叫空中的鬼子听见。这突如其来的寂静，就像林间不断快乐弹唱的小鸟突然停止鸣叫，预示着巨大的不祥，而很快这种预想就得以证实。飞机的声音越来越响，婴儿的哭闹越来越亮。那个烂掉屁股的婴儿大概被疼痛所苦，丝毫不懂这些关节，啼声越发激越。母亲无奈，赶紧将他的嘴巴捂住。

知道客车没有威胁，飞机因而飞得很低，在空中盘旋了好几圈。飞行员不时将机身斜过来，简直恨不得下来动手翻检行李。虽然没扔炸弹，但造成的恐慌比炸弹还要厉害。包括我这个经历过战火的人。战争经验对我唯一的帮助，只是我还知道偷眼观察别人，以转移注意，消解恐惧。我看见他们目瞪口呆，张大嘴巴，却发不出声音。

飞机飞走之后，母亲松开手，却发现婴儿已经憋死。

婴儿不哭了，母亲接着哭。

10

终于挨到徐州，必须在此换乘。虽则还要耽搁，但总能透口气。这里的抗战气氛更加浓厚，车站上一列列的兵车飞驰，耳旁不时响起这首高亢嘹亮的歌曲：

> 大刀，向鬼子们的头上砍去！
> 二十九军的弟兄们，
> 抗战的一天来到了！
> 抗战的一天来到了！
> 前面有东北的义勇军，
> 后面有全国的老百姓。
> 咱们二十九军不是孤军，
> 看准那敌人，把他消灭！
> 把他消灭！冲啊！
> 大刀向鬼子们的头上砍去！杀！杀！杀！

这歌声让人心生悔意。或许不该选择脱离部队。我甚至还有点儿恨这首歌的作者。好像它要是能早点儿唱响，血腥的南苑之役中我便不会颗粒无收。我绝对不会坐视鬼子在大红门沿线，将之演变成单方面的屠杀。

兵车多，客车自然就少。而难民如同潮涌，再想买车票，难度成倍增加。我在徐州耗了好几天，也没买到去郑州的车票，眼看盘缠将近。正在此时，忽然听说张自忠要乘车去南京，将途经徐州。

消息来源于报纸。没办法，全国上下都盯着张自忠。逃亡途中看不到报纸，但一群学生在车站附近的议论正好被我听见。说是张自忠在北平没干几天，便被鬼子一脚踢开，他只得化装潜逃，准备去南京领罪。消息传开，买不到票的学生们顿时群情激奋。这个表示要扇汉奸的耳光，那个说要食肉寝皮。还有人声称愿亲自将他押往南京，面呈委座处理。反正无论如何，总得将他拦下，先羞辱一番再说。

从山东去南京，只能走津浦线。凡是济南方向南下的火车经停徐州，都得检查。有个学生说："张自忠是汉奸不错，可长什么样，咱毕竟不认识啊。"另外一个道："我在天津，见过他访问日本时报上发表的照片。可惜那上面穿着西装留仁丹胡，现在肯定不是这样。再说报纸也没随身带着。"

这问题好办。所有旅长以上将领的像，南苑营房内都有，包括张扒皮的。再说固安劳军时，我还曾近距离地亲眼见过。我脱口而出道："这个好办，我认识。他就是化成灰，也别想逃过我的眼睛。"

"真的？你怎么会认识他？"

"我是国立北平师范大学的学生，年初参加二十九军的军士训练团，南苑之役被打散了。他的相片，营房内都挂着。"

学生立即众星捧月般将我围在中心。这不仅仅因为我既是学生又在南苑经历过战火，更关键的是，有人认出了我。也就是说，他曾经看过报纸上的照片和报道。

我很喜欢那种感觉。它像米酒一般甜蜜且令人陶醉。在陌生的徐州，没有人知道我的秘密。这种感觉越美好，我对张自忠的愤恨就越强烈。或者可以反过来说，我对张自忠越愤恨，内心的感觉就越发美好。我决定加入学生的行动，拦截汉奸。该决定自然而然地让我这个外来户，一跃成为义愤学生们的首领。

又一列客车经徐州南下。从车次判断，张自忠十有八九就在其中。因此火车尚未进站，我们已经打出标语横幅。火车停稳之后，我领着大家直奔头等车厢，边走边高呼口号：

"声讨汉奸张自忠！"

"大汉奸，张扒皮！"

按照张自忠的身份，肯定会坐头等车厢。然而那边有士兵守卫，无法进出。见此情景，大家兵分两路，一路阻挡火车，一路在车厢前面提高嗓门，要求汉奸出来给大家一个交代。我们正吆喝得欢实，秦德纯突然出现在车厢门口，冲大家一抱拳：

"各位先生，感谢大家的爱国热忱！你们痛恨汉奸，德纯同样痛恨！只不过张自忠并不在车上。德纯有紧急军务，要赶往南京面见蒋委员长，请诸位放行！"

　　我们当然不干。秦德纯随即让我们派四个代表，上车搜查。毫无疑问，我得带队。可上去依次检查，的确没发现张自忠的影子。没办法，那就只能放行。

　　后来才知道张自忠在车上。只不过秦德纯预先已采取防备措施，让张自忠身穿便衣，跟随从一起挤在三等车厢里，侥幸逃过此劫。

　　几经辗转，我终于回到已无父母的老家信阳。信阳不只是我的故乡，也是那个人故事的起点。那个人就是日本医生饭沼猛，中国名字范昭孟。后来我们都叫他老范。

一　条

1

老范虽然是日本人，但其青少年却全部属于中国。在此期间他最主要的人生节点，都在平汉线上：信阳，鸡公山，汉口。

老范的父亲饭沼太很早就来到中国做生意，老范本人出生于汉口。汉口的夏天非常难挨，类似蒸笼。平汉铁路通车后，美籍挪威裔教士李立生从汉口北上，来信阳传播福音。信阳的夏天虽然温度略低，但还是够呛。李立生刚刚出生的小儿子甚至患了热病，险些夭折。怎么能像英国教士李德立那样，找到一个类似庐山的去处，成为李立生考虑的头等大事。

降温只能寄希望于高海拔。李立生的目光逐渐聚焦于信阳南部的名胜鸡公山。经过实地踏勘，他发现上面地势平坦，水源富裕，气候凉爽，于是便率先上山购地建房，同时在汉口的外文报纸上发布消息。就这样，鸡公山上的西洋别墅越来越多，有教士有洋商更有权贵。

饭沼太跟随日本驻汉口领事水野前脚后脚上的鸡公山。他不仅在山上建了别墅，还在信阳城内开了分号。老范跟随父亲在中国度过童年和少年，读大学时才回日本。

刚刚大学毕业，就赶上七七事变。军部挟持政府发动战争机器，策划全面侵华。消息刚刚传到东京时，可谓举国震动。日本四岛的狂热，几乎可以让海水沸腾。因为扩张的思维早已甚嚣尘上，民众普遍被民族主义的宣传所裹挟，相信ABCD亦即美英中荷四国包围日本。只有打破这四个国家的封锁限制，日本才能崛起。老范刚刚拿到医学学位，并未接到第一批征召通知，却主动跑到部队，要求从军。在他心目中，这场战争的正义性和必然性就像富士山的存在那样确定无疑，坚不可摧。他深信战争会很快结束，短暂的炮火之后会有长久的和平。他甚至抱着颇为浪漫的想象：这并非出征敌国，而是故地重游，甚至衣锦荣归。

那时日本尚无专门的兵役机构，募兵工作都由当地驻军负责。老范抵达时，兵营门前已经排起长队，队伍中有张熟悉的脸庞，他的朋友猪口次郎。猪口比老范低一年级，正在学习法律，明年才毕业，擅长拉小提琴，是老范的同好。

此时此地相遇，二人都有些激动。就是那种志同道合的感觉。老范说："猪口君，你与我毕竟不同。明年再参军，同样可以报效天皇。"猪口点头回礼："打完仗回来接着读，也不耽误。明年再参军，时间恐怕来不及呢。那时候，将士们大概已经凯旋了吧。"

"嗯，这倒是真的。"

"支那政府腐败军队颟顸，民众必然会从心底里欢迎皇军。这场圣战，不会持续很久。"

"我在支那生活多年，深知支那民族愚昧落后，亟须帝国的提携。大和民族要想迅速崛起，也必须进入支那，输送先进文化，彼此共存共荣，北抗苏俄，西制英美，将亚洲从白人的统治下解放出来。"

"英美白人欺压鄙视华人多年。在他们眼里，黄种人都是劣等民族。我想中国人会理解我们的。只要我们都好好干，一定能迅速解决支那事变，崛起成为世界一流强国。"

"支那物产丰富风景秀丽。能以胜利者和征服者的身份回到童年生活过的地方，也是难得的乐趣。"

"哈哈，饭沼君，到时候你可得请我喝杯清酒。"

"当然。你就等着吧。咱们可以在我鸡公山上的别墅里举杯同庆！"

渔阳鼙鼓动地来，日本国内大肆扩军。中国现代军队的雏形北洋六镇，其实是效仿日军。日军起初以编组地和驻防地划分，成立了六个镇台，后来改称师团。从第一到第六师团，以及近卫师团，是日军最老牌的部队。甲午战争后，组建了第七到第十二师团。日俄战争末期，日军主力全部开赴满洲，本土空虚，遂

编组第十三到第十八师团应急。后来吞并占领了朝鲜，疆域再度扩大，兵力不敷分配，第十九和第二十师团又应运而生。

一战之后世界经济普遍下滑。1925年，日本也不得不裁军，所谓大正裁军。期间第十三、十五、十七、十八师团撤销。剩余十七个师团作为常备甲种部队，是日军的一等师团。如今战事纷起，第十三师团又奉命组建，编成地与补给军区都是仙台。以仙台的第二师团为母体，骨干是第五十八、第六十五、一〇四、一一六这四个步兵联队。

经过三个月的战场训练，老范和猪口次郎一起，作为增援人员编入十三师团的一〇三旅团。

2

中国集结全部陆军三分之一的力量，也未能守住上海。日军随即向南京攻击前进。从上海向西，部队的后勤补给完全跟不上。起初大家不明就里，事后才知道当时军部并无攻占南京的计划。参谋本部给第十军的命令中，追击的红线只到苏州、嘉兴以东。然而身处前线的司令官松井石根一意孤行，决意占领南京。下克上是日军的传统。九一八便是例子。这一次他们再度得手。军部只能追认事实。

杀敌一千，自伤八百。中国军队在淞沪战场固然损失惨重，但日军的伤亡也不小。此时再以疲惫之师攻击南京，物资自然调运不及。从此时起，日军便不再是军队，而是一群土匪：抢劫强奸，滥杀无辜。

子弹不够，白刃格斗。这还好办，当时国军新败，一溃千里，上海以西很少有像样的抵抗。问题是军粮也供应不上。怎么办，只能就地解决，抢劫老百姓。

抢劫一旦放开口子，杀戮与强奸便会接踵而至。

新入伍的战斗兵，军衔只是一等兵。上海战役期间，猪口次郎表现勇猛连立战功，引起上级注意，因此相继越过上等兵和兵长两道门槛，晋升为伍长，成为下士官。

士官一词，在日军中有两种含义。广义而言可以指军官，那所培养过蔡锷、蒋百里、蒋介石和阎锡山，以及地下党冯洪国和汉奸周思靖著名的军校，名字就叫陆军士官学校；狭义而言，士官是指下级军官，亦即尉官。从军衔上区分，日军共有士官、准士官、下士官和兵四个类别。我们通常意义上所理解的士官，所谓军士，在日军中称为下士官，也就是下级士官。下士官的军衔有曹长、军曹和伍长三级，都有资格出任分队长。

如果严格根据等级对照，日军的分队相当于中国军队的班，但日军编制大，一个分队最多会有三十名士兵，实力可能近乎中国军队的排。总体而言，分队介于排班之间。日军也有班的编制。比如指挥班。

拿破仑曾经说过，班长是军队之母。各国军队都很重视班长，日军也不例外。要想当上分队长，必须过一道坎儿：当着中队长（连长）或者大队长（营长）的面，砍掉战俘的脑袋，至少一名，以示勇气。

在此期间，猪口次郎成功越过很多勇气考验。比如枪刺俘虏，近距离枪杀俘虏。这都得跟俘虏面对面，必须有眼神交流。还好，老范是医护兵，不需要这些。但那些新入伍的战斗兵，却必须通过这些关卡。他们终究是人，至少起初是人，还有人性。故而许多士兵都做不到。每当此时，猪口次郎都主动现身说法，以为示范，引导新兵向野兽转变。

那时猪口次郎刚刚晋衔，尚未出任分队长。抵达武进时，他跟随分队长外出筹粮。这是他们的第一次抢劫。期间有个农民试图制止，猪口次郎二话不说，劈胸就是一刺刀。

这一刺刀戳开了粮库的大门。整个村子再无二话，眼睁睁地看着他们翻箱倒柜，杀猪捉鸡。分队长非常满意："猪口君，干得漂亮！回去我将报告中队长，推荐你升任分队长。"猪口次郎微笑点头致意："哈衣！多谢关照！"

猪口次郎就此当上分队长。

日军的士官和下士官都有资格佩戴大名鼎鼎的日本军刀。那其实是中国唐刀传到日本后的变种。明治维新以后，日本陆军学习德国，海军师从英国，指挥刀也随即西洋化。然而1933年的长城抗战，赵登禹将军率领第二十九军健儿雪夜袭击喜峰口，大刀片儿上下翻飞，歼灭日军无数，包括炮兵大佐服部。此战之后，二十九军的大刀片儿名扬华夏。日本报纸这样评论："自明治大帝造兵以来，皇军名誉尽丧于喜峰口以外，而遭六十年未有之侮辱。"正巧日本国内已有复兴日本刀剑、恢复日本精神和固有文化的呼声，于是自1934年起，日军放弃华而不实的西洋指挥刀，改配传统军刀作为指挥刀。

日军等级森严，军刀自然也有差别。将校尉三级的军刀丝带内侧的颜色分别是金、红、蓝。士官军刀的刀刃开有血槽，制式与刺刀相同。因国力贫乏，日军仅配发军服和枪支。军刀和望远镜虽然列装，但须付费，很多人便带着家传的宝刀。猪口次郎行前级别不够，自己未带军刀，这柄军刀是战死者的遗物。他只是暂时保管使用，最终还要完璧归赵。但尽管如此，配上军刀的他依然意气风发，一定要搞个试刀仪式。

那是个傍晚，部队刚刚扎营。炊事兵正在做饭，大家或躺或卧，都在休息歇脚，等待晚饭。老范是医护兵，主要做战场救护：用小毛刷把碘酊涂到伤口上，再用氯化汞纱布包扎起来。如果伤口出血厉害，要先扎止血带，再打止血针和强心针。这都是临时处理，主要的救治工作由后方医院负责，也就是说，他们的负担相对较轻。当时伤员已经全部后运，老范因而受邀观看学弟亲试新刀。

两个受伤的战俘绑在树上，军帽已经不知去向，军装上满是血污与尘土，戴着第五军的符号。他们都很年轻，其中一个几乎就是半大孩子，神情稚嫩。他似乎想象不到自己的结局，或者无法想象死亡究竟是怎么回事，眼神里既有恐惧，也有期望。他不再躲避大家的眼神，而是挨个跟日军对视，似乎要从中寻找熟人，或者只是一丁点儿和善，作为临终的安慰。仿佛只要找到这样一张脸，这样一位虚拟的熟人，他便可以得救，脱离死神的黑袍，延续稚嫩的生命，直到苍老。

那种徒劳令老范心悸。要命的是，他最终发现了老范。尽管无力定格，偶尔还左右游移，但老范觉得自己处于焦点的位置。或者说，他就是那个俘虏目光转动的圆心。他很想躲开，但又如何能够。

猪口次郎已经脱去军帽和军装。他抽出佩刀，用手绢仔细擦擦，径直向战俘走去。早有人上去给战俘松绑，喝令他们跪下低头，露出脖子。猪口次郎打算先砍那个年轻的。砍头是有技术的。被砍者肌肉越紧张砍得就越利索，否则难免拖泥带水，脑袋掉不下来，影响切面的美观。因而猪口将刀锋向下倾斜，让洗刀的凉水滴到战俘的脖子上，然后飞快地举起，打算趁他本能地收缩肌肉时一刀下去。然而这个如意算盘没有成功。他刚刚举起刀，年轻战俘突然抬起脑袋惨叫道："妈呀！"

老范双腿一软。猪口次郎大骂一声，又用刀锋压住战俘的脖子，然后瞅准时机，猛地挥起再落下。白光之中，那颗年轻的头颅滚出老远，但嘴还张着，保持着喊妈的口型，躯干也没有倒下。随着刀光喷溅出来大量的鲜血，就像刚刚进入热兵器时代的土炮。

猪口躲避不及，身上也沾了鲜血。他笑着嘟嘟囔囔地骂一声，仿佛不小心踏进街道上的水洼，虽然弄脏了新皮鞋，但并不影响心情的愉快。他一脚踢倒无头的躯体，然后再上前一步，轻描淡写地砍下另外一颗脑袋。

周围顿时一片欢腾。小队长上前要握他的手，他本能地朝后一缩，点头致意道："对不起，我手上有污血！"

"不不不，那不是污血，那是胜利的颜色。祝贺你，猪口君！"

"哈衣！晚上我请阁下喝酒！"

那颗脑袋还在地上，保持着"妈"字的口型。老范似乎还能听到他凄厉的叫喊，不觉一阵反胃，赶紧调动情绪将之浇灭。作为帝国军人，他怎么能这样呢？他身上担负的，可是振兴亚洲的大业。他必须战胜软弱情绪，完成辉煌圣战。

那时的老范根本想象不到，等待他的圣战究竟是何内容。

3

炮制南京大屠杀的主要凶手，是谷寿夫的第六师团和中岛今朝吾的第十六师团。获洲立兵十三师团下辖的一〇三旅团，那时以旅团长山田栴二的名字命名为山田支队，也在华中方面军麾下围攻南京。就是老范和猪口次郎所属的部队。他们当然也干不出什么好事。这是可以想象的。

南京陷落之初，老范豪情满怀，精神振奋。帝国军人的荣誉感和使命感，在体内空前膨胀。他十分庆幸自己的选择。人作为个体生命的意志，很大程度上就是参与历史的意志。如果不能参与伟大的历史，那么过了三十岁，名字便会像油漆一样逐渐剥落。他很庆幸，自己已经置身历史的洪流，亲身经历了攻陷敌国首都的辉煌。在他心目中，童年有多么美好，信阳就有多么美好。等到局势平定，

他想留在中国，当个执业医生，力行救死扶伤。那时，他可以向同事、朋友以及后辈，真诚地炫耀这段历史。那种感觉，是何等的美妙。他作为医生，不但救命，而且救国，救了中国。这难道还不够伟大吗？此生足矣。

由于地形限制，加之国军在上海新败，士气低落，又缺乏合理的部署，日军攻占南京并未费多少工夫。南京城外的确经历过激战，但其激烈程度与大国首都的陷落并不匹配。想当年秦国围攻赵国首都邯郸，还数月未下呢。民国十五年，吴佩孚从汉口挥师北伐，第一站就是信阳，结果整整围了四十八天，方才破城。跟它们相比，南京未免过于脆弱。

然而城内杀戮的血腥残酷程度，却令老范惊心。惨烈的现状，让他不得不质疑自己的选择，乃至整个战争本身。

因为战事相对平淡，伤员不多，医院的工作任务较轻。老范很想游览一下闻名于世的六朝国都，尤其想看看燕子矶。他在中国生活多年，读过很多史书和诗文，一直对燕子矶心怀向往。如今胜利征服南京，自然得亲自登临一番，俯瞰江景，体味潮打空城的苍凉阔大。

老范请好假，跟几个人一起出了军营，直奔燕子矶而去。街道两边，尸体随处可见。穿军服的少，更多的是平民。有老人，有妇女，也有孩子。有些地段房顶尽被烧毁，只剩下黑色的墙壁。空气中弥漫着令人揪心的死亡气息。

作为医生，老范对血并不敏感。尽管他希望当个内科医生，但在学校期间，所有的专业都要学习，他也上过手术台。然而比起眼前，那不过都是虚拟的血腥。二者的差别就像一颗凄凉的泪珠与整个愤怒的大海。

街道已经死亡，罕见活人。不时有惊恐的百姓从哪个小巷钻出来，后面跟着手拎酒瓶的日军士兵。他们一边追，一边大呼小叫，狂笑阵阵。同伴看到这种景象，也跟着大笑，但老范却感觉心里发紧。这不像他预期中的拯救式征服，一点儿都不像。

出了观音门折向东北，很快便到了燕子矶。在绵延山势的衬托下，大名鼎鼎的燕子矶就像个攥起来的愤怒拳头，攀登几十米便到了顶峰。而居高临下的实际观感，几乎令老范呕吐。早知如此，他一定不会来走这一趟的。

从观音门开始，沿路的伏尸明显增多。等上了燕子矶，还没来得及观赏祭祀关羽的那座寺庙，便觉得凛冽的江风既腥且臭。他们立即向西边的亭子而去。亭壁的石头上刻着"天空海阔"四字，是明朝兵部尚书湛若水的手迹。等到了矶头，果真是天空海阔般的惨不忍睹。

江面浮尸片片，就像浮萍。从江滩到路上，失去灵魂的空壳成堆成排。偶尔露出的空地也被人血浸得一片乌黑。成群的老鸦从尸堆上飞起又降落，阵阵凄楚的鸣叫刺破江涛，直达耳边。

士兵也有，平民更多。衣服五颜六色，姿态五花八门。尸首之多之乱，就像个蹩脚的农夫捆不好麦捆，边走边洒落后的景象。几条野狗穿行其间，啃噬尸体。根本无法想象那种巨大的冲击。强烈的死亡将人逼入真空，让人无法呼吸。难怪矶下峭立的石壁一派惨红，想来也是历代战乱固化下来的血迹吧。

同伴依旧兴高采烈。一个说："这里果然地势险要。难怪当年英国人从此登陆。"另一个轻蔑地说："哼，再险要的地势他们也守不住。这个民族，必须有大和民族的嫁接教导，才能走向文明。饭沼君，听说你在支那生活多年，你说呢？"

老范似乎没有听到，片刻之后才反应过来。他微微摇头道："杀的人太多了吧？"

"嗯？这话可不像帝国军人的样子。坚强起来，否则你会受罚的！告诉你，这应该就是咱们山田支队的战果。而且主战场还不在这里，在十里开外的下关码头。咱们支队刚从下游杀到下关，正好碰到支那军队溃败。咱们一个联队就解决了他们上万人！何等辉煌的战绩！"

"可是，多数都是平民呀。"

"松井司令官下达过特别命令，要求迅速清理便衣士兵。他们都是便衣士兵，你懂吗？"

老范不觉想起长平战后的白起。据说他活埋了四十万赵国战俘。还有二十九军长宋哲元，攻克凤翔时曾经下令杀掉五千陕军。可那些的的确确都是战俘，而眼前未必；那些战事都曾旷日持久，导致进攻者损失惨重，南京也并未如此。

"老人，妇女，孩子，也是便衣士兵？"

"饭沼，我警告你，这是征服，是战争！"

4

老范没有想到，一切都不过刚刚开始。

从南京向西，中国军队的抵抗日渐顽强。等打到豫皖交界的富金山，老范他们又尝到了上海的滋味。战地救护所的伤员越来越多。此时挡在他们面前的，是在上海和南京时的老对手宋希濂将军。淞沪会战期间宋希濂只指挥三十六师，此时则已荣升七十一军军长，除了三十六师、八十八师这两个德械师，钟松的第六十一师也在其麾下。

在某些日本要员，比如松井石根司令官眼中，这场战争是大哥对小弟的教训，用意良苦。小弟暴虐不逊不走正道，身为大哥，理当教导。在他们眼里，日本曾长期支持孙中山与蒋介石，付出甚多，而回报了了。中国先是跟赤俄勾勾搭搭，随后又跟美英眉来眼去。谁都喜欢，唯独讨厌身边的大哥。要振兴亚洲，必须首先纠正这种局面。亚洲是黄种人的亚洲，不是白人的亚洲，这一点至关重要。

日方判断，中国一直在对日备战。蒋介石已批准德国顾问的五年整军方案，计划到1938年为止整编六十个师，全部使用德国枪械，仿效德军的编组训练方法。与此同时，还在统计全国人口，构筑国防工事。这不是针对日本，还能针对谁？

虽是军方高层的判断或曰口实，但身处底层的老范也很赞同。支持辛亥革命，他的家族是付出过代价的。就他掌握的情况，至少有二十多个日本人跟随革命党战死沙场。其中有和尚、议员、记者，也有军曹和军官。他的舅舅金子克己步兵大尉，就阵亡于武昌城内。

淞沪会战期间，三十六、八十七和八十八这三个齐装满员的德械师从头打到尾。他们的武器，无论轻重机枪还是火炮，全面领先于日军。开战前夕，可以电动瞄准的新式德国大炮从南京运到上海，日本的海军航空兵深感威胁。隆隆的炮声一起，他们心摧肝裂，不仅痛恨中国，也连带着痛恨后来的盟友希特勒。他们认为眼前受到的打击，实际来自于德国。

然而从淞沪转战南京，三十六师和八十八师的伤亡可想而知。很多新兵符号都没来得及换上，便血染疆场。老范到一线抬伤兵时，曾经看到过一颗炸飞的头颅。匆匆一瞥很难分清国籍，但却能清晰地记得他脸上残存的微笑。可以想象死亡的过程多么迅速和意外。他想这一定是个勇士。因为炮弹飞来，会带着巨大的呼啸。在隆隆炮声中还能笑得出来，岂是俗人做派。

老兵打光，新兵补上。三十六师和八十八师的兵员素质大幅降低，先进武器也损失殆尽。老范他们仰攻富金山整整十天，从山上俯瞰，他们的炮兵阵地、运输车队、物资补给站和伤兵救护所，中国军队一定能看得清清楚楚，完全可以引导炮兵准确轰击，根本不需要观测气球。哪怕有一个炮兵营，也能给他们造成毁灭性的灾难。然而在此期间，他们却从没碰到一颗炮弹。这足以证明对手的火炮已经全部消耗掉，炮兵名存实亡。

但尽管如此，没有炮火支援的中国军队，还是像楔子一般牢牢楔在富金山，老范他们吃尽苦头。他此前一直未到前线，不知道具体战况，但却很清楚有多少军官、包括少佐级别的军官受伤，其中又有多少不治而死。他根本不需要到一线阵地判断战况。

第十师团随即赶来增援。这也是日军的常设甲种师团，战斗力颇强，然而前不久却在台儿庄一带遭遇李宗仁将军的摧毁性打击。这记响亮的耳光令日本列岛蒙羞。参谋本部将师团长矶谷廉介中将转入预备役，由筱冢义男中将接替指挥，整补之后转战上海南京，直到现在。

正面仰攻损失惨重而进展缓慢，必须另辟蹊径。看着不断增加的伤号，老范随口对野战医院的大尉军医说道："不能这样继续强攻，损失太大。应该从后方包抄。"大尉刚刚结束一台令人疲惫的手术，猛抽一口烟道："这些事情长官自有考虑，还用你说？"老范道："我是说我认识一条小路，可以绕过正面，直通富金山。"

当年在信阳生活时，老范曾经跟随父亲来豫皖交界一带旅行。那时他父亲还带着照相机，拍了许多风景照片。当时只道是览胜，后来才明白也有刺探情报的作用。他父亲记录的水文气象标高里程等数据，是制作兵要志、绘制军用地图的基本资料。他记得清清楚楚，当年父亲带着他，雇了两头毛驴，翻越一处叫坳口

圹的山崖，直通富金山顶，把他累了个半死。而登上富金山，便可俯视背后的武庙集与前方的叶家集。如今叶家集早已被他们拿下，但富金山和武庙集还牢牢掌握在宋希濂手中。

当时老范自然不能理解，旁边明明有现成的公路，父亲为何非要这样费劲地登山。他根本想象不到，伏笔今天可以派上用场。大尉将这话转告野战医院的院长，最终抵达师团司令部，结果跟师团参谋长的想法不谋而合。他们已经想到这个谁都能想到的办法，但没想到部队里有现成的向导。

5

司令部随即决定，利用夜色掩护从侧翼迂回，直扑武庙集，抄宋希濂的后路。

决心已定，随即组建突击支队，以一个步兵大队为基干，加强骑兵和炮兵。猪口次郎的分队担任尖兵。老范所在的医护分队，也被红笔勾上。他当向导，医护分队随行保障。

老范奉命来向猪口次郎报到。猪口次郎看看他，没有立即开口。他对这个学兄虽然素来敬重，但并不满意其战场表现。这次迂回作战，是他离火线最近的一次，自然也是最难得的洗雪机会。大和魂不容许一丝一毫的阴影。他很希望学兄能立下战功。

"饭沼君，你干得不错！请带领我们立即出发。如果作战顺利，我一定给你请功。希望你能表现出帝国军人应有的气概。"

"请放心！尽快结束中国事变，日中提携共建东亚是大家的共同心愿。我一定竭尽全力，报效天皇！"

准备完毕，连夜行动。白天已经派出尖兵搜索，沿途并未发现中国军队。因此地是他们防线的结合部。富金山主阵地由陈瑞河将军的三十六师防守，这一带则由钟彬将军的八十八师负责。

突击支队拉开搜索队形，向前开进。按照时间推算，次日将是白露，也是农历的十五，月亮圆满，清辉一片。白天隆隆的枪炮，此刻全部停息。那种寂静令人怀疑。老范走在队伍前面，内心感慨良多。这样的故地重游实在出乎意料，他不知道该做何感想。他唯一盼望的是战争尽快结束，他可以回到信阳重登鸡公山，在山顶上的别墅里好好休息几天。再过一月，山上便嫌寒冷，不再适合居住。

然而刚到坳口圹，就遭遇迎头痛击。子弹嗖嗖地飞来，让人无处躲藏。背阴处的山谷里，偶尔可以看到机枪扫射的曳光，但很快就融入月色，只留下短短的一头，像黑暗中的香火。此时再看，他们不像偷袭敌阵，而像自投罗网，直接朝人家的埋伏圈中去。

坳口圹地势险要。奇袭不成，只能强攻。打到天亮，日军遗尸无数。偶然间抓到一个受伤的战俘，审讯后得知，对手是八十八师的五二八团。

敌众我寡，地形又差，这仗实在没法打。但是他们哪肯死心，还继续强攻。上午，五二八团突然发动冲锋，成群结队的士兵高声喊杀，沿着山梁往下冲，势如破竹。

突袭支队终于被打乱。猪口次郎带着老范，连同十几个残部，慌不择路地逃跑，最终逃进一个村子。

6

突袭支队陷入八十八师五二八团的包围，前途不难想象。老范仗着地形熟悉，带领猪口次郎他们侥幸逃脱。

这是几座山峰包围下的一处村庄。总体规模不大，也就十几户人家，房屋依山而建，中间是稻田，旁有小河流过。可以想象，这些淙淙的流水，最终都将汇入淮河。

一进村子，猪口次郎便派出哨兵四面警戒。他本来有二十六名部下，如今只剩下十一个，老范只是临时配属，回去后即将归还建制。也就是说，这是典型的偷鸡不成蚀把米。那米可不是一把，而是过半的部属。

日军惯例，一定要把战死者的尸体收集起来，就地火化，带回骨灰。然而在坳口圹这个局部，他们是干净彻底的完败，丝毫没有机会打扫战场。多数阵

亡者只是砍下一根手指，有些什么都没来得及带走。这对他们而言，是个巨大的打击。

眼前还有更加紧要的任务，那就是下一步的行动选择。离开村子无异于头撞南墙，因为前面就是五二八团的防线。他们能不能打，猪口次郎很清楚。没别的办法，只能先住下，挨过白天，夜晚再寻机溜出去，归还建制。

仗打到现在，又饿又累。猪口次郎下的第一道命令，是把全部的男人都绑起来，锁进一间屋子；所有的老人和孩子，锁进另外一间屋子。留在外面的，只有那个类似村长的老先生，以及青年妇女。

猪口次郎下的第二道命令，是让那十几个年轻女人，杀鸡煮饭。

有酒有肉，有菜有饭，只是没有笑声。那样子，的确连猪都不如。猪吃到高兴处还要哼哼两声，他们连这个动静都没有。毕竟刚刚战死了那么多同伴。

第三道命令可想而知，就是轮奸。

在中国生活多年，会汉语，甚至还懂得一点儿信阳方言的老范，自然而然要当翻译。捆绑锁人的命令刚刚发布时，老先生彬彬有礼地反问老范原因："先生，请问这是为什么？你们要什么只管开口，只要我们有。怎么还要把他们绑起来，并且锁门？"

天可怜见的老范，他哪儿知道自己将要在这一天，在这个村子里，撞见自己的命运。他无辜地看看学弟，猪口次郎不动声色地笑道："饭沼君，你告诉他们，没有别的意思，只怕他们走漏消息。天黑之后，就会放他们出来。"

轮奸的命令，不需要翻译。只要是动物，便都能理解。巧的是，连同老范在内，一共有十三个日军，年轻女人正好十四个。

那些恶心的场面就不一一描述了吧。猪口次郎让她们排好队，走过去一趟，再回来一趟，先挑中一个，然后大家按照军衔与资历依次挑选。老范刚好是最后一个。辎重兵也好，医护兵也罢，肯定都排在战斗兵之后。

老范浑身哆嗦。那时他还是童子身。他有个恋人，帝国大学的同学。参军之前，恋人主动献身，被他婉拒："谢谢关照。不过还是请等到结婚吧。"恋人提出马上就结婚，老范还是不同意："请等我凯旋。那时候结婚更加喜庆。请放心，战事不会很久。"

作为医生，老范对女人没什么神秘感。但这并非他拒绝恋人的根本原因。那原因只要是真正的男人都能理解，不必多说。最终他只收下了恋人的礼物千人缝。

老范的这个想法美好而且单纯，也是时局成全。如果再拖后两年，他们恐怕就不可能这样。武汉会战以后，日本痛感人力不足，只得鼓励生育。"多生吧，为了祖国"一时间成为流行语。他们似乎忘了，从甲午战争日俄战争直到九一八和七七事变，所有战争的根源，都是因为区区四岛无法承载人口的迅速膨胀。

一个出征前拒绝恋人的男人，怎么能这样强奸异国平民？这样能振兴亚洲，共存共荣吗？这是堂堂皇军应该做的事情吗？假如天皇知道，他能高兴吗？这是迫害摧残，不是拯救扶助。出征之前，家人朋友喊着这样的口号，写着这样的标语送行："光荣战死，为国捐躯！""祈必胜！祈战死！"宁愿儿子父亲为国战死的家人，如果知道眼前的一切，又将做何感想？猪口的专业是法律，又有哪项法条可以容忍这些？

老范哆哆嗦嗦地没法动手。那个女人看来并非女人，而是个姑娘。剩下这两个，大约都是姑娘。那时周围已经是尖叫四起。愤怒，屈辱，反抗，恐惧，所有的情绪喷薄而出，在空中黏接成网，遮蔽天光，一片昏黑。猪口次郎身下的那个女人，被他几巴掌下去打得口鼻流血："婊子，你真叫我恶心！"他一边动作，一边看着老范，见他迟迟没有行动，便厉声催促。老范看着这个熟悉然而又陌生的学弟，无所适从："猪口君，猪口太君。这，我……"

日文中的太君，就是队长的意思。猪口还不是军官，否则得称先生或者阁下。

"一等兵饭沼猛，这就是你给我当向导的成功突袭吗？立即行动，这是命令！"

所有的军人都知道必须服从命令。但对于那时的日本军人而言，它还有独特的含义。老范尚未开口，猪口次郎已经忍耐不住："八嘎！饭沼，你要违抗命令吗？"

老范抓起那个姑娘，野兽一般撕她的衣服。刚刚初秋，大别山里的气温偏高，大家的穿着跟夏天差不多。姑娘身上几乎等于没有设防。老范把她掀翻在地，然后便在其中冲撞。他闭着眼睛，仿佛是在空手道的搏击场上，而对手正是学弟猪口次郎。他冲啊冲啊，猛一抬头，忽然发现身下一片血红。姑娘竟然还是处女。

人类的视觉对红色最为敏感。否则也不会用它来指挥交通。那一刻，老范好险没有叫出声来。他突然想起了自己的职业。于是赶紧放轻放慢动作。可他永远不能原谅自己的是，在最后的关头，医生的操守没能战胜人类的本能，或曰兽性，他又不由自主地开起了快车。他希望放松，放松。

学兄的表现差强人意。猪口次郎赤裸下身径直过来，那根肮脏的器具丑陋地垂着，恶心的黏液还在滴答。他拍拍学兄的肩膀："饭沼君，祝贺你。好好干吧。你一定能成为优秀的帝国军人。"

猪口次郎逼迫村长，强奸最后的那个姑娘。村长连连作揖告饶："先生，我不能。她是我闺女！"

猪口次郎闻听，更加来情绪。这一点，老范从他眼神上可以清楚地看得出来。

"饭沼君，你告诉他。他们要是想活命，就必须从命。"说着话，他抽出佩刀，用戴着手套的手擦拭刀锋。太阳之下，刀光闪闪。

猪口次郎把刀架在村长脖子上，眼睁睁地看着他们被逼无奈地乱伦。村长年事已高，又受到这等惊吓，哪里还能完成男人的日常任务。这让猪口次郎十分开心。他一次又一次地把他们俩推到一起，然后再分开看看隐私部位，发出阵阵狂笑。

所有的游戏都有结束的时候。意兴阑珊时，情绪的走向总会出其不意。猪口次郎耗尽兴致，突然挥起佩刀，一刀砍掉村长的生殖器，再一刀戳进姑娘的阴部。

父女俩在地上，不断地翻滚哀号。那是老范此生听到的最凄惨的动物叫声。那一刻他无法呼吸，好险没有憋死。但是抬眼看看猪口次郎刀锋一般的眼神，什么都没敢说。

一定是嚎叫影响了猪口次郎美妙的情绪。他手起刀落，将父女二人双双枭首。这个举动老范倒不反对。只有这样才能解脱。

7

劫后余生的年轻女人衣不蔽体，精神恍惚，极度温顺。她们行动起来蹑手蹑脚，轻拿轻放，仿佛不忍惊醒梦中的孩子。她们不敢抬头，不敢跟日军交流任何眼神。仿佛任何一个和善讨好的目光，都会招致意料不到的祸患。

兽欲发泄完毕，猪口次郎他们睡上一觉，醒来时晚饭已经做好。比午饭更加丰盛。吃饱喝足，他再一次组织强奸："勇士们，这就是敌国的领土。冲锋吧。用她们的鲜血和耻辱，来鼓舞大和武士的斗志！"

此时天已擦黑。山里的夜晚来得早。猪口次郎下令打开房门放出所有的人，全部杀掉。

最先杀的是成年男人。猪口次郎手起刀落，接连砍下好几颗头颅。他的手下挥舞刺刀，用标准的刺杀动作，一刀一个。

妇女们轻声惊叫。仿佛声音小点儿，就能躲过他们的听觉，从而躲避灾祸；孩子们刚开始放声大哭，最后多数都张着嘴，但已经发不出声音。

猪口次郎把佩刀交给老范，让他杀第一个孩子。那孩子的显著特征，是脸上有单边酒窝，在左侧。他早已吓呆，跪在地上一动都不动；恐惧堆积成岸，让酒窝显得越发明显，甚至右边脸上也形成了局部的勇气塌陷。

老范没有勇气，猪口一再鼓励。推脱之中，他啪地一巴掌扇在老范脸上："八嘎！你算什么一等兵，别污辱了我的战刀！"

这个争论似乎惊动了孩子。他抬眼看看老范，眼神就像匕首，划在他记忆的皮肉之上，鲜血淋漓，刀口顽固，永远也无法结痂。

孩子无声地流着泪。他甚至连哭都不敢。他眼巴巴地盯着老范："叔，求求你，别杀我，我能干活！"

猪口次郎踢了孩子一脚，孩子立即老老实实地跪好，眼泪和着鼻涕拖得老长。猪口逼迫老范抬起刺刀，对准孩子的胸膛，然后用刀背在老范屁股上使劲儿一敲："刺杀动作！注意要领！"

老范本能地一使劲儿，立即感觉到了孩子肉体的阻力，鲜血随即渗出衣服。他啊的一下，吐了孩子一身。那些污秽的呕吐物，似乎提醒了就在旁边的学弟。猪口次郎愣怔片刻，不动声色地掏出手绢，慢慢擦掉溅到裤腿上的些许污渍，然后拍拍学兄的肩膀："饭沼君，我很高兴，你走出了第一步。记住，只有敌人的鲜血和头颅才能让帝国军人成熟，最终建功立业，报效天皇陛下。但这只是个开始。越往腹心推进，敌人的抵抗就会越强。前面，你童年时期的信阳，正等待你

建立无上功勋。"

　　一村子的人，多数用刺刀解决掉。剩下几个老人，被他们赶进房子，锁好门，然后点火焚烧。一座安静得甚至不乏优雅的村子，连同所有的生灵，就这样全部消灭。无辜消灭。猪口次郎的解释是，这都是敌对势力。不全部杀掉，他们会泄露我们的行踪。

　　熊熊大火在眼前燃烧，也在胸中燃烧。如果说在此以前怀疑只是霉菌在胸中快速繁殖，那么此刻燎原大火已经熊熊燃烧起来。老范一边走，一边无声地流泪。走着走着，他突然发现自己已经脱离部队。周围熟悉的景致气息令他心生错觉。他仿佛又回到了快乐的童年。

四　万

1

颠沛流离回到信阳，已经入秋。前些年父亲入不敷出，只得以吃瓦片为生，小李家六排五进的大宅院早已改了姓。若不是过去的管家老夏帮忙，我甚至连栖身之地都成问题。还好，父亲一生行善，种下诸多好因果，我暂时不必为生计发愁。

信阳终究是小地方，似乎没有人看见那些报纸，不知道我短暂的从军经历，更别说那段隐私般的屈辱。大家只知道北平沦陷，我无法继续念书。县长是当年父亲任道尹时的民政科长，尽管我没拿到文凭，但考虑我已经读满三年，时逢国难，还是决定推荐我到省立豫南第一师范学校任职。说到底，能考到北平的信阳学生终究屈指可数。

好在这是我最初的志望所在。于是尽管平汉线上战火纷飞，上海打得天崩地裂，我依旧在学校教育学生，领他们升降国旗，唱小时候跟父亲学过的《国旗颂》，青天白日满地红。只是唱着唱着，总感觉哪里不对。歌词虽好，但旋律偏于柔软。大敌当前刺刀雪亮，还唱这些不大合适。于是我率先修改成例，每日升旗唱《大刀进行曲》，降旗时才唱《国旗颂》。

那时小长辈儿也在教书。不过是在小学。他学问虽多，但俱已过时，那些学问越丰富越不合时宜，能谋到小学的教职已很不易。他闻听之后不同意我的做法。他认为学生尚幼，又有女生，心智身体都在成长阶段，不适合如此灌输仇

恨，所谓少不读水浒老不读三国，便是此意。

这意见自然有道理，但我没有接受。

2

那段时间铁路上兵车飞驰，不断有要员南来北往，经过信阳。包括大队长冯洪国的父亲、信阳故人冯玉祥。然而他们都未引起我的注意。因彼此的生活如同两张皮，互相不沾。只有一个人除外。他不只是简单地经过，或者随意地故地重游，而是暂寻栖身之地。这一点跟我极为相似。

他就是陆军上将宋哲元。

那时二十九军已经奉命改编为第一集团军，三十七师、三十八师和一四三师分别扩编为七十七军、五十九军和六十八军，新番号都与那个英勇的数字7月7日有关。骑兵第九师升格为骑兵第三军。宋哲元为集团军司令兼五十九军军长。五十九军这个番号，守涿州而成名的傅作义将军曾经使用过，那时他们在古北口，同二十九军遥相呼应，光荣历史也算是渊源有自。而此时名义上归宋哲元指挥的，远不止二十九军旧部，还包括中央军李仙洲的九十二军，东北军万福麟的五十三军、王奇峰的骑兵第四师，西北军赵寿山的十七师、王劲哉的新编三十五师，以及黔军蒋在珍的新编第八师。

番号虽多，但来源复杂，指挥不便，更兼远水不解近渴，因而平汉线北段国军节节败退。卢沟桥的英雄何基沣镇守大名，也未能守住。最后关头他欲杀身成仁，自戕受伤。二十九军各部逐渐退到豫晋交界地带。

宋哲元抵达信阳的消息是县长告诉我的。他说虽然宋哲元此来主要是为养病，但终究是抗日部队的扛旗者，最好能给各界发表讲话，尤其对各所学校的学生，激发调动抗日救亡气氛。经他一再敦请，宋哲元终于同意，抱病到师范学校发表演说。

演说之前，先升国旗并致敬。我一边指挥学生唱《大刀进行曲》，一边偷偷观察主席台。宋哲元带着一群幕僚，别人我不认识，但认识秦德纯。宋哲元形容憔悴，不时跟县长耳语。

宋哲元的演说不长，格外强调了民国九年（1920）驻扎信阳的难忘经历，强调爱民爱国是二十九军的传统。主要讲话委托秦德纯完成。演讲结束之后，宋哲元特意把我叫到跟前，问我因何要在师范学校教唱《大刀进行曲》。

歌曲唱响时，我真恨不得舞动大刀，重披战袍。我没有直接回答他的问题，掏出一年多前赴固安慰问演习时获赠的那柄短剑道："总司令可还认得此物？"卫士们一阵紧张，但宋哲元对他们微微摆手："信阳即是故乡，不必紧张。不是鱼肠剑。"随即接过来对我点点头，"怪不得看你有点儿眼熟。""总司令指挥抗战，我也得践行前言，再请你吃顿信阳菜，八凉八热八火钵。天气渐寒，时令正好。"宋哲元递回短剑，摇头叹气："你的热情宋某心领。只是我如今血压很高，饮食很苛刻。信阳菜再好，也不敢再吃。"此时秦德纯也认出我来："学生在徐州拦截张荩忱，好像有你？"我点点头，他摇摇头，笑笑，未置可否。

大家的目光全都集中过来。有不解，更有询问。我起身给宋哲元正儿八经地行了个军礼："报告总司令，我曾是二十九军军士训练团三大队的学员。作为您的部下和学生，虽然已经脱离部队，但您在南苑教导我们的'忠孝'二字，始终不敢忘怀。拦截汉奸正是出于您的教导。下次再有机会，我还会领人阻截！"

宋哲元挥手示意我坐下："好，很好！宋某平生最注重此二字。荩忱有过，但好在知错能改。逃离北平，本身便是态度。你既承认是我的学生，那二十九军诚真正平的训条，不能忘记。如今抗日救亡是急务，你若还有从军之志，我给你写个手条，可就近参军。我估计会有部队经过信阳。"

宋哲元一行驻在城内的袁家楼。这是民国初年淮盐缉私营统领、袁世凯管家袁乃宽之子袁家骥的产业。小南门的基督教堂，城东北教会建立的义光中学，条件比较好，来往的官员往往会到其中借宿，而宋哲元虽是冯玉祥的五虎上将，内心并不喜欢洋教，更不相信西医。他的高血压久治不愈，中药不对症也是重要原因。本来我对他心怀不满。如果他在北平的态度坚决一点，部署积极一点，应对及时一点，南苑不会败得那么惨，北平也不会丢得那么快。可考虑到二十九军的枪炮最终还是打破了沉默，考虑到宋哲元险些死于日军的暗杀，那些不满也就只能慢慢消解。

我向宋哲元推荐了信阳最有名的中医、父亲生前的好友胡泰运。胡泰运属于寒凉派，喜欢用石膏，曾有一张方子用石膏十斤的惊人例子，人称"石膏大王"。他给宋哲元把脉开方，还颇有效果。可惜的是戎马倥偬，信阳并非安乐窝，宋哲元很快便启程北上，回到了军中，治疗半途而废。

3

仓促逃离北平，我与民先队已失去联系；虽然信阳的抗日热情不亚于北平，各所学校尤其活跃，肯定也有民先队活动，但我一直没有试图加入。

婉茹在哪儿呢？我很想知道，却又不想见到。我不知道应该如何面对她。我希望上帝多给我些时间，让我把有些事情想想清楚，以便找到一个可以迅速修复破损颜面的说辞，惜乎无从实现。

最终打断我徒劳的思考的不是上帝，而是鬼子：婉茹突然出现在信阳，内中根由是鸡公山伤兵医院的建立。

七七事变之后，鬼子在华北迅速集结五个师团十万人马，分兵攻击河北与山西。战事炽烈，大量的士兵受伤。尽管武汉组建了许多医院，但依旧不敷使用。此时此刻，作为武汉后花园的信阳，自然要发挥作用。同样源出冯玉祥所部西北军的孙连仲将军，那时尚未在台儿庄一战成名，其夫人罗毓凤决定在鸡公山筹建医院，收治平汉线战场的伤兵。

罗毓凤本为皇室贵胄。其父乃是慈禧的侄女婿载漪。本来应该继承养父瑞敏郡王的爵位，下旨时"瑞"字误写为"端"，便将错就错，成为端郡王。闹义和团时，很多人主张剿灭，但刚毅、徐桐等人力主招抚，载漪也持此议，希望借助义和团跟洋人开战。因当时慈禧已将其次子溥儁立为大阿哥，打算让他承袭皇位，而西方列强更加支持光绪。如果打起来，溥儁即位的可能性自然成倍增加，更对载漪的胃口。

后来的事情大家都知道。义和团的神兵只是一场闹剧。八国联军打进北京，慈禧光绪逃往西安，刚毅、徐桐被杀头。载漪到底是侄女婿，保住了身家性命，全家发配新疆。贬为庶人的他们改名换姓，方才有了罗毓凤这个名字。

宋哲元是冯玉祥的"五虎上将"，孙连仲则是"十三太保"。民国九年，也曾跟随冯玉祥驻扎信阳。"一二·九运动"我们在北平闹学潮时，孙连仲正率领二十六路军驻扎苏北修筑国防工事，实施导淮工程。西安事变之后，他们又移师信阳，依托鸡公山下的天险武胜关，重新构筑防线。而这一切，自然都是备战措施。

鸡公山伤兵医院设在半山腰的萧家大楼。那里原是吴佩孚部将、两湖巡阅使兼湖北督军萧耀南的别墅。组建医院的资金由罗毓凤筹集，具体医护工作则由协和医学堂的毕业生、留美博士杨崇瑞组织实施。而罗毓凤将伤兵医院建成之日，正是其夫君孙连仲在娘子关与日寇血战之时。

铁路在山脚下，而医院则建在半山腰。伤兵行动不便，还需要人力运送。此举虽然要动用社会各界力量，但学生依旧不可少。比如鸡公山上的东北中学。后来我才知道，民先队在信阳活动最积极之处，并非城内的各所学校，而是山上的东北中学。

东北中学本为东北学院，九一八事变后由张学良出资，成立于北平城内皮库胡同的京师习艺所旧址，以便安置流亡的东北学生。皮库胡同据说本为皇家储存皮裘之处，而所谓习艺所，其实就是劳改监狱。后来东北大学、冯庸大学相继成立并且迁出，东北学院随即更名为东北中学。学生的食宿全免，但要接受军事训练，实行军事化管理，甚至配备有重机枪。《何梅协定》之后，抗日团体一律南迁，东北中学随即迁至鸡公山。因当时张学良担任鄂豫皖三省剿匪副总司令，驻扎武汉徐家棚，离鸡公山不远。

南迁的东北中学设在山上最引人注目的建筑颐庐，也就是靳云鹗的别墅之中。小李家的别墅紧邻颐庐，如今也被东北中学占用。当然，那时这所别墅早已跟我们无关，因而鸡公山可谓我的伤心之地。没有主动跟民先队联系，这也可以算作原因之一。

然而该发生的事情，依旧要发生。比如在鸡公山再度遇见婉茹。

4

与婉茹重逢，完全是因为伤兵医院。

随着战局的推进，越来越多的伤兵沿着平汉铁路南来，到达鸡公山脚下的新店车站。鸡公山地形高峻道路崎岖，一个伤兵至少得两个人才能抬到医院。各所学校因而经常组织高年级学生运送伤兵，或者前来慰问。豫南一师自不例外。

跟婉茹再见的场景，非但谈不上浪漫，甚至还有些许难堪，至少是煞风景。气温日渐升高，车厢刚一开门，便有浓重的腥臭破空而出。绷带上的血污还是好的，有些人的伤口甚至已经生蛆，异味熏天。虽有心理准备，这场景的悲惨依旧超乎想象。我尚且如此，还是半大孩子的学生们肯定更难接受。有人当场呕吐。

这种反应对于伤兵而言当然是种刺激。我得随时掌控调试。某日我正在提醒班上的两个女生，忽听旁边传来熟悉的声音："我就知道你会来的。你终于来了。"

抬头一看，正是婉茹。她身穿护士服，满脸疲惫。原来她早已来到信阳，在鸡公山伤兵医院服务。看着我满脸的惊愕，她说："你先运送伤员，回头我再给你介绍个故人。"

所谓的故人原来是周承伦。他如今的身份，是东北中学的老师。北平突然沦陷，他无处可去，便通过熟人，进入昔日的母校东北中学。尽管只有昏暗灯光下的匆匆一面，远远谈不上深交，但经历战火后的重逢，依旧是别有感怀。我们使劲儿地握手。他一边摇动胳膊一边骂我："你这个笨蛋！真不爷们儿！"

这话令我心中一惊。难道所谓英雄的内幕，他已经知晓？正在游移间，又有兵车停下，周承伦随即被同学匆匆喊走。

5

东北中学在山顶的颐庐，伤兵医院则在半山腰的萧家大楼。虽然直线距离不远，但山路多少还是得费点儿时间，故而周承伦和婉茹并不常见。他们相遇大多是因为运送伤员。毕竟在同一座山上，有地利之便，东北中学的学生少不得要多出些力。

此时我才知道，周承伦也已经加入民先队。因为还要返回六十里外的信阳，我不能久留，遂跟他们匆匆告别。当然，离别之前，我跟婉茹约定了再见的时间。我请她移驾信阳，以便我做个东道。新店有河直通信阳，更有铁路沟通，交通非常便利。

没有想到，在我离开的日子里，城南的浉河边上竟然出现了一家咖啡馆。从鸡公山下乘船顺流到信阳，下船不远便是。店面不大，但很洋气。背靠古城，前临碧水，环境颇为优雅，正好适合我尽地主之谊，招待远来的同学同志。然而暖色调的柔和环境，依旧无法调和婉茹言语中的煞气。她刚一坐定，来不及寒暄，便给我下了最后通牒："还记得你当初的迫切要求吗？"

"什么迫切要求？"

"加入共产党啊。"

"当然记得。可惜林颖不肯收我。"

"现在你有三个选择。一是加入共产党，二是我杀了你，三是你杀了我。"

这语气令我目瞪口呆。毫无疑问，婉茹也是地下党。而她之所以如此剑拔弩张，是因为她无意之间向我泄露了一桩秘密，那就是冯洪国的身份。他已经加入共产党的消息，原本是要绝对保密的。当时她之所以放松警惕，顺口跟我说了实话，主要原因在于误认为他已经阵亡。而如今已经确定，冯洪国并未阵亡，只是受伤，已经伤愈归队。

冯洪国的身份不仅仅牵扯到他以及与他联系的同志的安危，还牵扯到其父冯玉祥将军。他是共产党重要的统战对象。尽管如今是国共合作时期。不得不承认，只有婉茹提出的这三个选择，能从理论上完全弥补这个安全漏洞。

我当然没有忘记彼时的迫切愿望。在北平参学运时的激情，就像刚刚解冻的浉河水，依旧在我体内流淌。只是世易时移，很多事情已悄然改变。比如国府已经开始抗战。不仅如此，婉茹的态度也成问题。我没想到她所有的话语都带着玻璃碴子一般的棱角。

然而如果不点头同意，那就说明我当初的迫切愿望都是三分钟的热血，都是

心智不成熟的表现。再说婉茹之所以会向我泄密，前提还是有本能的信任。这种情分当然不能辜负。于是我点点头："我加入共产党。具体要怎么办，像民先队那样，你点头同意就行？"

婉茹脸上终于闪过一丝笑容，然后又飞快地封冻："哪有那么简单！你这话算是向我提出申请，我会把你的申请转达给上级。接受与否，需要组织研究。而且可能还要考察。你就等着接受考察吧。现在咱们还没有接上正式的组织关系，你不要随便来找我。"

6

我一直想问问周承伦久别重逢的怒骂是何意思，但没有机会。从信阳到鸡公山下的新店车站，毕竟有几十里路程。而到了新店，还得爬山。终于有一天，周承伦到了信阳。这是他进信阳城的第一次，也是最后一次。因为东北中学又要南迁。

在此之前，东北中学内的共产党和民先队十分活跃，经常以伙食问题与校方龃龉。曾经出现二百多学生集体南下、准备到武汉请愿的事件。河南当局十分恼火，但又碍于张学良的面子，不好痛下杀手。西安事变之后，东北中学终于失去靠山。内战中的福将、抗战初期的长腿将军刘峙当时主政河南，盛怒之下一度要求将全校学生押出山海关。这个荒唐的命令虽然未被执行，但该校的枪械全部收缴，十一名学生被开除，共产党和民先队的活动不得不转入低潮。

跟婉茹一样，周承伦南下进入东北中学，也是受民先队委派。目的不言而喻。可随着战局的恶化，徐州直接受到威胁，大量的机关单位纷纷南撤，已经改为国立学校的东北中学也只能随大流。

周承伦匆匆进城，既是告别，也是看望这座古城。为故人送行，当然要略置薄酒。真是巧，城南也有个名叫"一条龙"的饭馆，跟北平的那家同名。我随即将周承伦带过去，希望以此纪念北平往事。席间方才知道，他骂我并非因为南苑之战，而是南苑战役之前对婉茹的拒绝。当然，他不知道详情，也不知道拒绝的真正含义。

周承伦说："老李，难道你当真不了解女人的心？大战之前人家屡次三番地找你，意味着什么你难道不懂？听说你打牌挺聪明，怎么在女人跟前像段木头！"

我当然不是木头。我顿时感觉浑身的每一个部位都有爱意流溢，思念在体内疯长。像骨刺，也像孩子。无论如何，它们都要出来。爱替代惊惧恐慌，那是何等的美妙。我迫切希望再见婉茹，但一直没有机会，去克服这几十里的路程。因她曾经用玻璃碴子一般的语气正告于我：双方只有组织关系。而如今组织关系尚未正式接上，不能随意联系。我当然明白这其中的言外之意。

很好，冯玉祥抵达信阳，给我带来了正大光明地见婉茹的机缘。

7

东北中学南迁前夕，冯玉祥再度来申，名义是视察防务。

这是抗战爆发之后，冯玉祥第二次到信阳。上一次是民国二十六年（1937）的11月，他刚刚结束第六战区司令长官的职掌，落寞地出现在信阳。奉命到前线指挥旧部宋哲元、孙连仲、韩复榘等人，他本来自信满怀，希望重振旗鼓，建功立业，但不曾想却遭遇部下抵制，部队也连吃败仗，一路后退，最终铩羽而归。刚刚到手的帅印尚未暖热，已告葬送。

跟上次一样，这回冯玉祥依旧住在城北的教会学校义光女子中学。不过上回他情绪低落，因而行事低调，外界所知不多。如今他已走出打击，态度相对积极，还没下车消息便已传开。很多人到车站迎接，沿途围观者更多，用万人空巷这个字眼形容，并不夸张。民国九年冬天他在信阳驻扎半年，留下诸多故事；此后督军河南，又颇有惠政。甘棠遗爱不少，传奇故事更多，百姓关注，理所当然。

冯玉祥在信阳城内停留两日，便前往鸡公山。山上达官贵人多，他要在那里发表演说，募集抗战资金，同时慰问伤兵医院的伤员。

得到消息，我决定也去鸡公山走一趟。尽管并非周末，但这是宣传抗战，因而只要找到同事代课，校方并不留难。

我先于冯玉祥一行抵达。他穿着士兵的军服，腰间系条黑色的宽皮带，打绑腿，脚下是圆头布鞋，完全看不出副委员长的排场，更像个伙夫。看来父亲生前津津乐道的那些关于他和十六混成旅的故事，并非虚夸。

冯玉祥身高体壮，声音洪亮，极富感染力。他从抗战形势讲到自己写的抗战诗歌，以及抗战绘画，并且现场展示了几幅。我印象最深的是那幅藕与莲花。画边配有诗句：

　　　　白莲藕出污泥，好汉不怕出身低。就怕一件事，那便是，自己不努力。

画幅很小，艺术价值也谈不上。但出自冯玉祥之手，又是这种题材，只能另当别论。演讲完毕就是募捐。很多人争着要收藏冯玉祥的画作。这幅莲藕，后来被石膏大王胡泰运以五百大洋的价格获得。

募捐结束，冯玉祥下山慰问伤兵。当然，带着不少男女学生，准备唱歌演剧。我跟着前去，以便借机见婉茹一面。我在人群中挤来挤去，想找到她，但未能如愿。正在此时，《五月的鲜花》旋律响起，我不觉停下脚步，在歌声中湿润双眼：

　　　　五月的鲜花，开遍了原野，鲜花掩盖着志士的鲜血。
　　　　为了挽救这垂危的民族，他们正顽强地抗战不歇。
　　　　如今的东北已沦亡了四年，我们天天在痛苦中熬煎。
　　　　失掉自由更失掉了饭碗，屈辱地忍受那无情的皮鞭。
　　　　敌人的铁蹄已越过了长城，中原大地依然歌舞升平。
　　　　"亲善睦邻"和卑污的投降，忘掉了国家更忘掉了我们！
　　　　再也忍不住这满腔的怨恨，我们期待着这一声怒吼。
　　　　怒吼惊起这不幸的一群，被压迫者一起挥动拳头！

歌声令我暂时忘怀自我。很多人潸然泪下。有个老师模样的人，尤其令我难忘。他身量很高，微胖，体型跟婉转敏感这样的字眼相去甚远，但却是泪雨滂沱。那种情形深深地感染了我。我想这歌声一定触动了他内心最深处的伤痛吧。

"你还不知道吧？他是东北中学的数学老师阎述诗。这首歌就是他谱的曲子。"歌词出自诗人光未然笔下，完全不值得大惊小怪；数学老师竟然还能作曲，可谓匪夷所思。尽管简谱是用数字表示的，但此数字毕竟不是彼数字。

我来不及感慨这些，转身就要去握婉茹的手。

这完全是个本能的动作。事后我还不断庆幸，婉茹没有拒绝。自从南苑之后，我们之间的距离何止六十里。谢天谢地，她跟我握了手。

"从故乡退到北平，四年后北平快成故乡时又退到鸡公山；在鸡公山上住了三年，差不多也有了故乡的感觉，又要退往湖南。谁能知晓别人的伤心事？"周承伦长长地叹了口气。

我感觉这话大有禅意。但还没来得及回应，婉茹又丢出一个大包袱："伤兵医院近日也准备退往武汉。"

我盯着婉茹，脱口而出："啊？那我们怎么办？"

婉茹看我半秒，然后道："我有任务，我不走。林颖也要过来。"

8

那时台儿庄的战事正在炽烈地进行之中。林颖跟随第五战区的抗敌青年军团艺术大队到了鸡公山。

烽烟骤起，铁路沿线的学校纷纷停办，大量的学生涌入徐州。他们请缨无路，报国无门，不免人心惶惶。日寇飞机不停地轰炸，也加剧了大家的不安。第五战区司令长官李宗仁将军当时奉命开府于徐州，决定组建抗敌青年军团，培养后备力量。因中央无力承担经费，由广西绥署从士兵空饷中接济。官佐以桂系基干为主。团长由李宗仁兼任，战区军法执行总监张任民中将为副团长，潘宜之中将任教育长。黄埔五期学生、诗人臧克家是宣教科教官。成员均享受士兵待遇，每人一件黄棉袄，一件灰大衣，一条棉军毯，一日两餐，每月洗澡一次。起初随战区长官部驻扎徐州，后南迁至与安徽交界的河南潢川县。

青年军团总共五千人，先后经过三次编组。最初按照入团顺序，编为四个大队和女生队，成员相对确定后又按照文化程度重组。经过一段时间的训练沉淀，最终在潢川根据个人兴趣与愿望，分为特别政治、军事、普通政治和艺术四个组，也叫大队。

这其实是林颖二度抵达信阳。南迁潢川时，他们先乘火车由陇海路转平汉路到达信阳，再徒步行军一百二十公里，沿浦（口）信（阳）公路向东抵达潢川。如今形势日趋严重，他们又回头迁到信阳，其中艺术大队到了鸡公山。伤兵医院的脚跟刚刚离开萧家大楼，艺术大队的脚尖随即踏入。

来到信阳的故人不仅有林颖。还有青年军团普通政治大队的余子明。

青年军团的四个大队中，特别政治大队提前结业，组成宣慰团到五战区前线开展战地服务；军事大队一部分转入中央陆军军官学校（黄埔军校后身）的南宁分校，一部分分发部队；普通政治大队民国二十七年（1938）4月毕业，分赴三省进行政治宣传发动，在各县成立青年军团的实习队。余子明负责信阳实习队的工作开展。他们都来到我的家乡，当然不是因为我，而是因为信阳的特殊位置：平汉线和浦信公路的交汇，武汉的后花园，战略要地。

我最初的猜想没错，林颖的确是共产党。余子明也是。经他们和婉茹介绍，我也加入了共产党。

虽然是国共合作，但上级规定我们不能暴露身份，因而宣誓场面只有我们四个。那时已经入夏。鸡公山里鲜花点点，云雾缭绕，一派清凉，颇有仙气。这种氛围令我更加喜悦激动。就像迷途的孩子突然找到母亲。情况特殊，事急从权。找不到党旗，林颖建议面向西北即可，但我没有同意。我和婉茹采来红色黄色的花朵，在山坡上摆出一幅党旗的样子，然后我举起右拳，庄重宣誓：

我志愿加入中国共产党，坚决执行党的决议，遵守党的纪律，不怕困难，不怕牺牲，为共产主义事业奋斗到底！

我声音哽咽，几不成声。林颖满脸庄重，像个女圣徒。婉茹双眼红润，与我使劲儿握手。我突然感觉，我们掌心之间再度血脉相通，在传递某种物质，充满着强大的能量。那能量令我陶醉，更令我热血沸腾。当此时刻，刀山火海都在所不辞，只要他们一声令下。

入党不久便是暑假，我就势长驻鸡公山。一方面避暑，另一方面也想参加艺术大队的活动。艺术大队也叫抗敌剧社，主要学习戏剧和音乐，用于抗战宣传。他们非常活跃，演剧唱歌不停，在周围影响很大，并不拒绝我这个旁听生。在北平念书时我就知道，北大有句俗话：正听不如旁听，旁听不如偷听。反正我又不要他们的士兵待遇。

在北师大期间，因为缺乏文艺细胞，我自感颇受冷落。如今有了旁听的机会，既能学习，又可避开与他们的比较竞争，更何况还有婉茹同行，何乐而不为。因而整个八月，我几乎都在鸡公山上。授课的老师当时都很有影响，我对洪深的印象最为深刻。另外还有田汉先生。作为共产党方面的代表，他以政治部第三厅戏剧宣传处处长的身份，到鸡公山检查艺术大队的学习情况。他一身戎装，戴少将军衔，神采奕奕，即兴唱了段评剧《天霸拜山》，最后说："我今天来，也是拜山的。希望大家都能学好本领，为抗战发挥力量。"

那时旁听的我怎么也想不到，艺术大队在信阳搞的第一次大规模抗日慰问宣传，对象竟然是武胜关外的国民革命军第二十七军团；而我随后不久，也将奉派进入这支部队。二十七军团的主体是五十九军，只是另外增加了姚景川的骑兵第十三旅。而五十九军前身即为二十九军的三十八师。我一度打算刺杀的师长张自忠，此时早已回到军中，担任军团长兼五十九军军长。

冤家路窄，此言不诬。

二　条

1

日军士兵装备齐全，标准负重三十公斤：一百二十发子弹，两枚手榴弹，四日份口粮，三个罐头，一日份食盐、鱼干和梅干，另外还有被服日用品、子弹盒、钢盔、肩包、防毒面具、圆铲、饭盒、水壶与军鞋。

这次的任务是突袭，因而只带着最基本的携行装备：枪、子弹、手榴弹和水壶。老范是医护兵，不配发步枪，只带着水壶和急救箱。在坳口圹的混战中，临时捡起一支阵亡军官的手枪，用以防身。

事后回想，老范一直不承认自己是逃兵，是主动逃亡。他认为是自己在夜色中迷失道路，与部队失去了联系。这是他早已想好的说辞，万一碰上部队，或者被他们抓住，就这样回答他们的质疑。

然而有两个问题就像鸡公山，它一直在那里，老范无论如何也绕不开：作为中国通，自己在信阳当地生活多年，怎么会迷失道路；白天还报告没有防卫的坳口圹，怎么到了晚上，自己领着突击支队前去突袭时，就有了埋伏？

其实逃亡的决心，是一点点地增长的。随着时间的推移。脱离部队的时间越长，自己领路的这次行动就越像是陷阱，归还建制后的风险也就越大。而且这不是老范想象中的征服，更不是自己想象中的拯救。完全是屠杀。作为医生本来要救死扶伤，但自己却杀了个手无寸铁的孩子，孩子啊。

到哪儿去？以天下之大，竟没有自己的立足之地。老范本能地想起了家，想起了妈妈。老范很想扑到母亲怀里，痛痛快快地哭一场，求得母亲的原谅。似乎那样他们便能谅解自己，他也能自我谅解。

要想回家只有向东，沿着他们的攻击路线，原路返回。然而上海离日本太远，最好能跑到山东半岛的顶端，从那里乘船。那就必须向北。

眼下最大的麻烦，是这身黄皮。以此着装穿越几个敌国的省份，不可想象。若被自己人抓住，不是枪毙，就是自己切腹；被中国军队发现，恐怕就是远远的一枪。然而假如脱掉，换上平民服装再落到中国军队手中，那就不是战俘，可以按照间谍处理。战俘可以不死，间谍则难以存活。通行规则，是审问清楚，便可一枪崩掉。

老范犹豫不决，跌跌撞撞地朝前走。日军的坦克火炮与辎重车辆离不开大路。翻山越岭抄乡间小道，便可避开。那天夜里，老范遥遥经过好几个村庄，但都没敢进去。老范必须尽快逃离案发现场，越远越安全。那些村庄无一例外地没有光亮，是狗叫提示了它们的遥遥存在与模糊方位。

连日来的隆隆炮声他们想必都已经听到。甚至还能闻到随风飘去的硝烟气息。或许他们全都惴惴不安，惶惶不可终日，但依旧令此刻的老范羡慕无比。老范渴望有那么一个小村庄，人迹罕至，与世隔绝。他不必考虑振兴亚洲，或者大东亚共荣。天皇，圣战，救护，等等，所有这一切，都能像餐桌上残剩的鱼刺，被随意但是不容置疑地排除在外。或者，让它们把自己排除在外。老范只需要一个深山更深处的小村庄，在那里终老一世，闭门思过。

然而，这又如何可能。

2

老范走了一夜，丝毫没觉出饿，只是觉得渴。还有累。两条腿里似乎被人安装了倒刺，动一动都会酸痛难忍。胃里发热，口腔干渴。摇摇水壶，带子上的金属片敲击壶身，发出沉闷的回声。他很后悔出发之前没多灌点儿水，多吃点儿东西。

想起水和食物，老范又是一阵恶心。仿佛自己又被带回惨案现场，命运漩涡的中心，老村长和他的女儿以及那个无辜的孩子，眼神如剑一般不停地戳他。

中午时分，饥饿终于抵达麻木的神经末梢。老范决定休息片刻，寻找水源。这里属于淮河流域，水应该不难寻找。他深一脚浅一脚地走着，很快便看见一条河。当河水的反光映来时，老范感觉口腔几乎要冒火，赶紧加快脚步，直奔而去。

河面很宽，河水清亮，倒映着周围的群山。老范下到河滩，趴在地上，直接探头喝水。仿佛用手捧起来，会耽误很长很长的时间，增加很远很远的距离。但是刚喝了两口，便呛了鼻子，只好调整身姿，用手捧着喝。

老范其实是一边喝水，一边洗脸。那种凉爽的感觉，让他忘却一切。突然，老范的动作咯噔一下停住，就像在饭团里突然嚼到一粒沙子：那是一具敌军军官的尸体。

年轻的少校戎装整齐，枪犹在手，仰面躺在水上，飘飘悠悠地由远而近。伤在前胸，军装上有四个破洞，其中之一在胸前的符号上。那上面清清楚楚地表明，少校属于三十六师。

老范立即意识到，这条河一定就是军用地图上的史河，淮河的支流。少校阵亡已久，虽然漂流很远，血已流干，伤口处已无异常，但尸身剧烈膨胀，面目变形，引得老范一阵反胃。

尸体慢慢流走，抬眼看看，上游再无类似的漂流物。老范意识到，自己走错了方向。从这里过去，最终会到淮河。而淮河两边，一定是双方交锋的战场。老范赶紧漱漱口，再喝点儿水，然后灌满水壶，折转方向，继续逃亡。

天擦黑时走近一处村庄。房屋背靠山脚的一泓清碧，前依收割在望的金黄稻田。炊烟飘在空中，令老范饥饿难忍。他握着手枪，躲在树丛后面，犹疑不决。

此时进村，老范能看得见别人，别人也能看得见他；夜晚进村，别人看不见他，但是狗能看见；一条狗看见，也就是整个村子看见。

想来想去，老范扔掉军帽，解去腰带，扯掉肩膀上的军衔符号，然后朝村子走去。以他对信阳农村的了解，老百姓未必能从服装上辨别出国军与日军，自己又会说汉语，应付场面应该不难。唯一的遗憾是好几年没有实用，有些方言他已经不那么熟悉。

　　老范握枪的右手插在军裤兜里，小心地摸进村子，进入第一户人家。正巧，这家没有养狗，院墙上爬满紫色的喇叭花，院内有两棵高高的柿子树。推开院门进去，发现他们正在吃饭。没有围在桌上，每人神态各异：有的蹲于门口，有的坐在门槛上，也有人站在廊檐下面，端着粗瓷大碗。

　　双方都吃了一惊。大人全都不由自主地站起来。最年长的是个老头，头顶绒线帽，穿一身蓝布衣服，脚蹬黑色的圆口布鞋。他把右手的筷子交到左手，横放在碗面上，迎上来说："来得稀客哟。你吃饭的啵？"

　　老范心里一紧，然后又迅速放松："先生，打扰你们了。我是国军的信使，要送一封急信。你们村里过过鬼子没有？"鬼子这个字眼，他说起来颇有些心理障碍。

　　"没有，没有。从来没有。不过这两天老是打炮，听说富金山一带打得很凶。"老者满脸堆笑，热情而又拘谨。这或许还是他此生头一次被人称为先生。

　　"我就是从那儿来的。"

　　"你的衣裳，咋这颜色？"

　　"兵种不同，服装也不一样。战斗兵是一个颜色，辎重兵、医护兵和通信兵是一个颜色。要不战场上认不出来。还跟官职大小有关。这话太长，一时说不清楚。"

　　"嗯，嗯，国军规矩大，我晓得。你吃饭的啵？"

　　"没有呢，我正想吃点儿东西，好继续赶路。"

　　"老婆子，老婆子！国军里来了客，你还不快打鸡蛋！"

　　几个人把老范围在中间。老范不时扭头看看身后的院门。老者说："不要紧，我们这个村偏，老辈人说，当年闹长毛，都没来过。你就放心吧。富金山那边打得咋样？"

　　"打得很凶，很苦，也很漂亮。鬼子打了七八天，死了很多人，都没过去。"

　　"打得好，打得好！"

　　"不过国军伤亡也大。三十六师恐怕快打光了。刚刚过史河，我还看见一具国军尸体，是个少校，肯定是从那边漂过来的。"

　　"咱们的人？"

　　"国军少校。"

"那我赶紧叫人去捞。哎，这些孩子，真是可怜！"

"史河离这儿不远？"

"不远。再往前就是淮河。"

老范闻听，心里暗自叫苦。这说明，他的方向还没调整对。此时女主人已经打好鸡蛋，同时端来饭菜。饭菜是现成的，跟他们吃的一样：萝卜缨子腌的咸菜，炒芸豆，与很稠的稀饭。不到秋收，农民晚上是没有干饭吃的。

鸡蛋是打的鸡蛋包子。这是信阳叫法，别处都叫荷包蛋。老太太看来是要实诚待客，打了八个。这在信阳农家是最高礼节，新女婿上门才有的规格。

老范吞进两个鸡蛋包子，然后大口大口地嚼饭。虽然不是日式的饭团，却同样的香甜。或者说，更加香甜。他从来不知道，萝卜缨子咸菜竟然是如此的美味。

女主人心疼地看着老范："慢点儿，别着急。饭菜都还有。"老范含义模糊地摇摇头，含混不清地说："我得赶路。"

吃饱喝足，老范放下饭碗，便欲起身离开。老者说："再吃点儿吧。你们打鬼子辛苦。"老范说："谢谢先生，我吃饱了。"老者说："咋还作假呢？再吃个鸡蛋吧，跑路累呢。"

作假？老范心里一惊。莫非老者已经看出破绽？他赶紧起身，连连摇头："谢谢，我吃好了，该赶路了。"说到这里，他下意识地摸摸裤兜，忽然想到里面的票子是日元。军部发过中国货币，但都是赝品。

"对不起，我走得急，没有带钱。将来再想办法还给你们吧。"

"看你说的，你们打鬼子命都能豁出去，我们还舍不得一碗饭？既然有军务，你就赶紧走吧。路上小心。"

后来老范才意识到自己当时是神经过敏。信阳人所谓的"作假"，意谓客气，并非字面的直接含义。说到底，他只是信阳过客，而非归人。

3

当夜老范栖身于路边的一个小庙。那庙极小，将庙这个字眼反衬为典型的大材小用。其实就是个非露天的祭坛，后面树个神像，前面容人祭拜，没有前门。好在上面有顶，不会被露水所欺，多少也能提供点儿安全感。

天还没亮，老范便活动活动腿脚，准备动身。空间狭小，他的腿伸不直，此时已经麻木。走出老远，才恢复正常。他没头没脑地走着，发现前面有个比较大的集镇。老范不敢贸然过去，登高瞭望，只见那边耷拉着熟悉的军旗，偶尔风起，便有气无力地飘荡一下。镇子前面有哨卡，等待通行的百姓，排成稀疏的队伍，一一接受检查。

通行是不可能的事情。老范很后悔没换身平民服装。但即便换上也得有证件，这可哪儿找去？他试图找个农民，打听打听能绕过去的路，但那农民抬头看看，脸上立即露出遭遇雷击的表情，扔下担子转身就跑。

农民挑的是一桶粪。稀汤滚出来臭气荡漾。老范赶紧捏起鼻子，转身逃离。

大路无法通行，而小路总要通向大路，就像溪流必然入河，江河必然汇海。想来这一带已被日军占领，是补给线，必然会有军队保护。只有向北穿过大山，才能避开昔日的同伴。

山上荒无人烟，这一路必须自备食物。傍晚时分，老范找到一处村落，如法炮制，又混了进去。但是这一带显然有日军经过，屋里的百姓一见他的服装立即缩进角落。老范站在门口，主人一家负隅而立，彼此不过三五米的距离，但却是咫尺天涯，是敌我分隔，终此一生难以逾越。

老范说："你们别怕，我只要买点儿饭吃。"说着话就开始掏口袋。

主人随即一阵惊叫："军爷，别，别，你要什么，只要我有，全都给你！"称呼军爷，可见戏曲话本的流传与影响。

老范的手指触到裤兜里的手枪，才意识到主人为何如此惊慌。他掏出钞票，没有掏枪。主人看见那张日元，连连摇手："不用不用，你要啥只管开口，我这就给你。"

老范侧身坐在门口，这样既能监视屋外的动静，也能掌控屋内的局面。期间有邻居从门口经过，脚步没停，只探头朝院里看了一眼便信步离开，就像报丧的使者。

经历过战争洗劫的集镇和百姓，都蒙着无边的死亡气息。那是惊恐悲伤与无望混杂之后，经过化学反应，产生的新物质。它不能挥发，不可分解，也不溶于水，极度稳定，沉甸甸的稳定。老范看着忙碌的男女主人，以及一句都不敢吭的孩子，有心开口劝慰，但哪里还有力气。他很清楚，经历过那一切之后，所有的努力都只是徒劳。

老范饱餐一顿，用头巾包了几个鸡蛋和馍馍捆扎起来，起身欲走，想想又要了几件衣服换上，指着地上的军服说："咱们换换。"主人连连摇头："军爷，您这军服肯定好，压风。您还是带着吧。我不要。"

老范想想，还是带上了军服。留在这里百姓会视为祸患。自己带着夜晚也可以御寒。山上的秋夜逐渐落凉。他掏出日元和几张法币，微微鞠躬致意："对不起，真是打扰了。谢谢关照。这是日本钱，也能买东西。这些中国钱都是假的。能不能用，看你们的运气。"

主人哪敢伸手接钱。老范没再多说，顺手朝椅子上一撂，又鞠个躬，便匆匆离去。

4

老范向北的脚步越来越慢。他感觉自己真的已经迷失方向。山东半岛早已被日军控制，日军若不从青岛登陆进攻临沂，也不会有张自忠的翻身之仗，以及台儿庄的荣光与耻辱。即便这条道路不被控制，人生也是不可逆反应，无法回头。他不能想象，如何面对苦苦等待的恋人。即便她能原谅，还有严酷的环境。日本男人要服四种兵役：年满二十岁体检合格，便于当年十二月入伍，服现役两年；退伍后再服预备役五年零四个月；后备役十年；补充兵还要服十二年四个月的补充兵役。

就这么说吧，日本四十岁以下身体合格的男子，基本上都在服兵役。差别只是在不在军营。大学生也不例外。这样回到国内，漫说可能的刑罚乃至死刑，即便能苟活，那巨大的耻辱也会将家庭压垮。刚刚入伍时，他们拿到军人手册，那上面便有这样的话：

必须牢记，被俘一则有辱于皇军，二则连累父母家族。因此而永远无颜见人。要常把最后一颗子弹留给自己。

被俘尚且如此，何况逃兵？若被发现必定难逃一死。死，日本人都不怕；送父亲儿子出征时，家人都打着这样的标语：祈必胜！祈战死！在他们眼里，只有两条路：要么辉煌战胜，要么光荣战死。死没有问题，只要灵魂能到九段坂[①]，那便值得。而如今就老范来说，九段坂是肯定不能指望的。

老范绕了许多圈圈，耽误了好几天时间，方才拿定主意。不回日本，还是先躲在中国，等待战事结束。自己身死事小，家人受辱事大。既然是大哥教训小弟的战事，就必定不会长久。一旦战争结束，一切也都有了台阶下。躲在哪儿呢？肯定得选熟悉的地方。而他最熟悉的中国城市，除了信阳就是武汉。信阳太小，很难守住，熟人也太多，不利于藏身。还是武汉吧。

到武汉，就得掉头向南，沿着日军的攻击方向，但要抢在他们前头。

虽然耽误了好几天时间，所幸此地民风淳朴，多数百姓未见过日军模样，老范总能勉强果腹。山里随处有泉水，也有山洞可以容身。他甚至还能找来枯枝，用水壶烧点儿开水。打定主意，他忽然又有了方位感，目标直指武汉。"武汉"是军用地图上的说法，在他心目中，还是更习惯于汉口这个字眼。

没有指南针，只能自己辨别方向。树墩南面的年轮稀疏，北边的茂密；独立的大树，南面枝叶茂盛，树皮光滑，北面枝叶稀疏，树皮粗糙，地面相对潮湿，而且多生青苔；庙宇或者房屋一般都面南背北。

这些标志物都不好找。山里人迹罕至，少有房屋庙宇，也就很难找到树墩。若有独立的大树，又何来森林一说。好在老范还戴着手表。若是晴天，用时针指向太阳，此时十二点钟方向便是北。这一招很管用，但受天气和时段限制，上午九点到下午四点最有效。而眼前森林密不透风，抬头皆是树叶，哪有太阳的影子。

还好，掉头向南之后，很快便走出山区，又进入了平原丘陵地带。而与此同

---

① 靖国神社位于九段坂。

时，隆隆的炮声也隐隐传来，在潢川一带。老范赶紧向东，避开战场，然后再向南折转。

就这么一路逃亡，不知时日。逃着逃着，有样东西突然绷紧了老范的神经。不是一个中国军人，就是一具军人尸体。老范的本能反应是迅速逃离，但想想这一路南行都没见到部队，又放松下来。他左看看右看看，确认没有危险，便拔出手枪，摸了过去。

不是尸体，也差不许多。那人浑身是血，只有他才能找到伤口所在。老范试图将那人翻个身，军服上干结的血块随即发出崩裂的声音。翻过来一瞧，是个少尉，腰带上别着一把驳壳枪，胸章上有59A字样。支那的五十九军。这个番号他们都很熟悉，因战报上屡次提及，是从北平潜逃的张自忠的部队。当初十三师团企图北渡淮河，经永城直扑黄口，截断陇海路。本来已经打退于学忠的五十一军，攻陷要地临淮关，眼看就要得手，此时张自忠突然率领五十九军抵达淝水之战的古战场，激战收复小蚌埠，将十三师团赶回淮河南岸。战局稍一稳定，他又马不停蹄地北上临沂，与庞炳勋联手击退第五师团，造成日军的台儿庄之败。古来名将，也不过如此。

毫无疑问，这是正儿八经的敌人。但此时这个陌生的敌人已非五十九军的少尉，只是他手下的伤员。

老范微微摇头，轻声叹气，为少尉检查伤口。伤势极重。头上和肋部有刀伤，大腿有贯通的枪伤。伤势如此之重，他还能爬出战场，可谓顽强。尽管他十有八九活不下去，但这份孤独而醒目的顽强，还是唤醒了老范作为医生的责任。他打开急救箱，用现有的条件，尽力为少尉清理包扎注射。初步的战场救护，也只能做到这些。

本想拔出那支驳壳枪，想想又没了兴趣。他放下少尉，起身继续逃命。当然不能走大路通衢，只能沿着基准方向走小路，慢慢又进入山区，中午时分在半山腰上发现了一处独立的房舍，便直奔而去，想讨口饭吃。近前一看，门画的图案新颖无比：一个日军士兵，在中国士兵的脚下瑟瑟发抖。他心里不由得一激灵，本能地摸了摸手枪。

还好，完全没有危险。这家只有三口人，女主人带着一双儿女，没有成年男子。儿子还小，看样子不到三岁，老范走到跟前时，他还吊在母亲胸前吃奶。发现来了人，女人立即放下儿子，用衣襟遮住乳房。

这荒野之家简直是老范的福地。他收获颇丰。女人不仅竭尽所能做了一顿好饭，临走时还给他煮了六个鸡蛋。因老范不仅仅是有功的国军将士，甚至还可以说是信阳故人。

女人起初说："国军都穿你这样的衣服？我记得十六混成旅不是这样的。"

十六混成旅也是个熟悉的番号。在信阳的童年记忆中，有隆重的一笔。他们在信阳驻扎不久，但故事很多，如同传说。而他们的指挥官冯玉祥将军，自始至终对日本满怀敌意。老范说："十六混成旅我在信阳也见过。但那是将近二十年前的旧事，部队的装备编制肯定不会还是老样子呀。否则怎么打日本？"

二十年前旧板桥，老范心里无限感慨。揣着六只鸡蛋上路时，他告诉女人附近不远有个国军的伤号，算来也是十六混成旅的人，他简单包扎过，但来不及做进一步的处理。随即留下一些绷带和抗感染药品，将注射方法教给女人，便再度上路。

5

山势越发陡峻，有些地方只有光秃秃的石头，缝隙间杂以矮枝小草，不再有大树。那些黄色的石头，外面毫无棱角，表面曲线光滑，不知已经几多风雨。避开山崖，继续前行。第三天终于遥遥看见一处村落。到了跟前，发现是个寨子，围有石墙。

此时食物已经吃光，必须进寨寻求补给。老范刚刚接近寨门，门楼上就传来一声断喝："站住，什么人？"

"我，我，我是过路人。想进去讨杯水喝。"

两个背着火枪的看门人出来，看看老范："过路人？你要去哪儿？"

"我要去汉口。"

"什么汉口，人口吧？一定是土匪的探子！"

"别跟他废话，押给苏二爷！"

寨里的房屋错落有致，背靠大山，周围用石头垒成围墙，开有两个寨门。房屋都很古朴，最中间最堂皇的那排房子，便是苏二爷的住所。然而谁也想不到，这所谓的苏二爷，竟然是女流之辈。年龄看不出来，估计在三十五六上下，相貌倒是颇为俊俏，只是眼神格外锋利，满脸都闪着纪念碑上青铜一般的寒意。

老范看着女人，无法确定她到底是不是苏二爷。手枪已经被人搜出来，药箱也被打开。苏二爷扫一眼搜出来的东西，盯着老范道："哪条道上的？"

"夫人，我不懂您的意思。"

"我不是什么夫人。我是苏二爷。来句痛快话，替谁踩点？"

"我只是路过，请不要误会。"

苏二爷首先怀疑他是土匪的探子。但是她也清楚，附近的几股土匪，彼此相安无事多年，不会突然滋事。不是土匪的探子，那就只有一种可能：逃犯。

"说吧，犯了多大的事儿？"

"杀了人。"

"看不出来，你还有这股心气。他该杀吗？"

"不该杀，但我没有办法，是被逼的。"

苏二爷叹了口气："唉，这世道。我一看就知道你不是平凡人。那好吧，别报假名糊弄我，康家寨不问你姓甚名谁。你可以在寨里住一夜，吃饱喝足，上路继续逃亡。"

老范正要跟人下去，有人突然抱个孩子从里屋出来："二爷，你看看少爷，只怕不行了！"

苏二爷看了那人一眼，那人立即点头道歉："我糊涂！可是少爷……"苏二爷顺手接过孩子，低声喝道："混账东西，大惊小怪！"

那时老范已经走到门口。他本能地转过身子，只见苏二爷他们全都黑乎乎的。从门口过去，光线一点点衰减至无，无法穿透黑暗。他立即走上前去："我是医生。让我瞧瞧。"

孩子用棉被裹着，还不住地哆嗦。老范搭眼一瞧，就知道是疟疾。不过染病已久，又没得到正确医治，情形比较危急。他赶紧打开药箱，取出唯一一支奎宁。那段时间豫南疟疾流行，中日双方军队都深深为之困扰。因是突袭，本来不必带奎宁，这支是漏网之鱼。他给女人留下药品绷带时才发现的。不意此时恰恰派上用场。

服侍孩子的女仆作势欲挡，老范看看苏二爷，苏二爷也看看他，略一犹豫，便点了头。

6

疟疾好治，只要有药。

老范手到病除，立时成为苏二爷的座上宾。他这才明白，康家寨里面的四十多户人家，全部姓康。绝大多数土地都是康二爷的。康二爷是老民党，就是参加过同盟会的老革命党。民元之后，他不满政权的腐败，在报纸上公开批判，骂当局违背总理遗志，曾被羁押，后经同志疏通方才出狱，随即离开是非之地回到家乡。

康二爷本有官职。离开之前，当局跟他达成君子协定：蒋介石赠送程仪两万元，此后政府不再给他津贴，他也不向政府交税。康家寨的四十多户居民，照老规矩继续向康二爷缴租，以弥补他毁家纾难赞助革命的亏空。反正这里本来就是鄂豫皖间的三不管地界。

土匪老洋人作乱，中原大战，闹红……这些年来山外战乱不断，几乎没有消停过，但因为路远地僻，康家寨丝毫未受影响。苏二爷本是康二爷的二太太，娘家姓苏。她嫁过来时尚且年幼，而康二爷一心革命，并未注意到她。等革命失败回到康家寨，这才发现她的好。这个胳膊上跑得了马的女人，立即成为康家寨的核心，人称苏二爷。前两年康二爷病逝，苏二爷也就成了寨里顶天立地的第一人。

起初，苏二爷以为老范也是被政府通缉的革命党。那身土黄色的军装，她并不陌生。康二爷在革命军中南征北战时，也穿过类似的戎装。只是革命军都戴着大盖帽，而老范没戴，如此而已。儿子转危为安，她非常高兴："没想到你还有这一手。咱康家寨就缺个医生，有个头疼脑热，只能用土办法对付。对付不过去，就是个死。你留下吧，我们付你工钱。"

这简直是天上掉馅饼。漫说此去汉口绝非坦途，即便能到，也难以顺利容身。老范立即点点头："夫人，我看你们这里不光缺医生，还缺学校。平常病人少，我还可以教孩子们读书。"

"我不是夫人，我是苏二爷。教书完全没有必要。识文断字，在康家庄没有意义。他们只要身体硬实，有碗饭吃，还要求什么？"

"少爷也不必学习？"

"学不学，一般大。老爷倒是学问大，还去日本留过洋，结果咋样？还不是回到康家寨。咱康家寨的水土养人。虽然偏远，但是平安，我看挺好。"

"我还是教教孩子吧。教书不另要工钱。"

"只要你愿意。当年老爷倒是也有这个愿望。"

老范不由自主地点头致敬。苏二爷看了他一眼："到底是读书人，懂得礼节。不过你不用老是这样。我们知道你知书达理，不是粗人，也就够了。"

这番话是在酒桌上说的。苏二爷摆答谢宴席，老范喝了山寨自酿的米酒。本来他最喜欢"忠勇"酒，产于兵库县的滩，俗称滩酒。比起滩酒或者其他牌子的清酒，米酒虽然味道偏甜，但口感还不错。老范酒足饭饱，又解决了出路问题，心里立即被强烈的饭后心理弥漫：在那个瞬间，他无比愉快，可以把任何人都朋友。当然也包括苏二爷。

老范突然发现，苏二爷作为女人，竟然如此妩媚。

唯酒可忘忧，斯言诚哉。

7

小少爷叫康宝财，九岁。老范对他悉心照料，仿佛这样就能弥补自己的罪过。然而老范总不敢跟宝财对眼。似乎他的眼神是利剑，而老范自己浑身上下毫无防护。

老范组织寨里孩子念书识字。教室设在祠堂门口的院子里。视野开阔。念书是假的，根本没有发蒙的课本；识字是真的，老范写好后一笔一画地教给他们。

老范教的第一个字，是"日"。他指指天上的太阳："那是什么？"

"大阳！"

"不对，是太阳！"

"是大阳！"

"好好好，大阳就大阳。但它实际上是太阳，外面的人都这么叫。太阳就是这个字。"

"明明是一个字嘛。"具体数目宝财倒不糊涂。苏二爷闻听，不觉莞尔。

"是一个字，意思就是太阳。"

教完这个字，又教了个"本"字。他说："这两个字连起来，就是一个国家，强大的国家，叫日本。"苏二爷闻听，很是不满："怎么先说日本？应该先教中国。"

"如今日本已经打进中国，先介绍强敌，让孩子们知道，还不应该？"

"什么强敌，老爷说过，日本起初是中国的藩属。唐朝的时候，经常有船运载日本女人，在海上跟中国男人交配，称为度种。这样生出来的孩子，在日本地位很高。"

冷不丁被苏二爷击中了要害。那要害似乎正好主管语言功能，老范半天才上来话："度种一说，不过小说家言，不足为凭。日本从来都不是中国的藩属国，未曾进入中国的朝贡系统。明治以前，日本和中国只有经济文化交流，从无正式的国与国关系。《隋书》上记载有公元607年推古天皇致隋炀帝的国书，开头是：日出处天子致书日没处天子无恙。次年隋朝遣使陪同日使回国，日本史书记载有推古天皇答隋炀帝的国书，首句是：东天皇敬白西皇帝。一直持分庭抗礼的态度。唐朝曾派高仁表到日本答遣唐使之礼，太宗试图让日本进入朝贡系统，也被舒明天皇拒绝。此事《新唐书》上有记载，说是争礼不平，空手而归。如果还盲目抱着天朝大国的思想，那恐怕只能坏事。"

"那明朝的争贡之役，又作何解释？"

"当时日本处于战国时代，那是各个藩主的个人行为。就像前些年中国各地的军阀。"

"东汉时期日本曾经来朝，被光武帝刘秀赐予汉倭奴国的名分，同时颁赐金

印一枚。《后汉书·东夷传》记载得清清楚楚明明白白，这枚金印乾隆年间已经出土，你不能否认吧？"

"但日本学界对此并不认可。他们认为那枚金印是伪造的。"

"乾隆年间，中国人会到日本去伪造这样一枚金印吗？"

"反正学界没有形成一致意见。"

"中国跟日本即便不是主仆，也有师生关系吧？一批又一批的遣唐使之后，何至于欺师灭祖？"

"日本学习中国，那是很多年前的事情。如今他们已经强大，而中国早已衰落。"

"小日本是怎么强大的？还不是因为《马关条约》，从中国抢劫了两亿白银？再强大，它也是小辈儿！你怎么老长人家志气，灭自家威风？老爷当年就很讨厌这一点。尽管他曾经留学日本。"

"实话难听，你别误会。如今人家都快把中国灭了，如果还抱那种天朝大国的老思维，岂不误国？我们必须正视对手的强大。"

"算了吧，康家寨地处偏远，女人家对国事也没有兴趣。这都是当年老爷说起过的。"

已是秋天，周遭的山野色彩绚烂。老范无奈地一仰头，一记光亮随即从遥远的高空，冷不丁地滴落到他的眼睛里。那是秋天的色彩，大雁南归，游子思乡，正在此时。

五　万

1

　　张自忠到达武胜关时，已成抗日英雄。他们在临沂打得的确漂亮，因为对手是日军最老牌的部队第五师团，号称钢军。但他们没想到，张自忠麾下的五十九军是哀兵，足以炼钢。钢军碰到炼钢的，肯定会有好戏。

　　板垣征四郎中将指挥第五师团从青岛西进，矶谷廉介中将统辖第十师团沿津浦线南下，准备会师徐州，打通津浦线。结果第五师团在临沂遭遇张自忠和庞炳勋的顽强抵抗，不得不后撤，会师始终只是军事地图上的红色箭头。而已成孤军的第十师团，在台儿庄跟前又遇见中国的钢军，孙连仲麾下池峰城的三十一师。打来打去，只能留下万余具尸体，匆匆退兵。

　　随后日军卷土重来，意欲包围徐州国军。李宗仁决定放弃徐州。张自忠奉命掩护整个战区撤退。完成任务后，他率部经永城向西，再沿平汉线南下至武胜关布防。而在此之前，该军曾经在淝水之战的古战场击退日军第十三师团，稳定淮河防线。三个月内苦战两次，五十九军损失严重，急需新兵补充。艺术大队这次下武胜关，既是劳军慰问，也是招兵动员。

　　劳军慰问的会场，设在新店。那里本来就是集市，人来人往的影响大。沿街的墙上贴满标语和宣传画。其中这幅画令人印象深刻。画上是个妙龄女子，下边写着这样的字句：

你不当兵我不嫁给你，叫你一辈子打单身！

艺术大队有人说快板书：

当兵好，当兵好，起得早，睡得好；太阳空气水，委员长说它是三宝……

演剧唱歌当然是主要内容。林颖、婉茹等人合唱《黄河谣》：

黄河水，黄又黄，东洋鬼子太猖狂。
昨天烧了王家寨哟，今天又烧了张家庄。
逼着青年当炮灰，逼着老年运军粮。
炮打死丢山口坳，运粮累死丢路旁。
这样活着有啥用呀，拿起刀枪干一场！

打过胜仗的部队，自然会有鲜花迎接。民众劳军的各种物资堆积如山。很多人现场报名，要求参加五十九军。此情此景，深深将我打动。我感觉这首《黄河谣》充满花朵的色彩，就像春天的鸡公山，而我的身躯如雾一般漂浮花海之上。我很想做点儿什么，使劲儿一捏拳头，眯缝着眼睛睁开，想起先前刺杀张自忠的念头，简直恍如前世，不敢自认。我突然发现了自己的轻信与浅薄。不知内情，但却急于判断。怪不得《圣经》反对随意论断人。想来耶稣考虑的不仅仅是大家都是罪人，没有资格对别人说三道四，更因为每个人的视野视角视力都有限，很难做出准确的判断吧。

在劳军现场，我见到了脸色疲惫的张自忠，也见到了表情刚毅的张克侠。冯玉祥第一次来信阳时，张克侠还是他的随员，因其曾任第六战区的副参谋长。如今张自忠回到军中，张克侠也继续给他出谋划策。

高级将领在台上，我只是远远的看客，无法近前，也不可能有所交流。但是演出之后，回到鸡公山的次日，林颖随即找我谈话，派我进入五十九军工作。我说："服从组织安排，当然没有问题。不过我在军训团不到半年，去五十九军恐怕只能当兵。"

林颖微笑道："组织需要的可不是叫你当个大头兵。"

"那即便能当军官，也不可能带兵。西北军就是这传统。"

"这些你不必担心。组织上需要的不是带兵，而是接近张自忠，影响张自忠。他好险当了汉奸，今后的路怎么走，一时还不能确定。但无论如何，他是冯玉祥的部下，跟老蒋不一心。对这样的人，我们都要开展统战工作。"

"那可不好办。西北军的军官可不是想当就能当的。"

"这个组织上都有考虑。你先去找张克侠，他应该能帮忙。"

"我对他印象一直不错。他也是？……"

本以为会遭到林颖的数落，结果却没有。她沉吟片刻道："说实话，我也有类似的怀疑。但组织上既然没说，咱们就不能问。从政治态度上看，张克侠对我们向来比较友好。我想他应该会帮这个忙。"

根据安排，我到军团部求见张克侠。进门时，他正在读林彪的《短促突击》，办公桌上还放着一本《红军四讲》。虽然时局大变历经动荡，但他还没忘记我。我详细报告了此后的种种经历，当然，不包括英雄照片的内幕与徐州截车的荒唐。他听得很认真，不时额首。

经张克侠保举，我在军团部谋得了少尉见习参谋的职位。说来惭愧，那张照片发挥的作用，远远超过军训团的半年资历。

2

我报到时，军团部尚在鸡公山下的新店，防御要点显然在于武胜关。当年孙武、伍子胥指挥吴军伐楚，便取道此地南下。如今要保卫大武汉，这里自然更是要点。

然而我刚刚领到少尉军服，军团部便向北迁入信阳城内，部队也开始调动，一部兵力开向东边的罗山县。看来是任务有变。此时我特别想见两个人。一个是军团长张自忠，一个是副军团长李文田。此二人一个是滞留北平的汉奸，另外一个则是天津抗战的英雄。但是不巧，一连几天都没有见到。张自忠只远远地见过背影，因他起床很晚，经常中午才起来吃早饭。据说晚上睡得也晚，也抽鸦片。至于李文田，他根本不在司令部，常驻信阳城内。军团部的常务，主要由张克侠维持。

进城之后，我一身戎装来到豫南一师，向校长辞职。自幼已经见惯南来北往的兵，故而此前我对军人并无好印象。好男不当兵，好铁不打钉嘛。上回参加二十九军军训团也好，如今进入二十七军团也罢，都是奉组织委派，并非个人志愿。但刚刚佩上的少尉军衔，却让我突然有了全新的感觉和视角。这一杠一星的领章，竟能点铁成金。我就像只开屏的孔雀，充满不怕露出屁股的自信。

我很喜欢这种感觉。我愿意用战绩洗刷那难以言说的耻辱。

校长有点儿意外，但更多的还是高兴。高兴之余，是对自己和学校的担忧："马上就是九月，可到时候能不能开学，信阳还在不在咱们手中，都成问题。你此时从征，恰到好处。去吧！"小长辈儿的态度跟校长不同。他可不希望我成为大头兵。那不是士子应该干的事情。但时局如此，他也只能勉强点头，写诗一首，为我壮行，拿王阳明、曾国藩这样文武有成的大儒勉励我。

最后还得给县长一个交代。在县署找到他时，他正在为粮秣犯愁。跟武昌起义之后一样，此刻信阳差不多又成了兵营。虽然军饷由中央统筹调配，但粮食菜蔬柴火还是需要劳动地方。这是不言而喻的。见我穿上军官制服，他笑着叹口气道："当年令尊曾进入靳荐青军中，充当上校军需，想不到如今你也要从军。不过那时军队只忙着打内战，如今是要抵御外侮，意义完全不同。有志青年，慷慨出征，好！"

赞叹过后，却还有忧虑。闻听我即将成为李文田的部下，县长连连摇头，满脸的无奈。原来这段时间，李文田一直住在北门外的一家货栈里。北门外有两条大马路通向火车站，向来是信阳的繁盛之地。自从京汉铁路开通，袁家楼的主人、淮盐缉私营统领袁家骥来此置地开发，这里便开始灯红酒绿。妓院娼寮烟馆戏台，应有尽有。李文田每日里不是饮酒作乐，就是叫条子打牌，由他新收的干女儿随侍。这等将军，怎能令人放心。

"战士军前半死生，美人帐下犹歌舞。这样的军队，能打仗吗？"

这是县长的问题，更是我的问题。我无法想象，滞留北平难逃汉奸嫌疑的军团长有嗜好，身负抗战英名的副军团长又堕落至此；我将前途系于他们身上，是明智的投资吗？

3

时局不容我仔细思量。很快全军便奉命东开，前往豫皖边境，增援在那里作战的孙连仲和宋希濂。

因李宗仁请假赴武汉治疗牙病，白崇禧代行第五战区司令长官职责，司令部也早由潢川移往湖北麻城的宋埠镇。那里有举水连通长江，商贸繁盛，人称小汉口，据说也是柏举之战的古战场。根据白崇禧的部署，张自忠命令姚景川率领骑兵十三旅快速推进到固始县，保障正在富金山激战的七十一军侧翼。全军主力在潢川一带集结。

接到命令，部队随即开拔。姚景川去年曾在汤阴与敌激战身受重创，刚刚归队不久，但此时此刻，依旧要当先锋官。骑兵撒开四蹄绝尘而去，而后续部队主要靠两条腿。汽车很少，保障先头部队和辎重都嫌不够。营长以上军官有马骑，尉官以下只能步行。虽然长途行军是西北军的老传统，临沂之战全军即冒雪踏泥一昼夜行军一百八十里，但经过淮水和临沂两战，部队损失很大，补充来的新兵训练不足，这两百多里的路走下来并不轻松。包括我这个少尉在内。我虽在机关无须带兵，但根据命令，也得像士兵一样扛长枪，携带同样的弹药。

这个命令不仅仅针对我。参谋处长说这是老规矩，作战也是训练。

北洋政府时期，一度立项修筑浦（口）信（阳）铁路，动员沿途各县的士绅入股。这也是家父的一项失败投资。铁路不成，只好先修公路。十多年前，地方已经根据吴佩孚的命令，将信阳到潢川的公路修成，作为浦信公路的一段。当时袁家骧还曾约过家父，打算在这条路上做汽车运输生意。可惜没过多久便是信阳围城李家破产，这个设想化为云烟。

我们沿着公路成行军纵队，分四路行进。脚步荡起烟尘，呛得嗓子眼发痒。过了罗山县，再往东几乎是一马平川，河流纵横，都是淮河支流。这种地形，正好适合日军的机械化部队狼奔豕突。

在潢川城下，我终于见到了两位军团首长。张自忠满脸病容，神思倦怠。二十九军各部士兵均以河北山东为主，河南官兵多数是豫北人，不适应豫南的闷热潮湿。连日征战行军，身体疲劳已极，抵抗力下降。蚊虫叮咬，疟疾流行，张自忠也未能幸免。所幸他是高级将领，有特效药奎宁可用。一般士兵很难得到。我在军团部，每天都会接到数十例官兵病死的报告。

尽管如此，全军士气不衰。每当行军宿营，依旧歌声不断。跟南苑时期不同，五十九军唱的歌曲更加激昂雄壮，也更加洋气。最主要的就是苏联国歌，后来才知道也叫《国际歌》。

起来，饥寒交迫的奴隶，起来，全世界受苦的人！
满腔的热血已经沸腾，要为真理而斗争！
旧世界，打个落花流水，奴隶们起来，起来！
不要说我们一无所有，我们要做天下的主人！

每当唱响这支歌曲，我总感觉有种超常的力量在体内回旋激荡。副歌尤其如此：

这是最后的斗争，团结起来到明天，英特纳雄耐尔就一定要实现！
这是最后的斗争，团结起来到明天，英特纳雄耐尔就一定要实现！

虽然是人家的国歌，但我依旧无比喜欢，远远超过本国国歌。比比苏联，咱们的国歌未免失于柔软，缺乏力量，简直像是爱情小夜曲甚或摇篮曲，连《国旗颂》都不如，根本不能激发战斗精神。就这么说吧，苏联国歌就像京剧《挑滑车》，咱们的国歌则是昆曲《游园》；人家是武老生，咱们则是大青衣，根本不能救急。我非常遗憾，这么好的国歌却没有配着咱们的国旗。参谋处长告诉我，这是参座侠公引进来的。张克侠曾在苏联留学，眼界广阔，讲话很受欢迎。官兵们对这首歌曲的反应都很好，说是唱着透气。反正那时苏联的飞行员正在武汉上空跟敌机作战，跟我们是朋友。

4

二十七军团与宋希濂的七十一军，此时都归第三兵团总司令兼第二集团军总司令孙连仲指挥。骑兵十三旅尚未赶到指定位置，固始已告失守。因驻守当地的，原本只有宋希濂部钟松之六十一师的一团人马，全部是刚刚整补的新兵，未经实战考验。鉴于已经完成坚守富金山的任务，后路又遭威胁，宋希濂随即指挥全军南撤到小界岭、沙窝一带，继续抵抗。

宋希濂、孙连仲在富金山、沙窝和小界岭虽然打得凄美壮烈艰苦卓绝，但尚有地利之便，而我军几乎无险可守。因战区给军团部的命令，是必须坚守潢川到 9月 18 日，以便掩护胡宗南的第十七军团在信阳、武胜关一线展开，守住武汉的北大门。守卫哪里都要执行命令，但这一带完全是平原，无险可守，奈何？

五十九军当时下辖两个步兵师。三十八师由黄维纲统领，一八〇师由刘振三指挥。毫无疑问，三十八师实力更强，有三个旅，比一八〇师多一个。张自忠命令一八〇师的独立三十九旅守卫潢川城。阮玄武在北平率部投日后，这个旅的番号本该撤销，但后来又被重建。第二次临沂战役期间，旅长祁光远未经力战而退，被张自忠撤职。作战勇敢的三十八师特务团长安克敏升任旅长。

潢川城东七里岗筑有国防工事，由一八〇师的独立二十六旅负责守卫。该旅指挥官张宗衡是个近视眼，戴着眼镜。三十八师的一一三旅向固始方向搜索前进，先头阻敌。这个旅的旅长李致远是张自忠的连襟。西北军向来有内部结亲的传统。三十八师主力作为预备队，配置在城西的二十里铺，并以一部兵力警戒潢川西北的息县。军团部设在城西的任大庄。

作战命令由张克侠宣读。跟他相比，张自忠要高大魁梧许多。两人都身穿灰布军服，腰扎小皮带，留着光头。整个司令部，只有军政部派来的那个少将附员身着黄呢将军服。

总体部署是梯次防御，以潢川县城为核心。张自忠表情严肃，言语不多，音调不高，但极有分量。他一进来，立即全体肃立，一派寂静。等张克侠发布完命令，大家依旧在无边的肃穆中。这种寂静对照遥远的隐约炮声，反差格外强烈。

"有问题吗？"张自忠环视周围问道。他的音调不高，但却像珠落玉盘那样明亮。

"没有！"回答声震屋宇。

"安克敏，你要死守潢川。潢川就是你们的棺材！"安克敏字岐山，是张自忠多年的部下。平常张自忠都以字称呼，但此刻却直呼其名。他用指挥棒持续点击着军用地图上的潢川县城，仿佛那是调皮学生的脑门。点击声声清脆，使他的轻微音调更有前奏和伴奏的意味。

"是！我立即转告全旅，潢川县城，就是我们的棺材！"安克敏高声一呼，简直没有吓着我。即便跟张自忠的点击声相比，他的嗓门也实在是太高。那一刻，我几乎有了摸摸风纪扣的冲动。说起来，他跟我算得上是南苑之役的战友。

张自忠没再接茬儿。他无言地扫视全场，忽然对副官处长说："赶紧派人进城，给我买本《精忠说岳》。"副官处长满脸愕然，似乎不敢相信。张自忠飞快地笑道："这里有长城抗战的英雄，也有血战临沂的好汉。有这样的师长旅长，我这个军团长除了看书，还能干点儿啥？"

张自忠说完，随即收敛笑容，转身离开作战室。

张自忠出门之后，各位将军方才坐下，表情也迅速放松。李文田对刘振三说："育如，昨晚多多承让呀。"他的嗓音尖利，下巴像是刀削成的，几如三角形的锐角。

"你倒是能打牌，但能打仗吗？"刘振三满口鄙夷。

李文田的眉毛立即聚拢起来，就像警惕起来的猫的脊背。跟刘振三相比，他唯一的优点是不抽鸦片，但又从来没带过兵。张克侠立即招呼道："各位，军团长已下命令，请立即分头部署。抓紧时间，抢修工事！"

三 条

1

康家寨属于河南省，归第九督察区的潢川县管辖，但离安徽的立煌县更近。他们无论卖粮还是买布，都会上立煌赶集，而不到潢川。

鬼子来犯，苏二爷当然知道。富金山、小界岭、沙窝和潢川城下都有恶战，百姓口口相传，康家寨偶尔也听到过遥遥的炮声。尽管断定鬼子不会前来滋扰，苏二爷也并未掉以轻心。鬼子打到安徽以前，她已经卖掉一批粮食土产，买来几条快枪和子弹。当然，她没有想到，鬼子其实已经进入寨子，以医生的身份。

那年冬天，康家寨大雪封山，寸步难行。大约是房间密不透风的原因，宝财出了水痘，情形颇为凶险。老范寸步不离，守在跟前。他怜惜这个孩子，也喜欢康二爷生前的藏书。仓皇出逃至此，随身行李一点儿都没带，书籍更不用提。他生性喜欢读书，可以不闻饭味，但不能少了书香。以往只是借阅，现在则可以使用康二爷的书房。那里有许多的藏书，还有些日文原版的，比如《竹取物语》，以及葛饰北斋的浮世绘。这些书籍，足以令老范暂时忘忧，乐不思蜀。

书房空着，水痘又传染，暂时成了病房。老范坐在通红的火炉跟前，看得忘却一切，连苏二爷的脚步都没能听见。苏二爷旁观良久，忽然上前拍拍老范的肩膀："范先生，别看了吧，免得看成书呆子，就像我们老爷。好端端的日子不过，非要去闹革命，最后革命成功，他又成了反动派，气出一身病，何苦呢？"

老范放下书本站起来："不看书，可怎么活呢？我一个大活人整天不做事，身上会发霉的。"苏二爷含笑道:"医生兼老师,你不是一直在做嘛。"

苏二爷身上散发出淡淡的香气。隆冬时节,山上当无花草,不知道香气的来源。老范看看她,只觉她的眉眼柔和了许多,就像房檐下的冰凌进入室内,被火盆融化。

老范心里不觉微微一颤。

苏二爷翻出康二爷的许多东西。文件,手迹,相片,勋章,等等,传示老范。老范接过来一看,立即嗅到了时间的味道。有张照片尤其吸引眼球。那是张合影,上面有六七人,其中就有他的舅舅,阵亡在武昌城内的步兵大尉金子克己。他站在康二爷后边。

"啊?这是我舅舅呀。他跟康二爷熟悉?"

"那当然,很好的朋友,过命的交情,在日本就认识。不过他后来战死在武昌。"苏二爷说到这里,突然想起一个问题,"你是日本人?"

老范的话一出口,便意识到了失言。然而话已至此,无法回头,只得硬着头皮承认。苏二爷闻听变色:"怪不得我一见面,就觉得你很奇怪。你是鬼子兵,侵略军,对不对?"

还是只能承认。苏二爷冷冷一笑:"有种!来人!拿下!"

老范放下手中的照片,苦笑道:"苏二爷,就我这样子,还需要兴师动众吗?"苏二爷看看旁边的病床,挥挥手又止住下人:"看你也是条汉子,那就好好说说,你究竟是怎么回事,到康家寨是何目的。"

得知原委后,苏二爷要求老范投降,老范不干:"那不行,我不能向女人投降。"苏二爷一拍桌子:"我是苏二爷,不是女人!"

"那也不行。我是军人,不能向平民投降,只能向军人投降。"他以为这会激怒苏二爷,结果却没有。苏二爷缓缓道:"这话倒还有点儿男子气。这样吧,你先老老实实待在康家寨,等开春化冻,我派人押你出去,向政府军投降。是死是活,由他们决定。"

老范没有上绑,但从此以后,身后多了两个保镖。当然,手枪也被没收。他可以在康家寨内任意活动,只是不能出寨门一步。苏二爷的命令是,敢出寨门一步,杀无赦,斩立决。

老范的两个保镖,一个是中年木匠兼猎人,人称"木匠头",有点儿武艺,善于使斧；另外一个年轻些，除了猎枪在背，腰间还常备一支横笛，人称"小喇叭"。虽则如此，老范在康家寨的生活待遇并未受到影响，有热饭吃，有棉衣穿，有炭火烤。他还像往常那样，教孩子念书识字，碰上有人生病，照样出诊。老范跟苏二爷之间也是客客气气。至于宝财，他已经跟老范交上朋友。他喜欢这个老是点头的老师。

2

雪化一分，春近一寸。

山高春来晚。没有等到春暖花开，苏二爷便派两个人下山进潢川，打探国军下落。激战虽是上一年的事情，但城墙上的累累弹痕却恍如昨日。战后国军主力便向西撤退，如今在哪儿，的确需要搞清楚。寨民们多年不与政府来往，可以想象，没有良民证，也不知道有日军的哨卡。经过时一人被抓，另外一个腿脚伶俐，侥幸逃脱，回了山寨。

逃回来的这个人，半路上偶然获得一张《告全省民众书》，是二十一集团军总司令兼鄂豫皖边区游击总司令、安徽省主席廖磊将军发布的。苏二爷接过来一看，内容涉及九个方面：征辟地主绅耆，延揽人才，共济时艰；妥筹难民生计，成立难民救济会，设立难民工厂；蠲免沦陷区域田赋；推行农村合作贷款，改正农村经济，活动金融流通，保障法币流通；扑灭汉奸及伪组织；重行整编民众武力，寇来大家出击，无事各自归农；铲除贪污；肃清盗匪。

布告的最后是对民众的三点希望：坚定必胜信心；协助军队作战；帮助政府除奸。

苏二爷一声赞叹："有条有理，好！"老范接过来看看，微微摇头："只怕做起来难。"苏二爷一把抢过布告："那也得做！"老范说："你们不是跟政府有仇吗？他们亏待过康二爷。"苏二爷说："那是家事，这是国仇，你不懂吗？""日军来中国，是要帮助中国遏制共产党，清除白人统治。亚洲是亚洲人的亚洲，是黄种人的亚洲。赶走白人，中日携手共建，难道不好？""帮助？你说得真是比唱得还好听。有提着刀枪破门而入帮助人的吗？嗯？"

老范哑口无言。

原来廖磊将军已经开府于立煌县，在康家寨以东，比潢川还要近。苏二爷沉吟片刻，左右为难。河南省府已由开封移往洛阳，路途遥远，半月也未必能到，而且道路十有八九已被鬼子占据，处处豺狼。但若不快点儿送走，鬼子得知消息，肯定会兴兵来抢。放他回去，以免祸患？苏二爷从来都没想过。此人对于政府和国军一定有用，说不准能提供什么机密。

康家寨初建于明朝，家谱上记得清清楚楚。为防兵祸匪患，建造过程中首先考虑的是防御能力。里面有粮食，也有独立的水源，适合长期坚守。寨子背后还有个隐秘的山洞，可以通到外面。对付一般的毛贼问题不大，但鬼子毕竟是穿洋越海打到这里的，南京上海都没守住，何况小小的康家寨。

师爷和几个老人都想交出老范避祸，但苏二爷坚决不肯："交出去就能免祸？想得倒美。留着他，山寨或许还有条活路；交出去，只有死路一条。鬼子都打到了家门口，他们能善罢甘休吗？"

这些事情，苏二爷并不避讳老范。在她眼里，他似乎主要还是儿子的救命恩人。老范说："放我出去，你们肯定不会有事。这一点我可以保证。康家寨又不是交通要道，他们兵力不够，不会来的。"

"放你出去，你会回到部队？"

老范想了想，只能摇头："恐怕不会。我到中国军队手中是战俘，没有性命之忧，但是回到部队，只有死路一条。"

苏二爷鼻孔里哼了一声："你倒是能说实话！"

3

不过迟疑两天，枪声便响到了康家寨。

山路陡峭，曲折难行。从发现鬼子到真正打响，差不多已经过去一个时辰。还好，辎重无法行动，他们没有派来火炮，只有七八个人，押着被抓住的那个探子。

鬼子没有上来就打。他们先派那个探子回来传信，声称只要交出老范，他们便和平撤兵，绝不侵扰。

探子人称康老幺，明显受过刑，脸上带着伤疤，腿脚还不利落。苏二爷盯着他，老半天不说话。康老幺咕咚一声跪倒在地："苏二爷，他们打我呀，还要用狼狗咬死我。你是知道的，我上有老母，下有幼子，我实在没办法呀。"

"你都跟他们说了些什么？山寨的防御要点、小路，你说没说？"

"没，没有，绝对没有！我不能亏良心！"

"当真没有？"

"我以家人的性命担保！"

"你为什么不说？"

"他们没问。"

苏二爷抄起水壶，对着壶嘴喝口茶，半天后淡淡地说："你去告诉他们，就说范医生是我的客人，也是我儿子的救命恩人，我不能交给带枪来的人。"

"二爷，你派别人去吧。我不想去！"

"康老幺，我这是给你条活路，你还不明白？你这样带着鬼子打到山寨，今后还能在寨子里生活？眼神也得把你剜死，唾沫也得把你淹死。你去吧，你的家人，我们会看顾。康家寨有康家寨的章程，这你都知道。"

"二爷一定要我去，那我就去。我会带着他们走水清沟。"

康老幺给苏二爷叩个头，转身一瘸一拐地离去。苏二爷一直低着眼睛，等他出门，这才看着他的背影，微微叹气。老范说："苏二爷，请你下令，瞄准了再射击，不要乱动。日军的枪法都很准，几乎个个都是神枪手，千万别当了靶子。"

"你真能自吹！康家寨别的没有，就是猎手多。到时候会让你见识见识的。"

从谷底爬到康家寨有三条路，水清沟最好走。老范上来时曾经走过。虽然最好走，但也有道险关。末尾处有个急转弯，转过弯后，两峰对峙，道路狭窄，旁边是深深的溪水。这就是水清沟名字的由来。经过这段长约百米的山路，前面豁然开朗，正对着康家寨，可以一步一步地沿着石磴朝上爬。

康老幺领着鬼子，直奔水清沟而来。寨子里的猎手与护卫，悄悄埋伏在水清沟顶端的崖壁上。从上面看下去，那七八个鬼子身影如豆，时隐时现。他们很想等鬼子全部进入沟里再开枪，但是没能成功。他们把散兵线拉得很长。康老幺领着两个鬼子走在最前面，他们已经开始爬坡，最后两个鬼子还没进沟。

苏二爷率先开枪。只听啪的一声，康老幺身后的一个鬼子便应声而倒。放完枪，她扭脸看看老范，刚要说点儿什么，却被老范伸手一把摁下。随即嗖嗖两声，两颗子弹相继射来，击中她身边的寨墙，溅起的碎石粉落在他们的耳朵上。

这边枪声一响，沟顶也立即噼里啪啦一阵弹雨。鬼子们要么中弹倒地，要么趴下寻找支撑，只有康老幺依旧呆立原地。他睁着眼睛，双手捂在耳朵上。仿佛对他来说，最大的危险来自于声音。他不怕子弹射击，只怕弹雨呼啸。

剩下四五个鬼子仓皇退出水清沟。他们沿着另外的道路攻击一阵，丝毫没占到便宜，只能丢下三具尸体，天黑之前逃了回去。

康老幺一直站在石磴起步处，双手捂着耳朵。在那期间，苏二爷枪口的准星里，几次闪过他的声影，但最终还是没有扣下扳机。

战斗结束，苏二爷带着大家下去打扫战场。来到康老幺身边时，他还保持着那个姿势。苏二爷淡淡地看他一眼，他立即放下，转身垂手，头前带路。

第一具尸体是苏二爷的战果。她看看老范，老范赞道："好枪法！"苏二爷不置可否地过去，试图用脚将尸体翻开。

正在此时，尸体突然如同诈尸一般翻身跃起，双手挺枪朝苏二爷刺去。原来他并未被击中要害，一直躺在这里，寻求最后的击发机会。

当时苏二爷在最前面，旁边是康老幺。别人都落在身后。水清沟不是狭窄么。眼看悲剧即将酿成，老范猛地向前，把苏二爷朝旁边一拉，康老幺则本能地冲上去，挡住了刺刀。

老范随身的两个保镖也没闲着。小喇叭冲上来，开枪击倒日本兵。康老幺被步枪撑着，还没有倒下，但口鼻已经流出污血，看来伤在肺部。木匠头举起板斧正欲砍鬼子的脑袋，鬼子突然使劲儿抬手，用最后的力气挣扎着对老范说："请不要砍头。"

老范制止住木匠头，回身告告苏二爷。苏二爷道："小日本这是怕疼还是怕死？"老范说："不是怕疼，也不是怕死。他不想让你在他还活着的时候砍掉头颅。日本人认为这样的魂灵来世不得托生。要不二十九军的大刀片儿，能有那么大的震慑力？"

苏二爷点点头："那就成全他吧。"

有此教训，剩余两个他们搜索得很是小心。还好，这两个全部死透，没再诈尸。

4

老范建议埋掉鬼子。就埋在山下的路边，前面树个墓碑。苏二爷说："你是不是还想说，每人准备一口上等的柏木棺材？活着践踏我们的国土，死了还要穷讲究！"老范说："不是这个意思。日军向来重视战亡者尸骨的收集。撤离之前，能火化的一定要全部火化，带走骨灰，每人一口小坛子。实在来不及，也要砍掉一只手，或者一根手指，火化后带回去交给家人。这既是维持士气，也想掩盖失败。他们不希望看到日军暴尸荒野。"苏二爷说："那就老老实实在家待着，别到处惹事。"老范说："你没明白我的意思。他们肯定还会再来。找我，也是收集他们的遗骨。你把他们埋好，给予基本的人道礼遇，或许能减少他们对山寨的报复。"

苏二爷略一沉吟："不用你说，我们也会埋掉。人已经打死，难道还能看着他们喂野狼野狗？几具尸体摆在那里，随意腐烂，还会传播瘟疫。"

诈尸袭击的那个鬼子已经断气。木匠头跟康老幺是朋友，还要砍掉他的脑袋，被苏二爷制止住："算了吧，他已经为他的错误付出代价。"

三具尸体埋在一起，随便堆个土包以便识别。前面插块木牌子，上面刻了两个字，用墨蘸过：鬼子。书写的师爷本来提议，要写四个字：鬼子之墓，但苏二爷没有同意："不光这里是鬼子之墓。整个中国，到处都是鬼子之墓。只要他们不滚蛋，就会有这一天。"

这番话突然让老范肃然起敬。敬意过后则是淡淡的悲伤与哀叹。在他的要求

下，苏二爷同意在下面增加几个日文字。老范说意思也是鬼子，但其实不是。真正的意思是四个字：大和战士。

除了康老幺，山寨死伤各一。人赚了一个，枪赚了三条，但康家寨并未因此而欢欣鼓舞。忧虑像层浮云，笼罩在人们心头。苏二爷想尽快送走老范，就像急于送瘟神，但老范不干。他要求训练大家使用这几条三八式步枪："我现在不能走。他们一定还会再来的。等他们过来，我再跑，把他们引开。当然，你们要事先探好路，别被他追上。事是我惹起来的，我不能一走了之。"

老范向苏二爷反复强调鬼子的射击精度。熟练的士兵差不多人人都是狙击手。因为他们土地局促，国力匮乏，浪费不起弹药，强调"每发必中"和"白刃主义"。对新兵的基本要求，是在三百米的距离上对伏靶五发全中。伏靶的大小基本相当于趴在地上的单兵的头与双肩。全部命中还不够，至少有三发要集中在拳头大的面积上。基本要求过关之后实行限秒射击：先在四秒以内，击中三百米外突然露出来的靶子；其次是两秒；最后要求他们头戴防毒面具跃进三十米，再开始限秒射击。成绩达不到别想休息吃饭。尽管人人都有狙击手的潜质，日军编制中还是有专门的狙击手。每个步兵中队十五名，每小队五名。第一分队两名，后面三个分队各有一名。按照那天的日军规模，很可能有一名狙击手。上次打伏击可以占点儿便宜。如今已无战术突然性，必须小心应对。

其实不用老范细说，苏二爷也好，男人们也罢，对于鬼子的枪法已有深刻印象。如此不利的仰攻地形，他们还能击中寨中的两个人，不是神枪手，怎能做得到。苏二爷想想，只能点头同意。于是老范就带着几个男人，训练他们射击。他尽管是医护兵，但有三个月入营军训垫底，外加平常的预备役训练，单兵素质并不差。

训练成人，也要教育孩子。对于孩子们来说，枪声更像年节时的爆竹，令他们兴奋。直到最后埋葬山寨的死人，他们才感到一丝恐惧。当然，他们无法理解死亡，不知道其具体含义。他们只知道那些人一旦装进名叫棺材的木匣子埋入地下，便无法钻出地面，像往常那样干农活，种地打猎。老范看着宝财的眼睛，内心柔情涌动。如果日军果真攻入康家寨，那么宝财的下场，早有前车之鉴，老范绝对不能容忍这种局面的发生。

宝财的水痘早已痊愈，但老范还是照常出入苏二爷的大门。他喜欢康二爷的书房。在那里，他也教宝财写大仿。中日文化的关系，就像藤缠树树绕藤，或者就像两根极近的毛细血管，再精密的手术，也无法将之彻底分开。他在中国生活多年，受汉文化的影响在所难免，可还有很多日本人从未到过中国，照样也能写汉诗、精书法。

老范教宝财，苏二爷旁观。她的眼神越来越柔和，被母性的慈爱润泽着，宛若庭院里被濡湿的草木丛中反射出来的夕阳一般的晚霞余晖。这眼神一点点地湿润老范，湿度令他警醒。他抬头看看苏二爷，不自觉地眯缝起眼睛，仿佛那样就可以在情感的表面镀层金，屏蔽其中的尴尬气氛。

"你知不知道，你舅舅是怎么死的？"

"不知道。我们接到的通知，只是战死。"

"他当时和我们老爷在一起。他们几个一起攻击机枪阵地。我们老爷要冲锋，你舅舅不让。他说他是大尉，有实战经验，应该他上。他一冲出去，没跑几步，便中了弹。"

"真正的日本军人，都会这样的。"

"昨天你也几乎救了我。"

"你根本就不该去一线。"

"你什么意思？我苏二爷哪儿不能去？"

"你误会了我的意思。司令官都不该去一线。"老范灵机一动，立即拐过弯来。

"你为什么要逃亡？"苏二爷的语气，也和缓下来。

"我来中国的目的，是为了天皇的圣战，是要拯救帮助中国，而非屠杀平民。"

5

十天之后，鬼子杀了回马枪。不知道这期间发生了什么。那时新四军尚未开进至此，或许是廖磊将军给鬼子制造了新的麻烦，他们一时没有顾上。

这次增加了兵力，来了三十几个。不过不都是鬼子，真正的鬼子还是七八个，以伪军为主。他们到达之后，首先挖开坟墓，找来枯柴垫底，把尸骨摞在上

边，泼上汽油，准备火化。同时又派伪军打着白旗，上了山寨。当然，这个和平使者依然没得到好脸，被苏二爷一阵斥骂，灰溜溜地滚了回去。他们是刘桂堂的部下，虽然当了汉奸，照样得卖命，而且从绥远热河奔波到此。

苏二爷微笑着说："你回去告诉鬼子，他们是鬼子，老范也是鬼子，我谁都不偏，谁都不向。我已经把他放出去，他们有本事，就自己去抓，抓着抓不着都是小日本的事情，跟中国人无关，别来烦我们康家寨。滚吧！"

敌军人数虽然多，但受地形限制，依旧得不到火炮支援，连重机枪都没带，只有几挺班用轻机枪。老范已经仔细训练过山上的男人，使用三八式步枪瞄准还击。日军攻击一阵，除了留下几具尸体，在房屋和寨墙上抠出些许枪眼，再无收获。手榴弹呢？手榴弹扔不上来。有了上次的经验，这回大家以打冷枪为主，很少有人露头，所以也基本没有伤亡。苏二爷看看旁边的老范："他们的枪法，似乎不如上回嘛。"老范扫一眼苏二爷，没有吭气。这时两个伪军在长官的斥骂下开始冲锋，跑几步卧倒一回。老范一把抓过小喇叭背后的三八式，将枪托紧紧地顶在肩膀上，眯眼盯着准星，张网以待。那个伪军刚刚起步，他一扣扳机，那人随即栽倒。

苏二爷说："你怎么不打日本人？"老范没看苏二爷，转身把长枪交还给小喇叭："这是医护兵的枪法。我打的也不是中国人，是二鬼子。好吧，我们该走了。你多保重。"老范说完起身，弯腰跑到射击死角，规规矩矩地冲苏二爷鞠了一躬。

苏二爷盯着老范的脸，片刻之后才回复道："等打完仗两国讲和，有空再来山寨，我们随时欢迎。"

木匠头对这一带的地形道路十分熟悉，早已设计好几条逃跑路线。除了他和小喇叭，护送的还有一个人。他带着苏二爷的书信以及二百大洋，准备交给廖磊将军，作为抗日捐税。

大家都带着武器，老范也佩戴着自己的手枪。在木匠头的带领下，他们抄隐秘的小路，很快便跑上对面的山梁。老范一手持枪，一手持纸卷的喇叭筒。木匠头他们冲鬼子的方向打了几枪，老范随即用日语喊道：

"我已经离开康家寨。既然是军人，既然要圣战，那就不要骚扰平民。要想抓我，就跟过来！多有打扰，实在对不起！"

老范说完，小喇叭开始吹笛子。

如此流利的日语，鬼子只能相信。他们随即调整方向，向南追去。与此同时，尸骨也开始火化。从康家寨上面看过去，看得最清楚的是上面的黑烟。苏二爷手里紧紧捏着几张日元，扭头盯着声音的方向，老半天没回过神来。

日元是老范临走时留下来的："这是日本钱，也能买东西。请你转交给伤亡者的家属，向他们多多致歉。"苏二爷起先不肯收："这是什么话，在康家寨，还用得着你抚恤？山寨都有成规定例。"老范又鞠个躬："请务必收下。你的是你的，我的是我的。惭愧的是，我只有这么多。就我现在这情况，命都未必能保住，要钱还有啥用？还有一些法币，不过都是上头发下来的伪钞。你叫人烧了吧。"

苏二爷略一思忖："干嘛要烧掉？下回到潢川找日本人买东西，就用它们！"

6

从康家寨往东，道路难行，所幸一直没碰上鬼子。公路上有鬼子的铁甲车来回巡逻，他们在当地人的引导下避开那个时间段，顺利穿越，抵达立煌。安徽省政府设在县城里面，衙门毫无气派，甚至失于简朴，小院一座而已，只是门前的哨兵提示着不同。然而到门口一打听，廖磊将军平常并不在此办公，省主席职责由民政厅长代拆代行。将军本人常驻二十一集团军司令部，在城南十多里的傅家湾。

只好再去傅家湾。老范没有想到，廖磊将军会出面接见。中将与一等兵，距离何止千里。见面之前，他们听见里面有人发怒，不知谁倒了霉，在挨训。不久办公室打开门，一个穿草鞋打绑腿的青年垂头丧气地出来。后来才知道，廖磊将军体恤时艰，生性朴素。有些人便投其所好，穿草鞋打绑腿前来钻空子。廖将军也确实委任过这样假朴素真贪腐的县长，但是一经发现，立即查处。这就是一例。

副官随即传见老范他们几个。进去一看，里面的陈设也很简朴，几张桌子，几排文件柜，如此而已。里面还有个大办公室，从敞开的门里可以看见，墙上遮着绿布，估计下面有军事地图；桌上摆着巨大的沙盘。

老范进去之后，规规矩矩地立正敬礼，算是正式投降。在此之前，手枪已经缴给副官。

将军身材健硕，国字脸，眼睛大，耳朵也不小。两撇眉毛前浓后疏，对比突然而且鲜明。他脸上微露笑意："人非圣贤，孰能无过。知错能改，也算勇士。希望有更多的日军官兵迷途知返。坐吧。"

"不敢，将军驾前，没有一等兵的座位。"将军满口广西官话，老范听得有点儿费劲。

将军没有勉强，转身回到座位，对老范说："你可能已经知道，国府已经迁往陪都重庆，准备长期抗战。你对时局怎么判断？中日军队，有何优劣？"

"将军阁下，我对时局了解甚少，不敢妄下结论。不过，刚到中国时我信心十足，觉得很快便能解决问题，但现在已经改变观点。中日之战，恐将旷日持久，两败俱伤。"

"噢？原因呢？"

"日本军队纪律太差，对平民妄加杀戮，无法赢得民心。"

"得道多助，失道寡助。日本地域如此狭小，还妄图鲸吞中国，贪心不足蛇吞象嘛。你们最终的失败无法避免。大战刚起，你们叫嚣速战速决，三个月结束中国事变。现在呢，就连口号都不得不变：利用现地资源，树立百年战争；整肃重于进攻、建设重于破坏、开发重于封锁、长期建设战争。你们建设，我们难道不会建设？我可以告诉你，连我这个省主席都没有想到，如今安徽的财政收入，比起和平时期竟然不降反升。可见我们努力改善的空间有多么巨大。只要我们一起努力，胜利是必然的。"

"那也未必。据说贵省有个民谣，生了儿子是老蒋的，生了闺女是老广的，打了粮食是保长的。你的财政收入，与此有关吧？这恐怕不能持久。"

"都是共产党别有用心的宣传，不值一提。现在举国一致全力抗战，势必要付出一些代价。这是难免的。"

老范没再开口。廖磊接着问道：

"你如何评价中国军队？"

"中国军队抵抗一直顽强，从上海到富金山，我们都付出了惨重代价。不过士兵训练不够，单兵素质差。这是失败的主要原因。"

"嗯，我们的武器配备，也不如日军。这不是什么秘密。"

"最主要的还是单兵素质。在上海作战期间，你们有些部队比如三十六师、八十七师、八十八师，无论火炮还是近战武器，实际上都优于日军。我们常有子弹卡壳、手榴弹和炮弹哑火现象。尤其是你们从德国引进的大炮，火力比日军要强得多。"

廖磊沉默片刻，微微点头："还有呢？"

"虽有作战意志，但缺乏主动进攻精神，习惯于被动防守。"

"是吗？三个月之后，你回头再看，我们究竟有无主动进攻精神。长官部来电，要求将你解过去统一安置。你休息几天就出发吧。你放心，日军虽然残暴，但国军乃仁义之师，不会难为你的。"

看了苏二爷的信和大洋，廖磊十分高兴："这才是我中华大节！省府近日要召开全省临时参议会，虽然康家寨不在安徽地面，我也要邀请苏二爷与会。"

廖磊吩咐副官将大洋登记入库，另取十五块银元作为奖赏。木匠头把钱递给第三人："将军，我们来之前苏二爷已有吩咐。我和小喇叭参加国军，让他回去报信。"

廖磊点点头："也好。这样吧，你们两个也跟随他，到了长官部，就在那儿参军。"

7

从廖磊的办公室出来，副官安顿他们住下。第二天，一个少尉带着二十几个骑兵，护送老范他们向西开进。小喇叭问道："长官，咱们这是往哪儿去？"少尉鄙夷地看他一眼："第五战区司令长官部。""长官部在哪里？路程多远？"少尉用刺马针刺了战马一下，挥鞭便走："军事机密！"

小喇叭气哼哼地跟在后面，一边走一边嘟囔。他和木匠头都是猎人的底子，习惯于自己行走，在山岭里健步如飞。真正骑马反倒觉得累。这也正常，骑马很需要点儿技巧。一般人突然上了马背，不但累，两条腿和胯裆还会颠得生疼。偏偏少尉跑得飞快。可为何要赶这么急，他已经碰过钉子，不敢再说。木匠头呢，又向来没话。

两人的和解是在休息时刻。在公路上疯跑一阵，他们骑入旁边的树林，安排好岗哨，打尖休息。小喇叭张开双腿，仰面朝天躺在地上，刚刚调匀呼吸，便抽出笛子开始吹奏。

乍一进入树林，顿觉眼前昏暗，老半天才适应。早已入春，林间花朵还少，但树叶已是一片葱茏。杨柳枝头的嫩芽急于发展，已经露出绿黄色的帽顶，让人无端遐想她的相貌。老范也累得够呛。这一路西行，虽然不经过富金山，也不过坳口圹，但依旧是他的伤心故地。笛乐如同溪水，此时流过疲惫的身躯，是难得的抚慰。但是渐渐的，他又心生凄凉。凄凉其实也并非由心而生，而是音乐播撒下的种子，似乎谁也想不到，它能如此快速地生长。

少尉起身过去，黑色的马靴立在小喇叭跟前。他没有打扰，默默地在旁边坐下，等他吹完，才开口问道："你吹的曲子叫啥？真好听。"小喇叭没有起身："我也不知道叫啥。老辈儿人传下来的。"少尉拍拍他的胸膛："再吹一曲吧。吹完咱们继续赶路。到达长官部，有时间限制。这一路下去，可别碰上打仗。你是不知道，最近鬼子调动频繁，很可能又要进攻。要不咱们这一路，会这么安生？"

五战区司令长官部，已经由潢川、襄阳一路移往老河口。他们得取道商城、光山、罗山，经过信阳，沿桐柏、唐河一带进入湖北。这一路上国军的兵站不多，主要还是游击区，敌我双方犬牙交错。

突然下了雨。雨点如豆，砸在脸上生疼。大家立刻浑身湿透。老范尽可能的一动不动，以便焐热身上的水，同时杜绝新的水从屁股下面或者脖子里流进去。而被雨水彻底洗礼的战马，鬃毛倒伏，马脖子变得纤细许多。次日雨住风停，他们快马加鞭，到达罗山南部的重镇周党畈。一年多前鬼子进攻信阳，南路便由此经过。

正想继续前进，突然遭遇敌兵。

这是场遭遇战。他们正在飞跑，突然枪声四起，几匹战马一阵嘶鸣，仆倒在地，将背上的士兵甩出老远。大家本能地抽出刀枪。少尉一声喝令，他们纷纷勒住马缰，就地寻找掩护；少尉转头冲上旁边的一个小山坡，登高望远，判断敌情。

强行冲过去，是本能的想法。但是对面有敌人的机枪阵地，战马再快，也快不过子弹。迅速脱离敌人，是最佳选择。少尉用望远镜仔细搜索观察，发现东西两边都有敌人，而南北两线毫无动静。往南是湖北大悟地界，离武汉越近，敌兵势力越大。武汉会战期间，在小界岭、沙窝一带完成阻击任务的宋希濂，率部到达这一带后，认为无法执行西撤的命令，当机立断掉头向北，越过信阳至潢川的公路，经过息县转道驻马店附近越过平汉线，才得以全师而归，最终被军委会通令嘉奖。少尉在集团军总部工作，曾经看过这份战报。

少尉决定如法炮制，迅速向北突进。他下令成战斗队形，老范、木匠头和小喇叭居中，全力向北冲击。跑出两百米，他才明白那里已经张好大网。然而事已至此，弓箭射出，无法回头。他们一边射击，一边使劲儿刺马，狂飙突进。

子弹仆仆地射来，不断有战马倒地，也不断有人落马。落马者都是缺乏经验的骑手。真正训练有素的骑兵，即便在中枪的瞬间，也会本能地低头贴紧马身，因而短时间内不会落马。

空马继续飞奔，仿佛主人还在背上，它腰间还能不时感觉到刺马针。老范弯腰低头伏在马背上，压根儿就没有掏出手枪。他决心不向日军开一枪。如果就此被日军打死，那算得上最好的结局。直到最后，他发现有戴大盖帽的伪军为止。

等冲到日军的机枪阵地跟前，二十多人的队伍已经折损大半。七八个鬼子骑兵冲出来接战。一个鬼子挥刀纵马，直奔老范而来，但老范并未举枪射击。一阵寒光带着尘土气息，扑面而来。老范闭上眼睛，低声诵佛。然而最终他的脖子并未等到冰凉的刀锋，耳朵跟前却有兵器相格的沉闷声响。原来就在鬼子的刀锋快要掠过老范的脖颈时，少尉从斜刺里杀出，挥刀抵住，在格斗中将鬼子的右胳膊砍落在地。

木匠头使用板斧，就像狼用牙齿。狼能用牙齿咬住皮毛中的虱子，他也能用

板斧雕花。他挥舞着斧头左挥右砍,虽然尺寸短,但却并未吃亏,先后砍了两个鬼子。此时少尉的军刀已经破口。他们不敢恋战,冲出包围圈,便打马狂奔。

8

冲出重围后,二十多人的队伍只剩了七个。除了老范和他的两个保镖,少尉身边只有三个兵。

这里的地形老范熟悉。他引导大家钻山越岭,直奔他童年的久居之地鸡公山,准备从那里穿越平汉铁路。

一路征战,人困马乏。大家找个树林休息打尖。小喇叭朝身后一摸笛子,却发现只剩下一半,下面带着斜斜的光滑切口。鬼子的军刀的确锋利。他骂了一声,起身折断一根树枝,将表面弄干净,使劲儿揉搓一阵,然后挤出白色的树干,将空心树皮含在口中,又开始吹奏。

这一路上,少尉基本没怎么搭理老范。此刻听着小喇叭的吹奏,他冷冷地质问老范道:"你为何不开枪?子弹打光了吗?"老范摇摇头:"我不能向他们开枪。"少尉说:"鬼子就是鬼子。告诉你,我救你不是因为喜欢你,只是服从命令。我要把你活着交给长官。"

老范没有吭气。

奔波至此,脚也想放松。少尉脱下马靴,用清水洗去征尘。他们正在说话,谁也没有注意到,一条蝮蛇悄然爬到少尉的光脚旁边。有个伤兵发现之后,本能的一声惊叫。少尉一打哆嗦,正好踩在蛇身上。蝮蛇受此惊吓,立即抬头攻击,咬中他的大脚趾。

木匠头一言不发,起身过来,一斧头剁掉蛇头,然后破开蛇身,掏出蛇胆。老范捧起少尉的脚掌,查看伤情:"糟糕,这是毒蛇,药箱里没有抗蛇毒血清。"

当然是毒蛇,谁都能认出来。信阳土话,称为土狗子。老范招呼木匠头切开少尉的伤口,木匠头立即提起斧头。少尉大惧,本能地伸手意欲阻挡。木匠头面无表情地说："怎么，国军军官也有害怕的时候？你放心。别看咱斧头大，但活儿细。说砍几分就是几分。"他盯着少尉的眼睛，不看伤口，但已经按照老范的要求，在那里切开小小的十字形。

老范摁住伤口，一边挤压，一边用嘴朝外吸。吸一口血水，吐掉，然后再挤，再吸。

不一会儿，老范的嘴巴就开始肿胀。他赶紧用溪水漱口，然后叫人摁住少尉的大腿，点着火棍，将伤口烙住。

少尉两眼茫然地看着老范："我刚才说过，我救你不是因为喜欢你，只是执行命令。"老范没接少尉的目光，只顾忙活着处理伤口："我救你也不是意图报答，只是尽医生的职责。没有中国人也没有日本人，只有病人。"他的嘴巴红肿着，说话有点儿变调，显得怪声怪气。气温一天天升高，少尉的脚被马靴包裹着，长途行军至此，气味可想而知。然而老范毫不在意。他也不在意少尉的态度。相反，他甚至为此而感觉心安。

人员折损殆尽，少尉又被毒蛇咬伤，这可怎么办呢？正巧，走着走着，他们被一群穿着灰土布军装的士兵拦住。后来才知道，这是国民革命军陆军新编第四军的部队。当年闹红的那点儿老底子。

老范一行人被带到指挥部。少尉需要紧急医治。指挥官说："你们就别走了吧。日军已经对第五战区展开攻击，主攻方向应该是襄阳一带。我们突然开进到这里，主要目的就是策应国军正面作战。信阳的日军主力已经西出桐柏，要不你们能顺利冲出来？从调动的兵力上判断，这场战事短时间内恐怕不会结束。前方道路肯定不通。"

因找不到抗蛇毒血清，只能按照土法医治。少尉虽然保住了大脚趾头，但二十多天后才能真正走山路。

二十多天，足以发生很多事情。比如，日军所谓的襄东攻势、国军口中的随（县）枣（阳）会战结束，鬼子的攻势终被挫败；比如，少尉决定加入新四军；老范虽然不同意参加新四军，但愿意为他们提供医疗服务。前提是，他不以任何形式直接与日军交战。

刚刚碰到新四军时，老范对他们几乎就是不屑一顾。他们服装不统一，武器

装备也很杂乱。很难相信这是军队，而非土匪。这个态度激怒了给他做思想工作的干部。他随手抓过旁边一个战士手中的三八大盖："不是正规军，不能打仗；不能打仗，我们能缴获这样的武器吗？这是哪儿出产的，你不会不认识吧？"

此时外面进来一高一矮两个人。高个子走在前边，矮个子在侧后，两个人都背着斗笠。给老范做工作的干部一见，立即起身敬礼："司令员！"

走在前边的，就是新四军独立游击大队司令员李先念。最终做通老范工作的，与其说是李先念，还不如说是李先念背上的斗笠。老范在南京听几个在华北打过仗的尉官说，他们不怕别的，就怕那些背着斗笠的部队。那都是老共产党。他们从南方过来，习惯背着斗笠，打起仗来是真不要命。

廖磊属于桂系。安徽也是桂系的天下。众所周知，桂系跟国府素有隔阂。有句俗话大家都知道：国民党是蓝的，共产党是红的，广西是紫的。少尉能在二十天之内同意加入新四军，与之不无关系。相形之下，木匠头和小喇叭倒是有点儿犹豫："跟着你们打仗，立功政府承认不承认？"李先念爽朗地一笑："如今国共合作，新四军也是政府军呀。你们不是刚刚见过廖磊将军吗？他是国民革命军二十一集团军，我们是国民革命军新编第四军。他在立煌召开临时参政会，都要邀请共产党代表呢。不必顾虑，放心参军打鬼子吧。"

六　万

1

第二十七军团在潢川初次打响，是9月7日。

那一天，李致远所部——三旅在潢川东部与固始交界的春和集与敌遭遇，随即展开阻击。对手是刚刚占领固始的第十师团第八旅团，指挥官冈田资少将。第十师团虽然素称精锐，但在台儿庄遭遇孙连仲的铜头铁臂，折损大半，师团长矶谷廉介已被转入预备役。经过整补，如今由筱冢义男中将指挥，攻陷固始后又横行至此。鬼子之外，还有帮凶，那就是刘桂堂的伪军。当年在察哈尔，他们便是三十八师的老对头，如今居然追到了河南潢川，真不枉"走狗"一词。

在城西的军团部，每日都能听到隆隆的炮声。类似过年时期的鸡公山，隔着山岭听见人家鸣放爆竹。整个上午，一般都是参谋长张克侠主持局面，两位军团首长都不露头。他们各自借住在不同的人家。中午时分，张自忠到军团部阅示战报，跟大家一同吃午饭。饭后李文田也过来会商军情。等这一切结束，张自忠便在办公桌上摊开纸墨，对客挥毫写大字。

国军部队师以上机关，设置有八大处。分别为参谋、情报、政工、军务、军需、军医、军法以及副官处。参谋处主管作战训练，最为重要。我在参谋处供职，随时都能看到战报。

那个当口，春和集是全军唯一的焦点，因别处尚未打响。

谁都明白，春和集最终必定要放弃。把防线推进到那里，只是梯次配置、节节防御的需要，主要目的是迟滞敌军、争取时间。但放弃的时机，全看将帅的韬略。第八旅团一路打到现在，虽然也很疲惫，但火力配备很猛。有平津两地的税收为后盾，整个二十九军装备水平在国军中虽不算差，可毕竟已经血战三个多月，兵员装备均有严重损耗，更兼军中疟疾流行，春和集又没有坚固的工事可资依托。因而打到9月10日傍晚，一一三旅逐渐吃不住劲儿，请求后撤。

李致远的电话打到军团部时，张自忠正在写大字。他的字从艺术上看未必算得上多好，但颇有特色，笔锋锐利，类乎刺刀。单纯论笔法，我总会联想起瘦金体，但它跟瘦金体的气势韵味完全不同。瘦金体是翰墨味道，张自忠是英雄气概。

张自忠正在写文天祥的《正气歌》。这首诗他写了不知道多少遍，每天都有废纸一堆。我先将电话搁下，然后跑到——尽管我们之间的距离不超过十五米，但三步以上便需跑步，这是战场律令——张自忠跟前，敬礼后朗声道："报告军团长，一一三旅李旅长电话！"

张自忠抬眼看看我，好像第一次发现我的存在那样。"你就是参谋长推荐的那个学生？"

"报告军团长，我是少尉见习参谋李世栋。"

张自忠微微点头，没再说话，起身过去听电话。虽然不在旁边，但我依旧能听到李旅长焦急的声音：

"军团长，鬼子火力很猛，我旅伤亡太大，请求撤出一线阵地，退入二线阵地继续坚守！"

"伤亡太大，到底有多大？营长以上阵亡了几个？擅自撤退者，官撤，枪毙官；兵撤，枪毙兵；你撤，枪毙你！"

跟连襟这样说话，我心里不禁一颤，本能地挺直身子，就像在操场上听见口令。

晚饭时分，张自忠终于写完《正气歌》。看来他对最后一稿颇为满意，传示张克侠，张克侠也含笑点头。张自忠随即喊道："来人！马上将这幅字送到春和集，当面交给李旅长！"

2

次日上午，张自忠突然早早便出现在军部。他站在十万分之一的军事地图跟前，皱眉沉默不语。良久之后，问张克侠道："一一三旅可有战报？"

"今晨战报，全旅伤亡五百二十五人，干部伤亡严重。排长班长已经轮换三成。"

"命令李致远，可逐步后退到二三线阵地。命令其余各部，加紧构筑工事。"

当天夜里，一一三旅全面后撤，日军攻占春和集。随即军团部便感觉枪炮震耳。眼镜旅长张宗衡的独立二十六旅，在七里岗、黄冈寺一带跟鬼子接火。

七里岗跟春和集不同，事先已经修好完整的国防工事，梯次配置，火力交叉，可谓坚固。9月12日整整一天，独立二十六旅只有例行战报，张宗衡并未跟张自忠直接通话。傍晚时分，张自忠接通张宗衡的电话："眼镜，情况怎么样？"

"报告军团长，战斗虽然激烈，但我军有良好的国防工事为依托，兵来将挡水来土掩，咱不怕！"

"不要马虎大意！出了问题，看我不扒你的皮！"张自忠微露笑意。台儿庄战役期间，五十九军二战临沂时，眼镜旅长所部打得最漂亮，成绩最好。

"是！"

张自忠又回到地图跟前，双手叉腰，端详不语。片刻之后他抬手捻捻右脸下边那根长长的黑须，旋即指指西北方向的息县，以及东南方向的光山，跟张克侠对对眼神，同时点头。

冈田旅团已成强弩之末，濑谷启的第三十三旅团赶来助阵。当初由北向南正面进攻台儿庄的，就是这个老鬼子。除了本部三十三旅团，另外配属了大量的炮兵以及战车，所谓濑谷支队。见冈田资已经碰得头破血流，在台儿庄已有十足教训的濑谷启决定不再正面进攻，展开两翼迂回，将我军包围消灭。

潢川是古代黄国所在地，黄姓多发源于此，包括战国四公子的春申君黄歇。曹魏时是弋阳郡治，唐宋是光州州治。民国二年（1912）更名为潢川，与信阳同属豫南道管辖。从地名即可看出，境内河流众多。潢水穿过县城，由西南流向东

北汇入淮河。濑谷支队折向东北越过潢水,沿淮河南岸向息县扑去。

看来还是戴着眼镜看得清楚,敌人动向是独立二十六旅捕捉到的。张宗衡没有满足于固守七里岗的国防工事,一部兵力配置在东北方向的上油岗,双方在那一带展开拉锯。但他感觉鬼子的攻击并不卖力。尽管上油岗我军没有国防工事依托,兵力也不雄厚,但双方只是拉锯,鬼子偶尔占领之后并不向南发展,侧击七里岗。张宗衡感觉不对,派兵前驱搜索,结果发现上油岗以北有大队敌兵向西运动。

接到独立二十六旅的报告,军团部立即做出反应:三十八师主力迅速开往潢川西北的息县方向,阻敌前进;一一三旅派出一部兵力攻击潢川北部的十五里铺,切断敌军后援。

息县离潢川有几十公里远,那里的炮声我们肯定听不见,因为耳边的炮声已经足够洪亮。张自忠对着电话道:"谁都可以打败仗,唯独我张自忠的部队不能!没有人了,那打电话的是谁?等打到没有人打电话的时候,我去给你当机枪手!"

放下电话,张自忠再度站到地图跟前,双手没有掐腰,而是抚在屁股上。这是他生气时的姿势,司令部人员随即噤声缄口,小心翼翼。

息县终究未能守住。敌军越过息县,开始进犯罗山,意图切断我军跟信阳的联络。位于城西任大庄的军团部已经受到威胁,随即迁往潢川城南。我们刚在城南安顿好,城东七里岗的国防工事已被敌军突破,潢川县城随即三面受敌,独立三十九旅跟鬼子正面接火。

不看地图不知道,看看地图就知道情势的凶险。整个三十八师已呈被包围态势,潢川城也仅有南面的包围尚未合拢,由军团部和一八〇师师部撑着。

军团部初次直接遭遇威胁,是9月16日的晚上,四周黑漆漆的,正好衬托出弹道绚烂的闪光。

枪炮声如在耳边。黑夜更放大了不安全感。司令部内一片惊慌。军政部派来那个少将附员,大抵意思相当于唐代监军的宦官。他一表人才,下巴刮得干干净净,穿着黄呢子的将军服尤其帅气,但此时已经惊慌失措:

"全军安危系于军团长一身,请军团长赶紧移动移动吧。"

李文田、张克侠和刘振三都没说话，抬眼看着张自忠。

张自忠在灯下读《精忠说岳》。他冲少将附员点点头，但没接他的话茬儿，不高不低地喊道："马学成，你带人出去看看，外面到底怎么回事！"

马学成是军团部手枪营的连长。他答应一声，立即集合部队外出应战。随即外面枪声大作。大约过了半个小时，枪声逐渐寂静，司令部内的气氛也安静下来。那种安静就像一枚秋天的树叶，自然而然地飘过每个人。

原来只是小股敌人的袭扰，或许只是他们的搜索队伍。少将附员这才悄悄离开司令部，回房安眠。

3

次日中午，军团部再度遭遇威胁。鬼子的大队骑兵从东西两边同时包抄过来。

骑兵速度快，冲击力大。而当时军团部周围只有一个手枪营，一八〇师的警卫连也有些战斗力，其余均是非战斗人员，又缺乏重武器。大家纷纷建议撤退，但张自忠不同意。他自顾自地低头写大字：文官不爱钱也不怕死，武将不怕死更不爱钱。一边写一边说道："罗山已经失陷，跟信阳的联系已经中断，咱们的位置就像潢川的口鼻，满城就指望南方透气。咱们一撤，潢川怎么办？不被憋死了吗？立即命令独立二十六旅，派一个团过来解围！"

司令部的非战斗人员纷纷抄起武器，跟随手枪营来到前线。我领到了一支捷克式步枪。跟在南苑使用的老式汉阳造相比，这支步枪沉甸甸的。那种分量仿佛压在心上，让我一阵心慌。其实向潢川行军时我已经背过捷克式，但那时无此感觉。天知道这是怎么回事。我趴在地上，感觉自己身上多了三层衣服：第一层是军装，第二层是汗衫，第三层是兴奋，第四层是焦虑，第五也是最里面的一层，是恐惧……它紧紧地贴在我的皮肉之上。突然加厚的衣服，让我浑身是汗。

手枪营跟二十九军的特务旅一样，人手两把盒子枪，外加一口大刀。但此时此刻，大刀派不上用场。骑兵跟步兵没有公平的拼刺，只有单方面的屠杀。没有别的办法，只能发挥盒子枪的连发优势。

盒子枪产自德国，也叫驳壳枪。五十九军连长以上前线军官人手一支。因为后坐力大，射击过程中会自动抬头，导致射击误差。你本来瞄准敌人的胸膛，但实际射中的却是天空。因而这种手枪在德国不受欢迎，中国才是最大的市场。之所以如此，是因为我们用一个简单的办法解决了后坐力引起的射击误差。那就是侧卧射击：握枪的手掌掌心向上或者向下。这样始终能够有效威胁敌人。你瞄准甲可能射不中甲，但甲旁边还有乙与丙丁。这样正好发挥它火力猛、能打连发的优势，对付集团冲锋最为有利。若是近战，驳壳枪的威力几乎相当于机关枪，但远比机关枪轻便。

司令部的军官跟手枪营的士兵分散配置。机关干部都在二线。我身边的那个士兵年龄不大，听口音是河北人。他很友好地问道："长官，你打过仗吗？是不是刚分发部队的军校学生？"我的手心满是汗水，想到裤子上擦擦，但感觉裤子也已被汗湿，便在干草上不住地蹭。一边蹭一边答道："什么话！七七事变你在哪儿？告诉你，我在南苑打过鬼子！我的照片还上了好几家报纸！"

"那你把保险拉开呀。"他微笑道。

我这才发现保险尚未拉开，脸上一阵发热。然而少尉总得有个少尉的样子。我忍住拉开保险的冲动，不疾不徐地说："急啥，鬼子不是还没进入射程嘛。"

这是一八〇师的兵，就近紧急调来的。事后回忆，我对这个河北兵满怀感激和歉疚。他明明看出了我的紧张，但始终没有说破。这在当时并不常见。在二十九军内部，不能打的无论官兵，都会遭人白眼。张自忠当年就因为术科较弱，而受到歧视。这个兵没拿白眼看我，继续跟我聊天："七七事变时，我们驻扎在杨村，针对宋委员长的炸弹，就爆炸在我们连的防区内。所幸没有炸着。我们比南苑还早打一天呢。其实我们早就想打的。鬼子运兵的车队从眼皮底下经过，过去打我们的友军，上头却不让开枪。连长跟上级请示，想在防区以外换便衣袭击，假装是土匪，上头还是不干。实在没办法，我们就在公路上挖了个大坑，让满车的鬼子都陷在里面不能动弹。然后连长层层请示，要求把他们消灭掉。因为他们在我们的防区以内，是个威胁。但上头不但不同意，反倒让我们帮鬼子把车拖出来。耻辱啊。"

"你们拖了没有？"

"那当然得拖啊。我们都不情愿，班长眼泪都下来了。但连长说这还不是营长的意思，而是师部的命令，必须执行。"

"怪不得都说三十七师打，三十八师看呢。"

"这叫啥话！我们后来打得不也很过瘾嘛。"

我突然压低声音："那时人家都喊军团长张邦昌，你知道不？"

"谁不知道！七七事变后，人家也说军团长是要逼宫夺权。本来说好他是二十九军的二头儿，可宋委员长先让冯师长接替地盘最大的河北省主席，后来又让他代理军长，说是军团长因此心怀不满。刚开始咱心里也含糊，可后来再看，人家不是汉奸，而是忠良。要不在临沂能下那样的血本？你拉开保险吧。"

鬼子的骑兵突破了一线阵地。一队士兵跑回来，退入我们身后。鬼子的骑兵越来越近。我准星里头出现一匹白马，跟南苑的那一匹简直一模一样。我使劲儿眨眨眼睛，在眼睛闭住的那个瞬间，眼前突然出现了张自忠的形象。他没看我，还在低头写大字，满脸严肃。旋即他的形象消失，鬼子的形象越发逼真。这是个年轻的鬼子，嘴角边还有个酒窝。

鬼子端着马枪，似乎也在瞄准。杜甫说射人先射马，可我不想听他的话。我感觉自己就在这个有酒窝的鬼子的准星里。我必须抢在他前面击发。

砰的一声，我确信是自己的子弹离开了枪膛。这声枪响就像是勇气的开关，我突然感觉，随着这记脆响，原本阴沉着的天空突然像旭日东升那样亮堂起来。

再度眨眨眼睛，鬼子已经倒伏在马脖子后面。在那个瞬间，我突然明白过去自己为何那样恨张自忠。我们恨的其实不是张自忠，也不是汉奸，而是恨角落里那个被恐惧击倒的自己。

4

眼镜旅长的生力军很快赶到，将鬼子的骑兵驱走。他们的装备当然比军团部齐全。其实两年之前，三十八师每个连便装备了两门掷弹筒，每个班配备两支枪榴弹。虽然比不得中央军的德械师以及后来的苏械师，但比起川军这样的杂牌，那还是要强很多。

可这样的装备也没法跟鬼子比。战场形势依旧在恶化。军团部将潢川南部的唯一出口交给独立二十六旅,再度转移,试图与黄维纲的三十八师取得联系。我们在前边走,鬼子在后边追。军团部相继通过我军的三道防线,进入炮兵阵地。此时前线已经打成一锅沸水,炮兵也在不断还击。

我们簇拥着张自忠经过一个炮兵阵地。指挥最边上的那门炮的,大概是新提拔的班长,在鬼子炮弹的持续爆炸中本来就有点儿慌张,看见一群将军过来,更加紧张。见此情形,我多少有点儿替他担心。张自忠多有煞气的将军,在他跟前出丑,那还能有个好?至少班长头衔得撤掉。

张自忠果然发现了那个班长的操作失常,随即向他走去。那人赶紧立正敬礼。张自忠笑着拍拍他的肩膀:"听口音,也是咱山东人吧?打得不错,继续打。不要慌,瞄准了再放。"说完话随即在空炮弹箱子上坐下,解开鞋带,脱了鞋朝外磕石子,一边磕一边对李文田等人说道:"你们先去安置军团部。我走累了,先在这里歇歇脚。"

那个炮兵立即镇静下来。整个炮兵阵地全都镇静下来。虽然鬼子还击的炮弹持续落下,但大家打得有板有眼。张自忠见状,这才起身离开。

鬼子的压力越来越大,开始使用化学武器。各处都有大量的士兵中毒。我军没有防毒面具,只能每人发条毛巾、两块日光牌肥皂,蘸着肥皂水掩住口鼻。鬼子数次攻入城内,虽然都被安克敏击退,但独立三十九旅付出的代价也极为高昂,阵地上的活人越来越少,已无力支撑,频频告急。黄维纲和刘振三两位师长建议"暂时向南移动移动"。当时军团部和一八〇师师部在一起,距离黄维纲的指挥所不远,张自忠随即电召他前来开会商议。

情势危急,两位师长和司令部幕僚均建议指挥部先行南撤,各部队依次撤退。张自忠道:"军团部的确要转移。但不是向南,而是向北,进入潢川。"

大家闻听面面相觑。潢川几如孤城,此举不是自投罗网吗?少将附员擦擦额头的汗水:"太冒险了,太冒险了!"张自忠道:"韩信背水一战冒险不冒险?不冒险就打不了胜仗。为今之计,只有死中求生!"

黄维纲和刘振三两位师长都是当年张自忠部下的学兵,虽然年龄差别不大,但依旧视张如师如父。他们不敢开口劝谏，只是不断以眼神示意李文田和张克侠。李文田道："冒险是必要的。但如今任务尚未完成，一切全在军团长，似不可轻易进入绝地。"张自忠没看李文田，也没有吭气。张克侠道："请军团长暂时南移。各支部队均坚守现有阵地，直到18日。军团部一分为二，我率指挥机关进入城内，就近指挥三十九旅守城。"

张自忠没理会张克侠的建议。他转过身子，背对大家，面向炮声隆隆的潢川，自顾自地说："都要退，往哪儿退？不力战而退，即便退到西藏，鬼子也会追过去！白长官命令我们坚守潢川必须到9月18日，否则胡宗南、罗卓英两部无法在信阳、武胜关一带展开，震动全局，我们将成为千古罪人！七年前的九一八丢了东三省，今天咱们若不小心，会丢掉大武汉，甚至整个中国！我命令！"

参谋长、参谋处长和机要参谋立即掏出小本子记录。

"一，各部指挥前移。营长到连，团长到营，旅长到团，师长进入最紧要之旅部指挥。二，各部预备队全部投入使用。务必坚持到9月18日二十四时。三，黄维纲师长宜派出有力一部，反击仁和集、双柳树、桃林铺与春和集，切断日军东西联络。四，独立二十六旅坚守城南阵地，并与独立三十九旅保持切实联络。五，患难多年，军法无亲。意志软弱擅自撤退者，一律枪决！"

机要参谋记录好命令，上前复述一遍，然后请李文田和张自忠签署。张自忠签署完毕，又口述一道电报，报告军情：

限即刻到。宋埠司令长官白并转武汉委员长蒋钧鉴：

自奉电令，职部与寇激战，予敌以重大杀伤。敌纠集飞机二十余架，大炮五十余门，坦克车三十余辆，轮番轰炸，持续攻击，并释放毒气弹。铣日（16日）以还，敌锋尤烈。职督率各部死战不退，伤亡已逾三千，连排干部折损近半，唯以国家及领袖念，士气不衰。现各部已退守二三线阵地，与敌拼杀，潢川亦在牢固掌握之中。职决意率军团部进入潢川，抵近指挥，完成最后任务。取义成仁，在此一举。谨闻。

职张自忠叩。顺祝胜利。潢川。

签署完电报，张自忠命令接通潢川城内的电话：

"安旅长，你要不要援兵？"

"报告军团长，我旅无时无刻不盼望援兵！哪怕给我一个连也好！"

"那好！我即刻率军团部进城！"

"啊？军团长，你开玩笑的吧？"

"嗯？"

"军团长，我是说这太危险！你千万不要来！我独立三十九旅战至一兵一卒，坚决不要援兵！"

"少啰唆，我即刻从南门进城。你马上通知到营连，看看谁想撤退，我都愿意率领手枪营接防！"

张自忠咔嗒一声摔下电话。在那个瞬间，安克敏依旧在喊："军团长！军团长！"

电话余音绕梁。张自忠回头看着李文田和少将附员道："灿轩，你和杜高参带领机关，到经扶县（今河南新县）附近择地安营，准备接应。"然后问黄维纲："震三，你去哪个旅？"黄维纲没戴军帽，头发修剪得让整个脑袋就像一枚枪弹。他朗声道："我去一一二旅，叫李九思下团，今天夜里攻击桃林集，用大刀片儿对付他们。"刘振三见张自忠转过脸，不等发问便主动说道："我跟随军团长进城。誓与先生不离一步！"张自忠飞快地笑道："那可不行！你得去三十九旅旅部。"刘振三点头道："是！我去三十九旅旅部。"张自忠道："那咱们赶紧抽两口，长长精神，立即进城。进了潢川，就像进了棺材。没有烟抽，只有毒气吸。"刘振三笑道："好，好！我正好带着上等的云土！"

5

之所以选择从南门进城，不仅仅因为地利之便，更主要的原因是其余城门均已从里面封死。棺材嘛，底子和四面都是死的，就等着盖板。

炮弹拖曳着绚丽的弧光，地面微微震动，如同波浪。我们进城时，安克敏正在城门口恭候。张自忠递给他一根黄瓜："秋黄瓜，有点儿老。岐山，你凑合着润润嗓子。"安克敏接过来，双眼湿润。张自忠拍拍他的肩膀，大步向城内走去，一边走一边发布命令："赶紧运出重伤号，然后封死南门！炸掉护城河桥！通知部队，19日将有援兵抵达。在此之前，潢川就是个棺材，谁都不能打开！"

潢川县城不大，但尚称小康。沙石铺就的街道，黑瓦屋顶，很有家的感觉。然而此时此刻，时时炮火处处瓦砾，遍地断壁颓垣。受伤的不仅仅是官兵，还有这种安静的小城本身。它像只水牛，躺在地上大口大口地喘粗气，已经无法站立。此情此景，令人心悸。

军团部设在火神庙内，门前是条围巾那么长的街道，所幸尚未遭遇炮弹。进去安顿好，我很想就地躺一躺，仿佛只要闭上眼睛，就能忘记战火，把这个奇迹般完整的街道当成宁静的故乡。这当然是不可能的。手枪营奉命只留一连护卫军团部，其余两个连全部出战。机关勤杂人员一律分发到一线。

我奉命到第四营，向徐营长报到。徐营长很爱抽卷烟，脖子左侧有块胎记，负责南门周围的防御。当时那里已经没有所谓的营部，他带着几个卫士和两个通信兵，守在一家半倾倒的油酱铺内。酱油缸和醋缸均已炸碎，周围散发着浓重的醋味。黑色的液体掩盖着污血，醋味夹杂着死尸的气息，空气似乎都已凝结成固体，无法呼吸，只能捏着鼻子咬一口，嚼碎吞下，然后再咬一口，嚼碎吞下。

徐营长正在处分逃兵。那个兵军服上满是血污，无法辨别伤口所在，但其实只是轻伤。这身军装是他从死尸上扒下来的，想冒充重伤号出城，但未得手。

逃兵跪在地上，浑身发抖，但徐营长迟迟没搭理他。他的注意力被一条小狗吸引。我们的注意力都被那条小狗吸引。它浑身雪白，但四蹄却是黑的；它不知从哪里翻出一只没有爆炸的手榴弹，日本产的西瓜型手榴弹，立即当成玩物，又扑又咬，衔起来再放下，就像个淘气的孩子。

我们的精神立即紧张起来。手榴弹上满是血污，狗蹄子和狗嘴也已经变色。这玩意儿要是爆炸，那可不是好玩儿的。有个兵举起枪要打死小狗，被徐营长制止："多漂亮的一条狗！要是不打仗，我情愿搁院里养着。放心吧，它很快就会厌烦的。那肯定是颗哑弹。"

果不其然，小狗很快就扔下手榴弹，蹦蹦跳跳地消失在房屋背后。徐营长

这才转过身来，面对逃兵，脸上的笑容慢慢融化。然而片刻之后，他再度绽开笑容，并且还唱了起来：

"逃兵好，逃兵好，逃兵打水我洗澡……"

这个旋律我很熟悉，是艺术大队经常打的快板书《当兵好》。徐营长给它改了词儿。

"肏他娘，韩小年，你要能打来热水给我洗个澡，我就饶你一命。"

"营长，百姓都逃光了，炊事兵也上了一线，我到哪儿给你打热水呢？"

"肏他娘，知道炊事兵都上了一线，你还敢逃命？"

韩小年被拉到旁边不远的阵地前枪决。这是士兵，如果是军官，要报到旅部，由旅部处理并通报全军。随即通信兵离开营部，口头通报全营。当此时刻，他竟然还有一辆自行车骑。自行车的牌子跟我在北平骑的一模一样。这辆熟悉的自行车，在杀人的时刻竟然也让我感觉到了丝丝亲切。我使劲儿盯着车子的背影，以便遮蔽枪决人的枪声，以及死亡现场。

处理完此事，营长方才顾得上我。第二次出击临沂时，独立二十六旅奉命死守展庄，立下大功。当时独立三十九旅的这个营，配属给独立二十六旅。徐营长立有战功，本来已经升为团长，但掩护五战区撤退时，部下有两人犯纪律，抢了老百姓的驴。那个兵枪毙，他也降了职。虽是老营长，但他比我大不了几岁，刚刚成亲不久。他靠着木头做成的墙壁，仔细卷纸烟。卫兵要帮忙，但他不干，一定要自己动手，卷好，点燃，闭着眼睛深深地吸一口，然后吐出来，仿佛是在品尝无上的美味。那样子是如此的陶醉，也是如此的诱人。它让我彻底忘记了即将发起的血腥攻击。我无法相信，这世上还有如此简单的一件事，比即将发生的杀人和被杀事件更有质感，更有意思。

营长睁开眼睛，掏出一张照片："肏他娘，老弟，瞧瞧咱媳妇，俊不？咱不像你有文化，要不也得找个女学生。"

是营长夫妻俩的合影。他妻子的确很漂亮，漂亮得令人心痛。至少她不该出现在这个时刻。在随时可能丧命的时候，还以美好的事物刺激那些可怜的战士，何其缺德。

"真漂亮。比我未婚妻还要漂亮。真的。"想起婉茹，我心内一阵疼痛。她如此热衷于将我派到五十九军，大约想不到我也会有必须要拼刺刀的一天吧。

"前两天还有个女学生，要到军团部找她的未婚夫。唉，也许我应该告诉她的。现在想想，她肯定不是汉奸，不会泄密。"

"女学生？叫啥？"

"我忘了。那时我正忙呢。老弟，都是别人的事情，不重要。重要的是，你千万不要紧张，不要害怕。子弹有眼睛，专找害怕的人。比如那个倒霉鬼韩小年。我虽然年龄不大，但打过的仗实在不少。打赵倜，打吴佩孚，打张作霖，打阎锡山，打唐生智，打靳云鹗，打樊钟秀，打蒋委员长。都是中国人打中国人，窝里横。还好，今天终于赶上了打鬼子。要不老了想跟孙子吹牛都没得吹。厌恶战争是肯定的，这玩意儿的确可恶。但是要学会享受战斗。你明白吗？厌恶战争，享受战斗！肏他娘！"

我当然不明白。营长接着说道："你听着枪炮，多么热闹啊。肏他娘，咱当兵的都是穷人，没有饭吃才来搏命。要是在咱老家，过年放这么多炮仗，得多少钱啊，今天可全是不要钱的，随便放！随便看！随便听！战场上没别的，只有杀人和被杀。被杀当然不好，只能争取杀人。杀掉一个活生生的人，能不需要技巧？掌握一门技巧，那多有意思！就像卷烟卷，别看简单，不学你还真卷不好。"

营长此言，简直就是醍醐灌顶。厌恶战争但享受战斗，多有禅意。我突然明白了自己因何毫无怨言地接受了进入五十九军的任务。在内心深处，其实我也渴望享受战斗。享受一次痛快淋漓的、能用鲜血洗去耻辱的战斗。是的，耻辱只有用鲜血才能洗净。

"七七事变时，你在哪儿？"

"我驻扎天津。后来攻击过海光寺的日军总部。肏他娘，总算出了口气。"

"不是都说三十七师打，三十八师看吗？"

"谁再这么说，我肏他老娘！谁不想打！"

"那时我在南苑的军士训练团，社会上都说军团长是张邦昌呢。"

"他肯定不是那样的人，只是迫不得已。事后他刚回部队时，军部召集营长以上军官迎接，并且做了一锅好饭，准备给他接风。他给我们训话，上来就说，我这次回来，就是准备领着大家，寻找一个好死的地方。这话一说，全军泣下，他也落泪不止，全军当晚都没吃饭。那时我就感觉他肯定有苦衷。现在看看，果真如此。有主动寻死的汉奸吗？他进潢川，不就是要朝棺材里钻吗？肏他娘！"

我很想抽自己一个嘴巴子。为了刺杀张自忠的愚妄想法。

6

虽然封闭了城门，但鬼子毕竟有重炮。重炮炸开城墙，鬼子乘隙朝上爬。我们的机枪步枪盒子枪一起射击，鬼子不断滚下城墙，就像一筐筐打翻的苹果，尸体胡乱堆叠着。打来打去，鬼子到底还是攻了进来，双方随即展开巷战。

巷战虽然激烈，但也有个好处，不必再担心炮弹和炸弹。双方缠在一起，鬼子的飞机大炮全部失效，只看单兵素质。我们早已经过训练，拼刺刀时预先推上一粒子弹。万一碰上一对二的局面，可先射死个儿大的。如果刺刀插得太深拔不出来，也可以射击帮助拔枪。若枪膛内没有子弹，一对二时要先挑小个儿的刺杀。

因为枪内有子弹，鬼子总骂我们没有武士道精神。因为他们刺杀之前，要特意退掉子弹。之所以如此，并非因为他们讲究武士道，而是因为他们的三八大盖枪管长、射程远，又是尖头子弹，穿透力很强。刺杀时开枪，子弹可能击穿对手，射中后面的队友。

还有一点也非常重要。手要握在枪带以内，免得对手的刺刀顺势滑下，让手指受伤。

我没有挑对手，但对手挑了我。那个鬼子军衔是兵长，相当于下士，身材跟我接近，在鬼子里面就算个高的。他端着步枪便冲我而来。大概见我的领章是少尉，想捞个便宜吧。

步枪内的子弹已经射光，来不及再压子弹，我只能端起空枪跟他拼刺。捷克式步枪带着刺刀，舞动步枪时，刺刀在太阳下不时闪光。虽已打死好几个鬼子，但跟鬼子拼刺刀，这还是头一次。无论在军部值班，还是上次跟随手枪营打阻击，不仅仅我，每个军官与士兵都意识到自己是沧海一粟，因而感觉到了自己的渺小，同时又能强烈地意识到自己是整体的一部分，因而能手拿把攥地感觉到自己的强大。然而此时此刻，我丝毫也感受不到群体的力量。大家各自为战，谁都不能从队友那里获得哪怕是心理上的支持。无边的恐惧笼罩着我。我感觉这个鬼子下士根本不是人，完全就是一具僵尸。他面无表情，只是按照动作要领，刺，戳，挑。

只要是跟人搏斗，哪怕他再强大也不必太害怕。但是跟僵尸搏斗，完全是另外的概念。既然是僵尸，就没有惧怕，不会疼痛，不可能犯错让人抓住机会。我感觉浑身僵硬，有劲儿也使不出来，只是机械地应付，应付，眼看就要彻底落入下风。

但我到底有点儿武术的底子。在南苑也耍过几天大刀片儿。即便僵尸，也不能马上将我刺死。打着打着，我跟徐营长进入背靠背状态。他手中不是捷克式步枪，而是驳壳枪外加大刀片儿。

他用屁股使劲儿墩墩我：

"老弟，享受战斗！现在刺死人不偿命，随便练手艺。干吧！小鬼子，我肏你亲娘！"

娘还有不亲的吗？是不是在说我的三娘？我很奇怪，那时候竟然还有这等心思。当然，这话来不及出口。我答应一声，两人背靠背的队形立即被鬼子的刺杀分开。徐营长大吼一声，抡起大刀，我也挺起步枪，朝那个僵尸刺去。他用枪尖试图挑开我的刺刀，但我早有预料，突然斜转刺刀，一下子刺中他的左胸。

这一枪动作力度不大。我担心不够致命，而他要跟我玩儿命，同时刺我。那样我将无法躲避。我高兴地看见鬼子皱了眉头。看来他不是僵尸，也知道疼痛。我大吼一声，迅速在他胸口补了一刀。

厮杀，厮杀，厮杀。我们从一条街打到另外一条街，直到将鬼子撵出城外，重新封闭缺口。我瘫软在地，手臂抽筋，仰脸朝天，大口大口地吸气。仿佛刚从井下升上来。突然，我看见了一条弹痕累累的布招，旅馆的名字已经看不清楚，但旁边有样东西，却是再熟悉不过：半条手绢，上面绣着八月的当令花卉荷花。

婉茹，婉茹来过这里吗？或者她也在军中？艺术大队此前曾经赴徐州战场劳军，多人阵亡。后来在五十九军的掩护下，剩余人马方才钻出包围圈，从徐州退到潢川，再从潢川退到鸡公山。难道这一次，他们又来潢川前线劳军了吗？

我突然想起来，那个要到军团部找未婚夫的女学生，一定就是你，婉茹。

婉茹，我亲爱的婉茹，你在哪里，你还好吗？

7

这条街也是四营的防区。昨夜我就睡在相邻的街里。我赶紧去找徐营长，但他已经阵亡。局面太乱，甚至他的卫士都没有发现。此时打扫战场，才引起注意。他是被流弹击中的，子弹正巧射过前胸，在他口袋的位置。中弹后他依旧靠墙站着，大刀撑在地上。那个院子是大户人家的，家里有许多藏书，如今书跟房子一起，全都化为灰烬。那些书虽已无辜牺牲，但生前的品质依旧不灭。闪闪发亮的雪白灰烬，生前都是纸质柔软木刻印刷的上等宋明书；现代书的灰烬很粗，呈现出深浅不同的暗灰色。徐营长是站着死的，那么韩小年呢？将来我又会是何等的姿态？

来不及细想，我伸手摸出那张照片，上面已被洞穿，带着血迹。子弹穿过的位置，正好在他们夫妻两人之间。

我很惊异，自己竟然没有悲伤的感觉。仿佛这一切都是理所应当。我悄悄收起那张照片，接过他的驳壳枪，再扯下那半条手绢，用满是汗渍和血迹的手，不断地抚摩。

我没再试图打听事情的原委。我明白，这已不重要。因为枪炮声再度密集，鬼子新一轮进攻已经开始。副营长也已战死，第一连连长代理营长指挥。几番打退鬼子，逐渐进入深夜，预定时间已到，全军准备撤退。虽然三十八师和独立二十六旅还在城外激战，但潢川已经沦为彻底的孤城。鬼子在各座城门附近都配备了重兵，准备将我们困死。我们接到通知，不走南门，爆破南部的一段城墙，从缺口处冲出，以降低伤亡，达成战术突然性。

那已是9月19日凌晨，激战刚刚过去，双方都在喘息，阵地上一片寂静，能清楚地听到尸体上老鼠的吱吱声。这声音令人不寒而栗。比起阵亡的惨痛，仿佛老鼠的啃啮更加可怕。突然之间，几声巨响，南城墙轰然洞开几道口子，倒塌的城墙躺在护城河中，正好当作桥梁。部队迅速朝外冲锋。时间地点和方式都在鬼子的意料之外，城外的独立二十六旅又在全力策应，突围总体非常顺利。

一个高射炮排当时从军团部配属独立三十九旅，协助守城，共两门炮。从炸开的城墙突围，人能出去，炮可不行。排长赶紧请示该怎么办。安克敏道："人命都顾不上，还炮呢。"排长一听，便扔下炮带领士兵突围。等冲出包围圈，安克敏忽然想起此事，又问高炮的下落。排长对道："你不是叫扔掉的吗？"安克敏道："谁说的！你难道不懂，丢失大炮要掉脑袋？不带出来，你也炸掉呀。"排长道："这不舍不得嘛。打鬼子的利器！"安克敏闻听踢了排长一脚："糊涂！等着吧，军团长处分我，我就枪毙你！"

安克敏完成了死守潢川的任务，最终却是撤职留任。

8

全军向南撤退，目标是经扶县。撤退不是逃跑，必须安排兵力打阻击。最先出城的第四营，奉命在潢川城南占领阵地，接应后续部队，承担收容和殿后任务。

又是一场混战。此时天色已明，我们被鬼子死死咬住。就像童年时分外出拜年，被恶狗咬住裤脚，怎么挣都挣不脱。杀红了眼的鬼子，向我们发起著名的猪突攻击。像一群野猪，凭借厚厚的皮与泥，不要命地冲锋。仿佛我们的子弹不是子弹，只是雨点儿。

阵地丢失，部队打散，军官士兵们只能跟鬼子捉对厮杀。拼刺刀甚至摔跤。

驳壳枪打光了子弹，来不及重装，我顺手掷向鬼子，然后挥舞大刀。大刀砍卷，又信手换上刺刀。刺杀中我受了伤。疼痛没有击倒我，反倒激发出空前的力量。我最终将对手刺死。由于用力过猛，刺刀嵌入骨头，怎么拔都拔不出来。正

在这时，一柄刺刀刺来。我本能地一闪，然后揪住他的枪带，贴身过去，在他面门上砸了一拳。他夺了几下枪，没有夺回去，干脆搂住我想把我摔倒。我们就此在地上翻滚，像泼皮那样无赖地厮打。他背上有钢盔，在翻滚中更有优势，我被压在下面的时间更多，眼看我就要被他制住。突然我的手碰到了一枚没炸的手榴弹，便顺手抄起来朝他脑袋抡去。

鬼子一愣。好像两个同学在课堂上打架，他根本没意识到我会让武力升级。随即鲜血从他头上流下，他开始使劲儿掐我。我拼尽全力抡起带血的手榴弹，继续朝他头上砸去，同时翻过身子，将他压倒在地。

我不住地砸，砸，砸。脑浆和着鲜血，溅了我满脸，但我毫不顾忌。我越砸越顺手，越砸越高兴，突然感觉满心愉快。仿佛此地不是战场，而是厂甸的庙会天桥的相声。原来杀人也可以这样快乐。享受战斗，这也是其中的一种吧。

快乐是突然终止的。我听见了皮肉开裂的声音。一定是军刀。然后背部又是一下。这一下应该是刺刀吧。我好像能看见雪亮的刺刀，在我鲜红的肉体中穿行。

9

主啊，我已经很久没有读经，没有祷告，没有参加团契，未去教堂礼拜，我难道还能上天堂吗？

主啊，如果这不是天堂，为何我迟迟没看见地狱的烈火，带着硫黄永远不灭的烈火？

主啊，如果这里真是天堂，为何我没有看见佟麟阁？我相信并且敢于保证他是虔诚的基督徒，完全有资格上天堂。如果他都不能上天堂，那么天堂的存在也就没有丝毫的意义。

我突然明白，这是天堂和地狱分界线岔路口，我必须抓紧时间，在天使到来之前，在这里做诚心诚意的最终忏悔。

我突然明白，自己先前为何如此痛恨张自忠，痛恨汉奸。除了显示自己的正义，痛恨内心深处被魔鬼控制的那一半自我，更重要的原因还是我们惧怕日寇。原本应该针对侵略者的痛恨，因惧怕而被大半消解。

爱能产生力量，恨也能产生力量。要想产生杀人的动力，必须在内心深处，用仇恨组装起功能强大的发动机。

我还像往常那样痛恨汉奸，但我对汉奸的恨，已经不再本末倒置地超过恨日本鬼子。因为消灭掉鬼子自然就没了汉奸，而杀掉再多的汉奸，也不能消灭鬼子，只能滋生更多的汉奸。就像割韭菜，割掉一茬再冒一茬。

主啊，请饶恕我的罪孽。虽然我并未冒认英雄，但却从未主动拒绝，从未主动说明照片的来历。主啊，一个怯懦的人，竟然还有这样的虚荣心，人的有限有罪在我身上体现得再明显不过。

主啊，我接受你给我预定的命运。我知道这不是死亡，而是永生。但是主，请你看顾婉茹，请用你的手托住她的脚步，给予她尘世间的一切幸福。她所有的过犯，我都愿意承担。请把那一切，都加到我的身上。

这湿润是天堂的甘露吗？不，原来是尘世的雨水；红色是地狱的烈火吗？不，只是我头上的血。

有人用枪试图将我挑起来。等我挣扎着试图坐起，他猛一退后，我又跌落于地。我顺手抄起驳壳枪要对付这个鬼子，但那个鬼子却是满口的东北话，跟周承伦一个味道：

"你别这样！我也是中国人！吉林的！我是没办法，家人都在人家手中，我不从军，他们都得死！"

是个真正的汉奸。东三省的汉奸。可是我已经没有力量跟他搏斗，甚至连恨他的力量都不再具备。

"你别言语！一会儿要是有再来的，可全都是鬼子！我没有别的，就这点儿口粮。能不能活下去，只看你自己的造化！"

我很想睡觉，眼睛睁不开。两瓣眼皮上好像沾了胶水。我看见了那份日式口粮，也看到了自己的血。我很高兴，雨水洗不掉的耻辱，终于被鲜血洗掉。我很高兴，能死在潢川。民国以还，潢川跟信阳同属豫南道和汝阳道，此地也可以算作故乡，远比死在南苑或者大红门好，灵魂想回家也近。

果子总会烂在树根不远处。从哪儿来，回哪儿去，够了。

我愿意相信，婉茹来过这里。我很高兴，在她曾留芳踪的地方倒下。

什么东西再度让我清醒。是个绿头大苍蝇，在我的脸上。很恶心的那种。看来它对我的伤口很感兴趣。要搁以往，我准定会一拍子拍死它，但那时我却丝毫没有这样的想法。我对它充满了善意，也充满了羡慕。

它还能活着，多好啊。

红 中

1

古诗中如此美丽的送别，我竟然一直无缘体验。这真是遗憾。我不想与你分开。哪怕是短暂的。如果一定要分开，至少要给我一个像样的送别。灞桥残月，折柳送别，多么美好的意境。可即便这样小小的心愿，都是无法实现的奢望。

我无法理解，你参军之前，竟然不来跟我告别。军情紧急军务在身之类的话，还是不要说了吧。天涯流落思无穷，既相逢，却匆匆。你忍心吗？

收到你的这封信，我方才内心释然。

那时你已经跟随二十七军团司令部，开赴北边六十里的信阳城。忽一日，邮差送来一封信。拆开一看，短得不能再短。除了抬头称谓、落款与日期，有效信息只有五个字，外加两个标点：

对不起。等我。

我讨厌这两个标点。句号是何意味？我不需要含蓄，我需要表白与承诺。战火纷飞的年代，不知来日何在，承诺表白更能给我安全感。

宽阔漫长的留白，可谓疏可走马。另外一页则写得满满当当，又是密不容针的架势。是你抄录的一首诗：

我愿意，我们能够

住在靠近的地方

最多隔开一条河

随时都能隔江相望

我们的欢乐和苦恼都是一样

在一起就好。一起欢乐。一起分担忧伤

什么事都好有个商量

不会作假的人住在一起

就不用结结巴巴地说谎

为什么相爱的人倒要分开

分开得那样匆忙

哎，昨夜里我梦见

受苦的人喘过气来，不再受到压迫

眼泪已经属于过去的时光

我们约好了一个日子

坐火车的坐火车，坐船的坐船

公路上的汽车摇摇晃晃

说是我们来到了一个地方

我愿意，我们能够，住在靠近的地方

让我们私下取个名字

来称呼这条可爱的江

泪水吧嗒吧嗒地滴上纸页。我赶紧将信挪开。我突然发现，几年过去，硝烟熏染，你并未改变。你还是那个格外自尊因而略显自卑、敏感而又骄傲的，南方人。像只翅膀未硬的小公鸡，也敢于跟兀鹰搏斗，决不服输。

2

　　一定是你未经策划的仓促离开，带走了我们的运气。你刚刚跟随二十七军团开进信阳，我们便遭遇危险。

　　那一天，林颖他们到李家寨慰问演出，五十九军一八〇师驻扎在那里。都是血战临沂的英雄部队，又归五战区指挥；只要能做到，大家当然愿意尽心尽力。但最终这次演出效果很差。简直就是不欢而散。

　　我知道李家寨是你的老家。你们小李家虽然已经败落，那些宅院归了别人，但依旧矗立着。我很想进去走走，探访一番你的童年，体味一下王谢堂前翩翩飞燕的感觉，但却没有机缘。因为各处都已住满部队，我不能随便参观，只能远远地看看，如同用眼神抚摩一张褪色的照片。

　　除了还在驻马店的干部培训班，这是整个二十七军团的最后一批部队，刚从驻马店南下。不清楚是一八〇师的哪个旅哪个团。到了李家寨，刚要跟师政工处联系，突然听见人声扰攘。近前一看，几个士兵正在殴打一位少校。士兵殴打军官，毫无疑问是犯上作乱，但周围的军官非但不制止，甚至还要煽风点火。悄悄一问，原来是少校是军政部派出来的军风军纪纠察员，刚刚跟随一八〇师同车南下。在火车上他就发现这支部队纪律散漫，军风不振，从柳林下车之后查到李家寨，发现都存在同样的问题，随即向师部提出批评。

　　一八〇师师长刘振三脾气暴躁，桀骜不驯，说一不二，是个横了被子就抬床的人物。他刚打过胜仗，哪里听得进去这个整天坐机关的小少校的批评，立即跟人家对吵起来。三句话没说完，眼神一下，士兵便开始动手。当然，此时他已离开现场。

　　百姓不敢近前，只是远远地围观。得知内情，我们非常气愤，林颖立即找到政工处，向处长提出抗议。越是大敌当前的抗战，越要注重军纪。因为上个月，亦即7月的17日，柳林刚刚听到过隐约的枪声。不是鬼子的侵略，而是红枪会与国军的对抗。

　　都知道信阳的红枪会厉害。1926年，尚未因坚守临沂而成名的瘸腿将军庞炳勋，还在冯玉祥麾下。南口大战后冯军溃败，庞瘸子走投无路，投奔了吴佩孚，奉命南下增援武昌。他刚到信阳，武昌已被北伐军包围，只得栖身于信阳东北部的洋河镇。败军无纪律，惹怒红枪会，被团团包围，一车给养遭哄抢，一名团长被刺死，营长司元恺受伤。经过协调，庞炳勋只能赔礼道歉撤防。

庞炳勋吃红枪会的亏还算小的。碰钉子最疼的还是奉军郭松龄的残部魏益三。他跟庞炳勋前后脚到信阳，自己驻扎在城内，一部驻扎在罗山。因为军纪不好，游河镇的红枪会率先行动，随即全县响应，四面围城，好险没将魏益三活捉。尽管红枪会没有重武器，攻不下城池，但魏益三驻扎在罗山的炮兵团却折损大半，看家本钱三十门大炮丢了十六门。刚刚在忻口战役中殉国的军长郝梦龄、师长刘家麒两位将军，当时都在魏益三军中。前者任旅长，后者正是炮兵团长。面对红枪会，民族英雄也毫无办法。

正是因为信阳的红枪会力量强大，余子明才要求前来，有针对性地开展工作。但就在他们加紧工作的同时，7月17日，萧之楚所部二十六军在罗山随意拉夫派粮，激怒当地红枪会，双方发生冲突。萧之楚所部这一军两师人马，分别出自冯玉祥的西北军，以及方振武所部，此前都在来过信阳。他们也曾参加长城抗战，是最老牌的抗日部队。但尽管如此，扰民无度也难以获得谅解。罗山红枪会传书告急，信阳土城红枪会按照老规矩前往增援，事情越闹越大，信阳专署保安队只得出兵弹压，双发激战两天。尽管伤亡不能与台儿庄那样的战役相提并论，但毕竟是内耗，必须竭力避免。

张自忠率军从驻马店南调信阳，就是接萧之楚的防务。二十六军撤出信阳，很难说与这一事件毫无联系。此时此刻，一八〇师的做派的确有危险倾向，不能坐视。

师部借住在李家大院最旁边的那一进。我们直奔后院，找到政工处长，但他支支吾吾不敢回答，一边说一边朝旁边的房间看。随即刘振三从里面出来，气哼哼地喊道："又是谁，挑我们一八〇师的毛病？"出来一看，认出是林颖，面色又和缓下来，"是你们！前几天在武胜关，是你演的《兄妹从军》吧？"

"刘师长，你的士兵怎么能打军政部的纠察员呢？人家又不是鬼子！请你赶紧下令制止，那么多兵打人家一个，算啥英雄好汉嘛。"

"我们在前方枪林弹雨，他在机关写等因奉此；我们在铁路上行军，他非要来挑毛病。这样的混蛋，该打！"

"听听人家的批评，是大度的表现。国军打国军，叫百姓怎么看呢？"

刘振三嘴上没服软，但还是给了政工处长一个眼色，让他前去收场。处长一边走一边说："多亏你们是女学生。要是男人，只能适得其反。我们师长除了军团长，谁都不认。宋总司令的命令都未必管用。军团长离开部队期间，三十八师各旅都滞留于黄河北岸，不肯过河。宋先生分别给旅长下令，我们师长依旧我行我素。也活该这个少校倒霉。他哪里知道这些曲折呢。"

政工处长的话，让我不禁暗自为你担心。西北军不是号称纪律严明吗？一八〇师怎么会这样？将来你和他们如何相处？林颖悄悄道："越是这样，越要派人进去。否则怎么改变他们的面貌？"

慰问演出的第一首歌是桂涛声作词、夏之秋作曲的《歌八百壮士》，歌颂淞沪会战期间坚守四行仓库的八十八师的团长谢晋元，及其麾下的勇士。

这些曲折对演出的气氛不可能没有影响。但是唱着唱着，我还是声音哽咽，双眼含泪。泪眼蒙眬之中，我突然原谅了一八〇师那些军容不振的士兵，以及桀骜不驯的师长。说到底，他们要随时奔赴战场，跟敌人拼命。他们几乎每天都要面临生与死的抉择。那种压力，不是端坐书案前安享和平者所能体味的。

让我对他们由原谅彻底转变为同情的，还是突如其来的轰炸。

鬼子的飞机是从北边过来的。后来知道信阳城也遭了难。一共四架。它们带着鬼怪般的叫声，令人心折。街头早已慌乱一片，人们四散奔逃。中队长比较有经验，他领着我们迎着飞机的方向，朝北跑去。我怀疑飞机的翅膀已经削去我的头发，我甚至能感觉到头发被飞机吹起的波浪。抬头看看，飞机飞得很低，简直触手可及。二十年前将你惊吓早产的飞机，也是这样子的吗？

街边一个女人冲我喊道："白脸学生，不要抬头！"说到这里突然又用手捂住自己的嘴巴。我顾不得回应，跟着大家冲出街道，跑进镇子外边的稻田里隐蔽起来。此时疯狂的轰炸已经响起。敌机飞过镇子后又掉头向北，朝我们飞来。成熟在望已经弯腰的稻谷，突然散发出汽油的味道。我紧紧趴在地上，感觉脊背如同针刺般的疼痛。

还好，鬼子主要的轰炸目标是军队和军用设施。在那个弹丸一般的岛国，炸弹也是金贵之物。因而镇上的平民伤亡不大。只是很多房子被毁，将街心那株据说种植于唐朝的银杏树衬托得越发高大。

平民的伤亡再小，也终究是伤亡。听着幸存者焦急的呼唤，受伤者痛苦的叫喊，我心里万分庆幸那不是我，但很快又为这种庆幸而感到内疚。说到底，他们是我的同胞。或者还跟你有这样那样的亲戚关系。此时此刻，演出队自然而然成了救护队。

3

很快刘振三也率部拔营起程，周围暂时没再来部队，我们便在山上排演训练。大家认为单纯排练效果不好，不如直接到老百姓中去，以演代练。这不像正规的劳军演出，百姓人数也未必会有很多，效果差点儿没有关系。于是我们从萧家大楼上了鸡公山顶，在南街演出。山顶上毕竟温度低些，更加凉爽宜人，达官贵人也多。

练着练着，突见一队兵开了过来，然后是一队便衣，中间簇拥着两个大人物，一男一女。那时我们正在唱《牺牲已到最后关头》。跟《大刀进行曲》一样，这首歌也是麦新作的词：

> 向前走，别退后，生死已到最后关头。
> 同胞被屠杀，土地被强占，我们再也不能忍受！我们再也不能忍受！
> 亡国的条件，我们决不能接受，中国的领土一寸也不能失守！
> 同胞们，向前走，别退后，拿我们的血肉，去拼掉敌人的头！
> 牺牲已到最后关头，牺牲已到最后关头！
> 向前走，别退后。生死已到最后关头。
> 拿起我刀枪，举起我锄头，我们再也不能等候，我们再也不能等候！
> 中国的人民一齐来救中国，所有的党派快快联合起来奋斗！

> 同胞们，向前走，别退后，拿我们的血肉，去拼掉敌人的头！
>
> 牺牲已到最后关头，牺牲已到最后关头！

唱到最后，我再度泪眼蒙眬。那一刻我想到的是你。你们打响了吗？你还好好地活着吗？我使劲儿眨眨眼，挤掉泪珠，突然发现那两个大人物的样子很熟悉，画报上经常会有他们的照片。谁呢？认出宋美龄后，我立刻意识到旁边的那个是蒋介石。

宋美龄身着天蓝色的连衣裙，外加一条白色的披肩。跟画报上的那些照片一样风姿绰约。蒋介石则是白绸裤褂外加礼帽。我看看林颖，显然林颖也认出了他们，大家都已认出，但未做表示。

演出结束，宋美龄鼓掌，连声夸奖唱得好。她走到跟前，拉着一个女生的手，问问都是大学生，便说："教育都是头等大事。可惜日本侵略，你们暂时不能读书。没有关系，你们可以撤到大后方就学，也可以先参加抗战，胜利之后回到学校继续读书。"一个男生说："先打鬼子要紧！"蒋介石眯眯一笑，点了点头："你们宣传发动，跟打鬼子一样。信阳在平汉线上，驻军很多，你们感觉部队怎么样，纪律好不好？"

我刚琢磨该不该为那位可怜的少校奏刘振三一本，林颖已经开口："有的部队纪律好，也有的部队纪律不好。"蒋介石听完原委，脸色一沉。宋美龄叹道："这个刘师长，实在是不应该。唉，他们刚在临沂打了胜仗，又是粗人，不懂礼节。委员长会训诫他，民众也要多多体谅担待。"林颖道："将领作战不力，官员腐化堕落，百姓意见很大。报章常有批评，但上峰似乎老是看不见。长此以往，只怕冷了民众的心。"宋美龄道："上峰怎么会看不见呢？今年以来，委员长不是已经下令枪决撤办了四十多名旅长以上的高级将领吗？八十八师在上海打得很好，你们歌颂的八百壮士，就是这个师的部队。师长孙元良还是委员长的学生，但账目不清，委员长便下令撤职查办；继任师长龙慕韩在兰封作战不力，已经枪决。还有山东省主席韩复榘，那是上将，不也枪决了吗？就埋在鸡公山上呀。请大家放心，国府一定会负起责任。"

蒋介石似乎要用问题堵住林颖的嘴："你在读什么书？"

"正在读《郭沫若日记》。"

"郭先生有才，但是偏。他的书尽量少读。多读点儿王阳明、曾文正，才是学生的正道。"

"王阳明曾文正，恐怕不能让中国在二十到五十年内迅速崛起为世界一流强国。我们最喜欢的最盼望的，还是科学与民主。"

蒋介石脸色又是一沉。宋美龄接着笑问道："好辩才！说得比唱得还好。怎么样，敢上前线吗？"

"那有什么不敢的！前两天在柳林慰问一八〇师，已经经历过轰炸！"

"怕不怕？"

"怕有什么用？鬼子已经打进家里，越怕越得先把他们赶出去！"

4

蒋介石来鸡公山，我们一点儿都不意外。武汉的夏天实在太热。以往的年份里，庐山几乎就是中国的夏都。七七事变发生时，二十九军便有许多将领在那里受训。包括守卢沟桥的团长吉星文。后来紧急归队的。如今靠近长江的庐山已能感受到日军的锋芒，显然不是避暑的适宜之地。信阳的后花园地位，因战事而再度彰显。

我们当然不知道蒋介石何时上的山，又将何时下山。一切尘埃落定，我们方才确知行踪。但那时我们并不关心这个。因为没有时间。回到萧家大楼的当天晚上，大队长就找林颖谈话。

"你是不是共产党？"

"不是啊。我只是个学生。"

"委座侍从室的长官反映，你在委座跟前表现比较左倾。没有关系，现在是国共合作，彼此都是友党。你照直说，不必隐瞒。"

"我当然不会隐瞒。我只不过说了几句实话，就叫左倾？怪不得人家共产党得民心！"

"你这话的确有思想毒化的嫌疑！青年学生，疾恶如仇，偏激一点，我都能理解，否则这个社会也不会有希望。但是这样的话，还是不要随便乱说。"表现左倾已是中性词语，思想毒化才是他们对进步青年的通常称谓。

次日深夜，我们接到通知：明天有慰问演出任务。地点是前线，因而具体位置和出发时间严格保密。做好准备，随时出发。

天不亮我们便接到出发命令。队伍很精干，只有八名女生，要求是既能演唱，又要有救护经验。从萧家大楼下到新店，我们随即乘上汽车。这是个车队，我们车上有不少护士，前后各有两车护卫，车顶架着机关枪。中间有几辆车蒙着帐幕，看不见内容。

车队一路向北，经过信阳县城再折转向东，沿罗山、光山抵达潢川，在县城内匆匆吃点儿午饭，再度上路。此时已经能隐约听到远处的枪炮，前面再度强调防空，说是敌机随时可能来袭。想想李家寨的恐怖经历，我心里一颤，强自笑道："这不是空嘴说白话嘛，怎么防空，只能赌运气。万一真有敌机，只能祈祷炸弹离自己远点儿。别的还有什么办法？"带队的少尉剜我一眼："不要胡说！蒋夫人就在前面。她要带着我们去富金山前线慰问七十一军。"

车队过了商城县城，继续朝安徽开去，最终在武庙集停下。这里是七十一军的后方基地，医院辎重麇集于此，几辆摩托车来回穿梭，在地上刻下深深的车辙，看来是在传递信息。到底是中央军德械师，士兵的装备我不懂，但军装有眼睛即可看见。二十九军士兵都穿黑色的布鞋，所谓懒汉鞋，而七十一军却不，都穿胶鞋。

枪炮声越来越响，我突然感觉这一切都如同夜游，不是真的。宋美龄真会在车队之中？这个少尉不是汉奸？我使劲儿捏捏手中的手绢，看那上面的确带着荷花图案，南苑之役前夕的恐怖经历，又重回心头。

下了车我就能感觉到大地的震动。虽然见不到爆炸，但空气中浓烈的火药味儿已经令我嗓子发痒。我使劲儿清清嗓子，将它调整到可以随时出战的状态。这时前边有人挥手示意，我们立即越过人群，进入战壕。

宋美龄说："一会儿我们都要进入一线阵地。没有问题吧？"

"没问题！"大家齐声回答。我腿肚子打着哆嗦，但嗓门一切正常，保持着

231

女高音的音准。

一个上校正在打电话。随即他将电话交到宋美龄手中："军长请夫人听电话。"

"荫国,你们打得很好!你们的校长在鸡公山上召集军事会议,委托我来看看你们。他说过,他很为你们这些学生骄傲!我没多大本事,带了点儿弹药,还有救护小队、演出小队,来给你们鼓鼓劲儿!"

"感谢校长!感谢夫人!夫人的盛情希濂心领,只是前线战事炽烈,非常危险,请夫人立即回去!你放心,我一定将校长和夫人的盛意转达给每一个弟兄,勉励他们奋勇拼杀,不完成预定任务,坚决不退!"

"这怎么能行!我哪能过家门而不入!你不要多说,赶紧吩咐军械副官前来接收弹药,我马上去你的指挥部。"说完宋美龄没把电话递回给上校,而是直接扣下,随即招呼救护队,给战壕里的伤兵裹伤。

宋美龄披着士兵的军服,蹲下给士兵包扎伤口,然后合力将他抬上担架。那个士兵流着眼泪,不肯后撤:"夫人,我的伤不重,还能打!你让我回去,我愿意战死在这里!只要你通知我的家人,说我是战死的!我们三十六师那么多弟兄都倒在富金山,我怎么能走!"

宋美龄像母亲那样擦去士兵的眼泪:"我懂,我懂!你先去养伤,伤好了再回来打鬼子!"

上校是三十六师的团长张绍勋。他派个连长带领十名精干士兵,护卫宋美龄朝富金山顶爬去。我们紧跟在她的后面。最后面是专门的救护小队。上到半山腰,经过另外一个团的阵地时,该团团长已经手执电话,等在那里。一见宋美龄,他立正敬礼,然后递上电话:"夫人好!感谢夫人!军长请夫人讲话!"

宋希濂焦急的声音随即传来:"夫人,敌机已经很久没来轰炸,按照规律,差不多应该要出动。请夫人千万千万不要上山!这里太危险!"

"正因为危险,校长才派我来的嘛。"

"校长和夫人的盛意,学生心领!请夫人先不要移动,我下山拜见夫人。"

"荫国,你是一军之长,岂能随意离开指挥位置?我命令你留在原地!我马上就到。"

血污，尸体，弹坑，弹壳；烧焦的树，翻开的泥土。到处都是死亡，但却有一簇不知名的鲜花，正在怒放之中。她像个专注的学生，丝毫不理会同桌的笑闹，静静地安坐于时间的彼岸，好像所有这一切都与她无关。正在此时，十余架敌机呼啸而至，然后就是排山倒海的轰炸。

我们赶紧在交通壕里就地卧倒。宋美龄笑着对我说："同学们不要害怕！五月份我在兰封前线已经经历过敌机轰炸，也没事嘛。"

我来不及回答，爆炸已经淹没一切。土块砸在后背上的疼痛，令我庆幸不已。这说明炸弹没有炸着我，我还活着。

我们在山背后，不是轰炸的重点，因而敌机很快便掉转方向，轰炸正面的主阵地。灰头土脸地爬起来，回头再看那簇鲜花已经无影无踪，只剩下一个黑黢黢的弹坑。我很奇怪，周围甚至连片花瓣都找不见。仿佛她从来就没在历史上存在过。这让我莫名地悲伤。仿佛那么多弟兄的死，都不及这一簇不知名的无足轻重的鲜花。

炮火让我忘记了时间的距离。直到一位矮个子的将军牵着一匹高大的黑色战马迎面而来。见到宋美龄，他先立正敬礼："夫人好！真是不该劳动您！万一您有点儿闪失，我怎么跟校长交代？这是我在兰封围剿第十四师团时，从土肥原贤二手中缴获的战马，我将它命名为土肥原，就用它送夫人下山吧。"

宋美龄脸色一沉："荫国，你这是什么话？中国是你和七十一军弟兄的中国，就不是我宋某人的中国？弟兄们在前线流血拼杀，我们妇道人家除了前来看看，还能做点儿什么？不要再说客气话，也不要赶我走！我必须到你的指挥部，跟各个师旅的弟兄们说说话。"

宋希濂身体结实，脸庞方正，表情坚毅，带着湖南口音。他无奈地点点头："既然如此，请夫人上马吧。"

"不，请你上马。我要为你牵马坠镫。"

"以夫人之尊，这怎么能行？千万使不得！"

"为我大将牵马坠镫，有何不可？请不要耽误时间，我命令你赶紧上马！"

宋希濂骑在马上，如同坐在火炉上。还好，很快便到了指挥部。指挥部接近山顶，山形的褶皱之处，隐蔽得很好。他下马引着我们登上山顶，借着树木的掩护俯瞰全局。富金山呈扇形控制着公路，临敌的一面有几条棱线直达山底，较为平坦。三十六师的主阵地布置在山腰间，地形很好。史河如带，闪闪发光；稻田平铺到天际，一派金黄。可惜此地并非世外桃源，而是血腥的战场。由此居高临下地远眺，残酷的厮杀如同沙盘推演一般近乎游戏，也像沙盘推演一般清晰。点点弹坑像为了收割或者播种而刨开的农田，炸飞的肢体就像散落的土豆。我清楚地看见了大地的伤口，以及它难以言说的疼痛。我知道它在流血，但强忍着坚决不肯流泪。再朝远看，日军野战医院的标志极其明显，炮兵阵地和补给基地都看得清清楚楚，运输车辆来往穿梭不停，可我军却不发炮轰击。

"荫国，敌人目标很清楚，你怎么不让炮兵射击？"

"报告夫人，配属我军的重炮已经打光。敌军的空中力量太强。小口径的迫击炮还有，但是够不到人家。"

宋美龄叹口气："得继续争取美国苏联的援助。飞机，大炮，坦克车！这是蒋校长给你的亲笔信。"

宋希濂读完信，双脚后跟一靠："感谢校长栽培，领袖信任！养兵千日，用兵一时。退后一步，即无死所。请夫人和校长放心，七十一军一定会为黄埔争光，为校长争光，为民族国家争光！"

"好！我相信你，相信中国的好儿男！请接通电话，我对各个旅团的弟兄们说说话。"

宋希濂首先接通八十八师师长钟彬："钟师长，蒋夫人已经到达我的指挥部。你们要好好地打！你赶紧派出一部兵力，搜索我军侧翼与后方！鬼子正面攻击多日不能奏效，很有可能会两翼包抄。夫人如今在一线，丝毫不能闪失！"

宋美龄跟钟彬通完话，随即把电话交给我们，让我们给八十八师的弟兄们唱一曲《歌八百壮士》。三个多月以前，薛岳指挥国军十几万人马，打算在兰封围歼日军第十四师团。该师团主官土肥原贤二，乃伪"满洲国"和"华北自治"的炮制者，与我国有血海深仇。因二十七军军长桂永清处置乖方，配属该军指挥的八十八师放弃兰封，师长龙慕韩被正法。而前任师长孙元良守卫南京时作战不力，丢下部队逃跑，又贪污了二十六万的工事费，也被查办。经此两记耳光，全师士气自然会受影响，眼下大敌当前，亟须提振。

中国不会亡，中国不会亡，你看那民族英雄谢团长！

中国不会亡，中国不会亡，你看那八百壮士孤军奋斗守战场！

四方都是炮火，四方都是豺狼，宁愿死，不退让，宁愿死，不投降！

我们的国旗在重围中飘荡，飘荡！

八百壮士一条心，四面强敌不敢当！我们的行动伟烈，我们的气节豪壮！

同胞们起来，同胞们起来，快快上战场，把八百壮士做榜样。

中国不会亡，中国不会亡，中国不会亡！

最后的几句不是唱出来的，而是哭出来的。我们泣不成声，宋美龄也声音哽咽。宋希濂使劲儿咬着嘴唇，两眼通红，到底还是切断了眼泪的闸门。仿佛他挡住的不是汹涌的男儿情怀，而是鬼子的坦克车。

下山途中，林颖悄悄对我说道："知道吗？瞿秋白的死刑命令，就是宋希濂执行的。当时他是三十六师师长。"

5

从富金山下来，原本风姿绰约的宋美龄已经满身征尘。天色已晚，我们顾不上吃饭便朝回赶。由此西行，第一站是商城县。刚刚过去一天，这里的形势便已骤然紧张。从符号上看，防守此地的是孙连仲麾下的三十军，军长田镇南。他们在娘子关和台儿庄打得都很壮烈。车队没有停留，匆匆向西赶去，直到潢川宿营。

还没到潢川，车队忽然被拦下。原来已有军队开进此地，设置了路障，要逐一盘查。车子再度启动时，我看见两边的工事里已经架好机枪。随即城内的灯火遥遥入目，令人心内一阵轻松。虽然只是过客，但这灯火也给了我归人一般的喜悦。

车队穿过潢水，经由东门进入县城。进去一看，小城几乎已成兵营，到处都是兵，戴着一八〇师的符号，正所谓冤家路窄。这个师开到潢川，军团部想必不远。你在哪儿呢？会不会也在这座小小的县城里边？

无论如何，我一定要见你一面。富金山的惨烈我无法忘怀。三十六师满编一万两千五百人，《司马法》中一军的数目，但最终撤下来的不足八百六十。虽然这个数字当时我们无法预见，但野战医院浩浩荡荡的伤兵，已经足以让我开眼。更多的人只能简单包扎后躺在地上，根本没有床位。我不知道等待你和二十七军团的将会是什么。我一定要活着见你一面。

领队忙着找住处，我则忙着打听指挥部的位置。有个兵警惕地看我一样，将我带到他的长官跟前。长官带着少校领章，脖子左侧有块乌青的胎记。他一边卷烟一边问道："你是干啥的？为啥要打听指挥部？你不知道那是军事秘密吗？肏他娘，现在汉奸可不少呢。"

我突然感觉这个问题很难回答。顿了一顿才说："我要找个同学。他是你们军团部的少尉见习参谋。"

少校始终不肯告诉我军团部的位置。尽管我打出了艺术大队的牌子。他说："军团部的位置，我一个小小的营长，哪儿知道？明天早晨，你找我们旅长打听吧。能不能告诉你，只看你的造化。要叫我说，你还是赶紧离开的好。这里很快就要变成战场。肏他娘！"

宋美龄住在哪儿，我们不知道，也没有问。领队要求各个分队自己解决。辎重队，医护队和宣传队。我们找到一家小旅馆，靠近南门，是艺术大队过去的熟人。此前他们从徐州撤到潢川时，曾在城内驻扎宣传多日，当时就借住其中。第五战区的司令长官部，后来也曾在此驻扎。兵荒马乱中的熟人相见，让老板夫妇少了许多世故。他把我们安置得好好的，特地为我们做了当地的特色菜肴小炒肉，说这一顿算是接风洗尘，免费。

宣传队明天一早就要离开。我跟林颖商量，想多留一天，跟你见一面。林颖不说话，只是盯着我，然后笑意像水一般慢慢洇出来。我羞红了脸。林颖道："好吧。反正你也不是艺术大队的正式成员。不过你不能耽误太久，见一面就赶紧动身。你看沿途都是部队，肯定要大打。我看这架势，信阳未必能守住，都得做好撤退的准备。"

次日早晨，送走林颖等人，我便开始寻找部队首长，独立三十九旅旅长安克敏。很可惜的是，我总是慢一步。他在城内四处游走，布置防御。检查各个营的兵力安排，炮兵以及机枪位置的设定，直到中午也没见到他的人。

但借此机会，我认识了这个安静的小城。石头铺就的街道，黑瓦屋顶的房子，倾斜的屋面，简直令人乐不思蜀。我突然意识到，这样跟在人家屁股后面寻找不是个办法，我还得学习宋国的那个农夫，就在旅部等待。

旅部设在中学内。学校已经得到命令，立即放假，疏散师生。但等到下午，卫兵说旅长已经到军团部开会，何时回来不清楚。我顺口问道："军团部在哪儿？不行我去那儿找他。"卫兵摇摇头："这我可不知道。知道也不能说。"

第二天上午，终于找到了安克敏。这位将军也像士兵那样穿着懒汉鞋，没穿皮鞋。他也不肯为我答疑解惑："你说你是战区青年抗敌军团艺术大队的，你有公文吗？不是我不信任，鬼子的飞机实在太厉害，汉奸也是无孔不入，经常追着我军的司令部炸。"

蒋夫人前线劳军，要严格保密。因而我不能对安克敏详细说明原委。好说歹说，他只肯告诉我一个方向，即潢川城南，让我自己去找。我去找了半天，尚未找到线索，城东已经传来隆隆炮响。逃跑的老乡说，春和集一带已经打响。

危险到来时，我本能地想起了城堡，于是赶紧回到县城。

回到旅馆，老板劝我赶紧走，说他也打算去乡下逃难，收拾一下明天就走。没有别的办法，我也只有离开。可是，我怎么舍得就这样空空地走掉。我将那条荷花手绢沿正中整整齐齐地剪断，随身带走半条，剩下半条用针仔细地缝在旅馆的布招边上。

你们既然驻扎在城南，鬼子大兵赶到时，肯定会进城躲避防守吧。希望你能看见。请你的上帝保佑我。

6

次日早晨草草吃完饭，我便直奔西门而去。逃难的百姓实在太多，已经雇不到脚力，只有步行。沿途不断有敌机飞过，每当此时，大家都惊叫一声便紧

咬嘴唇，朝两边的树林和稻田里躲避。但是很奇怪，鬼子一直没扔炸弹，一颗都没扔。

走了半天，方才抵达光山县。虽然这一路是逃难，但没遭遇轰炸，我的心情又放松了许多。夜宿县城时，我随口问老板："这里为啥叫光山？没有别的，光是山？我看周围多是丘陵，没什么山呀。"老板哈哈一笑："要说咱们光山的历史，那可悠久呢。古代是弦子的封国，后来被楚国吞并。我看你是个文化人，大概是个女学生，一定知道司马光。他就是在这儿出生的。"我说："那光山的光，是指司马光？"老板笑着连连摇头："司马光虽然有名，但他才多少年？光山得名，是因为附近有座浮光山，县志上说每有光耀。所以才叫光山。"我说："领教了。这儿离信阳还有多远？"老板道："那可是不近。过去到信阳州得过四个驿站，一百多里呢。"

公路已被人为破坏，挖得乱七八糟，以迟滞鬼子的兵车。要回信阳，看来还是得靠脚力。这一点很要命。我毕竟未曾经历西北军残酷的长途拉练。根据老板的指点，我不再一路向西，而是改道向北，奔息县而去，到那里搭乘淮河上的渡船，能省劲儿许多。

光山到息县的距离比到潢川远得多。我走了整整一天，也没走到。脚板已经打泡，想走快也不可能。当天夜晚，只能借宿在农户家里。一听我的身份，他们便热情相待，次日早晨还特意派个长工，赶头毛驴将我送到息县的渡口。

因着急赶路，我没打算进县城浏览。遥遥看见城门口站着士兵，堆着沙袋，城墙上还能看见露出头的机枪。符号显示，都是五十九军的部队，黄维纲的三十八师。

看见这些士兵的胸章，我心头突然又升起奇怪的希望：你们的军团部，难道就没有可能移到这里？三十八师毕竟是张自忠的起家部队呀。于是我折转方向，朝城门走去。

开到息县的是一一二旅。旅长李九思是长城抗战的英雄，第一次血战临沂时表现突出，取代了旅长李金镇的位置。他满口河南腔，总让人想起大碗的面条："军团部怎么会到这里来呢？俺们的任务，是要防守公路上的潢川，不是息县。你快点儿走吧。我约莫着，鬼子一霎就会过来。两翼包抄，他们可是溜熟。"

离开李九思的司令部，在街上走出大约五十米，一个中尉突然从追上来问道："民国十四年冬天闹学生，你参加过吧？"我点点头。"二十九军在固安演习，你还去慰问过，对不对？""你怎么知道的？"中尉不好意思地搓搓手："闹学生那回，我扇过你耳光，你还记得不？固安慰问演习那回，我是中士旗手，就站在你们对面。那时就想给你道个歉，但队列里面不能说话。如今看样子要大打，结果还不定怎么样。既然见了面，那我就得把心里话说出来，正经给你赔个不是。"

我立即想起陈宝玺的半片耳朵，脸颊也火辣辣地疼了一下。"难怪你不到三年就能从中士升为中尉，手段老辣嘛。"

"不好意思，都是奉上头的命令。要求把你们驱散赶走，又不能真动刀枪，我们大头兵也难呀。扇你那一巴掌，我心里可不落忍呢。这么俊的女学生。我这提拔可不是靠镇压学生，全是靠参加抗战，靠战功！临沂城下，排长连长换了好几茬！"

我的心气立即平复。说得再大，那也不过是家仇，而摆在眼前的是国恨。中尉告诉我，李九思很怕张自忠。冯玉祥时代，他在学兵团任值星官，因内务不洁，被实际主持学兵团的副团长张自忠责打成伤，住进了医院。他准定不会告知军团部的方位。但中尉知道军团部的位置，就在潢川城西的任大庄。

任大庄？逃离潢川时，曾经从这个村庄旁边经过。真可谓擦肩而过。我来不及叹息，问中尉道："你不怀疑我是汉奸？"中尉笑道："民国十四年那一巴掌，不是已经试验过了嘛。不过你还是别去找了，那边打得很凶，军团部的位置说不定已经变动。"

有人招呼，中尉随即超越我匆匆而去。他的屁股很大，几乎是中年女人的当量。从侧面看，身材像个烟袋，屁股就是烟袋的锅子。

7

息县据说是中国历史上第一个直接以县命名的地方，号称中华第一县。西周时文王的三十七子、息侯羽达封在这里。不过当地人最熟悉最喜欢的人物，还是

息夫人息妫。

息夫人号称是春秋时期的四大美女之一,本名妫翟。因貌若桃花,又被称为桃花夫人。她是陈国国君之女,嫁与息侯为妻,回陈国省亲途中,遭姐夫蔡侯调戏。息侯闻听大怒,随即设计引楚国攻蔡。蔡侯明白原委,也以邻为壑,在楚王跟前不断夸赞小姨子的美貌,引得楚王动心,将息夫人掳回楚国。她跟楚王生了两个孩子,其中一个还是著名的楚成王,曾在泓水之畔击败宋襄公,又在城濮之战中为晋国所败。虽然儿子出息至此,其母却整整三年未跟楚王交一语。楚王不解,询问缘故,息夫人无奈地答道,我一个女人侍奉了两个男人,还有什么好说的呢?

息夫人。这个故事我约略知道,但从未想过以这种方式接近她。年老的船夫谈性很浓,仿佛咫尺之外的战事跟他浑然无关。我说:"鬼子可能就要打过来,你怕不怕?"他说:"打仗我又不是没见过!这几十年,我耳朵边就没清静过,不是枪响就是炮炸,但都是一阵子。放心吧,打不久!咱中国多大,撑也得撑死它!"

潮平岸阔,两岸树木成荫,农田成畦,风吹稻浪,阵阵清香。我几乎不敢相信,这里即将成为战场。息夫人当年经历的刀兵,也是这样的季节吗,或者还是桃花盛开的阳春三月?

好梦总是不能长久。很快天空就传来飞机喘的粗气声。船上可没处躲。我见势不好,赶紧脱下士兵的军服,压到舱板下面。船夫看来真是没见过轰炸,等我盖好军装,表情神态立即平复如常,一再安慰我没事,说在淮河上行驶的民船,从未听说被人家炸过。但乘船的十几个人,个个都见过血腥,因而心里不住打鼓。

只有一架飞机。它不断接近,不断降低高度。等飞到跟前,我甚至能看见飞行员嘴唇上刮过的胡茬儿。他绕着我们反复盘旋,我们像稻谷一样被吹得摇摇晃晃。大家个个惊恐万状,但却没有人敢高声惊叫。事到如今,这满船人似乎还要掩耳盗铃。

飞行员故意不断侧飞,让我们看清他恐吓鄙夷与威胁的种种表情,就像猫逗老鼠。他看来看去没找出破绽,还不放心,又用手势招呼船夫打开舱板。而舱板一打开，只有图穷匕见。

炸弹落下，激起巨浪。摇晃中，我失足落水，在水下看见淮河已成红河。血液像花朵一样盛开，然后又像花朵一样凋谢。我手舞足蹈，似乎在尽全力向你告别。我已经死于鬼子之手，希望你能活下去，给我报仇。

再度回到人世，是在息县王楼的一所农家。我大概是发了高烧，清醒与昏睡交替。清醒时眼前总有个妈妈，昏睡时则总是桃花夫人。妈妈不停地说话，而桃花夫人只有淡淡的微笑。仿佛她站在命运的岸边，坐视我经历她曾经经过的一切风浪。

这是个大户人家，院落之大，在王楼首屈一指。主人待我出奇的好。因他们也有个和我年龄相仿的闺女，是北洋大学的学生。李文田在天津通电抗敌之后，北洋大学被炸成一片废墟。随后根据教育部的命令，北师大和北洋工学院等学校组成西安临时大学，今年3月又改成西北联合大学。烽火连三月，家书抵万金。今年暑假，这家的闺女没有回来省亲，一来铁路要运兵，票不好买；二来呢，要在西安参加抗日宣传。母亲沉湎于挂念之中，更兼兵火渐近，心忧如焚，大概很高兴能找到这么一个情感的替代。

我们如果不投身抗战，应该已从西安临时大学毕业了吧。无论如何，总是那姑娘的师兄师姐。

我在这里住了两三天，还没完全退烧，便不得不动身。这一带打得实在太厉害。枪炮几乎就像是在我们的心房上震响。我很是怀疑，那个烟袋锅子身材的中尉是否还活着。尽管他扇了我一巴掌，但我还是情愿他多活几年，多杀些鬼子。

淮河不能通行，还是得走公路。他们又派人护送我折回罗山，直到进入公路。

我没有经过罗山县城。这里离信阳顶多也就两天的路程。沿途车轮滚滚，还在运兵。是胡宗南的十七军团。这个军团下辖第一军、第九十军两个军六个师，都是嫡系中央军，装备极好。我第一次看见国军的战车部队，以及一门又一门的火炮。它们让我信心倍增。看得出来，军委会和蒋介石的确下了血本。我期望他们快点儿赶到潢川城西那个我擦肩而过的任大庄，给你们提供有力的支援。

除了中央军，还有川军。害我的那个兵，我扯下了他的胸章，上面白底黑字

写得明明白白，124D。一二四师，正宗的川军。其实不必看符号，从那杆烟枪就能知道他必是沿江而下的四川人。

因为范长江的《悲壮的滕县之役》，那时川军的名声颇为响亮。毕竟同出一源的一二二师师长王铭章在滕县死于国难。但推究其实，未免夸大。谁都知道，川军只靠一口烟气作战。鸦片劲儿一过，立即软成烂泥。因而五战区在补充少量枪炮和大批手榴弹之余，又特意给了他们一批烟土。尽管如此，他们也未能按照命令守满三天。滕县失守时，该师的伤亡失踪官兵不过七百多人。也就是说他们并未真正死守，部队是被打散的。当然我们都能理解，五战区刚刚枪决了作战不力擅自放弃要地的逃跑将军，也就是埋骨鸡公山的山东省主席、第五战区副总司令长官、第三集团军总司令韩复榘，适当美化一下滕县的断头将军、一二二师师长王铭章，以便鼓舞士气，也是情非得已的权宜之计。因而同为四川人的共产党员范长江，便根据李宗仁的转述，写成了那篇影响广泛的文章。

相形之下，在滕县城外的一二四师表现更好。滕县打响之日，该师参谋长邹绍孟闻听儿子的考试成绩只有丙等，赶紧修书一封寄回乐山老家，要求他以民族复兴为计，好好念书。这封家书在《良友》画报的扉页发表时，邹绍孟早已在徐州战场殉国，读者纷纷为之落泪，这支部队因而也带上了英雄的光环。可有谁知道，今天他们侵害了我，中国的同胞？

那人死死压着我，腿上的伤疤粗粝而且凶狠，像毒蛇之吻。他持续地侵犯我，或者说是侵犯你，同时闭着眼睛，不住地喊妈。最后满脸泪水，号啕痛哭。仿佛高潮的标志不是射精，而是流泪。那一刻，我几乎忘记了疼痛羞辱，以及漫天的愤恨。他的身体抽搐着，半天方才平复。我回过神来，匆匆穿好衣服，拿着那片胸章声称要去找他们的长官。那个士兵立即将我拦住，在我跟前跪下哭诉道：

"你莫要告嘛！我的伤还没好，动不动就腿疼，那些龟儿子非要把我赶回部队，叫我当班长！格老子前头六个班长都遭鬼子打死了，马上就要开战，我肯定还是得死。女学生，我死得冤嘛！我又不是没有尽过忠，我在滕县已经死过一遭的嘛！"

泪飞如雨，却也无法洗雪我内心的屈辱："你活该！你在滕县就该叫鬼子打死！鬼子打死你，你是英雄，长官枪毙你，你是败类！这样的人留着是祸害，白白给国军丢脸，伤民众的心！"

那人呼啦一下站起身来，拿枪顶住我的胸膛："你莫逼老子！再不老实，老子一枪崩了你！老子前线卖命，还不晓得有明天没得，你慰问慰问老子，就多了唆？你留着做啥子，等鬼子进来，还不是要给他们？肥水不流外人田嘛。算啰，你走嘛你走嘛，老子不想闹出人命！"

8

恨。恨你，恨南苑，很那个双枪兵，恨鬼子的飞行员，恨所有的小日本。但说来说去，还是恨你。那段时间，我对你的恨，超过了对任何人，哪怕鬼子和双枪兵。

四　饼

1

你们在潢川严格遵守战区命令打到9月18日，但罗山依旧没有守住。第十师团顺势冲到罗山时，双枪兵没有挡住。胡宗南率领十七军团的生力军开到，方才稳住阵脚。鬼子意识到对手并非溃兵，而是新来增援的精锐，赶紧派藤田进中将的第三师团前来助阵，双方硬碰硬。

碰撞的结果，是鬼子伤亡五千余人，胡宗南伤亡一万五千余人，败退而去。

胡宗南的生力军，邱清泉的机械化纵队，彭孟缉的炮兵旅。苏联援助的先进装备，也未能守住你的家乡。

十七军团在豫南打了半次好仗，那就是在罗山。罗山二次陷落后，战区长官部命令胡宗南向东南的桐柏山、平靖关转移，继续控制平汉线，但他却率领大军径直向西，最终抵达南阳。如此一来，平汉线门户洞开，日军可以沿铁路快速南下，直捣武汉。第五战区在东北部抗击的所有部队，包括你们，都面临陷入日军战略包围的危险。

你们只有全面撤退。治病结束重回岗位的李宗仁随即留下廖磊接任安徽省主席，带领二十一集团军在大别山打游击，其余部队越过平汉线，向鄂西转进。

已经因功升任第三十三集团军总司令的张自忠，再度奉命担任后卫，掩护全军撤退。冯治安先接替宋哲元的河北省主席，又一度代理二十九军军长，如今则正式成为张自忠的副手。七十七军隶属三十三集团军麾下，再无改变。

10月6日，筱冢义男的第十师团从罗山经周党畈、当谷山前出，占领信阳南部、平汉线上的节点柳林镇；9日藤田进的第三师团占领信阳东北部的洋河镇，就是红枪会击败庞炳勋的地方。10月12日，你故乡城头的旗帜变色。不再是青天白日满地红，而是一片膏药。

当然这些与你全然无关。在你的人生中丝毫没有相关的记忆。这段时间类似污渍，已从你的生命历程中彻底抹去。

不知道这些曲折，实在是你的福分。

2

将你惊醒的，是这样一段童谣：

> 日本鬼儿，喝凉水儿；打了罐儿，赔了本儿；坐火车，轧断腿儿；坐轮船，沉了底儿；上前线，挨枪子儿！

"日本鬼儿"这四个字割断了昏睡的网绳。可你依旧不敢立即出声。你费劲儿地睁开眼，却还是一片漆黑，隔壁的房间仅有亮光微微泄露进来。影影绰绰中，童谣如同淮河上的波浪，轻轻摇动。

听到你的声音，他们立即赶过来。是一家三口。母亲怀里抱着小儿子，前面跑着大闺女，手掌油灯。

"你醒了？老天爷，你整整昏了五个天头！"

你没有别的感觉，只有饿。女人赶紧让女儿放下油灯，去厨屋热稀饭。

稀饭一定是用新米煮的。黏稠而又糜软。可尽管如此，你每吞一口，都会感觉疼痛。仿佛吞下的不是稀饭，而是毒药。吃的没有撒的多。你感觉到了嘴角和脖子上的温度。吞着吞着，你再度沉沉睡去。

3

你说你很感谢上帝，因为他让你活了两世。而直接带给你第二世生命的天使，就是那个村妇，三个孩子的妈妈。杜明慧。

明慧是过去的法号。她本是弃儿，被信阳城西贤隐寺的尼姑收养长大，后来就地剃度出家。民国九年冯玉祥驻军信阳时，全面毁佛。寺庙要么驻军，要么办学。和尚尼姑勒令还俗。先让他们在随营工艺厂内做工，学习手艺，然后遣散。在此期间还主持婚配，和尚娶尼姑，回家过日子。

明慧在十六混成旅的随营工艺厂内跟军官眷属一同劳动。当然，也包括刚刚还俗的和尚。后来她嫁给其中的一个，跟随他回了潢川的老家，并以夫姓为姓。那一年她刚刚十五岁。

三年前，杜和尚患伤寒而死，留下一个不足岁的儿子。幸亏这孩子断奶晚，否则那几天你只能饿死。幸亏鬼子用的是三八大盖，留下的都是贯穿伤；幸亏天气逐渐凉快，包裹中的伤口能稍微好受点儿。明慧经常小心翼翼地揭开纱布，盼望你的伤口长蛆。她总是说不怕长蛆，蛆越多长得越快。

你迟迟没说你的家世。败落的家庭无法炫耀。尽管过去你们家一直是贤隐寺的施主。贤隐寺风气奇特，历来都是僧尼共处。如果不是你父亲出面向冯玉祥代为缓颊，这座历史悠久的寺庙肯定保不住。在他的努力下，贤隐寺方得保留，但要找几个尼姑和尚还俗。

你很少去贤隐寺，对它没有很深的印象。因为大人们都说八岁以下的孩子不宜在寺庙流连。小孩子尚未定型，容易被邪魔缠身而丢掉魂魄。但尼姑配和尚之事，你约略有点儿印象。那是当时信阳城内的大事，冯玉祥也极力宣传，愿意吸引社会各界到随营工艺厂乃至军营参观，你父亲自是常客。当然，你不可能记住当时的明慧。工艺厂里有太多的人，场面也不好玩儿。远不如军营的各种训练。拼刺，障碍，单杠，双杠。那多有意思。

明慧给你查看伤口时，你的心总是怦怦地跳。她轻轻地说："你不像个当兵的。你一定是个学生。"你反问道："你怎么晓得？"她说："你的牙好白。"

顿一顿又说，"你的牙真白。"

你本能地将嘴闭上。此时你才意识到，有多长时间没有刷牙。过去我们喜欢用蝴蝶牌牙粉，男生喜欢用火车头牌的。可自从负伤，别说火车头，火车尾巴也见不着。随着伤势的好转，你也只能像她们那样，将粗盐抹在布上刷牙。这效果当然不会理想。

明慧三十岁出头，正是人生的好时候。她算不得漂亮，但模样周正，面庞红润，说话轻言细语，令人感觉亲切，让人沉静。她说话的口气吹到脸上，你说你感觉那口气先是清凉的，随即又突然灼热起来，让你一阵脸红。你摇摇头道："白啥呀白，很久没用过牙粉，哪里还白呢。"

"这还不算白，那过去得有多白！下回我去赶集，看看有没有牙粉卖。"

这个孀居之家并不富足，勉强果腹而已。你身上带有多少钱，你自己也不知道，总之不多。反正少尉见习官一个月的薪饷，比排长还要低，远不如豫南一师的教职收入。国难嘛，大家都拿国难薪。北大教授先前是四百元，如今只有一百八，何况见习少尉。

你说："能买来更好。钱我自己付。"说着话，你扭头看看四周。

浑身是洞的军装，早已被明慧剥下洗净缝好。她无声地笑笑，起身拿出一个布包，打开。里面是你全部的个人物品。一支笔，三十多块钱，纸币；徐营长遗留下来的照片，还有那半条荷花手绢。

明慧让你看看清楚，然后又包起来："这点儿钱我还有。你是客，咋能叫你出钱呢？没这个理。"你努力要表现出男人的气度，可浑身的伤痛不允许，徒呼奈何："谢谢你救了我。等我伤好了回到部队，他们一定会酬劳你的。五十九军不会亏待百姓。"明慧笑道："我可不指望你们的酬劳。见死不救，我承担得起这样的因果？何况你们又是为了国家。"

明慧果然给你买来了牙粉和牙刷。当然，牙刷远远不如国货售品所的商品，是用猪鬃手工扎的。明慧说："牙白好看。我喜欢看你的白牙。"

你突然发觉，你此刻面临的最大问题，已非生与死，而是牙齿是否还像从前一样洁白。你很庆幸，一直未曾沾染芙蓉癖。

4

冬天很快降临。然后就是春节。杜家的儿子叫有成，女儿叫春英。那时你已能勉强坐起，在床上帮着逗有成，好让她们母女俩腾出手来忙年。她们俩在贴门神和对联。门神很有意思，内容跟去年的大同小异，但更加细致，色彩也更加丰富。是个国军将士，足踏黄衣小鬼儿。小鬼儿留着仁丹胡，头顶钢盔，是侵略军的标准装束。你说："门神一贴就揭不下来。这周围已经沦陷，都是鬼子，万一他们打过来怎么办？"明慧坚定地摇摇头："你就一百二十个放心吧。我们这里又偏又穷，前些年闹红那么凶都没事儿，不怕日本鬼儿。"

当年鄂豫皖苏区首府就在经扶县的县治新集。你知道的军团部的最后位置。红四方面军的发源地。离此不远。如今的长腿将军刘峙，当年曾带兵攻陷此地，遂以其字命名纪念。跟安徽的立煌县如出一辙。既然当年没事儿，如今应该也没事儿。就小鬼子那巴掌大的地方，能有多少兵呢。再说如果百姓没有这份自信，也就不会有作坊印制贩卖这样的门神。想到这里，你心释然。

没事儿的时候，你时常教这两个孩子识字。春英识字很快，有成岁数小些，玩性大，老是学不会。明慧并不在意："还是吃奶的孩子，不着急。"你说："早就该断奶的呀，他不快要三岁了嘛。"有成闻听很生气："还说我呢，你没吃过我娘的奶吗？没羞！"

明慧本想呵斥有成，但与你的目光在空中碰撞，立即脸颊绯红。你也感觉脸上发烫，不敢再看她的眼睛。

当时明慧正在纺线。此后她回转身子，继续摇动纺车，仿佛一切都未曾发生。那种专心以及纺车轻微的吱呀，传递出某种令人慰藉的信息。这所隐没于青山峻岭之中的农家小屋，随即被迷人的温暖充满。即便战乱遍地，尘世生活也因这丝丝缕缕的温暖，而令人留恋不已。

5

春天乘着蝴蝶的翅膀，又来到你的跟前。青翠的山谷劈头罩上一匹锦缎，红黄白蓝。杜鹃满山遍野，触手可及。你清清楚楚地知道，1939年的春天不仅仅在眼前，也在心里。有股力量起自丹田，在胸腔内反复盘旋，让你迫切希望痛痛快快地洗个澡。反正伤口都已愈合，不怕沾水。

大别山中到处溪流淙淙，可供露天洗浴的场所很多，但明慧坚持不允。说山里冷，溪流终日被浓荫覆盖，阴气尤重。漫说你尚未完全复原，即便山里人，也不敢这样。

那就只能在家里的大木桶中洗。

这是他们家用的浴桶。木头箍成的，热水下去，还能激出强烈的桐油味道。你半蹲在桶中，以便遮挡住羞处。明慧站在旁边，给你搓洗身子。肋部的伤口虽然已经愈合，但你的右臂依旧不能行动自如。她站在你身后，仔仔细细地搓背。你能清楚地感受到日常劳作的手指的粗粝。它与面容反差强烈。突然，几滴水珠滴到背上，凉丝丝的。你侧身抬头一看，明慧已是泪眼婆娑："不知道我的有功，在军校能不能洗上热水澡……"

明慧一共三个孩子。大儿子有功去年夏天刚考进中央陆军军官学校。该校的前身便是大名鼎鼎的黄埔军校，向以南方学生为主。因抗战军兴，招生范围扩大到全国。在潢川招生，这还是头一遭。有功的年龄本来还差一岁，在潢川城内读国中，因入伍心切，便虚增年龄报名，通过了体检和初试，随即从征。那时学校已从南京西迁成都，他们先到信阳集中，然后再入川。因战事炽烈，局势迅速恶化，这一路多以步行为主。很多学生不能长途行军，被半路淘汰。走到中间，又接到通知，改到西安的第八分校入学。到校之后经过复试，有功被正式录取。

有功入学之后，寄过两封家书。最近的一次在两个月前。你抓住明慧的手，竭力安慰那颗母亲的心："你就放心吧，长官不会亏待他的。两年前，我在南苑参加二十九军的军训团，也跟军校一样。苦虽然苦点儿，但能练出本事……"

你也不知道是如何站起来的。你们自然而然地相拥，联成一体。你吮吸着那只弹性十足的乳房，果真还有乳汁。你吮着吮着，突然像个委屈的孩子那样饮

泣，直至泣不成声。

明慧面带微笑流着泪，紧紧将你搂住。你们的泪水合成一股，扑簌扑簌地落下。她的手慢慢朝下滑，然后在那里停住。你感觉自己立即像弹簧一样张开挺立，浑身上下充满信心。那信心是如此的坚硬有力，仿佛外面包裹着厚厚的铁皮。那一刻，你坚信已经洗清耻辱，足以打败日本，更坚信在二十到五十年内，中国能崛起为一流强国。

那温暖人心的家园。那令人迷醉的旅店。那天赐的温柔之乡……

后来明慧从枕下拿出那只布包，打开，取出照片和那半条手绢。照片上的徐营长已无面目，但其妻的形象完全。明慧指指照片和手绢："你的妻房？"

你没有说明，含混地点点头。

"她真漂亮。她一定很贤惠。"

你又点点头，终于自报家门。明慧闻听眼睛一亮："怪不得我总觉得你面熟！李家我当然知道，你们布施的佛像跟前的油灯香火，都是我负责添油续香！我认识李八爷！"你笑道："面熟？我那时根本就没去过贤隐寺呀。"明慧道："信不信由你。自打见到你，我就感觉你面熟。这就是佛说的缘分吧。"你说："我是基督徒，可不是佛弟子。"明慧道："只要行善就好，信啥不重要。"

6

我很高兴，你没有一直沉溺于世外桃源和温柔乡中。随着身体的好转，你决定寻找组织。尽管你的身子依旧虚弱，不时疼痛。明慧隐约听说，这一带有共产党的游击队活动，叫新四军。

促使你做出决定的，是一个奇怪的梦。你梦见明慧的长子有功戴着少尉军衔，在白雀园迎接你，骑在高头大马上。而那匹白马是张自忠的坐骑，几乎全军都认得，名叫长虫。早晨你说："昨晚我做了梦……"明慧立即截住话头："先别说！吃完早饭再说，否则不吉利。"

饭后复述梦境，明慧不住地擦眼睛。从树叶和窗户中侥幸突围的阳光射在她的半边脸上，不时反射出光芒。她说："你走吧。是男人，早晚要上战场。何况你还有那么俊俏的妻房。不过你晚两天再走，我给你缝件小褂。"

说是两天，其实晚了五天。明慧缝了两件小褂。她说："一件给你，另外一件你捎给我的有功。一年多没见，他一定长高了，不知道还合不合身。"

"他不是在西安的军校吗？我恐怕见不着。"

"你们都在国军，也许就见着了呢。实在见不着，谁能穿就给谁吧。反正都是离开了父母的孩子。"

明慧将你送出老远老远。她的脸色如同清晨的月亮那样苍白。我从不嫉妒你们的亲密，但我嫉妒她的送别。你要留下全部的钱，但她不肯收："穷家富路。你行路用得着。"你想了想，也没有勉强："也是。这点儿钱要是当作酬谢，那远远不够。等我找到部队，他们即便不能酬谢你，至少也得给我补发军饷。那时候我再来，看望你们吧。要说还你的情，那是怎么着也还不上。这是救命之恩。"

"救人一命，胜造七级浮屠。我不指望你的酬谢。赶上空闲，你就再来歇息几天。万一碰上我的有功，也给他带个话，照看照看他。"

你连连点头。有成已经不大赖在妈妈怀里，但走哪儿还是要跟着。他拽住你的裤腿，使劲儿摇晃："叔，鬼子有多少？你可别一下子都杀完，留几个等我长大了杀。"你们扑哧一笑。你蹲下摸摸孩子的脸："你不怕鬼子？"

"不怕！"

"你想杀鬼子？"

"我当大了就当岳云，去战场上找你和哥哥。"

7

希望好比网里的水。你拉拉网，感觉沉甸甸的，可拉上来一看，啥都没有。

白雀园是个安静的小镇。搭眼一瞧，就像潢川县城的缩小版本。镇外河水滔滔，毫无堂兄的痕迹；镇内没有鬼子，也没有想象中的新四军。游击队的确有，但

是国民党方面的,番号是第五战区第二游击纵队第五支队。名义上似乎属于桂系。

共产党是红的,国民党是蓝的,桂系是紫的,反正都不一条心,小心谨慎总没错。

当年闹红,高敬亭便是干将。报上说,他的部队也已经改编为新四军。但你侧面打听一下,才知道他过去主要在新集活动,因他就是土生土长的新集人。鄂豫皖苏区沦陷之后,高敬亭也撤到了皖西。虽然都在大别山区,但离这里很远。

你直接找到第五支队的司令部。司令名叫侯正国。他说武汉早已陷落,国府迁往陪都重庆,五战区长官部迁到老河口,张自忠的三十三集团军驻守襄阳一带。问及新四军和高敬亭,他审视地答道:"高敬亭所部早已开赴合肥一带。你跟他们有什么关系?"

"我家跟他有仇。听说他在这一带,担心冤家路窄。"

"什么仇?"

"他是共产党,我家是士绅,你说会有什么仇?"

"哈哈,那我恭喜你。他已经被共方枪决。"

"为什么?"

"新四军军长叶挺参他抗战不力、不执行军令,电请委座予以枪决,得到照准。共方也要杀他,正巧,省了我们的事儿。上头已经有话传下,要防止异党活动。张荫梧在河北深县,杨森在湖南平江,都已对共方动手。你要回老部队,的确得小心点儿。"

洞中一日,世上千年。在那里你还得到消息,汪精卫已公开投敌,国府派人刺杀未果。在国际方面,你曾经崇拜的三大怪杰都有大手笔动作:希特勒吞并捷克,墨索里尼攻陷阿尔巴尼亚,斯大林派兵在诺门罕大败日本关东军。这些消息如同战鼓,催促你急于找到组织,找到我。

"此去襄阳归队,路途遥远。我因伤脱离部队将近一年,没领到薪饷,希望侯司令能发给我一笔路费。我报到之后,再行奉还。"

"老弟,都是友军,路费当然没有问题。但从这里到襄阳可不容易,要通过沦陷区和共区。都是抗日救国,何必舍近求远?暂时屈尊留在我这里不好吗?你知书达理，是个人才。侯某虽然不才，却也思贤若渴。比起张自忠，我这庙的确太小，但我们的前途还是很广阔的，刚刚就在经扶县缴获了二百多条枪，第二游击纵队沈司令光武已经保举我任光山县长。你如果愿意，我可以保举你当支队的上尉参谋处长，兼光山县署主任秘书。"

要是能从鬼子手中缴获二百多条枪，那还真是不折不扣的大捷。即便国军的正规军，比如张自忠的五十九军，也不是轻易就能做到的。你简直有点儿肃然起敬。果真如此，在他手下当个上尉，完全可以考虑。

"二百多条枪？真是了不起。不知是鬼子的哪支部队，什么番号？第三师团还是第十师团，或者十三师团？"

"哈哈，不是鬼子，但跟鬼子差不多！反动民团，反动民团！这些人不缴械，随时可能当汉奸。"

既然是内耗，这个上尉，还是算了吧。

侯正国不是思贤若渴，而是思枪若渴。他盯着你的驳壳枪，不住地夸赞。见你一直不接茬，便直接伸手讨要，说要把玩把玩。

当此时刻，直接拒绝肯定不行。侯正国拿着这把盒子炮，反反复复地摩挲端详，赞不绝口："好枪！好枪！可惜我这堂堂的司令，都没配上一把。"

"好枪肯定是好枪。它至少打死过二十个鬼子。侯司令事业发达前途无量，漫说一把，将来手枪连手枪营甚至手枪团，肯定也会有的。"

"哈哈，借你老弟吉言！但远水不解近渴。这枪我实在是喜欢。一百元，成交？"

"侯司令喜欢，兄弟本当奉送。不过这枪是总司令张荩忱上将亲手所赠，转手送人，对长官不恭。他若怪罪下来，我这个小小的少尉，可吃不起他的军棍。"你的语气不卑不亢，但又绵里藏针。

"五十九军，惹不起！好吧。我批给你法币一百元，你去找军需请领。"

无法想象侯正国竟然如此爽快，能随手批给你一百元。你带着路费和放行文书离开了白雀园。但是假如他不这么大方，没给你发这笔路费，你的人生或许会完全改观。

8

如果没有这一百元法币，你肯定不会就此再去明慧的家，略微酬谢，聊表心意。或许可以说，这一百元法币，或者那位思贤若渴的侯司令，偶然间扭转了你人生的方向。因为杜家的惨状，击溃了你的神经。

还没拐进山谷，你便隐约感觉不对。路上有战火刚刚烧过的煳味儿。具体煳味儿在哪儿，你也说不清楚，但曾经的战火已在记忆深处烤出这样的敏感。你加快脚步，朝杜家奔去。

转过弯来，你的心立即被挤压成团。那所亲切的山间茅屋，只剩下几堵黑黢黢的墙壁。原来战火的煳味儿是真的。你赶紧呼喊着他们的名字，飞奔而去。跑到院子跟前，你突然停下脚步，仿佛脚下不是亲切的院落，而是南苑的雷区。

你无法抬起脚步。你无力抬起脚步。

明慧和春英都躺在地上，赤身裸体，满身血污。春英的下体被刺刀划开，明慧的乳房，你曾经吮吸过的乳房，已被割掉。有成，那个长大要当岳云杀鬼子的孩子，一时没有找见，后来才发现他头朝下被钉在墙上，尸体焦黑。墙脚下有一颗日式手雷，看来是颗哑雷。

你眼前一黑，大叫一声，昏倒在地。那个瞬间，前所未有的惨状揪着你的脖领，将你带到时间的断崖，重新跌回童年时期那个令人恐惧的夜晚。

四　条

1

　　少尉伤愈之后，跟老范成了朋友。随即石黑勇也从竹沟南下信阳，进入游击大队。总体任务是反战，首要目标是老范。

　　游击大队做过老范的工作，想派他去竹沟，在那里边工作边学习。确山城西六十里的小镇竹沟，时称小延安，是中共中央中原局以及河南省委的驻地。作为医生，老范在那里发挥的余地大；作为日军逃亡分子，促使他思想转变的力量也多。

　　然而老范不肯同意。道理很简单，这一带的风物他极为熟悉，类乎故乡。此去鸡公山上他们家的老别墅不过四十几里路，到信阳县城也就是七八十里。在这里他更加心安。

　　那时的老范，常常整夜睡不着觉。他跟随游击大队的机关，算是在后方，基本都住在村里，相对安静。每到夜里，狗都很少叫一声。日军皮靴下的沉重脚步，似乎让狗都学会了低声。每天早晨，叫醒他们的都是鸡鸣。很难想象那是战争年代。康家寨的日子更加安宁，但那毕竟不在军中。而现在，他更加频繁地想起坳口圹附近的那个凄惨日子，那一双被恐惧照得通体透明的儿童的眼睛。

　　对他来说，那的确是个大日子。他劈头撞见了自己的命运。

　　老范向少尉打听，当初在路上阵亡的二十多个弟兄的姓名与籍贯。少尉问他干啥，他不肯说，只是坚持要。少尉为难地摇摇头："有两个弟兄没有正规的大

号，到部队随便起个绰号，就那么叫了下来。反正我们部队不是点名发饷，有没有名字都不打紧。"老范想了想道："绰号就绰号吧。请告诉我。"

独立游击大队挺进鄂豫边界，司令部在四望山驻扎许久。四望山在信阳城西，与湖北交界。为便于转移，后方医院没有跟随司令部行动，设在几十里外的三角山。那时没有大规模的战事，伤员不多，而且病情稳定，老范感觉有些无聊。他特别喜欢忙碌，喜欢那种脚不沾地的感觉。只有那样他才能忘记自己，同时也忘记那双眼睛。当然，这很困难。

怎么办呢？一有空闲，老范就背着药箱，去给老百姓看病。缺少药品，他也向当地的老中医请教，学习配制草药。普通老百姓谁都不知道此人竟是日本逃兵，而且身负血债。

2

那时实行供给制，干部战士都没有军饷，只有一点点津贴，很少很少。抗战之初，按照八路军的规定，总部首长这个级别的，每月津贴也不过五块五，普通战士只有一块钱。这还不是银元，而是法币。由于法币大幅贬值，后来改为边区政府发行的边币。独立游击大队刚刚进入信阳，尚未建立稳固的后方，边币不能流通，只能使用银元，供应更加困难。鉴于老范身份特殊，又是医生，组织上按照惯例，要给他发技术津贴，每月五块钱，但被老范婉拒。这钱他当然不能收。要是有可能，他宁愿付出点儿。可惜那时他的身无长物，除了手表之外。

有一天，老范奉派带着两个人进城买药，行前开口向医院要钱。也不多，十块银元。教导员很奇怪，随口问道："你这时要钱，干啥呢？"老范倔强地摇摇头："对不起，请不要多问。"教导员立即转过弯来，从给养员手里接过二十块银元，递到老范掌心："好的。给你二十块吧。"老范还是摇头，数出十块银元，整齐地擦到桌子上："只要十块。给你添麻烦了，对不起。"

老范领着两个人，在内线的帮助下，从小南门顺利地混进信阳县城。李立生建造的基督教堂依旧矗立，但关着门。走到近处，墙上三三两两的弹痕，清晰可辨。主要是1926年年初，吴佩孚所部从武汉北上，攻打国民二军蒋世杰留下的，还不是日军的杰作。跟富金山、沙窝、小界岭和潢川的血战不同，当年日军进信阳，可谓兵不血刃。直接负责信阳城防的，是胡宗南所部团长马载文，结果信阳的城墙未听见国军的枪响。他们在罗山已经耗尽气力。当时胡宗南将火炮和战车呈非字形排在公路两侧，多数在日军的轰炸下成为废铜烂铁。对于信阳百姓而言，说不清是福分还是耻辱。

经过教堂和教会中学，直奔药铺而去，途中正好经过他们家过去开的照相馆。房子还在，如今住的也是日本人，开着商行。老范没敢贸然闯入，在门前转两圈，四下看看，这才进去。

里面有两个日本军人，在和店主闲聊。他们打量老范一眼，也没在意，继续刚才的话题。原来柳林车站暴发传染病，一个分队的鬼子半数起不来床。连续腹泻，原因不明。

老范装着听不懂他们的谈话，打量着商品，也偷眼观瞧房屋的陈设。他很想走进柜台，进入内室，看看他当初睡过的床还在不在，墙上贴的歌川广重的浮世绘，是否已被岁月的烟火熏黑。他记得清清楚楚，那是故乡的景致，《养老瀑布》，父亲极为喜欢，贴在儿子的床头，只为让他在异乡生活不忘本，日本之本。

老范比量着少尉的脚买双袜子，然后起身离开。店主很奇怪："这时节买袜子？"老范用信阳话答道："便宜呀。"

买好药出了城，老范却要让他们两个先走一步，说是自己有事。那两个人当然不肯。老范的安全，也是他们的责任。让他进信阳，是迫不得已。他会日语，能随机应变，又懂得药，别人无法替代。但是独自行动，超出组织的授权。

老范说："怎么，你们还信不过我？"

"不是那意思。老范，我们担心你的安全。"

最终决定，老范可以办点儿私事，但他们俩得跟着。就这样，他们俩一直跟到了城西的贤隐寺。进了山门，老范让他们俩在大殿周围逛逛看看，自己进了方丈室，老半天才出来。

老范跟贤隐寺的方丈慧海和尚究竟谈了些什么，一直是个谜。即便是石黑勇

介绍他入党前夕，他都没肯透露，只说绝对没做坏事，对得起良心。组织上考虑到慧海也是统战对象，暗中同情抗日，也就没再多问。直到整风运动从延安传来时，他才就此事向组织交心：他布施贤隐寺十块大洋，请师父们给那二十几个弟兄诵经超度。

从那以后，老范开始领取每月的技术津贴。组织上给他特殊照顾，享受连级干部的待遇，连同技术津贴，每月银元五块。

3

老范随口一句话便造成一个战机。有个伤员嫌疼，不愿意每日清洗伤口，老范随口道："个人卫生必须讲究，伤口一定要好好清理。柳林车站的日军暴发传染病，半个分队起不来床。我想，肯定是个人卫生方面出了问题。"

消息报告给教导员，教导员跟院长和石黑勇商量，决定不向老范求证，直接上报司令部。司令部立即决定袭击柳林。自从1938年的10月6日，筱冢义男的第十师团在此地插上战旗以来，柳林镇便如同鱼刺一般，卡在中国军队的喉咙之中。而在当时，这一仗可谓非打不可，不打不足以立威，不打不足以平民愤，不打也没法向民众和五战区交代。

那是1940年的5月，汪精卫的草台班子刚刚在南京成立，希特勒占领占丹麦、挪威之后又越过马其诺防线进攻法国，法西斯势力气焰嚣张。年前，亦即1939年年底，各战区根据军委会的统一部署，同时向日军发起反攻，号称"冬季攻势"。这是一次全面性的战略进攻，全国有半数部队参战，算是对二战全面爆发的回应。虽未取得辉煌战果，但足以体现全国上下团结抗日的决心。遭遇打击的日军决定发起报复性作战，调集两个军、五个师团约十五万人马，从信阳、随县、钟祥三地出击，企图占领襄阳，歼灭第五战区主力。这就是中国军方战史中的枣（阳）宜（昌）会战。

敌动我亦动。根据第五战区的总体部署，各地游击队须立即响应，牵制日军。驻扎信阳的第三师团主力倾巢而出时，新四军攻击柳林车站，时机再恰当不过。一旦拔掉这个据点，便能切断信阳与武汉的联系，威胁日军后方。年前的冬季攻势中，李宗仁电令五战区的游击队侧击信阳至广水的铁路，柳林车站因而被攻破，守军遭遇全歼，一名慰安妇被俘后押往立煌县。灭顶之灾教训了鬼子，这里的防御已大大加强。如果没有老范提供的情报，缺乏重武器的新四军肯定不会打它的主意。

部队作战，后方医院当然要派人随行保障。老范也在其中。然而直到最后，他才知道此行的目的地是柳林车站。当然，不止是他，普通医护人员都不知情。为了保密。

老范提供的情报果然有效。事后证明，的确有不少鬼子是病号。有些人被击毙时，军装都没穿好。游击大队打下车站，炸掉据点，拆毁铁路，收缴武器，随即匆匆撤离。

因为是奇袭，我军的伤亡很小，但奇怪的是，不在一线的老范却受了伤。他在战线后面包扎伤员，结果一颗炮弹飞来，爆炸的碎片击伤了他的小腿。他跟伤员一起，被抬回了三角山。伤员中就包括少尉。

最终少尉不治而死。老范让人给他洗得干干净净，换上干净的军装，亲手给他穿上袜子。那时已经入夏，虽然离三伏还远，但气温已经不低，大家都是光脚草鞋，谁都没穿袜子。物资如此匮乏，这双袜子留下来自然有用。小喇叭提出异议，但老范没有答话，只是盯了他一眼，依旧朝少尉脚上套。少尉的身躯已经僵硬，腿上有伤的老范费了不少劲儿，方才穿好。

因为这次负伤，老范赢得了大家的普遍尊敬。这个疯狂的家伙，竟然在局部麻醉的情况下，自己给自己做了手术。

伤在小腿上。弹片没有取出来。那时没有外科医生，没人做过手术。老范虽然是科班出身，但也只是旁观过手术，没有独立完成的先例。他用探针顺着伤口探了探，发现弹片嵌在皮下脂肪里，不是太深，觉得有把握取出来，于是便召集全体医护人员，让他们实地观摩，在自己身上做实验。

大家把老范的小腿绑好，做了局麻，然后老范开始动手。普鲁卡因很金贵，不敢多用，因而局麻的效果不甚理想，还是能感觉到疼。只是那疼痛是被延迟的，就像人多走了几百步。看着手术刀划开自己的皮肉，老范一阵恶心，随即就是缓慢然而沉重的疼痛。他定定心神，眼睛微闭，希望看到那双儿童的眼睛，从罪恶中汲取力量。他成功了。那双眼睛无比清晰，眼泪似乎垂在睫毛上，像颗颗珍珠。

"酒！再给我口酒！"

老范喝下一大口酒，然后一使劲儿，划开伤口，掰开，用手术钳试探着寻找弹片。麻木的神经就像垂垂老人，行动不便，老半天才找到。他仔细夹住，让助手使劲儿朝外一扯，随即鲜血涌出。

这是老范在新四军中开展的第一例手术。这扇神奇的大门之后，接下来历程漫长。他不知道做过多少例手术，治好了多少个病人。这个开始简直让他成为军中神话。教导员说："关云长刮骨疗毒，那是在画本上。你给自己做手术，却是我们亲眼所见。老范，你是条汉子。我服了你！"

4

那时日军尚未打通平汉铁路，信阳城北的重镇明港还在刘汝明的六十八军手中。六十八军隶属于孙连仲的第二集团军，该集团军的主要任务就是对付信阳之敌。为策应襄阳以东的正面作战，蒋介石发布命令，悬赏五十万担军粮，鼓励收复信阳。刘汝明随即指挥六十八军自信阳西北发动攻击，于5月18日收复长台关、骆驼店，中午时分攻占机场，击毁焚烧日军飞机十二架，最终收复县城。尽管几天之后便不得不撤出，但城内的百姓还是看到了王师的战旗，不至于像宋朝遗民那样，忍泪失声询使者，几时真有六军来。

新四军此时攻击柳林车站，对于日军是不大不小的牵制，对于国军则是恰如其分的配合。故而战事的规模虽然不大，意义却不小。独立游击大队的名声，就此响亮起来。既然是好事，当然要想方设法扩大影响。于是他们请来地方士绅与六十八军的代表，开了个祝捷大会。

邀请六十八军的代表参会，自然是为了统战。那时国共双方摩擦不断，"擦枪走火"事件屡有发生。离四望山不远处，冯家庄地面上有个山寨，名叫婆婆寨。根据信（阳）应（山）地委的安排，有七名共产党员在那里开展工作。年前的冬天，国民党武装突然袭击，两名共产党员被打死，其余五名侥幸逃脱。几天之后，"竹沟事件"再度上演：汤恩伯部三十一集团军少将参议耿明轩，对竹沟发动突袭。新四军后方医院工作人员连同无辜群众，两百多人丧生。事件发生后，留守机关突围南下，到达四望山与李先念部会合。此时邀请六十八军代表参加会议，是主动的沟通，更是无声的斗争。六十八军前身是二十九军的一四三师，同样源出西北军，一直是我们的统战对象。

会场前面，整整齐齐地摆着缴获的日军武器装备。事实胜于雄辩，那些日式武器，是攻不破的铁证。包括那套日文版的《水浒传》，以及几封日军的家信。六十八军的代表是个上校，他抄起一支三八大盖，熟练地拉开枪栓，再看看枪口："是经常使用的步枪，技术状态很好。祝贺贵军大捷！"

作战勇敢的胸前挂红花，每人奖励一条新毛巾。老范如何也想象不到，他竟然也会受奖。而且他的奖品不止白毛巾，还有一套书，那就是那套日文版的《水浒传》。起初他以为是奖励自己出色的医疗保障，以及给自己开刀的勇气，在人搀扶下拄着拐杖准备上台，但听到政委念出的奖励原因，立即掉头而去。

政委朗声道："这次战役能够胜利，有个关键前提，那就是老范同志提供了情报。他进信阳采购药品，利用懂得日语的优势，探知柳林车站的日军患有传染病。这个情报非常重要！"

老范一边朝回走，一边使劲儿用拐杖戳地。仿佛下面不是泥土，而是仇人。他没有回到队伍中去，而是径直回到房间，啪的一声摔上门。石黑勇过来劝解，也没见效果。老范只盯住一件事："不以任何形式，直接跟日军作战，这不是事先说好的吗，怎么还能这样？我从未有意提供作战情报。这样说，不是成心污辱我吗？"

这还真是教导员跟石黑勇的合谋。他们希望以这种方式促进老范的转变。要是拿三十六计的话说，就是釜底抽薪。教导员看看石黑勇，对老范说道："老范，请你一定要理解我们。这一仗我们非打不可。你知道，枣宜会战，国军有两位高级将领殉国。一个是五战区右翼兵团总司令兼三十三集团军总司令张自忠，一个是八十四军一七三师师长钟毅。集团军总司令都在一线阵亡，你可以想想战

况的激烈程度。身为军人，我们能不打吗？"

"你说谁？是五十九军军长张自忠？"

"是啊。他不顾战区长官部阻止，执意渡过襄河到一线指挥，陷入三十九师团包围，壮烈殉国。高参张敬少将也一同殉国。钟毅将军陷入第三师团包围，身负重伤，英勇自杀。"

"张自忠和钟毅两将军，都曾在淮河沿岸跟我们十三师团作战。都是可敬的对手。你们打，我当然不反对，但是我反对你们利用我！你们不能失信！"

表面看组织在老范跟前碰了钉子，此后再未做过类似努力，但积极效果还是有的。老范在不知不觉间被人推了一把，悄然实现了一个跨越。尽管他自己未必承认。消息慢慢传开，周围百姓终于明白，那个面目和善的医生原来是个日本人，鬼子的逃兵。

四望山也好，三角山也罢，全都山高林密，鬼子鞭长莫及。大约因为李先念的指挥部目标较大，他们曾经策划攻击，可惜炮车拉不上四望山，不得不中途作罢。所以当地居民并未亲眼见过鬼子兵，一切都是道听途说。

那几天，老范正好治愈了一个农民，是个半大小子，其父老刘因此感激不尽。在这位父亲眼中，老范就是儿子的救命恩人。这话也并非夸张，在那时的山村，病死个人十分简单。此前不久，老刘的大儿子刚刚丧命，死因简直不可思议：他结婚那天喝多了酒，一时高兴，使劲儿拍桌子，正好拍在碟子上，结果粗瓷碟子跟他的手掌两败俱伤：碟子碎裂，扎破手掌，流了很多血。不到一周，新郎便撒手而去。

老大已去，老二再走，这个家庭只能垮台。老刘对老范的感激难以言表。他提来一篮鸡蛋，一定要酬谢老范："范医生，都说日本人坏，我看你不但不坏，还是个大善人呢。"

善人这个字眼，深深地将老范刺痛。如果老刘骂他两句，扇他两巴掌，他或许还要好受些。而且在他看来，那孩子的病毫不复杂，就是个简单的痢疾，腹泻拉肚子。只要搞好卫生，控制住传染源，稍微吃点儿药，就能痊愈。这点儿小小的帮助，哪儿当得起善人的评语？

可以想象，那篮鸡蛋老范没有收下。

5

　　局部的统战丝毫没见效果。半个月之后，第五战区第四游击纵队司令鲍刚便率领手下的第五游击支队开向四望山。鲍刚本是方振武的部下，一同追随过冯玉祥，此时暂时寄身于汤恩伯军中，先任十三军副军长，后又改任游击司令。于是曾经接纳过李司令的土房子，又接纳了鲍司令。新四军暂时退让，向南撤退。

　　那时的豫南各县，行政归河南省管理，军事却由五战区负责。各种名目的游击队多如牛毛。这些游击队虽然顶着国军的帽子，但很多头目不是土匪便是恶霸。他们不仅跟新四军摩擦，彼此之间也互相摩擦，争夺地盘。第二游击纵队的第五游击支队司令侯正国，曾经包围经扶县政府，看管住县长，将自卫队二百多人全部缴械。纵队司令沈光武接到报告，不以为忤，反倒顺手笑纳，干脆委任侯正国为光山县长。侯有了这个头衔，搜刮民财更是如鱼得水。一战区司令长官兼河南省主席程潜闻听大怒，后来通过驻商城的桂系八十四军军长莫树杰，借开会的机会将侯正国扣押枪毙，这才了事。

　　刺刀见红的争斗，不仅仅发生在一、五两个战区之间。五战区颁布过二十一个游击纵队的番号，他们之间也不消停，内斗的劲头丝毫不亚于打鬼子。那时日军为了集中兵力，不再试图控制信阳与庐州（合肥）之间的交通。叶家集以西的部队，全部撤往信阳。撤离之前，他们将潢川和光山县城洗劫一空，付之一炬。这些所谓的游击纵队探知消息，赶紧派兵进驻县城，同时向上级报捷，声称"收复潢光"。这样的把戏，第二游击纵队会，第三游击纵队也会。沈光武进入潢川以后，发现第三游击纵队司令黄静修已经捷足先登，于是只好一南一北，划分势力范围。几天之后，第三游击纵队突然关闭城门发动突袭，活埋了第二游击纵队好多人。经过调解，事态方才平息。

　　程潜闻听，也委任戴民权为第一战区豫南游击纵队司令，准备接收潢川。有了外部威胁，第二和第三游击纵队立即团结起来，一致对戴。当时戴民权所部驻扎在息县王楼，离潢川有一百二十里。有天夜里，沈光武叫起已经睡下的参谋长，让他立刻草拟作战命令，攻击戴民权的司令部。参谋长随即拟定计划，兵分

三路，同时下发五天的夜间联络暗号，第五天为"凯旋"。

次日拂晓，第二和第三游击纵队开始行动。期间遇到戴民权麾下的两拨人马，全部望风而降。下午三点，他们抵达指定位置，将王楼包围。王楼的各个村寨外面都有护寨河，戴民权以此为凭仗抵抗两天，方才乘夜色向北突围。第四天早晨，沈光武派兵追击十多里，没有追上，于是撤兵。等回到潢川，正好是第五天。消息传出，程潜气得浑身发抖，但也无可奈何。最终潢川这块地盘，还是在五战区武装的控制之下。

这些斗争，很快就被日军侦察得知。他们印成传单，从飞机上四处播撒，以便打击国人的抵抗信心，瓦解斗志。老范他们因此而得以知悉。既然地盘斗争如此炽烈，四望山自然也不宜久留。年前的冬天，李先念已经率领主力南下湖北京山县，在八字门村开辟新的根据地。在那里，独立游击大队改编为豫鄂挺进纵队，司令员还是李先念。第七团打完柳林，立即南下会合。

老范跟随后方医院，在八字门待了许久。他在那里入了党，石黑勇是介绍人。他第一次跟李世栋接触，也是在那里。那时李世栋刚刚找到组织，也来八字门受训。

6

拳头收回来，只是为了更有力地打出去。经过训练和休整，老范他们再度从湖北杀回信阳，继续在南部山区游击，团部还在老地方四望山。那时廖磊将军已因脑溢血而去世，继任者还是桂系将领，李品仙。比起廖磊，此公等而下之，局面日渐窘迫，与新四军的关系也更加尖锐。

新四军竭力向信阳渗透，日军自然也要竭力反渗透。花谷正也是直接策动九一八事变的核心分子，与石原莞尔、板垣征四郎合称关东军三羽鸟。此时不仅满洲沦陷，半个中国都已在铁蹄之下，三羽鸟的踪迹自然不限于满洲：曾经率领第五师团横行华北，后在临沂一线被张自忠、庞炳勋击败的板垣征四郎，已被挤出决策层，担任中国派遣军参谋长，主持对国府的诱降工作；石原莞尔经板垣征四郎的推荐，一度出任第十六师团师团长，但因与东条英机政见不合，又被编入预备役。他们相继失势，花谷正还在信阳城内横行。

当时花谷正是第三师团第二十九旅团的少将旅团长兼信阳警备司令。为对抗新四军的地下活动，他在信阳城内的查家胡同成立了特务机关花公馆，以此为基础组建了白天府和三○七部队等特务组织。三○七部队的部队长就是猪口次郎。他因战伤退出一线作战部队，此时已经晋升为陆军大尉。

猪口次郎和三○七部队，对新四军的威胁很大。

信阳地下党也有敌伪工作站，负责地下情报和交通工作，与鬼子抗衡。各个村庄都成立了"抗日十人团"，设有瞭望哨、递步哨和交通点。负责传递情报的以女同志为主。这些情报，猪口次郎自然也知道。他如法炮制，也训练了一批女特务，用于渗透破坏。

1941年4月，国共双方因为皖南事变，关系极度紧张。信阳南部的新四军，可谓两面受敌。有一天，地下党从武汉组织一批药材运往信阳，第七团派出一个小分队接收。木匠头和小喇叭都在其中。将近两年时间，老范才知道木匠头不爱开口的原因：他嗓子嘶哑，说话声音远远算不得动听。嗓子因何嘶哑呢？因为小时候偷盐吃。那时山寨普遍缺盐，因不能自给，只能外购。交通不便更兼家庭贫寒，几乎人人都缺盐。木匠头还小，耐不住，半夜起来摸进厨房，打开盐罐偷吃。时间一长，便哑了嗓子，从此再也没能恢复正常。

这两年来，老范跟他们已成好友。那段短暂的经历，那些稀薄的共同点，在战火纷飞的年代弥足珍贵。这次接收药材，他们三个都在其中。老范懂行，也熟悉地形。木匠头和小喇叭则是当然的护卫。

他们都穿着便衣，赶着骡马。木匠头别着斧头走在前面，小喇叭随后，肩上挑着木匠的家什，化装成木匠师徒。他们在前面探路，与沿途的暗哨交接。后面约两里地开外，还有两个武装前哨，然后才是化装成商旅的骡马队。老范就在骡马队里面。

小喇叭依然带着一根笛子。先前的那根，护送老范时被日军的骑兵砍断，到达四望山后又重新做的。四望山里别的没有，竹子遍地。他选好一根，木匠头用斧头灵巧地砍掉竹节，按照小喇叭的要求凿出眼来，然后再磨平。一吹，

嘹亮动听。

田边不时有劳作的农民。暗哨就隐藏在其中。他们跟木匠头递递眼色，然后站起身来，转身随意用白毛巾擦擦汗，擦完顺手朝肩头一甩，消息便已传递出去。

本来都是驾轻就熟的交通，但由于猪口次郎的破坏，险些失败。猪口次郎训练出来的女特务获悉了这次行动。走到新店附近，驼队突然遭遇险情。

枪声一响，小喇叭立即撂下挑子，从里面抽出武器，跟木匠头两人且战且走。两个武装哨兵也加入进来。他们就近占领一个山头，阻击敌人，掩护骡马队。

敌人是从新店岗楼出来的。猪口次郎的三〇七部队带头。原计划从柳林附近过铁路，直奔台子畈，没想到鬼子在新店设了伏。后卫立即变成前锋，掩护骡马队向灵山转移。

木匠头小喇叭等人在最前沿。他们占据有利地形，节节抵抗。然而毕竟是众寡悬殊，火力也弱，很快便陷入重围。

两个武装前哨相继牺牲。木匠头和小喇叭受了伤。鬼子冲上来时，他们已经打光子弹。木匠头掏出斧头跟鬼子肉搏，伤重的小喇叭却没有挺身助战。他掏出笛子，坐定，试试音，然后开始吹奏。

木匠头砍死了两个鬼子。猪口次郎本想抓活的，好审出大鱼，但木匠头宁死不屈，直至牺牲。

小喇叭依旧在吹奏。鬼子围上来，他也视若无物。刺死木匠头的那个鬼子，想顺手给小喇叭一刺刀，但被猪口次郎拦住。他眼睛微闭，很享受的样子。等小喇叭吹完，他让汉奸问："这是什么音乐？"小喇叭答道："你告诉他，这叫肏你姥姥的小日本！"汉奸不敢翻译，但猪口次郎已经明白指向。他笑眯眯地对汉奸说："你转告他，他吹得很好。这曲子很好听。如果没有战争，我愿意跟他交流交流。"汉奸刚刚翻译完毕，小喇叭还没来得及回话，猪口次郎雪亮的战刀已经凌空而下，劈掉了小喇叭持笛子的右手。

血唰的一声喷溅出来。那条胳膊虽已脱离躯体，但笛子还紧紧地握着。小喇叭身子一歪，但没有倒地。他侧身看着地上的笛子，似乎要好奇地探究原因。

猪口次郎再度挥起战刀，将他的脑袋完整地劈下。汉奸说："太君，他的还有用。"猪口次郎摇摇头："他是勇士，死在我的刀下，是他的荣幸。"

7

必须除掉猪口次郎。可是怎么样才能办得到呢？他在信阳城内，新四军在城外，彼此不打照面。

负责反战工作的石黑勇，跟负责敌工的同志商议来商议去，都很头痛。正在这时，猪口次郎突然派人传信，要求见老范一面。中间人带来一些日本特产，清酒、鱼干、味噌和泽庵，都是猪口赠给老范的。另外还有一封信。信中除了问候，中心意思是要求见面谈谈，时间地点由老范确定。双方单独成行，不带武器和卫兵。他还问老范是否需要帮助，如果可能，他愿意尽力。

人鬼相会？政委当然不同意，石黑勇也不同意。那时豫鄂挺进纵队已经改编为新四军第五师，就医术而言，老范是五师的宝贝；就身份来说，恐怕整个新四军都得拿他当盘菜，闪失不得。老范沉吟片刻道："我们先不做决定，投石问路看看再说。"随即回信一封，表示自己很需要帮助，医院缺乏抗生素。另外，政治部有一台缴获所得的折合式蔡司相机，但却没有镁光粉，无法拍照。

没过几天，中间人再度进山，果然带来了一些抗生素，以及镁光粉。猪口还在信中表示歉意，说抗生素是紧缺物资，无法提供很多。希望这些够用。至于会面的时间地点，依旧请老范决定。在县城和四望山中间的任何一点，他都乐意赴约。

老范道："我去！"然后询问地看着政委。政委没有立即回答，起身踱到窗前，右手摩挲着下巴上的胡茬，半天后踱回来，问老范道："老范同志，你想好了吗？"老范点点头："我很想会会猪口。他是我大学时期的学弟。有些问题，我很想当面问问他。"

很难说清楚打动政委的是不是那点儿镁光粉。对于他来说，镁光粉比抗生素还要金贵。那几乎就是相机的子弹嘛。他又看看石黑勇道："我看值得冒冒这

个险。你们大和民族，是我们中国人难以理解的民族。听说你们蹲着在铁砧上打铁，开锁时向左拧，使用锯子或者刨子是拉而不是推，盖房子先盖屋顶。决斗刺杀时杀了人家的主人，还要向仆人道歉弄乱了房间。对吧？既然他一定要见见，我看见见也好。"说完，他飞快地冲石黑勇眨了眨眼，深沉地补充道："我拥抱我的敌人，只是为了掐死他。"

政委以为自己的表情很神速，但老范完全看在眼里："敌工部采取什么行动锄奸，是他们的正常工作，我不干涉。但在我跟猪口见面期间，绝对不能动手。"

政委道："没问题。我绝对不让你作难。咱新四军也不能失信。"

老范道："他约我见面，无非是想争取我。我也可以争取他嘛。希望他放下屠刀，立地成佛。"

政委笑笑摇头："争取他？糠中钉钉吧？得得得，死马权当活马医。"

事情就此定下。几番信使往来，约定在柳林附近见面。按照距离计算，这里与四望山和信阳城，差不多是个等边三角形。具体地点是柳林与李家寨之间的钟灵寺。多数日本人都信佛，不会在庙里大开杀戒。

猪口次郎在大学里很有点儿名气。不是因为功课，更非因为剑道或者空手道，而是因为小提琴。他酷爱音乐，小提琴拉得非常棒，虽非科班出身，基本也在科班隔壁，素养很好。世界闻名的小提琴曲，老范几乎都曾听他拉过。因为私交不错，他甚至还有点播的面子。

有个问题老范一直萦绕于怀。他很想搞清楚：猪口次郎那双拉小提琴的手，滥杀无辜时怎么就能如此顺溜？大开杀戒那一刻，他究竟是怎么想的？他很清楚，猪口次郎并非恶魔，生活中彬彬有礼，为人也不乏善良，颇有武士风范。真正的日本武士连没有武器的对手都不会杀，何况妇孺？老范一门心思想的似乎并非是抓住猪口次郎，更非要他的命。他只是很想跟他谈谈，当面问个究竟。在他的设想中，那应该是男人之间的交流，坦诚而且率真，没有阴谋诡计。

见面之前，敌工部的同志反复勘察，的确没有发现可疑情况。那时日军的探子，多数化装成货郎。这样走街串巷可以，赶个集也没问题。但突然出现在人迹罕至的山寺周围，那显然是不打自招。他们确认没有货郎，也没有神秘的放牛娃，或者走亲戚的妇女，以及游方的道士和尚。总之，一切都很平静。

政委和石黑勇将老范送到红檀树一带，便只能回头。武装接应人员还能再走一段，但也不能护送到底。政委掏出自己的驳壳枪，要递给老范，但老范没接："真要打起来，一支手枪又有何用？放心吧，他肯定不会背信的。可惜木匠头和小喇叭不在。他们要是在，听着小喇叭的笛声，看着木匠头的斧头，我心里更有底。"

两人如期会面。钟灵寺虽小，但历史颇为悠久。武昌起义之后，政府调兵镇压，几路北洋军相继来到信阳。因为袁世凯在战和之间首鼠两端，他们并未全部开到武汉，便在信阳肆意撒野。钟灵寺的主持心禅和尚虽处化外，也没能逃脱厄运。乱兵过来逼问财产，他不肯缴出，当场被打一枪，然后绑起来实施炮烙之刑。最终乱兵从墙壁中挖出三千多两银子，心禅几天之后也丧了命。

二十多年过去，此时钟灵寺的住持也已年老。他并不知道二人的真实身份，但却知道不必搅和进来；奉上新茶一碗，便识趣地离开。

8

老范没有想到，猪口次郎竟然带着小提琴。一定是为了避免误会，琴没装在琴套里，他直接用手提着。

遥遥看见猪口次郎的身影，老范顿觉往事扑面而来。三年前那个夜晚的惨痛记忆，就像一枚邮票，强硬地贴在心头，无论如何也揭不下来。隔着几步的距离，两人停下步子，对视一眼，然后各自低头鞠躬。

落座之后，许久无话，仿佛两人都忘记了此行的目的。他们甚至没有惯常的寒暄问候，好像根本没有久别的隔阂。

彼此的眼神慢慢都柔和下来。

不知何故，对于长久萦绕于心的那个问题，老范始终没有开口。本来他很想跟猪口次郎开诚布公地谈谈，像老朋友那样深入交流，劝他止恶扬善。那时他是上级，自己只能服从；如今已无这种身份限制，作为朋友，理当进言。然而看看猪口次郎的眼神，老范突然就没有了开口的兴趣。仿佛他已经神奇地转变态度，赞同学弟的做法。这种感觉令人恐惧。老范赶紧清清嗓子："猪口君，还记得那

个樱花盛开的傍晚，你在夕阳中给我们拉《沉思》吗？那乐曲真美呀。"

"多谢夸奖。不过我已经很久没有好好拉过琴，胳膊又受过伤，不知道还能不能拉好。"

"那真是可惜。我很遗憾。"

"既然你喜欢听，那我就再拉一次吧。请多指教。"

门外海棠怒放，微风吹来，摇曳的枝条在粉墙上投下轻歌曼舞的树影。老范耳听音乐，眼看春景，满心感喟。这一切，包括他自己在内，似乎都像树影之于粉墙那样虚幻，那样不真实。看似耳鬓厮磨，其实只是擦肩而过。

老范闭上眼睛，凝神谛听。猪口次郎的确荒废了手艺。挥舞军刀的手，拉琴的确有所不同。一曲终了，老范睁开眼睛："猪口君，你技艺的确没有长进啊。"

"请原谅，我工作忙，时间少。"

原来在战争状态下，屠杀只不过是工作。

音乐能以不可思议的速度，营造出充满光与热的氛围。然而那氛围散去得也快。乐曲一停，旋即像冬天的太阳落山，寒意以无法遏止的态势袭来。两人必须重新寻找话题。

"你能给自己动手术，真了不起。到底是帝国大学的学生。"猪口次郎冲学兄微微点头。老范闻听不觉一惊：这家伙的情报的确很准。不过转念一想，只要把他的人跟日本医生一对上，猪口次郎知道，也算正常。

"很惭愧，没有办法的事情。那个手术其实做得很糟。刀口处理得很粗糙。如果被老师知道，会挨骂的。"

"坳口圹的伏击，有人曾经怀疑你，但我从不相信。可后来的事实证明，可能还是他们说得在理。在支那生活的经历，改变了你。"

"怀疑我？怀疑我什么？对天皇不忠？笑话！"

"见面不易，我们还是别争论了吧。有什么需要我帮忙的吗？如果需要，请尽管开口。"

帮忙？没有人能帮他的忙。佛陀不能，慧海也不能。如果时光能倒流到那个晚上，猪口不逼迫他，那就是最大的帮忙。但是，谁都没有回头的余地。

"如果当初你没有逼我多好。"

"如果再来一次，我还会那样的。我必须用仇恨重新组装我的士兵。只有那样，他们才能奋勇向前，战无不胜。你必须理解，战争无非是杀人和被杀。平常心不可能赢得胜利。我必须让他们成为充满负面情绪的压力锅，这样到战场上才能爆发。我仔细数过，受训期间我整整挨揍二百六十一次。支那将军张自忠的部队之所以能打，也是因为他的军纪严酷。他手下的悍将李九思，曾经被他打成重伤，你能想象吗？如果不是这样，我想李九思也未必能晋升为将军。"

老范没有吭气。猪口顿了一顿，又对老范点点头："对不起。也许我不该对你那样。你天生不是当武士的料。"

"国内形势怎么样？"老范很想问问家人的情况，但想想还是没有。

"昭和十五年（1940），政府宣布建立大东亚共荣圈；同日，东京市政府下令禁止食堂饭馆使用大米。市场上的贩卖时间也严加限制。报纸缩版，晚报停刊，一万个艺伎馆关闭。所以上次我只能给你两瓶清酒。听说公园座椅上的铁扶手都已经拆下，拿去炼化钢铁造武器。百姓的日子的确不大好过，但是士气非常高昂。大家都清楚，我们必须忍辱负重，卧薪尝胆，渡过这段艰苦时光，以实现八纮一宇的伟大理想。我可以告诉你，我们向东南亚的进军很顺利。无论英属还是荷属殖民地，那里的人们都很欢迎皇军。他们恨透了白人的压榨与统治。"

猪口说得满脸放光。

"你约我来，就是要告诉我这些吗？"

"首先，我想确认是不是你；其次，我想对你说声抱歉；第三，也是最重要的一点，我希望你能迷途知返。东条首相已经向全军下达《战阵训》，不允许皇军活着受俘虏之辱。先前军人手册上的那些话还只是提倡，这次则是命令。你就不考虑你的家人吗？九段坂才是我们的归宿。这是皇军的职责。"

老范思忖片刻，摇了摇头："军部绑架政府的现象不能继续下去。否则大和民族会遭受灭顶之灾。我不想进靖国神社。我只想好好地活着，当个称职的医生，治病救人。"

这是唯一的一次交手。此后再也没有深入，更没有试探。闲聊一气，说的都是陈年往事。最后互道珍重，彼此分手。

9

回去时老范走得很慢。仿佛速度会影响安全。他总是觉得，背后有一支黑洞洞的枪口，不，不是黑洞洞的，而是明晃晃的，是雪亮的战刀。他猛一回头，哪里还有猪口次郎的影子。

见到敌工部长，老范微微摇头，使劲儿握拳。敌工部长一声呼哨，山上的消息树随即倒下。或者一棵树，或者一块白毛巾，或者一支风筝。消息飞快地传递出去，保卫的暗哨随即撤回。

最终击毙猪口次郎的地点，不在柳林炮楼和钟灵寺之间，而在柳林与信阳之间的东篁店。在柳林与钟灵寺之间猪口次郎的警惕性高，而且也有违老范的意愿。经过柳林炮楼的过渡，可以说已与老范无关。猪口次郎自觉高枕无忧，于是还像来时那样，乘车原路返回。

平汉铁路在武胜关到李家寨一线，由于山形地势的限制，坡度大拐弯多。从辛亥革命的武昌起义，直到后面的历次军阀混战，火车总是在这一带遭受攻击，事故频频。猪口次郎也是个例证。车开到东篁店时，正好有个拐弯。那列只有两节车厢的小火车，行到这里突然侧翻。因为东篁店车站有我们一个内线。他扳岔道路，弄翻火车，伏击组冲出来，将猪口次郎击毙。虽然我们的牺牲更多，但是完全值得。因三〇七部队就此垮台。就像没有蜂王的蜂房，无论还有多少残存的蜜蜂，也是空的。

老范得到消息后，反应平静："小提琴呢，你们拿回来没有？"

政委询问地看着敌工部长，敌工部长摇了摇头。

"可惜了。那是把好琴，音色不错。很难买到。"

七　万

1

怀揣那半条手绢，我摸回了信阳。浦信公路依旧是鬼子控制的要点，我只能沿着村寨之间的小路行进。还没到信阳，便听说五座城门皆有日军把守，出入都要良民证。

先前那位与我有旧的县长，早已离任。与我党密切合作的抗日县长李德纯，当然不可能驻扎在城内，先后开府于黄龙寺和北王岗，那时已被省府免职。他将自己掌握的武装全部移交给新四军，然后北上竹沟。新任县长马咸扬将县政府迁往淮河边上的申阳台，紧邻湖北。我决定先不进城，先去县府打探一下官方消息。

县府提供的消息是，信阳周围驻扎的国军都是西北军。主要是刘汝明的六十八军，以及台儿庄英雄部队，池峰城的三十军。离信阳最近的，是六十八军的一四三师，师长李曾志；以及三十军的二十七师，师长黄樵松。他们都在第五战区副司令长官兼第二集团军总司令孙连仲麾下。马咸扬之所以把县府设在这里，就是要托庇于人。因东部和南部山区完全是新四军的天下。至于五十九军，的确遥远，在襄阳一带。

我可没有再下信阳向襄阳的兴趣。当务之急是找到组织。或者说，是找到婉茹。结果我找到了组织，却没有找到婉茹，只找到了她的英雄业绩。这个业绩是，她竟然跟随余子明，率领六百多人的乌合之众，于去年亦即民国二十七年（1938）11月5日赶走鬼子，将国旗重新插上信阳城头，为期长达两天。

2

婉茹回到信阳时，罗山已经失陷，但信阳暂时未丢。

在罗山周围，胡宗南的生力军，外加邱清泉的战车、彭孟缉的火炮，让日军吃了许多苦头。尝到厉害的日军，只得放弃径直向西、正面攻击信阳的计划，改为两面包抄。筱冢义男的第十师团沿着罗山县城，经周党畈、当谷山向信阳南部的柳林镇发起攻击，目标是切断平汉线；藤田进的第三师团向北攻击洋河镇，以便南北夹击信阳。

这份计划推迟了信阳陷落的时间，也延长了民众逃亡的时间。婉茹逃进城内，自觉无处可去，也找不到组织，只好先去投奔小长辈儿。但那时她知道小长辈儿，小长辈儿还不知道她。费了点儿唇舌，方才说明白。

小长辈儿对婉茹的印象很不好。后来他竭力反对我们的结合，说婉茹是克夫相。当然，那时他还不知道我们的关系，只将她当作我的同学朋友兼难民，因而尽可能地提供方便。他建议婉茹躲进城北的义光中学。教会办的学校，屋顶悬挂美国的国旗，更加保险，比在小长辈儿身边安全得多。

婉茹在义光中学住了一夜，次日正犹豫着要不要走、往哪儿走时，忽听街上口口相传，说是连老鼠都已开始逃亡，看来将有大难，便半信半疑地赶到小南门。刚到浉河边上，就看见成千上万只老鼠彼此衔着尾巴，首尾相接浩浩荡荡地渡过浉河，消失在南边收割过的田野里。这景象可谓壮观，但更令人心惊。多少百姓本不想走，见此情景也赶紧回去收拾包袱。

婉茹决定向南，去鸡公山。这几个月的生活足以刻在记忆上，让她却望鸡公是故乡，更何况那里还是我的童年所在。而她刚刚赶到，便赶上了伟大的战事。

说它伟大，是因为武器装备极不匹配。我方主力只是红枪会，而这主要是余子明的功劳。

林颖和婉茹唱歌演剧的同时，余子明一直奔走于信阳城乡，联络各处的红枪会。信阳南部的红枪会以李国英所部实力最为雄厚，会众超过两千。李国英本是塾师出身，但为人干脆利落，颇有屠夫气概。那时当谷山已经枪炮隆隆，估计九里关已经失陷。信阳古称义阳，三国时曹魏的义阳郡治便在北部的平昌关。城南的九里关、武胜关和平靖关，合称义阳三关，地势险要，是孙武、伍子胥挥师伐楚的通道。武胜关本来有老关城，民国十八年的蒋冯战争中，曾在信阳修城种树的冯玉祥下令将其炸掉，连同铁路隧道，以便阻挡蒋军北上。事后铁路隧道虽然很快修复，但关城以及前面的防御设施则长期无人过问，直到抗战之前孙连仲所部奉派前来修筑国防工事。武胜关的工事虽有国军防守，但以西的平靖关，以及名声虽小但地势同样险要的黄土关，据会众报告，却都不见国军的一兵一卒。

余子明随即商请李国英，召集部众防守平靖关和黄土关。否则即便武胜关能守住，日军越过铁路，向西拿下平靖关与黄土关，还是可以从大别山与桐柏山之间直逼武汉。

然而李国英不同意将主力开到那两个关口。说红枪会的主要任务是保卫村寨，而平靖关和黄土关并非家乡。它们全都在靠近湖北。说来说去，他只答应就近召集两个堂口的会众。加上实习队动员的核心力量，大约三百人。

婉茹坚决要求参战，但余子明不同意。因会众都是男人，且非常迷信。然而婉茹的态度非常坚决，表示可以用歌声给大家鼓劲儿，而且曾在西苑接受过三十七师的军训，会打枪，枪法或许比男人都强。余子明看看李国英，李国英的右手使劲儿朝下一劈，仿佛案前躺有一口已经杀死的猪："也好！有个女人在场，男人们大概不好意思临阵脱逃。"

平靖关位于西双河。余子明将主力布置在这里。黄土关毕竟在身后。他指挥大家刚刚摆开阵势，次日便有日军来犯。所谓关口，大都是崇山峻岭之间的山谷，山谷连接着通道，只能从此经过。平靖关也是如此。集合前来的会众虽然接近三百，但快枪数量还不到五十条。绝大多数还是手持梭镖身背大刀，甚至还有鱼叉、钉耙和棍棒。说到重武器，只有土炮。

好在日军兵力单薄，而会众已经占据有利地形。等到骑兵进入射程，余子明一声令下，几门土炮相继开火。虽然射程不远，也没有准头，但杀伤面积大。鬼子的战马一声嘶鸣，相继倒地。

然而这仅是开始。遭遇突袭的鬼子迅速找到依托，开始还击。土炮的射程并不比三八大盖远多少。鬼子的精准枪法很快便显出效果，两个炮手先后倒地。剩余那两门炮的炮手，吓得赶紧就地趴下，不敢开炮。

眼看士气动摇。正在此时，婉茹突然站起身子，高唱战歌《中国不会亡》。她刚唱两句，几颗子弹便相继飞来，打得树叶纷纷落下。余子明一把将她摁下，但她挣扎着起来，站在树后，继续高唱。

"大家不要怕！女学生都不怕，咱还怕啥？"一个堂口的大师兄喊道。大家纷纷抬头，展开还击。

居高临下地判断，鬼子顶多三十人。很可能只是个搜索分队。但尽管如此，依旧配备着机枪，还有一门迫击炮。炮弹之下，平靖关终于失守。好在队伍没有溃散。

3

余子明会同两个堂口的大师兄将队伍拢住，同时派人传信，打探武胜关一带的消息。探子当然不必效仿神行太保戴宗，亲自跑到武胜关和信阳城，只消跑到最近的村寨西双河，找到红枪会，消息便能逐村传出，再逐村递回：南边的柳林，北边的洋河，均已被鬼子占领。信阳暂时尚未沦陷，武胜关也在国军手中。

接到消息，余子明立即召集大家商议。如果武胜关已经失守，平靖关守不守意义不大；既然武胜关没丢，那么平靖关就关系到信阳守军乃至整个大局的安危。一定要想方设法夺回来。怎么办呢？

婉茹极力主张进攻，态度颇为激愤："才多少个鬼子，咱们就顶不住？必须马上反攻！你们不反攻，给我一支枪，我自己也要去！左右不过是一死！"

一个堂口的大师兄嘟囔道："我们打仗就忌讳女人。要不是你，平靖关还不一定会丢呢。"

余子明笑道："保家卫国男人是主力，但人家女人也有这份心意嘛。花木兰、梁红玉，不都是女人吗？不必忌讳，也没啥忌讳。齐小姐虽是女流，但也是国军的人，跟我一样都是第五战区派来的，有任务在身。人多力量大，可不能赶人家走。"

另外一个堂口的大师兄说："这样吧，先把队伍开到西双河，让弟兄们吃顿饱饭，睡上一觉。入夜之后，咱们再反攻。你还不大了解我们的特点。红枪会善于攻击，不善于防守。平靖关我们地形熟悉，鬼子人数又不多。等咱们偷偷摸过去，贴身肉搏，他们肯定不是对手。"

只好如此。队伍开到附近村上，说明情由，随即各家各户纷纷做饭。由村长组织，按户平均，每户供应多少人。吃饱之后再迷糊一觉。入夜之后，队伍悄悄出村，又朝平靖关摸去。

因火力不如人，西北军最重视野战。夜晚两眼一抹黑，大炮机枪都没用，只能比单兵素质。日军也有夜战训练。新兵初入营时，连续三十八周都有夜战训练，每周十小时。但尽管如此，他们终究是侵略者，并非平靖关的主人。

大家约定，跟鬼子肉搏之前一律不出声，更不鼓噪。完全摈弃以往的战术。就这样，虽然最终被鬼子发现，他们的机枪开了火，但大家都不吭气，像幽灵一样扑入阵地，然后跟鬼子拼杀。

当此时刻，大刀、梭镖和鱼叉、钉耙的作用，远远胜过枪支。一顿冲击，终于将鬼子击退。天明之后清点尸体，有二十多具。有些脑袋已被砍下，有些被戳成滴血的蜂窝。逃走的鬼子大概不到十个，反正是多数被歼灭。

那时国军普遍实行一日两餐制。民众也差不多。这天的早饭，格外丰盛。大伙儿没有进村，就在平靖关吃的。大师兄派了五十个人，扛着鬼子的枪，提着鬼子的脑袋，到西双河游行一圈，很快村子里就送来了饭。送饭的队伍排得老长，各家都下了本儿。有的用篮子提，有的用罐子装，大户人家干脆用木桶抬来。新米饭外加闷罐肉，香气熏得人脚跟发软。

余子明率领队伍，连头带尾在平靖关守了五天。期间鬼子又来攻打过一次，兵力和炮火有所加强，但会众的力量加强更多，因而通向湖北的关口始终未丢。第五天中午，终于有国军前来接防，从符号上看，是胡宗南十七军团下属的第一军。该军军长陶峙岳，北伐期间曾因战功而在团长职位上晋升少将。无论何时，少将团长总是罕见，北伐期间也不过叶挺与黄琪翔等三四人。其中金佛庄和郭俊虽然也是少将团长，但前者是总司令部的警卫团长，后者是晋升少将之后调任的团长，情况有所不同。

4

　　杀敌一千，自伤八百。平靖关一战，民众伤亡将近两百，可谓惨烈。尽管胡宗南并未执行战区长官部向桐柏山转进的命令，没有坚守武胜关、平靖关和黄土关便径直退往南阳，导致战局急转而下，但余子明依旧为当初的选择而庆幸不已。抗敌青年军团这将近一年的训练，每天的三操两课，总算没有白费。如果没有这些基础，他恐怕不会有如此敏锐的战略眼光，迅速聚焦平靖关。或者说，平靖关如果早早便落入敌手，武汉保卫战的最终格局恐怕还真得改写。也许会有更多的国军陷入重围，付出更大的代价。

　　信阳陷落于民国二十七年（1938）的10月12日。侵略者是筱冢义男第十师团的冈田支队。以冈田资的第八步兵旅团为骨干，加强了部分兵力以及炮兵骑兵等兵种。此后第十师团撤走，第三师团接防。直到抗战结束，这个老牌甲种师团的邪恶军旗，便一直是信阳百姓的噩梦。

　　虽然县城已经沦陷，但各个村寨的日子几乎还是一切照旧，百姓很少能感觉到变化。武汉三镇像只蜂房，被不断麇集的鬼子吊得不断低头。而随着战线的南移，信阳枪声渐稀，大有和平气象。当此时刻，婉茹突然提出一个大胆的建议：反攻信阳。

　　计划提出之初，周围一片寂静，无人应答。它完全超出大家的想象。胡宗南配属战车高炮的精锐部队都没守住的古老城池，仅靠民众的大刀长矛鱼叉钉耙，如何收复？

　　但婉茹依旧坚持。并且自告奋勇，先进城探听消息。她不顾大家的劝阻，决绝地跟随百姓进了龙潭虎穴。《易经》是小长辈儿的童子功。他给自己打过一卦，见卦象不错，便没有逃走。婉茹找上门时，他吓了一跳。他不走很好理解，婉茹毕竟吃过五战区的军粮。万一被抓住，那还了得！

　　小长辈儿连声催促婉茹离开。婉茹摆摆手道："谢谢你的好意。但你既然认识我，知道我的身份，就应该理解我的行为。我不能走。"随即向他打探消息，四处游动观察。

在小南门，有个警察认出了婉茹。鬼子到来之前，她们到处唱歌演剧，城关城厢无所不至，难免会有些熟脸。他把婉茹悄悄叫到旁边："女学生，今天要唱《中国不会亡》，还是《歌八百壮士》？"

婉茹一惊，但很快就定下心神。她伸手朝包里探了探，手榴弹当然还在。这是平靖关的战利品。可惜这只是个二鬼子，不是鬼子，不配。

"你说什么？我不认识你呀。"

"你在台上唱歌演剧，当然认不得台下的我，但可我认识你。说吧，今天唱哪一出？"

"哪一出？今天姑奶奶我不唱大青衣，我要反串老生，唱《秦琼观阵》！"

"算了吧，不要开玩笑！城内城外的国军都已撤走，鬼子还没攻城，马团长便带兵悄悄溜之乎也，你一个女学生还敢来探龙潭虎穴？你赶紧走吧，就当我没看见你。"

"我就知道，你还有中国人的良心，所以没拉响手榴弹。我马上走，但还会再来。我们的大部队即将收复县城。"

"真的？真能收复县城，那敢情好！我愿意当内应。我手下的弟兄们，都不愿意给鬼子跑腿，都不愿意当汉奸！"

"那你还替鬼子扛活？"

"治安总要维护，我们也得养家糊口啊。我们可不像你，一人吃饱全家不饿，我们都是上有老下有小的呀。"

婉茹的预料没错，鬼子全力围攻武汉、包围国军，信阳的防卫力量薄弱，只有一个小队，伪军尚未组建完成，维持治安的主要是从前的警备队和警察。鬼子驻扎在内城的老营房中。初来乍到，还幻想收服人心，因而尚未在城内推行残酷统治，杀人抢劫的事情都不多。

第四天下午，婉茹带着情报返回鸡公山，建议先派部分人马取道小南门混进城内，然后约期起事，里应外合。

既然如此，那就不妨反攻信阳，打他一下。

队伍是余子明他们经过几个月的努力聚集起来的，但反攻信阳的勇气，可以说完全来自于婉茹的积极鼓动。先期进城当内应，困难在于武器。长枪和大刀

不行，匕首又无法近身，只有手枪和手雷好用。婉茹叫人领着依次拜访周围的寨子，好容易才借来十几把短枪，连同缴获的日军手雷，算是解决了问题。

民国二十七年11月4日，力主抗日且主张持久战的军事学家蒋百里病逝于迁移途中的广西宜山，而婉茹则要在我的老家信阳创造生与胜利的历史。她带领部分精干力量混进城内，安排妥当后再从小南门出来，回到大部队。次日上午，余子明集合起七八百人，手持各式各样的武器，隐蔽接近县城。婉茹带领前锋，一部分人进入浉河边上的咖啡馆，一部人进入"一条龙"饭馆，逐渐靠近小南门。那个做内应的警察打手势告诉她，鬼子的人数没变，还是四个。婉茹点点头，将短枪顶上火，领着人进门接近鬼子，突然掏出手枪，对他扣动扳机。

啪的一声枪响，似乎吓住了所有的人。包括那个鬼子。他腹部中了弹，满脸愕然地看着婉茹，好像不能理解眼前发生的一切，无法想象还有人破坏这难得的和平。十天之前，武汉不是都已经拿下了吗？支那事变应该解决在即，他可以马上就打包裹回家的呀。

鬼子没有倒下，提枪还要还击。婉茹似乎也被这个场景吓坏，忘了再开一枪。幸好还有同志，他们同时向鬼子扑去。两人一个，左右或者前后各一刀，让他们顿时成鬼。浉河的堤岸之下，大队人马手持红旗，高声呐喊，向南门和小南门同时发起攻击。几门土炮对准城楼，接连发炮。

经过里应外合，一个小队的鬼子被全部歼灭。余子明吩咐烧掉膏药旗，将早已准备好的青天白日旗重新悬于城楼之上。

满城庆贺，全国通电，爆竹连天。两天之后，日军沿平汉线南北夹击，信阳再度陷落，林颖和余子明先后中弹牺牲。实习队随即分裂，部分人汇入新四军，包括婉茹。

我很惭愧，自己躺在温柔乡里时，婉茹，柔弱的婉茹，却在创造抗战史上的生动战例。

5

同志们告诉我，那时婉茹在婆婆寨开展工作。婆婆寨离四望山不远，是四望山根据地的外围，需要巩固。她跟几个同志一起，已在那里工作许久。建立组织，宣传发动。期间因为顽固派的袭击，两位同志牺牲，他们一度被迫撤出，如今局势平稳，他们随即梅开二度。对于四望山而言，那里的确意义非凡。

得到确切消息，我立即怀揣那半条手绢，兴冲冲地赶了过去。但见到她时，我无论如何也想象不到，出现在眼前的不是姿容俊美的女学生，而是体态臃肿的孕妇。

正是夏天，我却如同被冻僵一般，不能动弹。我感觉脑袋疼痛欲裂，好像又有鬼子挥舞马刀，不断地劈砍。

婉茹首先回过神来，向我伸出手："天哪，是你！你竟然还活着！你终于回来了！"

"你结婚了吗？丈夫是谁？"我没有接婉茹的手，指了指她的肚子。

"所托非人，我跟谁结婚？"

同志们一见情形不对，立即退出，让我们独处。良久之后，婉茹摸摸腹部，喃喃自语道："同志们都以为这是你的孩子，其实他是个孽障，是鬼子干的。鬼子。你懂吗？"

刹那间，我眼前又是天旋地转，大叫一声，人事不省。我实在是疲劳已极。

6

醒来时，眼前依旧只有婉茹一人。她眼泪汪汪地看着我，但眼神中却分明有种恶毒，是那种报复得手之后才有的神情。

"别后岁月，对你的恨支撑着我的生活。今天看到你这样，我心里好受了许多。你随时可以离开，我不需要你廉价的怜悯。"

"这是什么话？鬼子把伤害强加到我们头上，我们还要互相仇恨吗？"

"没有办法。我们相互之间的仇恨，也是鬼子对我们伤害的一种。副产品。"

"究竟发生了什么，请你告诉我。"

"发现怀上这个孽种，你不知道我有多么耻辱惧怕，多么紧张焦虑。我想了很多办法希望流产，都没有成功。想不到这么恶劣的条件，丝毫谈不上营养，他竟然还能成活。我冒着风险进城去找小长辈儿跟胡泰运，他们都不答应。胡泰运说流产的针法他当然会，但轻易不传人，自己若不是娶了师父的闺女，也肯定学不到。就这样师父当年还一再强调，绝不可随便施用。因为这是最缺德的事情，有断子绝孙的因果。就是刀架在他脖子上，他也不能干。小长辈儿也说，无论如何总是李家的骨血。世栋已经牺牲，你怎么还能说出这种话来？我只能解释说环境险恶条件艰苦，即便生出来多半也保不住，可能还会累及我。但说得再多也没用。犹豫再三，我到底也没有告诉他们真相。后来我又进了一次城，没找胡泰运，打算到信义医院流产。美国人的产业，鬼子不敢动。可检查过后他们说已经过了最佳引产期。继续引产可能会伤及产妇，也不肯施行手术。每一次进信阳，对我来说都是冒险。我毕竟多次进城唱歌演剧，认识我的人肯定不少。我没想到信义医院也会拒绝。你知道那时我心里怎么想的吗？我满心盼望你已经战死，反正你的事迹和照片早已见报，早已成就抗日英雄的英名。但是今天，你竟然又出现在我面前。"

问及详细情形，婉茹老半天没有吭气。仿佛这番话已耗尽她的气力。仿佛她要仔细权衡利弊，反复掂量后果。而最终依旧是答非所问。那一刻我简直也有些痛恨自己生命的存在。大约我根本就不该来到世上吧。当年母亲遭遇飞机惊吓，为何导致的不是流产，而仅仅是早产？若是流产，怎么会有南苑的耻辱潢川的惨烈，以及眼前的尴尬。

"你不必自责。我也向你隐瞒过许多东西。我也是有错的。"

"我最讨厌这种腔调！你犯过错，你有肮脏的罪孽，就和我匹配了吗？告诉你，你有错，但是我没有！我只是受害者！"

东 风

1

　　我们团长结婚的时候，嫂子已经怀孕。同志们都感觉不可思议。村里的老辈人背地里议论纷纷，可人家都是大学生，喝过洋墨水的，不讲究那些曲里拐弯的古礼。再说又是战争年代，要是怪罪，只能怪罪到鬼子头上。如果他们的刺刀不挺过来，团长一定会三媒六证地用花轿把嫂子娶进家门的。

　　这场婚礼不是简朴，而是寒酸。团长右脚的鞋底已经磨穿，每走一步都要脚踏实地。他们就在婆婆寨结的婚，临时借住在一户人家的牛栏中。新房是用布帘隔出来的，隔着布帘，能听到牛安静的反刍，偶尔被摇尾巴的声音打断。还好，天气允许，晚上牛能拴在牛栏外边。要是冬天，新郎新娘就只能跟牛同居。

　　喜酒自然谈不上。我们只是进去坐了一会儿，说几句祝贺的话，吃了点儿板栗和花生，就算大礼完成。战争间歇，好不容易办了场婚礼，我们都想热闹热闹，闹闹洞房，但考虑到嫂子的身体，也只得作罢。

　　新娘怀孕，洞房不能闹，总能听吧。小叔子听房不失礼，反倒是讲究。因而我们几个离开之后，又偷偷折转回来，想偷点儿笑料。结果挨了半夜露水，毫无收获。

　　"希望你不要后悔。"这是嫂子的声音。

　　"啥时候了你还说这个？只要你不嫌弃我就好。摸着良心说，我比在北平时更爱你。爱你的人，也爱你身上心上的伤疤。那是我们共同的历史。"

"孩子你要视同己出。"

"那当然。鬼子有罪，孩子无辜。她是你的骨血，当然也就是我的。"

"孩子让我成长为母亲，我终于想明白了一些事情。国家的身体受到侵略的伤害，我们的身体也必然会受到伤害。反抗侵略的同时，必须忍受伤害的疼痛。这是必然的代价。这就是作用力与反作用力。杀人的同时，也在自杀。谁都无法避开。"

"什么都不用说，等孩子长大，也打鬼子！"

"混账话！我可不希望那样。还能叫鬼子拖到那时候？要想在二十到五十年内让民族国家崛起，必须尽快赶走鬼子。顶多三五年。"

到底是喝过洋墨水的大学生，新婚之夜的悄悄话也跟政治报告一样。我们很快便没了兴趣。那是1939年的深秋，生活比起一年前艰苦了许多，而怀孕的嫂子需要营养。没办法，只得下山赶集买鸡蛋。实行供给制，大家都没钱，每次只能买几个。一来二去，这个情况便被汉奸和鬼子掌握。他们据此判断，山上有共产党活动。十有八九是新四军的伤病员。因为只有外地人才会买鸡蛋。本地山民家家养鸡，不必舍近求远。即便真需要，也只会拿东西换，不会出钱买。

婆婆寨在四望山和信阳城中间。是四望山根据地的外围，也是鬼子和顽军的眼中钉。顽军袭击过一回，鬼子也不会闲着。终于有一天，他们在汉奸的带领下发起突袭。那是个冬夜，枪声响起时，我们睡得正熟。团长的长子不到三个月，还在嫂子的怀抱中。嫂子很有意思，本来非常勇敢，像个女张飞，去年曾经冲锋在前，带领几百人收复了信阳城。可是自从怀孕，胆量突然小了很多，变得非常软弱。那天撤退，她抱着孩子哇哇大哭，好像从未听见过枪声，从未见过鬼子。幸亏还有团长。他可真是有胆。他让我们先行撤退，自己带着两个人断后。后来那两个同志牺牲，团长侥幸捡回一条命，但又留下了一处伤口。

后来才知道，这是冬季攻势的一部分。国府下令全面反击，各个战区协同行动，信阳打得很热闹。吃了亏的鬼子不甘心，于是发起扫荡。他们追了我们三天两夜。我们在四望山里转圈，三天之后退入湖北地界，方才摆脱鬼子。而那时团长的长子已经冻得不会再哭。当天夜里，鬼子安静下来，孩子也安静下来。他夭折在嫂子怀里。

2

团长作战勇敢，但也有很多怪癖。比如他受不得旁人打呼噜。那时战火连天，枪炮声大家都已习惯，团长也一样。这些动静都不会影响他的睡眠，偏偏打呼噜不行。照说枪炮声再远，也总比打呼噜的动静大，但对他来说，正好相反。

其次是他爱说梦话。他说梦话简直就像讲故事，语调有起伏，情节有冲突，甚至还会伴随着动作。那样子十分骇人。直到我们看不过去，将他拍醒，他还懵懵懂懂。很多人听过他的梦话。他经常会提起潢川，还有明慧。我们也不知道是谁。

再有就是打麻将。我无法想象身为革命干部，他竟然会如此沉迷。那时他还不是团长，职务不比我高多少，经常为此受到上级申斥。党支部开会时，也对他提出过批评。但团长总是申辩，说他一没有耽误工作，二没有花公家的钱，偶尔为之，个人爱好，不应大惊小怪。这话当然没用。最终他被大家接受，源于那次成功的改编。

信阳在大别山和桐柏山之间，山高寨多，活跃着很多地方武装。红枪会是其中的代表。但红枪会之外，还有各个村寨的自卫武装。财主为首，各户集资，购买枪支弹药，依据村寨防御盗匪。如今战事一起，这些武装力量也积聚起来，势力越来越大。信阳西北部的平昌关镇，曾是三国时期魏国义阳郡的治所。据说昌平王府曾经设在那里，《岳飞传》中的金兀术，也就是完颜宗弼带兵攻宋时，改名为平昌关。既然称为关，地势必然险要。那里靠近国军的防区，活跃着一股武装，为首的名叫谢贤昌。他能使双枪，左右手同时射击，枪法很准。

谢贤昌所部有五百多人，武器装备也算好的。更关键的是，这支武装有争取的基础。他们的确打过鬼子。有一次鬼子进犯，打到母子河时，突然遭遇谢贤昌的袭击。他击退鬼子，一路追击到十里棚，将鬼子沿途掳掠所得全部夺回，方才收兵。

这样的力量当然要争取。我们在争取，国民党方面也在争取。具体而言，就是第五战区的第四游击纵队司令鲍刚，方振武的老部下。新四军要给谢贤昌一个

团的番号，鲍刚则许诺让他当第八支队司令。

大概是鲍刚价码高，再说总打着国府的旗号，诱惑力比我们大些。因而我们派去争取的同志，被谢贤昌软禁。他在寨子里可以好吃好喝，但就是走不掉。看这情形，凶险。

怎么办呢？此时团长自告奋勇，要去说服谢贤昌，连带着救出那位同志。

团长家里过去也办过武装，力量还不小。不过1928年都被人拉上了四望山，后来毁于方振武的进剿。因此缘故，团长对地方武装很熟悉，知道他们的脾气秉性。谢贤昌也是当地武师出身，相貌丑陋，简直就像直接从故事书中走下来的怪物，好枪好马也好赌。特别喜欢打麻将。团长进去时，他们正在四人对战，谢贤昌头也不抬地说："想不到我还很吃香嘛，头一个新四军没走，后一个新四军又来了。"团长说："你抗日的热情香，但麻将的水平臭。你要那么打，早晚必点炮。"

团长站在谢贤昌的旁边，撑死只能看到两个人的牌，因而谢贤昌不服气。但他把手里的四饼一拍，果然应声中炮。这一下他更不服气，便拉团长入座。团长说："咱们打三圈，我赢了，你跟我参加新四军；我输了，我们两人任你处置。"谢贤昌盯着团长看看："军中无戏言？"团长道："牌桌无父子。"

打了三圈，团长跟前堆满票子，谢贤昌则多少有些丧气。那时团长真是穷得叮当响，收下这些钱可以救急，但他哈哈一笑，把钱朝谢贤昌跟前一推："谢司令，输赢事小，前途事大。你手下七八百号人，他们可都把命运交在你手中。七八百家，多大的影响面！马虎不得！这事儿万一点了炮，那你的一世英名，连同你的祖宗八辈儿，可就全毁了。"

谢贤昌又把钱推回来："到底是李八爷的儿子。手上有点儿本事。"

"见笑！我哪儿能跟家父相比。要是他来，今晚能赢走你一半的快枪。"

"听说共产党规矩大，我们去了怕不合适。"

"我们对你只有三项要求：不随便离队，不胡乱打枪，不欺压劫掠百姓。这规矩大吗？"

"你们总说是穷人的队伍，谢某家底不厚，但多少还是有些土地。"

"你这地主，大得过我们李家吗？不要担心，你是开明士绅，是共产党的朋友。如今大敌当前，国共都能合作，何况你我？你真心抗日，新四军也是真心抗日，这就够了。"

谢贤昌最终答应接受新四军的改编。他任新四军豫南游击大队第八团的团长，我们团长给他当参谋长，另外派了个政委。从此以后，再也无人批评团长打麻将。大队政委说，他那不是赌博，是统战方式。你们谁不服，谁也去收编一支力量来。

3

团长当年跟随二十九军在南苑军营受过正规训练。八团成立之后，又编进一些武装，开到湖北整训，由团长具体负责军事训练。他有一句口号，整天念叨，也写成标语挂在营房的墙上：我们都是神枪手，每一颗子弹消灭一个日本狗。就这样天天练日日功，终于练成精锐之师。　　　　　　　　.

谢贤昌以前主要打游击，小打小闹，甚至小偷小摸，从未打过正规战。部队编成之后，头一回打阵地战，便是主攻，干系重大。打响之前，团长以参谋长的身份做战前动员。多少年后，有人还记得当时的情形。包括老范。

这次作战不是针对日军，而是顽军。刘汝明部六十八军的两个团会同池峰城部三十军的一个团，攻击信阳的新四军，我们自然要反击。根据上级安排，老范也带领医疗队随行保障。

谢贤昌和政委先后讲话。他们的讲话都不长，尤其是谢贤昌。他着重强调不怕死，强调勇敢，强调在家乡作战，不能给祖宗丢脸，给家人丢脸。然后说具体作战上的问题，请参谋长部署。政委主要强调敌我。说我们一再退让，上回刘汝明的六十八军从北部反攻信阳，我们还在南部攻击鬼子，为他们策应，但鲍刚所部顽军转眼就攻击四望山根据地。我们为了顾全大局让出四望山，他们还不甘休，还要进攻。这样的部队，不再是友军，跟鬼子一样都是敌军。咱们的反击，坚决不能手软。

然后就是我们团长的战前动员。他疾步跳到平整的粪堆上站稳，喊声口令，近千人的队伍随即像鸟雀梳理羽毛那样，抖擞一下，便屏息不动。

团长个子不高，但精神很足。灰白色的军帽之外，陈旧的伤痕斜着从耳边下来，一看就是刀伤。这让他平添了几分成熟与煞气。这种成熟与煞气再配上那副精神十足的动作，使得他更像气度雄伟的将军。他不时挥动胳膊，那样子充满阳刚之气，我们仿佛可以听到他身上的肌肉盔甲正在哗哗啦啦地碰撞抖动。

团长面色刚毅，眼神自信，慢慢扫视着队伍，仿佛在无声地点名。突然，他高声问道："你们怕不怕死？"

"不怕！"下面的回答很是整齐。

"不对！你们不是没说真话，就是都比我强！你们中有不少人，还是头一次打仗。告诉你们，我头一次参战，是七七事变在南苑。鬼子打过来时，我怕得差点没尿裤子。"

下面一阵哄笑。

团长说："不要笑，我说的是真话！告诉你们，我不但当时怕得要命，事后还没有勇气承认呢。隐瞒了很久很久。"

下面又是一阵哄笑。等笑声过去，他接着说："可是枪声一响，我就不怕了。我突然发觉，再没有比激烈战斗的场面，比生死搏斗的地方，更自由的时刻。你可以当英雄，也可以当软蛋，都由你自己选择。作战之前，班长排长看着你，身边的同志看着你。可枪声一响，谁都顾不得你，没人再注意你。当好汉还是当懦夫，完全随你的意思，要流芳百世，还是遗臭万年，你尽可以自己选择。是让家人亲朋以你为荣，还是让别人戳他们的脊梁骨，都在那个时刻决定。

"你们怕什么呢？无非是个死。我告诉你们，为国捐躯的人不会死。真正的汉子，永远不会死。岳飞死了吗？杨六郎死了吗？不，他们没有死，他们都活得好好的，从咱们祖辈父辈嘴里，活到咱们嘴里，再从咱们嘴里，活到咱们的子辈孙辈嘴里。不但为国捐躯的英雄不会死，投敌卖国的叛徒，也不会死。秦桧死了吗？吴三桂死了吗？他们也没有死，他们是想死都死不成。只要中国存在一天，中国人就会骂他们一天。这样活着，还有什么意思？连条狗都不如。

"我告诉你们，人不但精神不灭，身体也永远不灭，永远在祖祖辈辈生活的土地上。人体内含有的化学磷，可以制成十盒火柴，它足以点燃熊熊的抗日之火；人体内含有的化学铁，可以制成一枚吊住人的大钉子，如果你当了叛徒汉奸或者逃兵，它能一直吊着你；人体内含有的水，可以煮二十斤羊肉汤，壮志饥餐胡虏肉，笑谈渴饮匈奴血，岳飞那话，就是这意思！即便你们英勇牺牲，你的身体也能一直滋养土地，滋养你们的后代。什么是死？死就是休息，就是彻底放松，度过后半生。不要觉得自己是个小人物。没错，咱们都是小人物。但是小人物能创造历史。历史事件中所谓的伟大人物，只不过是给事件命名的标签。

"我跟随张自忠将军打过恶仗，是从死人堆里爬出来的。我唯一的经验是，在战场上怕死鬼往往先死。要么被敌人打死，要么作为逃兵被枪毙。我唯一的教训是，一旦子弹上膛，就要忘记害怕，否则你瞄不准。

"道路就在脚下，只看你如何选择。是想在祠堂上享受供奉，还是在钉在城头遭人唾骂。你们自己选吧。那些攻击我们的部队，虽然也是中国人，但他们不打鬼子，专门打新四军，那就是汉奸，跟鬼子一样！请你们记住，抗日的战士，都要厌恶战争，但要享受战斗。享受！为国杀敌，就是种享受！"

这番战前动员效果出奇的好。这从战士们的反应可以看得清清楚楚。最终这次反攻也打得格外漂亮，抓了三十军不少俘虏。这群俘虏中，竟然还有团长的同学。

4

我们抓到的俘虏，都是三十军二十七师的。三十军军长池峰城以守台儿庄而闻名，二十七师长黄樵松也是货真价实的抗日英雄。老范从受伤的俘虏口中得知二十七师的番号，再一问师长还是黄樵松，不觉连连摇头。原来他们也是老范曾经所在的荻洲立兵的十三师团的强劲对手。他们想突破大别山直下武汉，结果步履维艰，每一步都要付出血的代价。在商城至麻城公路的制高点鸦雀尖，二十七师的抵抗尤其顽强，双方都是死伤累累。

老范对团长发牢骚道："看看你们中国人，外敌还没赶走，先打起了内战。这样下去，能打倒日本的军国主义者和法西斯分子吗？"

团长道："老范同志，请注意你的立场。我们不是打内战，我们只是自卫。身为党员，你应当清楚这一点。"

"作为党员,我服从并且执行组织的一切决定。但说到底我还是日本人。我观察的角度跟你们会有不同。你们这样内耗,只能对侵略者有利。"

"谁说不是呢?可我们没有办法呀。西北军本来就是我们的统战对象。但他们老是挑衅,咱们不来点儿硬的,肯定也不行。你大概还不知道,俘虏中还有我的老同学。"

团长的这个老同学名叫刘成彩,团长管他叫彩头。不过严格地说,他并不是二十七师的人。为保障抗战的物资供应,军委会在中央设立联合勤务总司令部,各个战区设置兵战总监,集团军则有兵站分监。分监本部没有八大处,只有参谋处、副官处和秘书室,下设经理、交通、军械、卫生四科。彩头这个上尉军需官,属于专门保障孙连仲第二集团军的兵站分监部,在军械科供职。他临时向二十七师解运枪械,正巧赶上两军交战,陷入伏击,辎重枪械全部被我军缴获。

团长没把彩头当俘虏看待。叫来嫂子一同招待他吃了顿饭,甚至还陪他打了圈麻将。团长赢了不少钱,但最终只肯拿一半。他说:"如今这种情境,虽然我是凭本事赢的,外人不知情,难免误会。我只收你一半。剩余一半,抗战胜利全面和平,你要记得还我。"

彩头连连推辞:"这怎么能行!牌场如战场——"说到这里突然卡壳。团长笑道:"彩头,你放心,我不会把你怎么样。这倒不是我以同学之谊私相授受,而是新四军的诚意与大度。怎么样,你如愿干了好几年军需,发财了吧?"

"发财不敢,但比你的日子确实好过点儿。你们新婚大喜,作为老同学,我怎么着也该拿两条小黄鱼致贺,可惜都不在身边。先欠着吧。将来见面再补。"

团长哈哈大笑:"这个贺礼我倒是愿意收!团里的弟兄们日子很苦,都想改善改善。你可不能空嘴说白话啊,将来一定要给!"

彩头告诉团长,国军的供应系统不是腐败,简直是腐烂。上头批一千条枪,能实际领到八百条就不错。剩余二百条,就是打点各级经手者的费用。前方打枪,后方打牌;前方吃紧,后方紧吃;前方抱紧枪——作战,后方抱紧人——跳舞。一点儿都不夸张。

雁过拔毛是通行规则,对中央军也不例外,但对杂牌军更狠。团长说:"对杂牌军的编制也挺狠吧?张自忠将军麾下的三十八师战功赫赫,原本有四个旅,后来改为两旅四团，最后又取消旅，只有三个团。他们打了那么多硬仗，结果实力还不到先前的一半！"

"这倒不完全是上头的私心，也是部队扩编的结果。很多人立了战功，都得提拔。你看李九思、何基沣、王长海、吉星文，这些人不都当师长了嘛。总得给人家一个师的名义。张总司令肯定没有抱怨中央，否则也不会那么拼死作战。我就不明白，战区长官部一再提醒他不要渡过襄河，不要到达河东一线，幕僚也建议即便强化一线指挥，最多也只能派冯副总司令去，但张总司令怎么都不肯，直到陷入包围。即便被包围，他也有时间有机会带领司令部先行突围，但他还是不肯，直到最后殉国。"

"公无渡河，公竟渡河。堕河而死，将奈公何！"半天之后，团长喃喃自语般地念出一首诗。具体是何意思，我也搞不明白。

"你也知道，国军的规矩，师长必须上一线。就说跟张总司令既有私怨又有抗战情谊的庞炳勋吧，本来是军团长兼四十军军长和三十九师师长，因他手下只有这一个师，外加一个补充团，必须把实力抓在手中。但抗战一起，他立即将师长让给马法五，以便不上一线。这样的人投敌当汉奸，一点儿都不奇怪。奇怪的倒是张总司令。他那个架势，说句不恭的话，明明就是找死嘛。上将没有那样作战的。我真是不明白为了什么。"

"你不明白，我倒是明白。两年前他带领司令部进入古城潢川，不也是找死吗？"

"哦？愿闻其详。"

"算了吧，说了你也不能理解。他这样以生求死，无非是为了洗刷北平的耻辱，以死求永生。"

5

我们团一共俘虏了二十七师的两个半连。根据上头的命令，全部释放，人枪都不留。伤号可以一同抬回去，也可以养好伤再走。临走之前，团长将他们召集起来，又给他们念了一首诗。比起上面那首诗，这一首要好懂得多，意思我完全明白：

"弟兄们，今天要送你们。国府早已中断新四军的给养，我们很穷，没什么东西给你们饯行，只能把这首诗送给大家。这首诗的题目，叫《国旗飘在鸦雀尖》。"

二寸照片，
留下了一角大别山，
留下了大别山顶峰——
挺秀的鸦雀尖。
三个人影簇在山巅，
一张地图牵着六只眼，
身边的草木在风前低头，
一面国旗飘起在了青天。

树影笼着十个士兵，
深草吞没了半截腿胫。
刺刀冷亮，钢盔乌青，
瞪着一双决死的眼睛。

这一张平凡的照片，
包藏的故事却不平凡，
追明这个故事的诞生，
要把时间倒流上两年。
那时候，正在保卫大武汉，
那时候，正血战在大别山，
那时候，这一支常胜的铁军，
奉命把守这天险——鸦雀尖。

他们战过台儿庄，
他们战过娘子关，
他们战过琉璃河，
于今又来战大别山。

鸦雀尖锁着商麻公路，
鸦雀尖锁着武汉外围的门户。
正可以作个尺子，用它的高，
去量它在军事上的重要。

这一师，两个旅，三个团，
用机枪，用大炮，
用血肉，用勇敢，
作了它铁的防卫线。
在敌人的炮弹下，
斗大的石头飞上天；
在敌人的炮弹下，
人马纷纷滚下了山岩。
多少弟兄昏倒在地下，
毒气在山上散作云烟。

下了叶家集，
下了商城，
敌荻洲师团，
凭一股锐气要攻下这天险。

一道严峻的命令，
下给这师人，

死，也要守住鸦雀尖！

战况到了紧张的高度，
指挥所从山腰移上山巅。
这表示一个决心，
像一张弓把弦拉满。

师长同两个参谋人员俯看地图，
一会他又立起身来，
望远镜中把眼光射远。
电话铃声叫他说话，
一个团长向他求援，
他说阵地已经动摇，
一团兄弟战死了一半。

"士兵死了，连排长上去，
排连长死了，拿营长上去填！
看准你的表，两个钟头，
我把援兵送你跟前！"

没有兵力给他增援，
给他送去的是国旗一面；
另外附了一个命令，
也是悲痛的祭文一篇：
"有阵地，有你；
阵地陷落，你要死！
锦绣的国旗一面，
这是军人最光荣的金棺！"

这时候，炮火密得分不开响声，

炮弹落在他左边右边。

炸飞的石子像雨点，

纷纷打在他的身间。

枪弹穿响了头顶的树叶，

敌兵已冲到了山前。

特务连里十个决死队，

一个命令跑下了山。

他用完了所有的兵，

而且，把他们放在必死的当中。

头顶上悬起了同样的国旗，

他从容地在候着电话的铃声。

诗句很好懂，因而俘房中有人落泪。团长看看他们，微微点头，继续说道：
"这首诗的意思，想必大家都能明白。是你们三十军参议、诗人臧克家写给二十七师，以及你们的师长黄樵松将军的。我看你们中间有人落泪，我知道他一定参加过鸦雀尖的血战。那时候我在哪儿呢？告诉你们，那时候我是已经英勇殉国的张自忠总司令的部下，跟随他在潢川血战，负了重伤，好不容易才爬出死人堆，被老百姓救起，捡了一条命。我脸上的伤，就是那时小鬼子给的礼物。弟兄们，你们抗日，我们也抗日；你们是中国人，我们也是中国人；我们为什么要刀兵相见？回去请告诉你们的长官战友，告诉你们的黄师长，信阳的新四军不是你们的敌人！哪里的八路军新四军，都不是你们的敌人！"

临别时，彩头将自己的配枪送给了团长。那是美军顾问的馈赠，象牙色的勃朗宁，非常漂亮。这个礼物，团长没有推辞。

6

战后谢贤昌奉派去竹沟学习，行前推荐我们团长代理职务，全面负责军事指挥。半年之后，我们团长正式当了团长。拿戏台上前清的话说，不再署理，改为正任。没过多久，皖南事变发生，新四军豫鄂挺进纵队随即改编为新四军第五师，李先念任师长兼政委。我们团缩编为营，也归该师指挥。在团长的带领下，我们屡经战火，既打鬼子也打顽军。打着打着，团长又成了团长；打着打着，我们端掉了国民党的信阳县政府，俘虏了县太爷马咸扬。这位马大县长可真是好记性，还记得我们团长。两年多前团长从潢川逃回信阳，曾经找到县政府，向他打探过情况。

然后就是日本投降，抗战结束。

消息传来的那一天，团长正在团部吃西瓜。这是附近村里一个姓田的绅士送来的酬谢，我们打死了几头祸害庄稼的野猪。野猪成群，性格凶猛。它们本来就有一层厚皮，不断滚泥干结，又多了一重盔甲，很难对付。火枪都未必能奏效。最终出动了团部警卫连，方才将它们制服。当然，打死的野猪也是我们的美味。

如果不是老乡们送来，我们很难有此口福。有功受禄，团长安心，抱着一大块瓜啃得正高兴，忽然接到鬼子投降的消息。他顿时愣神，甚至忘记吞咽口中的西瓜。确认之后，顺手将西瓜朝上一抛，大声喊道：

"鬼子投降了！小鬼子投降了！我们胜利了！"

西瓜落在团长头上，碎裂开来。瓜瓢瓜汁满脸满身。他像小丑似的一通大笑，然后又流出眼泪，猛地跑出团部，朝山上奔去，一边跑一边脱衣服。

团长的样子吓住了我们。我略一犹豫，赶紧跟了上去，一边喊他，一边捡起他抛下的衣物。上衣，汗褂，腰带，裤衩，裤子，象牙色的勃朗宁手枪。等我跑上山顶，他已经完全赤身裸体，在山林间呼啸狂奔。这过程至少持续了十五分钟，直到最终他累瘫在松树脚下。

我踏着山间厚厚的松针，慢慢走过去将衣服递给团长。他浑身上下，伤痕累累。我以为他会向我解释些什么，但却没有。他仿佛没看见我一样，穿好衣服束上腰带，便径直下山回了团部，安排会餐庆祝。

当天晚上，田先生一定要请团长和老范吃饭，共同庆祝。因为老范曾治愈了他独子的病。席间大家喝得难以言说的畅快。大人喝酒的沉醉样子，给了那个不到十一岁的孩子无限丰富的遐想。刚刚病愈的精神反弹，让他急于尝鲜。田先生竟然也应允了这个要求。老范赶紧阻止："田先生，他还不到十一岁，没有成人，不能饮酒！"

"经历过抗战胜利，无论多大岁数，都是他的弱冠仪式成人礼。让他尝尝吧。"田先生音调颤颤巍巍，最终还是湿润了双眼。我们都有些疯狂。田先生哭了，我们不知道为何要哭；田太太笑了，我们也不知道为何要笑。

八年抗战胜利，但我们的欢庆时间不到一周，团长便陷入沉默。他仿佛在大别山深处幽暗的林间迷失了方向。那段时间，他做噩梦的次数没有减少，反倒增加。正巧没有战事，他便住进了师医院。

7

那时老范是师医院的副院长，我们团长是他的病人。

老范仔细检查团长的身体，总共发现五处枪伤，头部还有一处刀伤。枪伤全都在身体前面，足以证明团长是个不折不扣的勇士，敢于迎着枪林弹雨而去。肉体之伤虽已痊愈，但精神之痛却阴魂不散。比如无缘无故来去无形的头痛。这病症毫无规律，简直像顽童的袭击。另外就是严重的失眠。他经常整夜整夜地不能入睡。他似乎已经无法适应没有枪声和警报的完整夜晚。夜晚睡不着，白天烦躁不安，情绪低沉。而所有这一切都是间歇性的，有时又恨不得连睡三天。所以他从不承认自己有病。他总是说，到师医院只是服从上级的善意命令，趁机放松休息一段时间。无论如何，病号的伙食标准，比在团里高些。

老范没有查出团长的毛病，除了胃病之外。而团长却突然指责老范是日本特务，应该马上逮捕审判。理由是老范给他听脉的手法，很像发电报。

中医听脉团长当然不陌生。信阳名医、石膏大王胡泰运，是他们家的世交。但老范到底是日本人，听脉手法跟中医不同。他习惯于用食指和中指一轻一重地

在脉搏上反复按压，这在团长眼里不是手法，而是马脚。

那天听完脉，老范说："李团长，总体来说，你身体状况不错。但有几个问题需要注意。旧伤疼痛，确实没什么好办法，我们没有止痛药。睡眠不好，只能慢慢调养。我最关注的还是你的胃。你的慢性胃炎已很严重，若不抓紧医治，问题会越来越严重。"

团长脸上的微笑，越来越像嘲讽："我的胃没毛病。我一点儿都没感觉。你们这些医生护士，整天就知道大惊小怪，虚张声势。"

"话可不能这么说。治病是科学，凡事都有依据的。"

"依据，什么依据？我旧伤疼痛，你没有办法；我胃好好的，你偏说有胃炎！"

"不是我随口说的，的确是这样啊。"

团长突然话锋一转："老范，你电报发得不错吧？"

老范一愣："嗯？你什么意思？我从没学过发电报，当然也不会。"

"要是真没学过，那就说明你太聪明，无师自通。我的脉搏，多像电报的按钮！怎么样，日本是真投降，还是假投降？会不会配合国民党顽军，向我们倒打一耙？"

8

团长来住院时，带着两个随员。我——警卫员小高，以及马夫老赵。我们都是鸡公山老乡。照理老范也可以算作鸡公山老乡，他的半数童年都在山上。不过他到底是日本人，彼此没有来往。参军之前跟团长互相都有些印象，但印象都不深。这两年因为工作，打交道的机会才多些。

有一天陪团长散步时，他突然问我："老范叫我每天多散步，多晒太阳，你怎么看？"

"老范不是说得很明白吗？多晒太阳，可以促进钙质吸收，有利于健康。多散步，可以锻炼身体。"

他连连摇头:"你还是年轻,缺乏斗争经验。我跟你说,他这么做,纯粹是为了消耗我的体力。他是想让我的健康恶化,根本不是想让我康复。"

我不觉扑哧一笑:"团长,你开玩笑的吧?"

他狠狠瞪我一眼:"这事儿能开玩笑吗?我告诉你,他就是日本特务!当年他老子在信阳城内开照相馆,同时还刺探情报。他这是接他老子的代!"

"不可能吧?老范救了多少人啊。再说王旅长和高政委生病,不也是他瞧的吗?他要是反革命,他们还能好?"

这种口吻立即将团长激怒。这简直就是鸡蛋要教训母鸡嘛。他右拳猛击左掌:"我说了算,还是你说了算?日本虽已投降,但我们的敌情观念不能淡漠!还不到天下太平的时候!"

其实不仅仅是切脉手法,老范的举手投足都令团长反感。老范到底是日本人,还顽强地保持着日本人的习惯。比如,他永远是衣冠整洁,再比如,他说话办事喜欢干脆利落,包括点头致意。这一切都令团长联想起武士道。在他眼里,都是小鬼子的做派,是拼刺刀时的僵尸,是军国主义的阴魂不散。奇怪的是,老范这样并非一天两天,而团长竟然像是初次发现。天知道是怎么回事。

为了发现团长内脏的情况,老范有时还叩诊探听:用指头使劲儿敲腹腔,倾听回声。这在团长眼里更是罪证,是要直接增加他的肉体痛苦。

闻听此言,老范脸上的表情无法形容,就像听到浉河里的鸭子被水牛叼走。

老范不想继续担任团长的主治医师,避免麻烦。这要求本不过分,但院长却不同意:"你要是一开始就没有接手,那还好办。现在突然离开,怎么转弯?他越是那样神经过敏,你越不能退缩呀。你放心吧,咱们全师上下,谁不知道你?"

这事很快就传进了团长的耳朵。有一天老范去查房,他笑嘻嘻地说:"老范,你这人不够意思,记仇。我不就是随便开了你几句玩笑嘛,怎么就要抛开我?"

老范仔细盯着团长的眼睛,恨不得深入其内部使劲儿探测。团长的眼神很纯净,就像秋柿子表面的反光,照在邻近的柿子皮上。笑容也是透明的。曾在战场上历经生死的人,很容易被那种感觉打动。老范反躬自省,不觉心生愧意:"不是那意思，老李你别多想。副院长有管理任务，年轻医生也得培养，我确实不能老在一线。"

"你别介意。论起来，咱们也是老乡。你童年时不也在鸡公山生活过吗？咱们两家离得不远，可惜没有交往。令尊刺探过我国情报，但那时你还小，不必对他的行为负责。父是父，子是子。"

这些话足以让老范稍微安定心神。既然是病人，那就不该跟他计较。若能这样相安无事最好。但是没想到，团长的反应就像天气，阴晴不定。多数时候风和日丽，可一旦发作便会成为龙卷风，破坏力巨大。

西　风

1

　　那天接连两台手术。不是战伤，我们新缴获了几辆汽车，运给养时有一辆翻进山沟，伤了好几个。由于伤情紧急，两次手术期间，主刀医生老范连厕所都没顾得上。他以为能憋过去，结果却没有。手术还没做完，他就尿了裤裆。起初他根本没感觉到，最后唤醒他的，是尿液的温度。

　　旁边的助手与护士察觉出来，不禁面面相觑。老范自然也有点儿难堪。你不知道日本人多么重视仪表。出现这等窘状，实在是丢脸。然而他哪里还顾得上脸面。反正脸面都被口罩包裹着，外人看不出尴尬。他一边尿尿，一边把血红的手朝护士跟前一伸："手术钳！"护士略一愣怔，立即递过来。此时老范已经尿完，手术照常进行。

　　手术尚未结束，便有护士进来要找老范。但是看看情形，没有开口。那人就是从团长的病房过去的。当时警卫员临时出去办事，我在病房里陪床。团长突然间发作，险些没把病房掀翻。说是老范给他的药有毒。老范想要毒死他。

　　下了手术台，老范来不及洗澡换衣服，立即赶了过去。那时团长怒气的高潮已过，但还在半山腰上。看见老范，劈头就是一顿质问。头天晚上，老范给他换了种胃药，但对他谎称是安眠药，有助于睡眠。结果今天早晨他醒来得很晚，起床号都没听见。

　　"李团长，请不要误会。我给你吃的药，还是治胃病的。安眠药其实一点儿

都没用。当然，我可能不该对你说用了安眠药。不过请你理解，那不是欺骗，也是治疗方式的一种，叫心理暗示。"

"不可能！你没用安眠药，我怎么会睡那么沉？我多少年来从未睡过懒觉。军人睡懒觉，那还叫军人吗？"

"的确没有安眠药。你之所以睡得很沉，可能是因为你这段时间一直休息不好，太过疲劳。"说着话，老范让人拿来那副新药的药瓶，递了过去。

团长接过药瓶，鼻子突然飞快地吸两下，然后看着老范的裤子，哈哈大笑："啊，你尿裤子了，老范你还尿裤子！瞧瞧你们日本人，丢人不丢人！"

已是暮春时节，大家都穿得单薄，白色手术裤上的尿印再明显不过。老范立即满脸通红。然而在难为情之外，老范后来说，他内心还有一种独特的放松。那是负疚缓解的感觉。他不恨别的，只恨自己做得还不够多，不够好。

旁边的医生是老范带的徒弟，立即开口替老师解围："李团长，范副院长为了抢救伤员，接连做了两台手术，连厕所都顾不得上。他这完全是为了工作。"

团长终于不再嘲笑，但敌对情绪依旧带着余温。好在那一番闹腾，已经耗尽力气，他终于安静下来。

2

本来我是相信并且支持老范的。他的确做了许多善事，让很多人恢复健康，甚至直接用双手挡在鬼门关前，接住高空坠物一般救人性命。但是慢慢的，我开始倾向于团长。无论如何，他是我的团长，我是他的马夫，跟着他不知道钻过多少回枪林弹雨。就是打死我，我也无法相信他是反革命。既然如此，反革命就只能是老范。

怀疑就像水面上的油迹，浮在判断的表层。大家的警觉都像发条一般，越拧越紧。此时再看老范，我也觉得很有些别扭。比如他的武士道做派。习惯性的点头，达达马蹄一般的利落。就这么说吧，过去他是老范，是党员，现在呢，他是日本人。而对日本人，我们再熟悉不过。打了八年仗的老对手，谁不知道谁？制造南京大屠杀的兽军，怎么会突然之间放下屠刀立地成佛？这其中必有缘故。

我的转变很让团长欣慰。他说："这才像我的马夫，比小高强。你小心盯他一段时间，看看他究竟干些什么，有没有阴谋活动。"

根据他的安排，我开始暗暗留意老范。战争刚刚结束，大家的生活都很简单，老范在医院毫无异常。那天听说他要去县城，我顿时心里一动，立即跟踪在后。

那时信阳县城在国民党的六十九军手中。该军也是西北军的余脉，石友三的部队。七七事变时，石友三在宋哲元麾下当保安司令，但前两年早已因为暗通日本而被部下高树勋活埋，如今该军的军长是米文和。此前双方虽有摩擦，但毕竟没有大打，因而我们的行动还算方便。我跟着老范先进了县城，然后又尾随他到了城西的贤隐寺。

进了山门，老范先到大殿焚香礼佛，然后便敲开方丈室，与方丈慧海密谈，样子颇为可疑。在此期间，他并未左顾右盼，也没有回头看看是否有人盯梢。在大殿里，他一点儿都不像个党员或者军人，完全是副香客的模样，三跪九叩，顶礼膜拜。等他走后，我找到慧海，才明白老范一直在这里供养好多牌位。除了当初护送他到信阳的国军弟兄，竟然还有特务头子猪口次郎。这家伙手上沾有多少信阳人的血！

得知这个消息，团长表情平静，但我却看出了压抑的愤怒。那份平静，只是对准确判断大势的自信与自负。

北　风

1

　　撞见命运那天的经历，就像一枚陈旧的冻疮，不动声色地嵌在老范的记忆深处。绝大多数时候，它老老实实地待在那里，与周围的血肉毫无二致，但是谁也不知道什么时间，因为什么原因，它会发作，牵动老范最敏感的神经，轻微但是不容置疑地强调着自己不肯退出的顽强决心。

　　这些年来，老范一直在寺庙超度亡灵，同时不要命地工作。对于治病，他简直有种疯魔般的狂热。只要听说哪里有病人，谁身上有疑难杂症，他便背上药箱，二话不说，立即出发。病情越重越复杂，他似乎越来劲儿。为给人治病而废寝忘食，对于他来说一直是常态。

　　老范以为，这些赎罪般的举动，能缓解自己内心的压力与焦虑。的确，这些年来他的赎罪努力就像建造一座塔，几乎总是顺利的。然而在某个绝对意想不到的时刻，冻疮还是会突然发作。他以为这个小小的差错发生在塔刹部位，尽可以小心翼翼地重新来过，但就在塔刹即将修复完毕时，塔基又会发生猝不及防的塌陷。此时他才明白，真正致命的差错，一直隐藏在塔基的最深处。这座塔永无落成之日。他只能这样倒了建建了倒，再建再倒，再倒再建，恰似西西弗斯推石头。关于忏悔与赎罪，他的设想精巧而且周密，但总是不见效果。就像一块银，出来之前闪光发亮，可一旦被人接触，便会蒙上无聊的锈迹，黯然失色。

　　塔基最近的一次垮塌事故，发生在治病期间。那次的病人就是田先生的独子。乍一见面，老范就觉得似曾相识。这孩子也有个单边的酒窝，也在左侧。他病情严重，必须打一针，但孩子哪儿懂得良药苦口的道理，挣扎着不肯打，仿佛那是要杀他。他看着老范不断哀求，和着鼻涕与眼泪：

"叔，求求你，别打我，我听话，我愿意读书，也能干活！"

当时老范正在扎针。孩子那话一出口，他的动作顿时僵住。这语调他是那么的熟悉。七年前的某个夜晚，就是它将他的人生劫持。他想方设法地挣扎，扑腾，努力，绳子的确曾经一点点地松下，他曾经为此庆幸不已，但此时才发现它能瞬间绷紧，自己依然是它手中的人质，他的根本处境丝毫未曾改变。

这个不经意的打扰，破坏了老范的针法。孩子因而越发鬼哭狼嚎。自那以后，老范去贤隐寺的频率越来越高。他如此迷恋诵经的声音。在那里，在檀香梵语之中，他的肉体之船卸掉舱底货物，抛去船锚，在沉重而丰饶的诵经波涛上轻飘荡漾，这令他忘怀一切。

然而这总是短暂的。

屠刀早已放下，但迟迟不能成佛；积善行德，赎罪消业，他一直在做，但效果了了。工作再忙，身体再累，也总有个相对清闲的时候。每当那时，他眼前总会浮现出那个单边酒窝。在此之前他已有过类似的感觉，仿佛猪口次郎的小提琴一直回荡在耳边。杀掉他是否就能解决自己的问题，老范心里没有把握。所以他从头到尾都没做出积极配合的表示。果然，猪口除掉之后，他心头的负担不仅没有减轻，反而加重了几分。

慧海对此的评论只有两个字：因果。

老范走投无路。走投无路的老范甚至设想过就此放任堕落。既然眼前是无可避免的无底深渊，那么就此闭眼下去，岂不也有前程万里？当然，这道门槛，他迟迟没能跨过去。

2

团长的家属在师宣传部工作，彼此离得近，天天过来探望。老范尿裤子之后，团长高兴，召集我们打麻将，嫂子也在场。当然她没有打，只是旁观。当时我们都很轻松，有云开雾散的感觉，希望团长跟老范的过节能就此平息。那种快乐发自内心，然后再从别人身上反弹回来，击中本人，使每个人的快乐都成倍增加。

然而这种气氛并未能感染嫂子。她的忧虑依旧没有化开。她悄悄嘱咐我不要大意，还是要密切注意团长的一举一动，最好把他的枪收起来。

团长的配枪就是那柄象牙色的勃朗宁，同学的赠品，看起来非常精美，但射击精度和威力丝毫不差。团长用它打过野猪。打洗脸水倒洗脚水洗衣服打饭，所有这些我们都可以代劳也理当代劳，但擦枪却是不必更不能。从我们跟随他开始，即便有战事，团长也总是自己擦枪。他总是说，战士必须摸透枪的脾气，否则上了战场它难免尥蹶子，那时候你就等着吃亏吧。那种亏是吃一次管一世的。所以嫂子这话我绝对不能告诉团长。我只能试探着收起他的枪。

然而团长很快就冲我喊道："枪呢？小高，我的手枪呢？"

"手枪啊，我收着呢，正准备替你擦擦。"

"给我！跟我又不是一天两天，这个规矩还不懂？枪还有让别人擦的？"

"你这不是在住院嘛。"

"住院也不行！无论何时何地，军人都应该枪不离身！枕戈待旦，懂吗？"

我心里嘟囔道，鬼子已经投降，还枕戈待旦？带鸡蛋还是带鸭蛋？但是情绪归情绪，规矩是规矩，我只得老老实实地缴枪。转过头来，我悄悄提醒老范注意，结果老范根本没当回事："我的手枪都不会随便交给别人，何况军事干部？"

"那你要小心一点儿啊。"

"小心，我小心什么？都是革命同志，放心吧，没事。"

"你还是小心点儿好。嫂子都说他精神可能有点儿不对头呢。"

"你是相信医生，还是相信家属？我说没事，肯定没事。"老范微微一笑。

我转身告辞而去。刚刚出门，老范忽然又把我喊住。我转头回来，正要开口询问何事，老范对我说声谢谢，又摆了摆手。

我没再说什么，轻轻带上了门。

3

团长的那支配枪老范也把玩过。有一天，团长在窗户跟前擦枪，老范正好进来。阳光给枪柄重新镀上一层微妙的膜，它简直像只缺乏真实感的艺术品。

团长擦完枪，老范伸手接过来试了试："好枪！"

老范握着枪，下意识地瞄准。桌上的开水壶，床头柜上的小药瓶。他转着角度瞄准。可以想象，距离太近，瞄准很不过瘾。

枪口随着老范的身体转换角度，要看就要转到团长身上。众所周知，枪口不能对人，更不能对准同志。除非他是敌人。我手心里不觉满是汗水。

好在老范没有继续转动。他把枪递还给团长："好马配好鞍，好枪配好汉。这把好枪，配你正合适。"老范玩枪的动作像谢贤昌一样熟练，但却没有谢贤昌的讲究。如果换作谢贤昌，他一定会遵照江湖规矩，把枪掉转过来，手捏枪管，枪柄朝前。但老范却不是那样。他手握在枪柄上，枪管横在两人中间。

"这枪射程不够，打死的鬼子太少。"

"死在你这把枪下，也是种幸运。哪天有空，去打猎吧。"

"行啊。打来猎物，我们下酒。"

4

事情发生在一个中午，即将开饭的时候。那天上午，老范没来查房，来查房的是个年轻医生，老范带的学生。查房不是体检，也就是问问情况。感觉如何呀，有无异常反应啊。团长这种情况，能怎么说？

师父都没办法，徒弟又能如何。年轻医生转身欲走，团长很不满意："这就走？那你还不如不来呢。"医生赔笑道："李团长，你哪里不舒服？"团长说："哪里都不舒服！全身就没有舒服的地方！我住进医院，身体没见好，反倒越来越糟！老范呢，他怎么不来？"

"实在对不起。他上午有台手术。不过他交代过我，手术结束就过来。"

团长一上午都阴沉着脸，不住地嘟囔老范害他。他派我去看过几次，但老范都没下手术。后来没有办法，我只好等在老范的办公室门口。

老范从手术室出来，衣服都没来得及换，匆匆洗去手上的血迹，便跟我来到团长的病房。他进去之后，团长让我出去关上门，说他要跟老范好好谈谈。

里面很快就开始吵架。也不是吵架，是团长训斥老范，说他是日本鬼子，贼心不死，图谋不轨，想要害人。老范刚开始还试图辩解，但很快就不再吭气，任由团长的怒气在房间四壁来回碰撞。因无新鲜内容，还是那些老话，我也就没有在意。

老范转身欲走，却被团长喝住。估计那时他已经举起手枪，但我没有看见。

"你不会背后开枪的，对吧？"

"那当然。我李某人从来不打黑枪。"

我看见老范慢慢转过身子，背对我，面对着团长。确切地说，是那支手枪的枪口。

"我转过来，你也不会朝自己人开枪。"

我彻底傻掉，老半天才挪动脚步，准备进去制止。然而不幸的是，门锁已经拴上。是老范拴的。

我使劲儿推门，同时大叫："开门！开门！"但就在此时，枪声响起。我后退几步试图撞开房门，结果没能撞断门闩，却几乎撞断自己的骨头；人命关天，再疼我也不能坐视，于是使出更大的力气，再度向房门撞去。我想，如果这次还撞不开，那就只能破窗而入。

哗啦一声，我发现自己扑倒在老范身上。他瘫坐在地，胸前血红，脑袋斜倚着床边。原来团长已经拉开门闩。我一边唉哟一边像娘们儿那样无意义地惊叫。此时马夫老赵也反应过来，冲进了病房。

不知道团长因何没开第二枪。也许是他自负枪法，也许是枪声将他惊醒。他没有搭理我们，仿佛什么事情都未曾发生，转身将手枪插入墙上的枪套，脸色铁青。我们来不及说别的，赶紧将老范抬进急救室。

5

那只勃朗宁手枪的确威力不小，更兼距离近，子弹在老范抬上手术台时，神奇地自动脱落，一度给大家增添了希望。双方的身份都很特殊，一方又曾咬定对方是日本特务，有害己之心，组织上自然要深入调查。

事情定性的关键，是团长的精神究竟有无问题。我、老赵和嫂子，都觉得团长精神不大对头。本来我是犹豫者，但惨案坚定了我的判断。不过问题有多么严重，该不该负责，不好说。那时老范的手术已经结束，情形基本稳定。尽管不宜多说话，但调查人员还是只能抓紧时间，调查取证。

调查人员问道："范副院长，请你告诉我们，你觉得他有无精神问题？"

老范微微点头。

"你清楚我提的问题吧？如果证实他的确有精神问题，那就意味着他可以不负责任。"

老范没有犹豫，还是微微点头："本来我也怀疑过我的判断。但这事说明，他的确有精神疾病。"

"你因何要供奉猪口次郎的牌位？他是战争罪犯呀。"

"他的确是战争罪犯，但他已经为他自己犯下的罪过付出代价。我并不赞同他的做法，我对他痛恨至极。但我还是希望超度他的亡灵，以便他也能顺利往生，脱离六道循环。"

老范术后的情形比较稳定。什么意思呢，就是没有朝坏的方向发展，但也没有向好的方向发展。然而这种低层次的稳定很难持续，很快他便停止了呼吸。

那时大家都穷，老范也没什么财产，但却留下遗嘱，要求继续请贤隐寺超度亡灵，包括他自己。当时师长兼政委李先念、政治部主任、卫生部长和医院政委都在场。闻听这话，医院政委很有些为难。尽管老范的要求名义上是对妻子提的。共产党员应该都是无神论者，老范怎么还能搞这一套？

老范的妻子看着医院政委，医院政委看看李先念，李先念盯着老范的眼睛："这是个人意愿，又是民族习惯，不违反原则。抚恤金可由个人全权支配。组织

上不提倡，但也不干涉。"

6

本来我是有点儿怀疑老范的，尽管没有证据。然而自从那声枪响，我突然感觉老范十分无辜。他不可能是日本特务。那粒子弹射落怀疑的幕布，真相由此大白。团长一定也有类似的感觉，事后变得出奇的平静。他再也没有发过脾气。他安安静静地坐在那里，眼睛盯着前方，能一整天不说一句话，也不挪动半步。看他那架势，不坐断一条椅子腿，他是绝不会主动起身的。

团长强烈要求见见老范。医院方面先是不同意，后来请示了李先念，又征求过老范的意见，这对冤家这才得以见上最后一面。

那时老范还躺在病床上，神智时清时昏。昏时谁都不认，清时还能开玩笑："躺在病床上，怎么觉得你们个个都是粗声大气的？"

我和嫂子还有医院的保卫干事围在团长身边，以便随时制止他的不理智行为，但老范示意不必。他微微摆摆手，叫我们退后，请团长在身边坐下。

老范还试图像往常那样微微点头致意。团长以手撑床，在凳子上坐定。仿佛他也受了重伤，因而行动不便。雪白的床单在他手下起皱。他抚平床单的皱纹，然后才把手滑过去，滑到老范的手边，先捏起几根手指，似乎是要证实它们究竟能不能发报、会不会发报；最后探明没有危险，这才真正握住。

"老范。对不起。"团长嘴里绷出这两个间断的词语，微微摇头。

"你枪法真差。要不我还能少受点儿罪。"老范面带微笑，表情喜悦而且轻松。那是一种超脱尘俗的感觉，仿佛他早已做好准备，一直不慌不忙地等待即将来临的意料之中的结局。

团长紧握老范的手："到了那边，咱们再打麻将。"

"不，你应该想办法去大城市，或者延安，接受专门的治疗。"

从老范的病房回到禁闭室，团长又提出要求，希望给他找本《圣经》，要附带赞美诗的那种。组织上没有立即答复这个请求。他们更关心另外一件事：团长究竟有无精神病。他的精神究竟正常不正常。

"笑话，人都摆在你跟前，你就不会睁眼瞧瞧？我这样子，像是精神有病吗？"

"李世栋同志，你知道你的回答意味着什么吗？"

"杀人偿命，欠债还钱。不就是个死嘛。"

"如果精神不正常，可以不承担责任。"

"我的精神再正常不过。"

"入党多年的老党员，主力团团长，立过大功，浑身多处受伤，这时候却要求读《圣经》，你说你的精神正常？"

"共产主义是我的政治信仰，我从未背叛过；耶稣基督是我过去的宗教信仰。在我看来，这二者并不矛盾。基督也是为穷人说话的。他自己也出生于穷木匠的家庭。"

"……"

"只要活着，共产主义就是终生奋斗的目标。我尽心尽力为组织工作，组织也是我的后盾与靠山。然而如今，我即将赴死，除了上帝，我还能依靠谁呢？"

7

尽管城内的美籍挪威裔教士已全部撤走，真要用心找，《圣经》当然能找得到。团长拿到《圣经》后，整天闷声不响地苦读，好像大考在即的学生。对于他的处理意见争议颇大。但他苦读《圣经》这事儿，最终确定了天平的倾斜方向。

判决下来时，团长还是很平静。甚至还有点儿终于安心的感觉。仿佛那个没有争议的结局他等待已久，已经心焦，急于了结。新四军第五师司令部没有军法处，但政治部内有锄奸部和敌工部。还好，团长的事情没有委托这两个部门办理。师党委组织法庭，正式宣判。事后政治部主任向团长传达了判决结果，并询问意见。团长说："我没有别的意见。只希望把我埋在鸡公山。最好能跟老范埋在一起。他也是在山上长大的。还有，请用那只勃朗宁手枪执行。"

最后时刻我们和嫂子都在。团长没有捆绑，也没有下跪。他穿着崭新的军装，微笑着跟大家告别。此时嫂子突然掏出一条缝补过的手绢，递给了他："世栋，对不起，我没跟你说实话。那半条手绢，确实是我那年留在潢川的。我已经补好，你带着吧。还有，害我的不是日本鬼子，而是川军的双枪兵。"

眼泪大颗大颗地从团长脸上流下。他将那条带着补丁的手绢摁在胸前，竭力控制着情感，肩膀微微抖动。

一声枪响，团长身子一震，随即慢慢倒下。

征求过老范妻子的意见之后，我们把团长和老范都埋在鸡公山。两座坟墓比邻平齐，远比韩复榘的墓高。此后不久战乱再起，以新四军第五师为基干的中原军区被国民党军队团团包围，随即发生著名的中原突围战役，我们全都随队撤走。再度给团长和老范扫墓，已是四年之后。

这四年之中发生了许多影响深远的大事，但它们都不能屏蔽我对这次扫墓的深刻记忆。我们险些没找到地方，因为坟墓周围开满了野杜鹃。尤其令人惊异的是，杜鹃上野藤滋生，彼此相连，牵引得两座墓上各有几株杜鹃都向对方弯着腰，遥看就像两只握在一起的手。

清明时节正是杜鹃怒放的当口，鲜花成阵，色调丰富。红的热情如血，白的冷艳似雪。

8

再后来，老范的家属——她也是信阳人——来到城西的贤隐寺，布施供奉的香火。这几年没来，那些牌位已经撤下，个个蒙尘。她跟尼姑一起，仔细翻检牌位，挨个擦拭，然后重新摆好。期间她翻到一个，略一犹豫，又信手扔下，继续翻检其余的牌位。

她的脚从那个扔下的牌位上踏了过去。我后来看看，是猪口次郎的。

附 录

[1] 靳云鹗（1881—1935），字荐卿、荐青，号颐恕，山东邹城人。民国国务总理靳云鹏胞弟。直系将领。曾任十四师师长、河南省长。1927年被直系残部推举为河南保卫军总司令，与北伐军一同反击奉军。后被冯玉祥击败，旋即退出军界。

[2] 李蒸（1895—1975），字云亭，河北唐山人。哥伦比亚大学哲学博士，著名教育家。后任民革中央委员。

[3] 岳维峻（1883—1932），字西峰，陕西蒲城人。徐向前以及程子华曾经的上级。1931年进攻鄂豫皖苏区时被俘。家属提供大批药品银元以及军装意欲赎回未果。次年8月经红安县苏维埃政府公审后枪决。

[4] 宋哲元（1885—1940），字明轩，山东乐陵人。西北军五虎将之一。所部二十九军在长城抗战以及卢沟桥抗战中威名赫赫。1938年春天因病辞职，1940年病逝于四川绵阳。

[5] 梅津美治郎（1882—1949），日本陆军大将，长期担任关东军司令官。后以甲级战犯被判处无期徒刑，病死于巢鸭监狱。

[6] 于学忠（1890—1964），字孝侯，山东蓬莱人。出自毅军，被吴佩孚赏识后出人头地，后投奔张作霖，又获信任。西安事变后，张学良即将部队托付给他。后任苏鲁战区总司令，与八路军关系密切。新中国成立后，曾任河北省体委主任。

[7] 蒋孝先（1900—1936），字啸剑，浙江奉化人，蒋介石族孙。黄埔一期

生。死于西安事变。

[8] 白坚武（1886—1937），字馨远，号馨亚，亦作兴亚，河北泊头人。先后鼓吹君主立宪和社会主义。此次叛乱为日本人策动，白参与但当时不在军中。七七事变后他到大名找宋哲元，宋依然待之如宾，并送二百元程仪买皮袍。旋即被冯玉祥枪决于南乐县城南门外。

[9] 殷汝耕（1883—1947），字亦农，浙江平阳金乡（今属苍南）人。日本早稻田大学政治科毕业。参与《淞沪停战协定》和《塘沽协定》的签约。"通州事件"中被俘，虽然逃脱但已失去日本人信任。1947年2月被处决于南京。

[10] 佟麟阁（1892—1937），字捷三，河北高阳人。满族。冯玉祥的"十三太保"之一。是抗日战争中殉国的第一位高级将领。本名为凌烟阁之"凌阁"，国府文官处转抄其牺牲经过时，误写为"麟阁"，经媒体宣传后影响巨大，不便更改，遂将错就错。

[11] 冯治安（1896—1954），字仰之，河北故城人。本名治台，因与明清总督的俗称"制台"同音，而被冯玉祥改名。喜峰口抗战的组织者。后赴台。

[12] 刘汝明（1895—1975），字子亮，河北献县人。工于心计但性格温和，所谓"刘善人"。罗文峪抗战有功，但南口战役期间两次阻挠友军过境县且作战不力，对最终失败负有责任。赴台后与冯治安是对门邻居。

[13] 袁良（1882—1952），字文钦，浙江杭县人。民国第四任北平市长，在任期间发行公债，开大规模建设先河。曾以有伤风化为由驱逐小白玉霜。倡导编辑《旧都文物略》。当时刚刚去职不到一月。

[14] 余晋和（1887—？），字幼耕、幼庚，浙江绍兴人。日本陆军士官学校（以下简称陆士）毕业生。后任汪伪政府高官，抗战胜利后被收审，死于狱中，时间不详。

[15] 石原莞尔（1889—1949），九一八事变的策划者。日军中的另类战略家，率先意识到中日之战是否会久拖不决，主动权在中方。七七事变

后持"不扩大"立场。因与东条英机不和而未得重用，也免却了战犯身份。

[16] 陈济棠（1890—1954），字伯男，广西防城港人。客家人。南昌起义部队南下广东时，他联合徐景堂、薛岳等人截击，逐渐取得广东军政大权，号称南天王。两广事变失败后逃往香港。后赴台。

[17] 贾德耀（1880—1940），字昆亭，安徽合肥人。日本陆士三期生。曾任保定陆军军官学校（以下简称保定军校）校长。下野隐居天津期间抵制日本人拉拢，有气节。

[18] 张克侠（1900—1984），河北献县人。保定军校毕业，1948年与何基沣组织第三绥靖区部队在贾汪起义。建国后曾任林业部副部长，1984年7月7日病逝。

[19] 傅作义（1895—1974），字宜生，山西荣河（今山西临猗）人。保定军校毕业。领导绥远抗战，收复百灵庙，并缔造五原大捷。1949年促成北平和平解放。新中国成立后长期担任水利部长。

[20] 赵登禹（1898—1937），字舜诚，山东菏泽人。喜峰口大捷的英雄。南苑之役在大红门牺牲，是抗日殉国的第一位国军师长。

[21] 张自忠（1891—1940），字荩忱，山东临清人。七七事变后留守北平曾广受争议，1940年殉国于襄阳。时任第五战区右翼兵团总司令兼三十三集团军总司令、五十九军军长，是抗战殉国级别最高的将领。

[22] 郑大章（1891—1960），号彩庭，河北静海人。1940年投敌，1945年以汉奸罪被审判。在苏州陆军监狱服刑。1949年获释，后移居北京。

[23] 秦德纯（1893—1963），字绍文，山东沂水人。曾任国防部次长。后赴台。

[24] 孙铭久（1908—2000），辽宁新民人。抗日同志会骨干。西安事变后主张武装救张，刺杀了王以哲等多人。后与应德田、苗剑秋等所谓三剑客以及张学铭先后投日。1949年被柯庆施聘请为上海市政府参事，聘书名字误写为"铭九"，他遂将错就错。

[25] 张寿龄（1898—1999），字鹤舫，河北良乡人。七七事变后长期担任

第五战区司令长官部高参。1949年在北平起义。是最后一位去世的保定军校生。

[26] 韩复榘（1890—1938），字向方，河北霸州人。冯玉祥麾下猛将，"十三太保"之一。1938年因在山东战场抗战不力而被处决于武汉。

[27] 孙殿英（1889—1947），字魁元，河南永城人。先后投奔镇嵩军憨玉昆、国民三军叶荃以及直鲁联军张宗昌。以制造东陵盗宝案而闻名。曾参加长城抗战，后投敌并劝降庞炳勋。1947年在汤阴被俘，因鸦片烟瘾太重而死于狱中。

[28] 孙麟（1894—1960），字伯坚，黑龙江呼兰人。保定军校五期生。九一八事变后在东北坚持抗日。七七事变后曾任西北军一七七师参谋长，在中条山坚持抗战数年，三次负伤，是少有的抗战十四年的将军。1960年病逝于抚顺战犯管理所。

[29] 何基沣（1898—1980），字芑荪，河北藁城人。拥戴宋哲元建军的八兄弟之一。后与张克侠领导第三绥靖区起义。新中国成立后曾任农业部副部长。

[30] 吉星文（1908—1958），字绍武，河南扶沟人，名将吉鸿昌族侄。七七事变中作战受重伤。后任三十七师师长。1958年金门炮战期间被解放军炮火击中身亡。

[31] 志村菊志郎（1916—1944），七七事变的借口人物。后被孙立人将军的新一军击毙于缅甸。

[32] 一木清直（1892—1942），七七事变元凶。在瓜达尔卡纳尔岛惨败后自杀。

[33] 孙玉田（1895—？），直隶静海人。西北军猛将孙良诚堂弟。后随孙良诚在开封投敌。淮海战役中被俘。1964年被特赦。

[34] 安克敏（1898—1947），字秀岑，山东曹县人。抗战时张自忠部旅长，曾和日军在潢川激战。后任一八〇师副师长。1946年退役。

[35] 董升堂（1893—1963），字希仲，河北新河人。后任一八〇师师长。在刘邓大军挺进大别山的高山铺战役中被俘，后逃往郑州。1949年后

自首获得宽大。

［36］杨干三（1899—1981），江苏丰县人。后任三十八师师长，淮海战役期间追随何基沣、张克侠起义。

［37］刘振三（1903—1971），字育如，河北故城人。接替黄维纲任五十九军军长。1949年赴台。

［38］张文海（1904—1972），字友宾，河南藁城人。后任三十八师副师长。1946年退役。1949年后在北京赶马车为业。

［39］香月清司（1881—1950）。日本陆军中将。1938年未遵守南下归德（商丘）截断徐州国军退路的作战计划，命令十四师团西进兰封，导致兰封战役爆发，国军主力顺利撤离徐州，因而被编入预备役。

［40］王英（1895—1950），号杰臣，河北邢台人。曾投身抗日同盟军，后投敌。1950年被镇压。

［41］李守信（1892—1970），内蒙古土默特右旗人，蒙古族。1950年被捕，1964年被特赦。

［42］白川义则（1869—1932），日本陆军大将。从甲午战争开始侵略中国。1932年被王亚樵派朝鲜爱国志士尹奉吉刺杀于上海虹口公园。

［43］张敬尧（1881—1933），字勋臣，安徽霍邱人。先后在吴佩孚、张宗昌、张作霖手下任职。因与板垣征四郎勾结，1933年被军统刺杀于六国饭店。

［44］金振中（1904—1985），字霭如，河南固始人。1943年因亲共嫌疑而失去兵权。抗战胜利后被编余。1949年回乡，1985年病逝，骨灰撒于卢沟桥。

［45］王锡町（1891—1948），字雨村，河北青县人。卢沟桥撤退时受重伤，在德国医院治疗，后假扮僧人逃脱。淮海战役期间因故与何基沣、张克侠领导的起义部队失散，旋即病逝。

［46］傅鸿恩，真实历史人物，生平行年籍贯失考。

［47］川岸文三郎（1882—1957），日本陆军中将。1938年调回日本，次年编入预备役。

[48] 石振纲（1899—1970），字备三，河北束鹿（今河北辛集）人。1937年7月26日，该旅的刘汝珍（刘汝明胞弟）团曾在广安门击败企图增援东交民巷的日军。张自忠入城后，已经改编成保安队的该旅不愿附逆，突围投奔察哈尔省主席、一四三师师长刘汝明。石振纲途中脱离部队，此后虽又到保定归队，但未再带兵，1946年退役。

[49] 李文田（1894—1951），字灿轩，河南浚县人。后任三十三集团军副总司令。1948年脱离军队，1951年在上海居所被神秘人喊出家门，从此失踪。

[50] 张庆余（1895—1963），字贺轩，河北省沧县人。后任九十一军副军长。1946年退役。

[51] 张砚田，生卒年不详，河北通化人。后任一一八师师长。该师被陈诚吞并后任四十二军副军长。1946年晋升中将，旋即退役。

[52] 萱岛高，生卒年不详，后任四十六师团师团长，驻扎南洋。

[53] 樱井德太郎（1897—1980），此后曾带兵在鄂西与缅甸作战。1945年4月回国，1966年出家为僧。

[54] 周思靖（1906—1954），浙江诸暨人。1937年7月26日，与熊少豪带领樱井德太郎以及五百日军，意欲通过广安门增援东交民巷，被刘汝珍团击败，樱井落荒而逃，跌入粪坑，周熊二逆冒险搭救。此后一直为日军帮凶，1954年被处决。

[55] 靖任秋（1905—1996），江苏铜山人。中共隐蔽战线传奇人物，在国民党军队中潜伏十六年。后任上海市政协副主席。

[56] 潘毓桂（1884—1961），字燕生，河北盐山人。书画俱佳，号称才子。1935年伙同白坚武、石友三推动"北平自治"叛乱，后被国民政府审判。1949年后继续关押于上海提篮桥监狱，1961年死于狱中。

[57] 阮玄武（1894—1986），字又玄，安徽合肥人。本为方振武部将。察哈尔抗日同盟军失败后被宋哲元改编。曾任民革上海副主委。

[58] 门致中（1889—1951），字清源，吉林人。西北军高级将领。保定军校一期毕业生。抗战期间投敌，任汪伪政府上将。1946年避居香港。

［59］石友三（1891—1940），字汉章，吉林省九台人。冯玉祥部下猛将。曾火烧少林寺。先后投靠冯玉祥、阎锡山、蒋介石、汪精卫、张学良、日本人与中国共产党。人称"倒戈将军"。1940年国府密令其部下高树勋将之勒死。

［60］松井石根（1878—1948），日本陆军大将，皇道派重要将领。甲级战犯。曾支持孙中山革命。南京大屠杀后，日本政府迫于国际舆论压力，将他和部下八十余人召回日本。1948年被处决于东京巢鸭监狱。

［61］谷寿夫（1882—1947），日本陆军中将。在海军大学讲授陆战术时曾强调："掠夺、强盗、强奸是保持士气的重要手段。"南京大屠杀的主要刽子手。因影响恶劣，随即被编入预备役。后被定为乙级战犯，枪决于南京雨花台。其子谷隼夫1944年被击毙于湖北。

［62］中岛今朝吾（1881—1945），南京大屠杀主要的刽子手。期间曾占据蒋介石官邸，并盗取财物。1938年7月任关东军第四军司令官，期间盗窃事发，被编入预备役。1945年12月病死。

［63］荻洲立兵（1884—1949），1939年8月任关东军第六军司令官，在诺门罕遭遇苏军毁灭性打击，随后被编入预备役。

［64］宋希濂（1907—1993），字荫国，湖南湘乡人。黄埔军校一期生。"一·二八"、八一三期间均在淞沪战场作战，南京保卫战、武汉会战亦有战功。后率十一集团军加入远征军作战。1949年被俘，1959年特赦。后定居于美国。

［65］钟松（1900—1995），浙江松阳人，黄埔军校二期生。参加长城抗战、淞沪会战、武汉会战以及远征军作战。1950年赴荷兰。

［66］矶谷廉介（1886—1967），日军四大中国通之一。与土肥原贤二、板垣征四郎同属陆士"荣耀的十六期"。主张中日尽快结束冲突实现和平。曾任香港总督。后被南京军事法庭判处无期徒刑，1952年获假释。

［67］筱冢义男（1884—1945），后任第一军司令官，驻扎华北。1945年自杀。

［68］陈瑞河（1904—1962），别号荣光，安徽合肥人。黄埔军校第二期炮

科毕业。先后参加淞沪会战、武汉会战和中条山战役。1943年因囤积军需品被革职，旋即退役从商。

[69] 钟彬（1900—1950），字中兵，广东兴宁人。黄埔军校一期生。参加"一·二八"、八一三淞沪会战和武汉会战。后任七十一军军长参加远征军。1949年接替宋希濂任十四兵团总司令，被俘后旋即去世。

[70] 李仙洲（1894—1988），原名守瀛，以字行，山东齐河人。黄埔军校一期生，与同期的李延年、李玉堂号称"山东三李"。1947年在莱芜战役中被俘，1960年特赦。

[71] 万福麟（1880—1951），吉林农安人。奉系元老。主政热河时毫无斗志，导致日军以128名骑兵占领承德。后率五十三军参加武汉会战。最终赴台。

[72] 王奇峰（1897—1938），辽宁康平人。长城抗战后获得青天白日勋章。1938年病逝于西安。

[73] 赵寿山（1894—1965），字杜亭，陕西户县人。杨虎城部将。后任三十八军军长，在中条山坚持抗战。1947年投奔解放区。

[74] 王劲哉（1897—1968），陕西渭南人。杨虎城部将。曾率领一二八师在汉沔坚持抗战，兵败受伤被俘，但坚持不投降。后投奔我党。

[75] 蒋在珍（1896—1952），字丕绪，贵州桐梓人。黔军周西成系将领。花园口决堤的执行者。1952年与柏辉章一起，被枪决于遵义。

[76] 袁家骥（？—1928），字骏伯，袁世凯管家袁乃宽之子，人称袁大少，河南正阳县人。后投靠张宗昌，1928年被冯玉祥部将石友三击毙于丰县。

[77] 孙连仲（1893—1990），字仿鲁，河北雄县人。西北军最能打的四名将军之一，在娘子关和台儿庄均有赫赫战功。后任第六战区司令长官，指挥鄂西会战与常德会战。抗战胜利后在故宫太和殿接受日军投降。后改任首都卫戍司令，最终赴台。

[78] 杨崇瑞（1891—1983），北京通州人，妇产科医师，近代妇幼卫生事业创始人。新中国卫生部妇幼卫生局第一任局长。生活简朴，终

身未嫁。

［79］刘峙（1892—1971），字经扶，江西吉安人。蒋介石打天下时的"五虎上将"，北伐战争中人称"福将"，中原大战时人称"常胜将军"，但抗战战绩一塌糊涂。后赴台。

［80］张任民（1898—1985），广西马平人。参加过武昌起义和护国战争。保定军校毕业。后任中央军校第二分校（湖南武冈）教育长、广西绥署参谋长。1949年后赴台。

［81］潘宜之（1893—1945），字祖义，湖北广济人。保定军校三期毕业生，与白崇禧同学。四一二期间义释周恩来。保释全国学联主席何洛之妻刘尊一，让刘生下何洛的遗孤后与之成婚。后离开军界。1945年自杀于昆明。

［82］姚景川（1887—1941），热河围场人。南口大战前后加入西北军。后升为骑兵第九师师长，但马匹匮乏，实为步兵。1941年应马鸿逵之邀前往宁夏，应酬频繁，宿疾复发逝去。

［83］庞炳勋（1879—1963），字更陈，河北新河人。本为国民三军孙岳部下，后加入冯玉祥的西北军。直奉大战中受炮伤而瘸腿。中原大战末期为补充兵力而袭击仍为友军的张自忠，二人结怨。临沂一战成名。1943年投敌。到台湾后与孙连仲合开餐馆，人称"孙庞斗智"。

［84］板垣征四郎（1885—1948），日本陆士十六期生，与东条英机等人为同学，所谓"荣耀的十六期"。九一八事变的策划者。后任第七方面军大将司令官。二战甲级战犯，绞死于巢鸭监狱。

［85］池峰城（1904—1955），字镇峨，河北景县人。台儿庄战役期间负责守城。参加徐州会战、武汉会战、枣宜会战。1949年在北平策动军统北平站站长徐宗尧起义，旋即因历史问题被收审，1955年病死于狱中，1983年平反。

［86］胡宗南（1896—1962），字寿山，浙江镇海人。黄埔毕业生中第一个集团军司令、唯一一个战区司令长官。1949年后赴台。

［87］黄维纲（1897—1943），字震三，号雨辰，河南项城人。张自忠牺牲

后接任五十九军军长，1943年患脑膜炎病逝于抗战前线。

[88] 祁光远（1903—1951），字德政，河南西平人。参加罗文峪抗战、天津抗战以及临沂阻击战。1946年退役，1951年死于镇反运动。

[89] 张宗衡（1904—1987），字子权，河南太康人。后任三十三集团军总司令部少将参谋处长，1946年退役。后积极参与对国民党军队的策反工作。1950年受聘为河南省政府参事。

[90] 李致远（1902—1994），字劲夫，山东费县人。曾参加喜峰口抗战。淮海战役期间跟随张克侠在贾汪起义。后任山东省政府参事。

[91] 廖磊（1890—1939），字燕农，广西陆川人。参加武昌起义，毕业于保定军校，出自湘军，唐生智败后投向桂系，深受李宗仁器重。参加淞沪会战和徐州会战。1939年病逝于脑溢血。

[92] 刘桂堂（1892—1943），山东费县人，即纵横七省的悍匪"刘黑七"。多次打抗日牌，也多次当汉奸。1943年被八路军击毙于山东。

[93] 冈田资（1890—1949），后任第十三方面军司令官，1949年以虐待罪被定为乙级战犯而绞死。

[94] 濑谷启（1889—1954），1940年转入预备役。1945年4月任朝鲜罗津要塞司令官，被苏军俘虏，关押在东北监狱。1954年自杀。

[95] 罗卓英（1896—1961），字尤青，广东大浦人。与陈诚在保定军校八期炮科同桌。土木系核心智囊。参加淞沪会、武汉会战、南昌会战、长沙会战，直接指挥上高会战并获得大捷。1948年赴台。

[96] 李九思（1900—1984），字子有，河南邓县人，张自忠部下悍将。后任五十九军副军长。1949年在苏州被俘，1975年被特赦。

[97] 郭松龄（1883—1925），字茂宸，沈阳人。深受张学良器重信任，二人指挥的三、八两旅组成联合司令部。因与杨宇霆等老派军人不和，在冯玉祥的支持下起兵反奉，兵败巨流河被杀。

[98] 魏益三（1884—1964），字友仁，河北藁城人。保定军校一期炮科毕业，曾任奉军炮兵司令，先后投冯玉祥以及吴佩孚。其子魏我威第三次反围剿时被红军击毙。1949年在昆明起义。

［99］郝梦龄（1898—1937），字锡九，河北藁城人，魏益三的表弟。忻口战役时任第九军军长。是抗战殉国的第一位军长。

［100］刘家麒（1894—1937），字铮磊，又字锡侯，湖北武昌人。时任五十四师少将师长，与军长郝梦龄同时殉国。

［101］萧之楚（1897—1958），字景湘，山东菏泽人。参加过长城抗战、武汉会战等二十多次战役。台湾新派武侠小说家萧逸之父。曾以二十六军军长职务同时兼第十军军长，开创国军历史。

［102］方振武（1885—1941），字叔平，安徽寿县人。早年追随孙中山，先后在张宗昌和冯玉祥军中任职。曾参加察哈尔抗日同盟军。1941年被国民党特务杀害。

［103］孙元良（1904—2007），四川成都人，黄埔军校一期生，川军将领孙震之侄。著名演员秦汉之父。参加"一·二八"和八一三淞沪会战、南京保卫战。后赴台。

［104］龙慕韩（1898—1938），字汉臣，安徽怀宁人。黄埔军校一期生。兰封战役后被处决。

［105］张绍勋（1909—1971），字勋华，号粹精，广东合浦人（今属广西）。黄埔军校第五期步科毕业。先后参加淞沪会战、武汉会战和长沙会战。后任八十七师少将师长，攻克要地龙陵。抗战中两次负伤。1952年被判刑，1964年获特赦，1971年于宁夏石嘴山被错误处决。

［106］土肥原贤二（1888—1948），一手推动伪满洲国的建立，极力推动"华北自治"。后任驻新加坡第七方面军司令官。二战甲级战犯，被绞死于巢鸭监狱。

［107］薛岳（1896—1998），字伯陵，广东乐昌人。一级上将，客家人，绰号"老虎仔"，以指挥四次长沙会战、用"天炉战法"抗敌而闻名。1949年赴台。

［108］桂永清（1900—1954），江西鹰潭人。黄埔军校一期生。曾任中央军校教导总队总队长，辖三旅九团四万三千余人。参加淞沪会战和南京保卫战。兰封战役后被撤职。赴台后曾任"海军总司令""参谋总长"。

[109] 田镇南（1888—1974），字柱峰，号位午，河南项城人。保定陆军速成学堂毕业，抗战时曾率部在台儿庄与日寇血战。后任第二集团军副总司令兼豫南游击总指挥。1949年赴台。

[110] 王铭章（1893—1938），字之钟，四川新都人。曾参加保路运动和二次革命。1938年殉国于滕县。

[111] 邹绍孟（1895—1938），字慕陶，四川荣县人。1938年殉国于滕县。

[112] 藤田进（1884—1959），日本陆军士官学校"荣耀的十六期"毕业生。曾任第十三军司令官，后编入预备役。

[113] 邱清泉（1902—1945），字雨庵，浙江永嘉人。黄埔二期生，曾留学于柏林陆军大学。精通英德语，擅诗文。参加淞沪会战、南京保卫战，是血战昆仑关的主力。淮海期间任第二兵团总司令时阵亡。一说自杀。

[114] 彭孟缉（1908—1997），字真如，号念先，湖北江夏人。黄埔军校五期生。曾参加淞沪会战和长沙会战。赴台后曾任"参谋总长"。

[115] 张荫梧（1891—1949），字桐轩，河北博野人。晋军将领，多次与八路军发生"摩擦"。1949年被捕后保外就医，旋即病逝。

[116] 杨森（1884—1977），字子惠，四川广安人。与刘湘、邓锡侯、刘文辉、王陵基合称"川军五行"。所部在淞沪会战中表现突出。以对成群妻妾实行军事化管理而闻名。曾有壮阳药酒以其为广告。欲接洽起义被曾深受其害的刘伯承拒绝，不得已赴台。年近九十时又收一妾产一子。

[117] 沈光武（1896—1952），字世首，号平甫，安徽宣城人。1949年投诚，镇反期间被处决，1987年平反。

[118] 蒋世杰（1883—1928），字朗亭，陕西蒲城人。早年加入同盟会。1928年病故于武汉。

[119] 马载文，真实历史人物，生平行年籍贯失考。

[120] 汤恩伯（1900—1954），别名克勤，浙江武义人。日本陆士毕业，曾任黄埔军校教官。在南口、台儿庄等诸多战役中表现卓越，日军甚为

畏忌，档案中称其为"汤集团"。1954年病故于日本。

[121] 耿明轩，生卒年不详，河南确山人，淮海战役中被俘。此后经历
不详。

[122] 钟毅（1899—1940），字天任，广西扶南（今扶绥）人。桂系将领。
1940年被日军包围，自杀殉国。

[123] 张敬（1908—1940），福建福州人。曾参加十九路军领导的"福建事
变"，后追随李宗仁。1940年殉国。

[124] 鲍刚（1897—1940），字纪三，安徽寿县人。"五三惨案"时任
九十一师长，在济南摆脱日军包围后反击时奉命撤退。抗战后被编入
汤恩伯部。1940年调任豫南游击总司令途中被暗杀。

[125] 程潜（1882—1968），字颂云，湖南醴陵人。同盟会员，谭延闿之后
的湘军元老。1949年与陈明仁领导长沙和平起义。

[126] 莫树杰（1898—1985），字剑青，广西南丹人。桂军将领。1939年
接替覃连芳任八十四军军长，1950年1月接受改编。曾任广西壮族自
治区政协副主席。

[127] 戴民权（1891—1940），名正，字端甫，河南汝州人。陆军中将。曾
在豫西为匪，人称老戴正。1940年在遂平截击日军时殉国。

[128] 李品仙（1891—1987），字鹤龄，广西苍梧人。唐生智败后投向桂
系。在安徽横征暴敛，所谓"天空三尺、地陷三丈"，意谓地皮被刮
去三尺。后任第十战区司令长官。1949年赴台。

[129] 花谷正（1894—1957），后任第一军参谋长，曾跟随司令官岩松义雄
在吉县安平村当面诱降阎锡山。任五十五师团长时在若开被英军击
败。为人刻薄寡恩，病时无部下捐款，死时无部下送葬。

[130] 李德纯，真实历史人物，生平行年籍贯失考。

[131] 马咸扬，真实历史人物，生平行年籍贯失考。

[132] 李曾志（1894—1942），字省三，河南鄢城人。曾参加长城抗战、武
汉会战等著名战役。1942年因缺医少药病逝于前线。

[133] 黄樵松（1901—1948），原名黄德全，字道立，号怡墅，河南尉氏

人。1948年在太原酝酿起义，事泄被捕，遭国民党反动派杀害。

[134] 李国英，真实历史人物，生平行年籍贯失考。

[135] 陶峙岳（1892—1988），湖南省宁乡人。武昌起义后参加同盟会，湘军出身。济南惨案任第七团团长，全团被日军缴械。参加淞沪会战。后与包尔汉在新疆起义。

[136] 蒋方震（1882—1938），字百里，浙江海宁人，著名军事理论家。《国防论》影响深远，率先提出持久战。是钱学森的岳父，梁启超和徐志摩的至交。著作《欧洲文艺复兴史》如今依旧为各大学广泛引用为教材。

[137] 谢贤昌，真实历史人物，生平行年籍贯失考。

[138] 王长海（1897—1971），字子容，山东平原人。曾在喜峰口前线率领大刀队夜袭日军炮兵阵地，战后因功晋升少将旅长。何基沣、张克侠率领第三绥靖区部队起义后，奉命收容残部。后赴台。

[139] 马法五（1893—1992），字康虞，河北高阳人。后任四十军军长，未随庞炳勋投敌。1945年在邯郸战役中，因高树勋发动战场起义，兵败被俘。后国共交换战俘，他与叶挺同时被释。1949年赴台。

[140] 米文和（1893—1970），字坦甫，河南鄢城人。早年加入冯玉祥军中，在石友三麾下。1948年在淮海战役中被俘，1970年死于抚顺战犯管理所。

后　记

这是我的第四部长篇小说，发表于《十月》杂志。《十月》能接纳她，我感觉既幸福又荣幸。这本杂志在纯文学刊物中的分量，喜欢文学的读者都知道。

虽则如此，小说的出版之路依旧曲折。几个编辑一听主题就说，今年抗战的小说太多了。这话令我既羞愧又惶惑。好像我是跟风凑热闹。其实还真不是。我这人之所以鬓生二毛时还栖身边地沉沦下僚，根本原因就是平生从不跟风。我永远都会本能地选择灯火阑珊处。无论为人还是为文。当然，编辑那么说，还有另外的潜台词，那就是我写得不够好。没看怎么就知道不够好呢？因为我不够有名呗。

跟风不跟风，有名没有名，写抗战都是我的责任。我觉得也是很多中国作家的责任。拿破仑的部队不过到俄国腹地一游，随即催生了《战争与和平》；法国大革命的内战不过那么几天，雨果便写出了《九三年》。日本鬼子侵略中国十四年，我们所受的创痛如此之深，有几部作品的分量与影响能与之匹配？人需要两条腿才能直立行走，写抗战的小说若要成立，两条腿还不够，三条腿才能带来最基本的、可以穿越一段时空的稳定：宏观上历史事件大的走向必须准确真实，微观上历史细节必须准确真实，精神层面人物的心灵轨迹必须准确真实。这样三者共振的小说肯定有，但数量远远不够。

这么说好像有点儿指点江山的意思。有些睥睨一切，甚或欺师灭祖，未免令人不爽。果真如此，只好请您海涵。志大才疏好高骛远诚为短处，但如果动笔之前没有宏大的寄托，那么写作还真不如陪老婆看看电视剧，或者陪领导打打麻将。前者得天伦之乐，后者有明暗实惠。不是么？写作如此耗费精力，与作战无异。假如作战之前料定不能胜，还非要去打，岂不是《孙子兵法》的反面教材。

生为男人，喜欢军事似乎是天生的。虽然当年高考选择军校有现实的考量，免费教育诱惑不小，但是对戎马关山的天生向往，也是重要因素。中学时期读了太多的唐诗宋词，边塞诗与豪放派，很对懵懂少年的胃口。那个时代他们不说"世界那么大，我想去看看"，只说"宁为百夫长，不做一书生"。我喜欢，我向往，所以穿了十一年的军装。

今天是个伟大的时代，也是个奇怪的时代。女汉子流行。春晚上贾玲的自我调侃，让很多人不舒服。女人厌恶，说是自我丑化；男人皱眉，嫌不够温柔。然而细究其实，错误其实不在女汉子或曰贾玲，根源在于男人。君不君故而臣不臣，父不父所以子不子，男不男方才女不女。今天的男人不男人，既不在于白面无须身材肥胖，也不在于肩不能挑手不能提，而在于没有担当。老人倒了没人扶，盗贼行窃无人制止。溜须拍马，只说假话。女汉子流行，也是社会不得已的进化。

民初以来，全盘西化的呼声颇高。对此傅斯年先生曾经说过，学习西方的文化容易，学习人家的武化难。那个武化，当然不是张牙舞爪八国联军，而是贵族风范骑士精神。平常一个个gentlemanlike，但关键时刻一定可以振臂一呼挥刀相向。

微斯人，吾谁与归？

如今网络上的仇日言论很多。号召抵制日货的，砸日本车的，骂去日本旅游的。我不想批评他们极端，民族主义，或者不理性。我只想问他们一句：你闯红灯吗？你随地吐痰吗？你排队时加塞吗？你说假话骗人吗？发现小偷你制止吗？老人倒地你扶吗？如果答案是否定的，那么我建议你先不要着急爱国，先爱爱自己。也就是自爱。如果真把日本当作对手，你得先弄懂对手才好。你对日本有多少了解？即便在南京大屠杀期间，日本鬼子也并非真是魔鬼，也是人。其中相当一部分，对中国传统文化，主要是汉唐以来的文化，顶礼膜拜。绝大多数国人都不会知道这样一个历史细节：《马关条约》最后的争议不在于具体的利益如金额与领土，而在于署名权：按照惯例，条约文本的封面上，分别写着大清国与大日本，内文则是中国对日本，但伊藤博文不肯同意，坚持内文也写"清国"，不能写"中国"。在他们眼里，清朝不是中国。道理很简单，汉唐时代的人，不会跪在异族跟前讨生活。即便李白那样的文人，也是号称十步杀一人、千里不留行的。清兵入关时，满族壮丁不足六万，总人口不足三十万，愣是灭掉了大明。当然，他们号称取之于闯。汉族的人口与兵员数量，我想就不必多说了吧。

持续争议之后，达成这样的妥协：中方文本内文写"中国"，而日方文本中写"清国"。话虽如此，日本并未遵守，在他们保存的中文抄本中，依然写着"清国"。

大清时代，中国的GDP不知是日本的多少倍，国土面积的差别更是瞎子都能看得见。可就那么一个丁点儿小的国家，那么一点儿人，纵横中国十四年。这当然是耻辱，问题在于，除了所谓的落后就要挨打，有多少人知道根源何在，或曰有多少人知道落后的真实含义，不只是科技水平与GDP？

这些能否成为不管是不是胜利多少周年纪念我都继续关注抗战的理由？我不知道。我只知道责任这个字眼未免沉重，其实不大适合写作，还是换个更真实的字眼，叫兴趣吧。

是为记。

2016年8月7日